FARFALLE

Dello stesso autore
nel catalogo Marsilio

Chiedi alla luce
Nero come la notte
Lo stato dell'unione
L'elenco telefonico di Atlantide

Tullio
Avoledo

Come navi
nella notte

Marsilio

Questo romanzo è un'opera di fantasia. Ogni riferimento a persone esistite o esistenti, o a fatti realmente accaduti o che potrebbero accadere, è puramente casuale

Pubblicato in accordo con MalaTesta Lit. Ag. Milano.

Prima edizione: agosto 2021
www.marsilioeditori.it

COME NAVI NELLA NOTTE

Ad Angel,
amica amatissima
(aprile 2011 – 1° marzo 2021)

E c'è che vorrei il cielo elementare
azzurro come i mari degli atlanti
la tersità di un indice che dica
questa è la terra, il blu che vedi è mare.

PIERLUIGI CAPPELLO, «Elementare»,
in *Un prato in pendio*

Ships that pass in the night, and speak each other in passing,
Only a signal shown and a distant voice in the darkness;
So on the ocean of life, we pass and speak one another.

HENRY WADSWORTH LONGFELLOW, *Tales of a Wayside Inn*

Prologo

Da qualche parte, nella Bibbia o nei Vangeli, ma credo sia nella Bibbia, c'è scritto che per l'uomo sarebbe meglio non nascere, piuttosto che affrontare i mali della vita.

Potrei controllare su internet, se solo il mio braccio destro non sembrasse un nido di vespe pesante come un blocco di cemento.

Tutto è così lontano.

La tasca con il cellulare è dall'altra parte del mondo. Mi pare di essere nello spazio, come in quel film con George Clooney dove per raggiungere la salvezza devi mollare l'appiglio e lanciarti, ma se sbagli ti perdi nel vuoto. Non riesco a muovermi. Nelle orecchie ho un ronzio che esclude ogni altro suono.

Giro a fatica la testa.

Sono disteso a terra, scomposto, un mucchio di stracci, una Pigotta dell'Unicef scagliata a terra da una bambina infuriata, e la bambina è il fuoco che ruggisce attraverso la bocca spalancata della vetrina, e quel fumo nero e grasso puzza di carne e petrolio, e le faville che si alzano e volano via sono pagine di libri e vecchie foto color seppia tramutate in fantasmi di fiamma, e poi in bianche farfalle.

Cade una neve grigia.

Cenere.

Si posa soffice sul mio polso.

Mi strina i peli sul dorso della mano.

Quel dolore pungente mi riporta alla vita.

Sotto il ronzio assordante sento una voce chiamare il mio nome.

«Marco... Marco...»

Se potessi voltarmi vedrei la donna che mi sta chiamando, una voce flebile anche se sta urlando, immersa nel doloroso frastuono che ho nelle orecchie.

Ma non ce la faccio a voltarmi. Il mio sguardo fissa ciò che resta del negozio. Le fiamme lambiscono la scritta in eleganti caratteri ottocenteschi sopra la vetrina. La vernice antica verde e oro si deforma in un fiorire di bolle e poi brucia, disegnando lettere di un alfabeto di fuoco.

Cerco di ricordare gli oggetti della bottega. Le mappe delle città, le carte navali, i ninnoli esposti nelle vetrine. I cucchiaini d'argento, le tazzine decorate, i bicchieri del sēder. *I lampadari. E i libri – antichi o semplicemente vecchi –, le riviste, le foto che ritraggono famiglie sconosciute, i dischi a 78 giri nelle loro buste di carta velina.*

Per la fiamma, ogni cosa è soltanto un combustibile.

Le sirene lacerano il vuoto, risuonando attutite attraverso il ronzio che mi infesta le orecchie. Il rombo delle fiamme che ruggiscono a pochi passi da me mi arriva come un fruscio di pagine sfogliate.

Appoggiandomi di peso su un gomito riesco a mettermi seduto.

Una donna giovane è china su di me; i capelli scompigliati, lo sguardo sbarrato, ma apparentemente illesa.

Ricordo il suo nome.

Ricordo come sono arrivato qui.

Poi di colpo la donna viene strappata via, e una mano le preme sulla bocca un fazzoletto. La guardo senza potermi muovere mentre la trascinano verso un'auto nera dai finestrini oscurati.

Qualcosa di enorme e rosso mi passa accanto. Un camion dei pompieri.

I suoni e le voci cominciano a riprendere senso. Aiutato da mani sconosciute mi rialzo. Barcollo come un pugile prima del gong di fine incontro.

Le stesse mani gentili ma ferme mi trascinano via, allontanandomi dal negozio in fiamme. Qualcuno in divisa mi chiede come sto, se riesco a sentirlo.

Faccio segno di sì con la testa.

«Si ricorda come si chiama, signore?» chiede la voce.

Che domanda assurda.

Ma ci metto del tempo, per reagire. Come se dovessi collegare due fili per attivare un contatto elettrico nel mio cervello.

«Marco Ferrari» rispondo.

«Sa com'è arrivato qui?»

«Sì» sussurro.

E di colpo il ricordo degli ultimi giorni si riversa dentro di me con un ruggito.

1

L'aria del primo mattino è fredda e pulita.

Lo stesso si potrebbe dire di questa città e di chi ci vive.

Ovviamente, però, ci sono le eccezioni.

Jim Morrison esce dalla tenda indiana in una nuvola di fumo dolciastro. «Dove vai così presto?» sbadiglia, grattandosi il solco fra i seni grossi come angurie.

«In Italia.»

Carico nel bagagliaio della Tesla la valigia, riponendoci sopra la sacca con il computer e le bozze del nuovo romanzo.

«Cazzo, l'Italia era così bella» commenta lei. «Adesso fa schifo. Piena di fantasmi.»

Jim è nata e cresciuta in Polonia, ma stando qui a Friburgo da quando aveva vent'anni ha preso l'accento morbido della città. Ora che di anni ne avrà qualcosa come ventimila potrebbe anche passare per una del posto, se non fosse per il suo abbigliamento da Sioux e per il fatto che crede di essere un cantante morto nel 1971. Dall'accento e dai modi, un cieco potrebbe scambiarla per una distinta signora della borghesia locale; a patto ovviamente che si tratti di un cieco privo del senso dell'olfatto, perché Jim è talmente fatta di *ganja* che basta il suo sudore annusato a tre metri di distanza per farti sballare.

«L'Italia un tempo era davvero bella. Prima che tutto

andasse in malora. La tua donna non viene con te?» Si guarda intorno cercandola. Abbassa anche lo sguardo, come se Magda fosse un gatto.

«Magda lavora. Cioè, adesso dorme, ma ha del lavoro da fare. Non può venire con me.»

A quella parola, "lavoro", Jim storce il naso. «Il lavoro è fatto per l'uomo, non l'uomo per il lavoro.»

«Be', dalle tue parti c'è ancora quella scritta in tedesco dove si dice che il lavoro rende liberi.»

«Ah, sì. Dev'essere all'ingresso di quel nuovo centro di smistamento Amazon a Poznań.» Jim ridacchia, e la risata la scuote fino ai piedi. Trema tutta, come una gelatina di centoventi chili distribuita su un metro e un cazzo di altezza. Poi la risata si trasforma in un accesso di tosse. Si appoggia a me come un marinaio si stringe all'albero della nave per non farsi portar via dalle onde. Lentamente si calma. Mi posa le mani sul petto e si stacca da me come se volesse respingermi. Mi resta addosso un aroma di erba che allerterebbe un cane antidroga all'altro capo della città.

«Dormi bene?» mi fa, a bruciapelo.

«No.»

«Mangi troppa carne. Te lo dico sempre.»

«Fosse tutto lì, il problema.»

Mi fissa con occhi dalle pupille enormi; sembrano due specchi di ossidiana. Poi la bocca si spalanca come quella di una marionetta, e dal fondo della gola le esce una voce che non è la sua. Una voce maschile. «I sogni mostrano la strada. Devi scendere in fondo a quel pozzo scuro, se vuoi tornare davvero alla luce. La tua anima è ancora laggiù.»

Di colpo la sua faccia cambia. Per un attimo i suoi lineamenti sembrano quelli di un'altra persona. Poi si ricompongono, e Jim scuote la testa, facendo un rutto.

«Roba buona...» sussurra.

«Non ne dubito. Devo andare, Jim. Ho un sacco di strada davanti.»

«Cosa ci vai a fare, in Italia?»

«Vado a chiudere i conti col passato.»

«Non si chiudono mica mai, quei conti.»

«Alcuni sì.»

La tenda Sioux si scosta di qualche centimetro. Gli occhi azzurri e assonnati di un bambino bellissimo ci sbirciano mentre discutiamo davanti a quell'auto che sembra venuta dal futuro.

«Cazzo, Jim, ma ti tieni un bambino nel posto in cui fumi quella roba?»

Lei sbarra gli occhi. «Stai scherzando? Fumo fuori, mica nella tenda.»

Jim vive in un universo parallelo, dove la realtà è un optional trascurabile.

«Chi è il cucciolo?» le faccio. Il bambino intanto ha rimesso dentro la testolina. Forse è tornato a dormire.

«Mio nipote. Credo. Aspetta, no, oggi è venerdì. Non può essere mio nipote. Boh, chissà chi è. È simpatico, però. Prima o poi i suoi verranno a riprenderselo, immagino.» Si gratta di nuovo in mezzo ai seni, dove si intravede un tatuaggio tribale, una specie di sole che lancia delle frecce. «Mi piace, la tua auto.»

«Grazie. Lo dirò a Elon Musk.»

«È una di quelle cose elettriche, vero? Proprio solo elettriche, voglio dire.»

«Sì. È una di quelle.»

Apro il cofano, dove in un'auto tradizionale si troverebbe il motore. In questa invece c'è il secondo bagagliaio. Il motore, grande poco più di un'anguria, sta dietro, fra le due ruote posteriori. Infilo dentro due giubbini e un impermeabile, liberandomi finalmente le mani. Il vano è praticamente vuoto, come il bagagliaio principale. Mi piace viaggiare leggero, e anche Magda è una che può vestirsi per sei mesi con quello che sta dentro un trolley.

«Digli che quando arriva sulla luna deve disegnare un

enorme mandala nella polvere. Un mandala che si veda dalla Terra.»

«A chi devo dirlo?»

«Al tuo amico *Elonmask*. Un mandala *Vajrapāṇi* sulla luna terrebbe lontani i demoni dal nostro pianeta. Ti faccio un disegno, così lo dai al tuo amico, quando lo vedi. Funziona con tutto, anche con le malattie. Se lo avessero fatto prima ci saremmo risparmiati tanti guai.»

«Grazie, ma adesso devo proprio partire. Magari un'altra volta.»

«Ci metto un attimo» ribatte Jim, ignorandomi e trotterellando come un orsetto verso la tenda.

Scuoto la testa. È inutile discutere con lei.

Così torno in casa.

Salgo senza far rumore le tre rampe di scale, apro la porta del mio appartamento. Percorro a passi felpati il lungo corridoio e infilo la testa in camera da letto.

Alla luce dell'alba che filtra attraverso le veneziane i capelli della mia donna sembrano una nuvola d'oro sul cuscino.

È rientrata solo due ore fa dall'aeroporto.

Il nostro è stato davvero un breve incontro.

Ci siamo incrociati come zombi al tavolo da colazione, io davanti a una moka italiana da dodici tazzine (tre per uso immediato, nove per il thermos) e lei a una tisana. Aveva gli occhi rossi, la voce roca. Magda dai suoi viaggi porta a casa un sacco di virus interessanti; per fortuna i nuovi protocolli aeroportuali si accertano che non siano di quelli davvero brutti.

«Com'era il Venezuela?» le ho chiesto, dopo averla baciata a lungo. Sapeva di stanchezza e di qualcosa di acidulo, forse un medicinale.

«Più brutto del previsto. Hai presente quel libro che mi hai fatto leggere? Quello di Conrad? Un cuore di tenebra.

Guarda che hai fatto male a baciarmi. Ti verrà prima una dissenteria da urlo, e poi mal di testa e vomito. O forse prima il vomito. O tutto quanto assieme. Non ricordo.»

«Non mi verrà proprio niente. Non mi viene mai niente. Sei tu che non stai mai attenta a quello che ti metti in bocca.»

Eravamo scoppiati a ridere contemporaneamente, per quell'espressione ambigua.

«Hai tempo per una sveltina?» mi aveva chiesto, sorniona.

«Non eri in punto di morte?»

«Infatti. Te lo propongo solo per cortesia. L'ultimo giro di tango.»

«E io con altrettanta cortesia rinuncio ai miei privilegi di maschio.»

«Mio eroe. Se vuoi ti faccio un buono per quando torni.»

«Mi basta la tua parola. Sicura che non vuoi venire con me?»

Lei aveva fatto un gesto teatrale. «Ridotta come sono? E poi devo scrivere le didascalie per le foto. E stamparle, ovviamente. Ho già sforato di un giorno il termine di consegna.»

«Vedi di non esagerare. E di rimetterti.»

«Ho già rimesso tutto quello che potevo. Piuttosto, sei proprio sicuro di voler fare questa cosa? Non ti farà un gran male? Ci tenevi, a quella casa.»

«Ci tengo ancora. Comunque no, non ne sono sicuro. O meglio, l'unica cosa di cui sono sicuro è che mi farà molto male. Ma non posso lasciare tutto in mano a Elena. Lei sarebbe capace di venderla per un sacchetto di fagioli magici.»

«La sottovaluti.»

«Magari.»

Due matrimoni falliti erano comunque meno delle quattro attività imprenditoriali che mia sorella aveva avviato e mandato a puttane nel corso degli anni. Attualmente viveva alle Canarie, dove aveva rilevato un chiringuito *su una spiaggia così ventosa che i tovaglioli di carta dovevi metterli sotto dei blocchi di pietra lavica, che fra parentesi erano l'unico prodotto dell'isola.*

Apro di qualche centimetro la porta della nostra camera da letto. Magda si è tutta imbozzolata nel piumone. Vorrei toccarle la fronte per sentire se è calda, ma ho paura di svegliarla.

Così mi accontento di guardarla dormire, e penso a quanta fortuna ho avuto a incontrarla. Alla stranezza di quel nostro primo incontro.

Esco dalla stanza silenzioso come un fantasma. Chissà se nel sonno, nei suoi sogni, la mia presenza avrà lasciato una traccia.

Chiudo la porta dietro di me e mi dirigo verso l'uscita, guardando le foto appese alle pareti. Ritratti di persone famose, paesaggi, scene di guerre in posti senza nome, almeno per me.

Sono tutte sue. Nel modo in cui sono state scattate ritrovo Magda, la sua sensibilità, il suo amore per la vita e le persone. Il mio sguardo è una carezza su quei vetri quadrati che riflettono il mio volto.

Jim mi aspetta fuori dall'atrio dello stabile. Annuisce solenne. «Mi è tornato in mente.»

«Che cosa?»

«Chi è il bambino. È il figlio di Monika. Lei è a Basilea per il mercato biologico.»

«Sono contento che sei riuscito a identificarlo.»

«Sì, però non so come si chiama. Proprio non riesco a ricordarmelo.»

«Chiediglielo.»

«Già. Buona idea. Penso che farò proprio così. Glielo chiedo.» Poi sembra avere un ripensamento. Si infila la mano nella tasca della salopette e tira fuori un foglio stropicciato. «A colori veniva meglio, ma sulla luna non ci sono colori. Il tuo amico può farlo in bianco e nero. L'importante è che rispetti le forme.»

«Che amico?»

«Quello che ti ha fatto quest'auto bellissima, quest'auto tutta elettrica.»

«Ah. Elon Musk. Okay.»

Guardo il disegno. Raffigura un quadrato dentro un cerchio. Da ogni lato del quadrato spunta un braccio a forma di T, e dei raggi. Ci sono anche dei segni complicati negli angoli e una specie di figura umana al centro.

«È un dio. Quello al centro» spiega Jim. «Ha protetto Buddha dai demoni. Se il tuo amico lo disegna sulla luna proteggerà tutta la Terra. È una cosa buona.»

«Penso proprio di sì. Scusami, Jim, ma adesso devo assolutamente andare.»

«Vai» mi concede lei – o lui – con un gesto regale di benedizione. «Fa' buon viaggio.»

«Con questo tempo di merda?» Indico il cielo. Va bene che siamo a nord, ma una primavera come questa, piovosa e triste, non si era mai vista.

Jim scuote la testa. Sorride. «Troverai il sole, sulla tua strada. Arriverà con la canzone giusta. E alla fine andrà tutto bene. Stai solo attento alle tigri.»

Ogni tanto Jim fa così, butta lì queste battute che non sai mai come prendere e che poi, quando quasi te le sei dimenticate, scopri che erano delle mezze profezie. Di solito su cose di poca importanza, ma fa comunque effetto.

«Starò attento alle tigri. Ciao, Jim.»

Salgo in auto.

Vorrei dare un'ultima occhiata alle finestre di casa nostra. Magda sostiene che lo faccio per un bisogno compulsivo. Può darsi che abbia ragione. È vero che controllo dieci volte se una porta è chiusa a chiave, o se l'interruttore del gas è spento. Forse guardare le finestre del nostro appartamento è un modo per rassicurarmi del fatto che esiste ancora, che avrò un posto in cui tornare, dopo il mio viaggio.

Se non ci riesco è solo perché Jim sta proprio davanti al finestrino, bloccandomi la visuale. Così faccio un cenno di saluto e metto in moto. Non ci sono tasti, o chiavi: basta portare il cambio su DRIVE e la Model X scivola senza rumore sull'asfalto malandato del vialetto, passando davanti a una serie di mezzi di trasporto che sembrano usciti da un film degli anni Settanta. Vecchi furgoncini Volkswagen dipinti con colori psichedelici, Ford Taunus, rugginose Due Cavalli; ma soprattutto furgoncini, buoni per farci i mercati allestendo bancarelle di prodotti etnici o bio, di *chillum* decorati a mano e di lampade turche. È così che si guadagnano da vivere gli ultimi hippy di Friburgo, enclave del passato o ambasciata di un universo alternativo in cui la fantasia non ha perso la guerra. Qualche cittadino benpensante storce il naso all'idea di questa comunità che vive ancora nel quartiere di Vauban, ma ormai fa parte della sua storia. Un tempo era una zona militare disseminata di caserme abbandonate dopo la fine della guerra e l'occupazione militare alleata, e subito requisite da profughi provenienti da ogni parte d'Europa e da una gioventù straccciona e variopinta, dedita alla sperimentazione lisergica, al libero amore e a esotici culti religiosi. Quarant'anni dopo, le barbe si sono ingrigite e i corpi afflosciati, ma la presenza della tribù hippy in quel quartiere è rimasta. Gran parte dei vecchi casermoni sono stati trasformati in studentati o in normali condomini, anche se alcuni sono ancora occupati da quella bizzarra fauna umana. È una specie di Jurassic Park che ricorda un'epoca in cui i figli dei fiori manifestavano contro la guerra in Vietnam, l'uomo camminava sulla luna e i cieli venivano solcati dai supersonici Concorde.

Sul fatto della luna non posso giurarci, ma il Concorde l'ho visto volare su Londra quand'ero ragazzo, e non mi avrebbe stupito di più veder volare uno pterodattilo, o incrociare sulla mia strada Godzilla.

Per fortuna ci sono auto come questa che sto guidando, a confermarmi che il tempo si muove in avanti e non all'indietro.

Sul display pianifico le tappe per la ricarica. Una in Svizzera, l'altra in Veneto, vicino a Mogliano. Normalmente eviterei la Svizzera, ma da quando guido un'auto completamente elettrica sono vincolato. Nella Germania del Sud, i *supercharger* sono maledettamente scomodi, per il mio tragitto. Così mi rassegno ad attraversare la perfida Elvezia, e l'ancor più aborrita Brianza. Se Elon Musk o qualcun altro si dedicasse all'invenzione del teletrasporto lo voterei come presidente del mondo. Niente mi stanca più del dovermi spostare da un posto all'altro a una velocità che non supera mai i centottanta all'ora. E i centottanta li faccio solo da questa parte della frontiera, spingendo l'auto al massimo per qualche minuto.

Centottanta.

Centonovanta.

Duecento. Duecentodieci...

A duecentoquindici rallento e mi stacco dal sedile su cui l'accelerazione mi ha spalmato. L'adrenalina si assesta, il paesaggio riprende ad avere senso, e le auto e i camion smettono di sembrare immagini di un videogioco.

Questa meraviglia potrebbe guidarsi da sola, con l'autopilota. Se la legge me lo consentisse, lo attiverei. Ma non posso. Così carico la playlist che ho preparato, e che dovrebbe bastarmi per le sette ore di viaggio.

Per la prima parte del tratto autostradale sotto questo cielo plumbeo ho scelto Warren Zevon. Prima gli album classici, pieni di humour e versi deliranti: l'ideale per attraversare la noiosa Terra dei Cucù, con i suoi prati e le mucche al pascolo e i limiti di velocità piazzati a tradimento oltre una curva o nel bel mezzo di una galleria.

Ho sempre visto la Svizzera come la versione continentale di un buco nero, un posto in cui entrano tonnellate di valuta pregiata e non sempre onestamente guadagnata, e da cui non esce niente: né musica, né arte, né poesia. Niente.

Ovviamente è solo un pregiudizio, come non smette mai di ricordarmi Magda.

«Se è per questo, cosa ne sai della cultura norvegese, o belga?» mi ha chiesto un giorno in cui avevamo litigato sull'argomento. Una litigata *tedesca*, va precisato: senza strepiti o alzate di voce, pacata come una normale conversazione. Una volta, a Francoforte, ho visto una famigliola giovane che partiva per le vacanze. La donna ha inavvertitamente chiuso la portiera sulle dita del compagno. Lui si è piegato in due dal dolore ma non ha emesso un gemito, e nemmeno un'imprecazione, come invece avrei fatto io. Tre bambini biondi guardavano dal sedile posteriore, ammirando l'impassibilità del padre.

«Mi piace la scena *indie* belga» ho buttato lì, spiazzandola.

Lei mi ha fissato con uno sguardo da cecchino.

«Fammi dei nomi» ha sussurrato.

Per un attimo mi sono sentito come un cerbiatto finito nella terra di nessuno, con il puntino rosso di un mirino laser sulla fronte. Poi ho reagito, contando sulle dita della destra i nomi che via via snocciolavo: «And They Spoke in Anthems. Arne Leurentop è un genio. Geppetto & The Whales. dEUS. Girls in Hawaii. Amatorski.»

«Te li stai inventando.»

«No» ho risposto serafico, aprendo qualche pagina sul suo smartphone per provarle l'effettiva esistenza di una scena *indie* belga.

Poi la discussione è continuata, e lo scarsissimo vantaggio guadagnato è andato perso quando lei mi ha citato Max Frisch e un drappello abbastanza nutrito di poeti elvetici che ho dovuto fingere di conoscere, dando per scontata l'onestà di Magda e il mio rifiuto di passare per un selvaggio ignorante con lei tranne che a letto, dove quel lato del mio carattere è molto apprezzato dalla mia diafana e bionda amante.

2

Il passaggio della frontiera a Weil am Rhein è rapido e indolore.

Le scomodità e le lungaggini della Situazione sono ormai solo un brutto ricordo. Una giovane poliziotta con i capelli bruni raccolti in uno chignon scannerizza il mio passaporto sanitario e mi preleva un campione di saliva che fa annusare al cane molecolare al suo fianco.

I due in qualche modo si assomigliano: giovani e in forma, lesti nei movimenti.

Il cane non abbaia. Il campione finisce in un serbatoio di vetro smerigliato con il simbolo del *bio hazard*, che si richiude automaticamente.

La poliziotta sorride. Sembra imbarazzata. «Volevo dirle che ho letto i suoi libri» sussurra, e poi mi fa cenno di passare.

Una ragazza che sembra il suo clone, ma con la coda di cavallo e in abiti civili, mi accoglie dall'altra parte del confine per vendermi il contrassegno per l'autostrada. Intasca i sessanta euro e mi dà come resto due monete svizzere.

I venti euro di aumento rispetto ai tempi pre-Situazione sono dovuti, immagino, alle telecamere e ai sensori Huawei di ultima generazione che hanno monitorato e controllato da remoto la mia temperatura e tutti i dati biometrici attraverso il passaggio della frontiera.

Ogni paese ha scelto la propria strategia difensiva.

Da una parte cani molecolari e guardie. Dall'altra tecnologia cinese.

La guardo bene. È davvero uguale alla poliziotta tedesca. Potrebbero essere cugine. E indossa un completo da ufficio con la stessa eleganza con cui la sua quasi gemella sull'altro lato del confine porta il mitra a tracolla sul giubbotto antiproiettile.

Tremo all'idea di diventare vecchio e di dipendere da donne come queste, fredde, efficienti. La saluto in tedesco e lei mi risponde con un «Ciao» la cui cordialità è smentita dal sorriso freddo.

Come sempre, subito dopo il confine mi accoglie un odore insopportabile di fagioli stufati.

Penso che venga dal ristorante che incombe sull'autostrada.

O forse è solo la puzza dei gas di scarico.

I filtri dell'aria della Tesla sono in grado di bloccare persino un gas nervino, o almeno così dice il manuale di bordo, ma, per una forma di masochismo probabilmente scritta nei miei geni, ogni volta che sono costretto a passare di qui abbasso volutamente il finestrino e sniffo l'aria in cerca di quell'odore.

Non che occorra annusare. Il lezzo di fagioli è così potente che ti sembra quasi di poterlo toccare. Era così prima della Situazione ed è rimasto uguale anche adesso. Forse ormai è penetrato nel suolo.

E intanto sono in Svizzera. Una Svizzera che la povera Heidi non riconoscerebbe più. Rustica e hi-tech al tempo stesso, ma nel modo sbagliato.

Basilea è un incubo di svincoli, limiti di velocità e corsie che se ti sbagli a prenderle ti portano in un'altra dimensione. Grattacieli con sopra gli enormi loghi luminosi di aziende farmaceutiche, fortilizi in vetro e cemento di colossi bancari e edifici museali creati da archistar troneggiano sulla strada, quasi schiacciando gli esseri umani che vivono sotto la loro ombra.

Questa città mi fa sempre pensare a Mordor.

Del resto *ogni* città industriale mi fa questo effetto, come se fossero dei Moloch inanimati che ingurgitano vita, fatica e talento restituendo in cambio merda e gas. Auto e passanti sono il sangue che fa funzionare la città: la vita scorre su vene d'asfalto e attiva questi organi nevralgici di vetro e cemento, avvicinandoci giorno dopo giorno, minuto dopo minuto, all'apocalisse.

La storia, e così anche il nostro passato recente, non ci hanno insegnato nulla. Fottuti lemming drogati di champagne e successo.

Per fortuna c'è la musica.

Per fortuna c'è Warren Zevon.

Dopo *Excitable Boy* partono le tracce dell'album *Bad Luck Streak in Dancing School.* E sulle note di *A Certain Girl*, per uno di quei miracoli che alla mia età ancora mi stupiscono, un raggio di sole fora come una spada le nubi e sembra indicarmi la strada per uscire da questo inferno.

E ovviamente mi tornano in mente le parole di Jim.

«Troverai il sole, sulla tua strada. Arriverà con la canzone giusta.»

E quale canzone potrebbe essere più giusta di *A Certain Girl*?

Canto ad alta voce, duettando con Warren.

La Model X è un bozzolo d'armonia in un mondo caotico.

È una stramaledetta capsula spaziale.

Guidare di notte con le stelle che brillano attraverso il tetto di vetro è un'esperienza quasi mistica. Ma anche di giorno è fantastica. La tecnologia che ho intorno mi protegge dal presente, come se venissi da un altro tempo, o da una dimensione parallela. Il paesaggio degradato che scorre al di là del finestrino non mi tocca, non può farmi nulla.

E poi, finalmente, ecco la periferia di Basilea: meno brutta di altre ma comunque brutta come tutti i sobborghi, cede il passo a un paesaggio bucolico di prati e pascoli, e le montagne si fanno sempre più alte all'orizzonte, sempre più vive e belle nella luce. All'altezza di Lucerna, con il thermos di caffè ormai vuoto, le canzoni del giovane Zevon cedono il passo ai pezzi della maturità, e infine a quel disco incredibile che è *The Wind*, del 2003, il suo album d'addio. Quando i medici gli diagnosticarono un cancro ai polmoni e pochi mesi di vita davanti, chiamò a raccolta gli amici invitandoli a collaborare con lui a un ultimo album. David Letterman, intervistandolo nella sua trasmissione, gli chiese se era convinto di potercela fare a inciderlo, e Warren, con l'umorismo sarcastico che gli era proprio, rispose. «Be', male che vada verrà fuori un Ep...»

Le undici tracce del disco vennero registrate con l'apporto di musicisti del calibro di Ry Cooder, Bruce Springsteen, Jackson Browne, Tom Petty, Emmylou Harris e Joe Walsh. Collaborazioni stellari, per un disco di ballate commoventi come *Please Stay* o *Keep Me in Your Heart*, fino alla versione più intensa di *Knockin' on Heaven's Door* che sia mai stata incisa.

Ho un debole per quest'album, in cui la voce di Zevon è flebile, un filo di voce strappato a polmoni morenti. *Keep Me in Your Heart*, l'ultima canzone, venne registrata quando il cantante era più morto che vivo, e ormai non si alzava dal letto da due mesi.

Questo disco è il più bel dono all'amicizia e alla musica che abbia mai ascoltato.

Per una di quelle coincidenze che avrebbero mandato in visibilio Carl Gustav Jung, il cellulare squilla esattamente nel momento in cui si spegne l'ultima nota dell'ultimo brano dell'album.

Il viso assonnato di Magda appare sullo schermo di comando. «Ehi, tu, straniero» mi fa. «Dove sei?»

«Più o meno all'altezza di Lucerna.»

«Bel posto.»

«Ho detto *più o meno*. La vista fa discretamente schifo.»

La risata di Magda sembra un ruscello di montagna. «Non riesci proprio a fartela piacere, la Svizzera.»

«No. Che ore sono, lì da te?»

«Le stesse che a Lucerna, stupido. Come va l'auto?»

«Un sogno. Fra dieci minuti mi fermo al primo *supercharger*.»

«Detto così suona molto fico.»

«L'hanno piazzato davanti a un bowling...»

«Be', almeno avrai qualcosa da fare mentre l'auto si ricarica.»

«Odio il bowling. Com'è che ti sei alzata così presto?»

«Ho un lavoro da fare, se ti ricordi.» Poi scuote la testa, improvvisamente seria. «Mi dispiace di non essere venuta con te.»

«Dispiace di più a me.»

«No, più a me. Ma è un lavoro troppo importante.»

«Lo so, tranquilla.»

«Magari ti raggiungo.»

«Non è il caso. Tre giorni al massimo e torno a casa.»

Stacco gli occhi dalla strada per guardarla.

Deve aver allontanato lo smartphone da sé, perché ora la vedo a mezzo busto. «Come mai sei nuda?»

«Così.»

«Non è ancora estate. Io sto bene col pullover.»

«Io no» fa lei sollevando provocatoriamente il busto, e i seni sodi sembrano quasi uscire dallo schermo.

«Non è giusto» sospiro. «Io qui e tu lì.»

«Volevo solo che sapessi cosa ti perdi.»

Sospiro. «Non potevo fare a meno di andare.»

«Lo so. E io non posso fare a meno di farti sapere cosa ti sei perso.»

«Potrei ancora fare marcia indietro.»

«E invece no. Anche perché appena finito il lavoro faccio un salto a Berlino. Mia mamma sta per risposarsi e ha bisogno di aiuto per la scelta dell'abito.»

«Non me l'avevi detto.»

«Non era ancora una cosa ufficiale.»

«E ora lo è?»

«Più o meno.»

«Che numero di matrimonio è? Il terzo?»

«Il quarto. Ma è la prima volta che sposa una del suo stesso sesso.»

«*Una donna?*»

«Be', sì. Fino a prova contraria mia madre è una donna. Quindi se dico che sposa una del suo stesso sesso vuol dire che sposa un'altra donna.»

«Ferma il mondo. Voglio scendere.»

«Il mondo è cambiato, mentre eri alle Crociate. Fattene una ragione.»

Il navigatore dell'auto mi invita a uscire dall'autostrada.

La voce di Magda si raffredda. Sullo schermo, si ripiega su se stessa come un coltellino. Svizzero, ovviamente. «Chi ha parlato?» fa, sospettosa. «Ho sentito una donna.»

«Era la voce del navigatore. Fidati. Sono solo. Non potrei costringere nessun altro essere umano ad attraversare la Svizzera.»

«Scusami. Non è che sto diventando paranoica. È solo che non ho dormito abbastanza.»

Esco dall'autostrada un attimo prima che il navigatore mi ripeta di farlo. Provo un complesso d'inferiorità nei confronti di una voce così decisa e autoritaria.

«Non salgo sulla tua Supercar se prima non cambi la voce del navigatore» fa Magda, come se mi avesse letto nel pensiero.

«Appena torno a casa la cambiamo assieme. Tua madre è proprio sicura? Voglio dire, è sicura che questa è la volta buona?»

«*Ogni volta* è la volta buona, per mamma. Solo che poi non funziona.»

«Come mai una donna, stavolta?»

«Ah, non lo so. Era da un po' che mi parlava di questa sua amica, ma pensavo che fosse appunto, be'... solo un'amica. Chi poteva andare a pensare che facessero sesso?»

«Tua madre farebbe sesso con qualsiasi cosa. Ecco da chi hai preso. E a proposito di prendere, tuo padre come l'ha presa? Ha saputo?»

«Ha ricevuto la partecipazione di nozze. Come me. Cioè, no, a me mamma l'ha detto al telefono. Ma ero fuori combattimento per la dissenteria e tutto il resto, così ammetto che magari sul momento non ho capito bene. Forse ho creduto di aver fatto solo un sogno.»

«Di' piuttosto un incubo. Tua madre ha un talento per i colpi bassi. Perché immagino che per Karl sia stato un colpo basso.»

«Abbastanza. Ma papà ha un ego che si riprende subito. La fattoria assorbe tutte le sue energie.»

Cos'abbia spinto un dirigente d'industria berlinese a mollare uno stipendio a cinque zeri per mettersi ad allevare capre e produrre formaggio *feta* bio sull'isola di Creta è una cosa che va ben al di là della mia comprensione. Ma d'altra parte chi sono io per giudicare?

«E comunque anche lui è in buona compagnia» sbuffa Magda. «Birgit ha meno anni di me.»

«Ma fianchi molto più larghi.»

«Lo prendo come un complimento.»

Poi c'è un momento di silenzio, tra di noi.

Pause del genere, solitamente, non promettono niente di buono.

«Sputa il rospo» sospiro.

«Be', c'è questa cosa che è venuta fuori... Cioè, te ne avrei parlato, ma ci siamo incrociati come due navi nella notte...»

«Posso usarla?»
«Cosa?»
«Quest'espressione. *Come due navi nella notte*.»
«Ah, sì. Non è nemmeno mia. Usala pure.»
«Grazie. E ora vieni al punto.»
«Ci sarei già, se non mi avessi interrotto. Bernd mi ha proposto un nuovo lavoro. Un paio di giorni, al massimo quattro. Torno in tempo per portare all'altare mamma.»
Un'altra pausa di silenzio, prima che mi decida a chiedere: «Dove sarebbe, questo lavoro?»
«Ungheria...»
«È un po' generico.»
«Be', il confine. Insomma, il Muro di Orbán.»
«Ah.»
«Guarda che non è pericoloso.»
«No, figurati. È che ti conosco. Non penso che farai dei selfie con i cani lupo, o delle foto di gruppo delle guardie.»
Magda ridacchia. «Sì, be', in effetti non è proprio quello il genere di foto che abbiamo in mente.»
«*Abbiamo* chi?»
«Siamo io e Gavrilo. Io faccio le foto e lui filma.»
«Filma *cosa*?»
«Secondo te cosa si filma, vicino alla frontiera?»
«Dimmelo tu. Anche se ho paura di quello che dirai.»
«Bernd pensa che sia una cosa importante. Ci uniremo a un gruppo di profughi siriani che cercheranno di passare il confine.»
«*Clandestinamente*.»
«Non penso che abbiano molte alternative.»
«Quindi il rischio c'è.»
«Meno che in Venezuela.»
La voce del navigatore mi avverte che devo girare a destra.
«Sono arrivato al *supercharger*» annuncio, freddo.
«Sei arrabbiato?» sussurra Magda.
«Secondo te?»

«Secondo me sì. Ma non capisco perché. È il mio mestiere. Quando ci siamo messi insieme lo sapevi. Hai visto le foto che facevo. Hai visto anche le cicatrici.»

Quelle le avevo viste *dopo*. Il mattino dopo la prima volta che eravamo finiti a letto insieme.

«Ho visto le cicatrici, ma non voglio vederne altre. Mi chiedo a chi interessi, un servizio del genere.»

«A me, per esempio, interessa.»

«Visto quello che è successo, è come fare un servizio sul morbillo dopo averne fatto uno sulla peste nera. Ho il diritto di veto, in questa cosa?»

«No.»

È la risposta che mi aspettavo. Se la testardaggine fosse una specialità olimpica, Magda avrebbe le pareti di casa tappezzate di medaglie d'oro. Quando decide di fare qualcosa, non la smuovi nemmeno con la ruspa. Detto fra noi, è una delle cose che mi piacciono, di lei.

«Quando parti?»

«Dopodomani.»

«*Dopodomani*... E le foto del Venezuela? Non dovevi svilupparle? Insomma, fare tutte quelle cose che fate alle foto, voi fotografi?»

«Ci penserà Bernd.»

«*Ci penserà Bernd*... Senti, ma perché non ci va Bernd, a fotografare i suoi profughi?»

«Perché l'unica esperienza fotografica di Bernd è stata in una cabina per fototessere. Gli sono anche venute male. Ma soprattutto perché, ti piaccia o no, io sono la scelta migliore, per questo servizio.»

«Con cosa ci vai, a Budapest?»

«Ho un volo Lufthansa da Friburgo alle sette e dieci del mattino. Un unico cambio a Francoforte.»

«Non mi piace saperti laggiù.»

«Pensi che possa essere peggio della Svizzera?»

«Non scherzare. Lo sai che rischi la pelle.»

«Ma figurati. Al massimo mi toccherà farmi qualche ora a un posto di polizia. E poi la rivista ha già allertato due avvocati. Uno di loro verrà con noi a Szeged, l'altro rimarrà a Budapest per attivarsi in caso di necessità. Ma non ce ne sarà bisogno, stai tranquillo.»

«Da quando ti conosco, la parola "tranquillo" è sparita dal mio vocabolario.»

Magda ride.

Mi piace, quando ride.

«Ne parliamo più tardi» dice. «Ora mi faccio una doccia. Puzzo come una capra.»

«Mi piace il tuo odore, quando sudi.»

«Lo so. Sai come sono vestita, in questo momento?»

«Ma sì che lo so. Lo *vedo.*»

«Dillo lo stesso.»

«Dimmelo tu.»

«Sono nuda. *Completamente* nuda.»

Magda riuscirebbe a farmi avere un'erezione anche solo leggendomi l'elenco del telefono. Questione di voce: gutturale, ma morbida come il velluto.

«Questo non è corretto.»

«Lo so. Vai a ricaricare la tua Supercar, okay?»

«Okay. A più tardi.»

«A *parecchio* più tardi. Ho un sacco di cose da fare, oggi. E tu sbrigati a uscire dalla Svizzera. Non ti fa un buon effetto.»

3

Succede solo tre ore dopo.
L'uscita dalla Svizzera, intendo.
Niente da riferire, a parte che ho fatto una seconda ricarica a Rivera, poco prima del confine, approfittando della pausa per sgranchirmi le gambe e recuperare le energie con un toast e una Coca-Cola al bar della stazione di servizio dell'Eni.
La pacifica sosta che avevo pianificato è stata rovinata da due ragazzi brianzoli al bancone, che hanno cominciato a sparare a voce alta cazzate contro gli immigrati, infischiandosene dei presenti, o forse facendolo apposta, dato che una delle bariste era apparentemente ariana, ma l'altra di sicuro no, visto che indossava un velo islamico. I due hanno continuato a fare commenti pesanti, bevendo rumorosamente i loro cappuccini. Le battutacce sugli svizzeri mi sarebbero andate anche bene, in linea di principio, ma quello che dicevano sui neri e sugli arabi non mi andava giù, anche perché vedevo che la ragazza dietro il bancone teneva gli occhi bassi e aveva una lacrima pronta a scenderle oltre il ciglio.
Così, quando i due rampolli della rampante borghesia lombarda si sono mossi per andare in bagno, io ho lasciato il toast e la mia Coca sul tavolino e li ho seguiti. Anche un cieco in una notte nebbiosa e senza luna ce l'avrebbe fatta

senza problemi, perché i loro commenti razzisti erano come una scia maleodorante. Con quei capelli elegantemente pettinati e i loro vestiti firmati mi ricordavano due squali; sarà stato per via degli occhi vuoti, vitrei, ma l'impressione era quella.

Sapevano di vecchio, quei due. Erano giovani, magri e atletici, ma riuscivo a vedere gli adulti orrendi che incubavano. Da quei due vermi non sarebbe uscita nessuna farfalla. Solo vermi più grassi e ottusi.

Ho sceso piano le scale, dietro di loro.

Erano fermi davanti al tornello in cui devi infilare una moneta per entrare nella zona dei cessi. E anche lì non mancavano di fare battute sull'avidità degli svizzeri e, per buona misura, degli ebrei.

Eravamo soli. Tre italiani in un cesso sotterraneo della tetra e immacolata Mordor.

Il più sveglio dei due si è voltato a scrutarmi, con uno sguardo sospettoso.

Io ho infilato tre monete nella macchinetta, e ho fatto segno ai due di passare, prima di farlo a mia volta.

«Mi piacerebbe toglierle quella mascherina e infilarci il cazzo, in quella bocca da troia.»

«Come fai a sapere che non ha i denti storti?»

«Sai che mi frega.»

Un altro sguardo torvo da parte di quei due, intercettato nello specchio mentre mi lavavo le mani con il gel disinfettante.

A quel punto ho infilato i guanti usa e getta recuperati dal distributore.

«Ehi, sarà mica un culanda, 'sto qui?» ha sussurrato lo Sveglio.

«'Sti svizzerotti, non sai mai cosa ti aspetta» ha commentato l'altro, facendomi un sorriso falso.

Il mio abbigliamento tedesco, pratico e senza fisime di *brand* famosi, deve averli portati fuori strada.

Io ho sorriso a mia volta, fingendo di non capire quello che dicevano. Poi, quando abbiamo svoltato l'angolo e ci siamo trovati finalmente fuori dalla portata della telecamera all'ingresso, li ho afferrati per il collo della camicia e ho sbattuto le loro teste contro la parete bianca, liscia. Ho recuperato i due prima che cadessero e ho sbattuto di nuovo i loro crani bacati sul muro, come se usassi due attrezzi ginnici. Due manubri da un chilo. Il rumore di qualcosa che si rompe – un naso – mi ha rallegrato, così come il fatto di vedere che le loro bocche avevano stampato dei baci rossi di sangue sulle mattonelle. Li ho lasciati scivolare sul pavimento, prima di trascinarli in uno dei cubicoli. Hanno un bel dire che la Svizzera è pulita: un cesso è sempre un cesso, e quello aveva visto la sua bella parte di clienti maleducati.

Il più sveglio dei due mi guardava con gli occhi spalancati dalla paura. L'altro li teneva ermeticamente chiusi, balbettando come un mantra le parole «*Ohi mama, ohi mama*.»

Mi sono chinato su di loro e li ho guardati per bene.

Quello che ho visto non mi è piaciuto.

Ho visto come diventeranno fra qualche tempo, invecchiando. Brutte persone. Uno dei due resterà magro, ma l'altro metterà su peso fino ad assumere un aspetto porcino. Si sposeranno, avranno dei figli ai quali trasmetteranno – come un gene malato – l'idiozia e l'intolleranza che si portano dentro.

Mi hanno fatto pena e rabbia allo stesso tempo.

Ho controllato i loro danni. Niente di permanente. Due bei bozzi in fronte, un labbro spaccato. Un naso rotto. Una storia da raccontare.

Ma forse anche no. Non l'avrebbero raccontata.

«Allora, adesso che vi conosco meglio non mi va di pagarvi la pisciata. Anche perché vedo che avete già fatto.»

Da sotto i calzoni di quello meno sveglio si allargava una pozza di urina.

«Tirate fuori i due euro che ho pagato per voi.»

Quello più sveglio si è infilato le mani nella tasca dei pantaloni, recuperando un pugno di monete. Ho contato due euro e chiuso le dita della sua mano sugli altri spiccioli.

«Con le vostre battute idiote mi avete rovinato la colazione. Questa è stata una cosa imperdonabile. Ma direi che adesso siamo pari. Tu che ne dici?»

Lo Sveglio ha annuito freneticamente.

«Bene. Sono contento che siamo d'accordo. Allora facciamo così. Io adesso mi faccio la pisciata per cui sono sceso fin qui, poi esco con calma, finisco di fare colazione e riprendo la mia strada. Voi invece aspettate buoni buoni quaggiù per... vediamo un po'... diciamo per un'altra ventina di minuti. Dopodiché andate di sopra, attraversate il bar, uscite senza aprire bocca e ve ne tornate alla vostra macchina. Una volta lì, aspettate un'altra mezz'oretta, il tempo di darvi una sistemata, perché sinceramente siete conciati da far schifo. Avete capito?»

Le due teste si sono mosse su e giù. Sembravano giocattoli a molla.

Ho battuto loro una pacca sulla spalla e mi sono alzato.

Ho aperto la porta del cubicolo vicino e mi sono liberato la vescica.

In fondo era per quello che ero sceso laggiù. Più o meno.

Mi fa star bene, quello che ho fatto?

Sì e no.

In teoria dovrei starci male, ma quei due erano troppo bastardi per potermi far sentire in colpa. Quindi direi che va bene così. In qualche modo l'equilibrio cosmico è stato ristabilito.

«Ciao, allora» ho detto, tirando lo sciacquone.

Uno dei due era così idiota che ha bofonchiato un «Ciao».

Mi sono lavato di nuovo le mani, ho cambiato i guanti e sono salito di sopra.

Il toast e la bibita erano ancora sul tavolo. Li ho finiti con calma, anche se il panino ormai era freddo e il sapore tutt'altro che invitante.

Ho salutato le due bariste dietro il bancone. «La macchinetta dei bagni mi ha dato questa» ho detto, mostrando una ricevuta con la scritta in tre lingue. «Dice che ho diritto allo sconto di un franco su una tazza di caffè. Quant'è che viene, un caffè?»

«Cinque franchi.»

«Grazie, potete tenervelo, allora. Arrivederci.»

L'unica altra auto nel parcheggio dell'area di sosta era un Land Rover Discovery con la targa italiana e un portasci vuoto sul tetto. Avevo voglia di rigargli la fiancata, ma c'erano troppe telecamere. Andando verso la macchina mi sono chiesto se davvero ce l'avevo tanto con loro, o se invece non era stato solo un modo per sfogare la mia rabbia dopo la telefonata di Magda.

Pazienza.

Resterà un mistero.

Le batterie della Tesla erano cariche all'ottantatré per cento.

Ho messo in moto e mi sono lasciato alle spalle la piazzola di ricarica, e quel bar in cui avevo fatto una pessima colazione e dato sfogo ai miei istinti repressi. Due cose di cui non vado particolarmente fiero. Le nuvole si erano richiuse, come se su quella vallata fosse stato steso un sudario grigio.

Ho accelerato, godendomi la sensazione di farmi schiacciare contro il sedile da quella spinta brutale.

Da zero a cento in 2,6 secondi.

Pochi chilometri e la voce di Warren Zevon mi aveva già fatto dimenticare tutto.

Mi sono messo a canticchiare con lui, duettando insieme a un morto. Sentendomi assurdamente, meravigliosamente vivo.

4

I segnali che sono entrato nel mio distopico ex paese si fanno evidenti appena passata la frontiera. Anche se il Canton Ticino non è certo il più tipicamente svizzero dei cantoni, basta la quantità di auto vecchie che circolano sull'autostrada per dirmi che sono sceso di un gradino nella scala del successo nazionale.

Per ogni venti catorci di prima della crisi si vede un'auto di lusso. Non c'è una via di mezzo. O un suv Land Rover o Jaguar, oppure una Multipla o una vecchia Escort smarmittata. Non sento il puzzo, perché i filtri della Tesla sono di una categoria a parte, ma è come se lo *vedessi*, nelle matasse di fumo nero che spurgano dai tubi di scarico aleggiando sulle corsie dall'asfalto rattoppato.

Il traffico, per fortuna, è davvero scarso. Niente camion, ovviamente. Il trasporto merci su strada è ormai una cosa del passato, anche in una regione arretrata come la Lombardia.

A ogni cavalcavia è appeso un grande manifesto verde, ma non è il Giorno di san Patrizio. Sono imminenti le elezioni politiche, un costoso e inutile rito del passato... Su ognuno di quei manifesti da cinque metri per due appare il volto pacioso del Grande Leader della Destra Unita, *the once and future king*, con la sua espressione da venditore di ragù pronti e, accanto alla guanciotta sorridente, uno slogan ogni volta diverso: FACCIAMO ORDINE, PADRONI A CASA NOSTRA. Sotto gli strappi dei cartelloni ne appaiono di più vecchi, con gli slogan della Situazione, un tempo nota come Emergenza, o Lockdown: #IORESTOACASA, DIFENDI QUELLI CHE AMI, CORAGGIO ITALIA.

ANDRÀ TUTTO BENE...

Quei motti sbiaditi fanno quasi tenerezza, sotto i colori brutali e i caratteri mussoliniani del nuovo regime incombente.

VERSO IL FUTURO CHE VOGLIAMO.

PADRONI A CASA NOSTRA.

La mia gatta Angel, se la lasciassi libera di pestare con i suoi polpastrelli paffuti la tastiera del notebook, saprebbe produrre frasi meno banali. Ma l'Italia ormai è così, una continua campagna elettorale in cui i creativi, si fa per dire, delusi dalla realtà, hanno cominciato a ridisegnarla partendo dai loro slogan. In un paese del genere non esistono più insuccessi, o peggio ancora fallimenti. Vivono tutti in mondi paralleli. È la realtà a rifasarsi intonandosi alle convinzioni e ai sogni di questo o quel politico e dei suoi seguaci.

Orwell l'aveva predetto.

Ma da queste parti Orwell ormai non se lo fila più nessuno. Sì, okay, magari lo citano ancora in certi circoli di intellettuali frustrati o in qualche discussione su internet, ma è come quando il prete durante la messa nomina Dio e tu capisci benissimo che non ci crede più nemmeno lui. Non dopo che la pandemia ha fatto chiudere prima di tutto Lourdes, un posto che in teoria avrebbe dovuto diventare una meta globale. E non dopo aver visto il papa trascinarsi su quella piazza San Pietro deserta che sembrava un tempio Sith di *Star Wars*.

Tengo il mio passaporto tedesco in una tasca, proprio sopra il cuore. Non si sa mai. Ma nessuno mi ferma: nessuno dei posti di blocco volanti di cui si legge sui giornali, nessun pick-up delle milizie volontarie. Arrivo indenne al primo rifornimento italiano, un *supercharger* alla periferia di Verona, nel piazzale di un hotel che sembra caduto qui da una dimensione parallela in cui gli Stati Uniti hanno vinto la guerra.

Approfitto della mezz'ora di sosta per sbrigare un po' di faccende. La prima cosa che faccio è attivare una vpn, per poter continuare a usare internet. Da questa parte del confine Google, Facebook e WhatsApp di norma non funzionano, ma usando una rete virtuale privata a volte ce la si fa.

Maledetti cinesi.

Guardo l'orologio.

A quest'ora Magda sarà senz'altro in redazione, un luogo che – viste le missioni assurde e potenzialmente pericolose che le affidano – pensavo fosse tipo la sede dell'MI5, e invece è un posto molto informale e alternativo, dove regna il caos più totale e puoi trovare seduta di fianco a te in sala d'attesa una ragazza che allatta un neonato.

Anche se non mi sarei stupito di vederla allattare un unicorno.

Magda non se la prenderebbe se la chiamassi. Bernd ha uno stile di leadership molto democratico. È solo che non mi va di immaginare il telefono che suona fra quelle mura, con lei costretta a rispondere al suo marito italiano in trasferta invece di concentrarsi su come poter salvare il mondo. Una volta io e Bernd ci siamo presi a insulti e spintoni, nel vicolo dietro un bar. Immagino sia stato una specie di test o di rito d'iniziazione, perché da allora siamo diventati amici, o quasi. Questo per dire che potrei chiamare Magda senza troppi problemi. Se non lo faccio, è solo un problema mio.

Chiamo invece Anneliese, la mia agente.

«*Dorfmann Literaturagentur. Wie kann ich dir helfen?*» scandisce la voce da robot sexy di Inge, la segretaria multilingue dell'agenzia nonché compagna di vita di Anneliese.

«Ciao, Inge. *Wie geht es dir?*»

«Oh, Marco. Sei tu. Bene, direi. Qualche problema di allergia, ma ben venga la primavera, finalmente. Anche se starnutire sembra sia diventato più disdicevole che vomitare in pubblico.»

«Torna a dire quella parola, per favore.»

«Quale parola?»

«*Disdicevole.*»

«Disdicevole...»

«Grazie.»

Inge ha imparato a non prendersela se le faccio richieste di quel tipo. È decisamente anomala, come tedesca. Non mi riferisco solo al fatto che è estroversa e gioviale come un italiano di una volta, ma anche al suo aspetto fisico, dato che assomiglia come una goccia d'acqua a una giovane Iman, l'ex modella somala moglie di David Bowie.

Ad amici che hanno adottato un figlio capita che qualcuno rimarchi certe somiglianze con il padre e la madre, o i nonni. Ma con Inge questo è escluso. Ho incontrato una volta i suoi genitori adottivi, e avrebbero potuto posare per un poster nazista. Per l'aspetto, intendo. Le opinioni politiche girano in tutt'altra direzione.

«Sono in viaggio» le rispondo. «Torno alle mie radici.»

«Pensa che coincidenza. Ho finito proprio stanotte di leggere *Gewässer des März.*»

«Mi dispiace per te.»

«Non dire sciocchezze. È fantastico. Credimi, quando arrivi a due scene dalla fine e scopri che l'uomo nell'ascensore era...»

«*Shht.* Non spoilerarmelo. Magari uno di questi giorni mi vien voglia di leggerlo.»

Rimane zitta per un attimo. Poi ride. «Stupido... È *veramente* bello...»

«Cercavo Anne» l'interrompo, prima che mi dica qualcos'altro di carino sul mio libro.

«Te la passo immediatamente.»

La voce di Anneliese Dorfmann irrompe nell'auricolare come il rombo di un jet da combattimento. «Marco, ciao! Pensavo proprio a te.»

«È il giorno delle coincidenze.»

«Stavo parlando con Bettina, e si diceva che *Gewässer des März* sarebbe perfetto per una serie Netflix. Tu che ne dici?»

«Pagano bene?»

«Direi di sì. Sono disposti anche a farti collaborare alla sceneggiatura.»

«Credo sia stato Hemingway, a dire che del cinema l'unica cosa scritta che gli interessava era la firma in fondo all'assegno del produttore.»

«Sei proprio rimasto l'ultimo degli aristocratici, tu. Inge mi dice che sei in viaggio. Dove, di bello?»

«Di bello non so. In Italia. Torno a casa. Per un po'.»

«Pensavo che casa tua fosse a Friburgo.»

«Questa è una casa del passato.»

«Credevo fossi ancora *persona non grata*, da quelle parti.»

«Il non gradimento è reciproco.»

Lascio che l'eco della sua risata da fumatrice si spenga, prima di affondare il coltello.

«Anne, ti ho chiamata per via del prossimo libro.»

«Bravo. A che punto sei, con la revisione delle bozze?»

«Devo ancora cominciare. Qui in Italia avrò tempo per lavorarci su. In realtà volevo parlarti del *prossimo* libro.»

«Il prossimo? Interessante. Sentiamo.»

«Non farti strane idee. È solo un *pourparler*. Devo ancora cominciare a scriverlo.»

«Peccato, perché stai andando forte. L'ispettore Venier ha rubato il cuore di ogni donna tedesca fra i trenta e i tremila anni.»

«Quindi c'è scarso margine per conquistare nuovi segmenti di mercato. Alle ventenni faccio così schifo? Non rispondermi. Ho visto le reazioni a *Gewässer des März* e mi accontento.»

Anneliese si schiarisce la voce, imbarazzata. «Be', sai che la critica ha sempre un po' la puzza sotto il naso...»

«Ma no: tranquilla. Non mi riferivo alla critica. Non le leggo nemmeno più, le recensioni» mento, sperando che il mio naso allungandosi non buchi il parabrezza. «No, mi riferivo alla cifra sul rendiconto delle vendite.»

«Quello che hai ricevuto è il rendiconto per *Im Schatten des Canal Grande*. Ma anche se è ancora presto per tirare le somme posso già assicurarti che i dati di vendita per *Gewässer des März* saranno almeno del trenta per cento superiori.»

«Il mio allibratore sarà contento di saperlo. Sentirlo scrocchiare le nocche mi dà sempre un certo fastidio.»

«Digli di stare tranquillo. Sei solvibile.»

«Okay. Gli dico di mettere via la motosega.»

Lei non replica. Ma nemmeno ride o ridacchia, come farebbe di solito.

La pausa di silenzio mette entrambi a disagio, immagino. Anche perché è bella lunga.

Sputa il rospo, mi dico.

Alla fine parliamo all'unisono. Le nostre voci si accavallano.

«C'era qualcosa che volevi dirmi?» fa lei.

E io nel frattempo ho già cominciato a sputare il rospo.

Un rospo bello grosso.

«Pensavo di ammazzare Gianni.»

«*Cosa?...*»

«Ammazzo Gianni. Gli sparo e lo faccio annegare nel Canal Grande. A Carnevale. Vestito da Arlecchino.»

«Sei matto?»

«Mi ha rotto il cazzo.»

Anneliese sbuffa come un toro da monta. «Gianni Venier è una miniera d'oro. Ammazza chi vuoi, fa' pure una strage nel tuo prossimo libro, ma lui non azzardarti a toccarlo!»

«Sono troppi anni che convivo con quel coglione. Mi sta davvero stufando...»

«Sentimi bene, Marco. Ti invito a cancellare quest'idea assurda dalla tua mente. Gianni è un personaggio che ha fatto presa sul pubblico. I tuoi libri ambientati a Venezia vendono perché c'è lui.»

«Vendono perché si chiama Venier, e a volte parla dialetto e fa il baciamano alle signore. Vendono perché Gianni, che fra l'altro in italiano è un nome da pirla, gira in gondola e fa colazione a un tavolino all'aperto del Florian in piazza San Marco, cosa che per inciso nessun veneziano autentico farebbe mai, anche senza l'acqua alta...»

«Sai che quel tavolino è il più fotografato su Instagram? I turisti fanno la coda per farsi un selfie proprio lì, al tavolino preferito di Gianni Venier. La gente ha voglia di lasciarsi il passato alle spalle. Di viaggiare. Gianni soddisfa chi vorrebbe vedere Venezia e non ha i soldi o il passaporto sanitario per farlo.»

«Il mio karma è appena andato a puttane.»

«Ecco. Potresti farlo anche tu. Buona idea. Andare a donne. In fondo è una delle poche passioni che abbiamo in comune. O bere. O qualsiasi altra attività ricreativa che possa levarti dalla testa l'idea malsana di uccidere la tua gallina dalle uova d'oro.»

«Senti, non è che voglio proprio ammazzarlo. Scherzavo. Semplicemente voglio prendermi una vacanza da Venezia. E da Gianni Venier.»

«Per andare dove?»

E allora commetto il secondo passo falso della giornata, e le racconto la mia idea per il prossimo romanzo.

Quando ho finito, un gelo siberiano cala sulla conversazione.

Anneliese respira come se dovesse riprendere fiato dopo un'immersione in apnea. «Guarda che i tuoi libri non piacciono solo perché la gente ha voglia di dimenticare. O per Gianni Venier. Piacciono perché sono scritti bene. Hanno trame solide, bei personaggi, dialoghi perfetti.»

«Ma allora...»

«Ma allora se ammazzi l'ispettore Venier te la faccio pagare. E lascia che ti dica una cosa. Chiusaforte è un nome del cazzo, per un posto in cui ambientare una storia.»

«Ma è un posto vero. Esiste. Ha quel nome. Anche se non come l'hai pronunciato tu.»

«Mi dispiace. Non è un problema mio. Il mio problema è che rappresento un autore che vuole suicidarsi commercialmente raccontando la storia di un prete e di un campanile. Un prete. Che nemmeno scopa. Almeno se scopasse potrei trovargli un mercato.»

«Considerato che la sua amica ha settant'anni, forse è meglio se non lo fa.»

«Appeal dei personaggi presso il tuo pubblico: zero. Richiamo del plot, fammici pensare un attimo... Sì, direi persino *sotto* zero. Sto cercando di immaginare un lettore interessato alla storia di un giovane prete che cerca di impedire che una compagnia telefonica installi un'antenna per il 5G più alta del suo campanile.»

«Be', ma c'è il tema ecologico...»

«... E giusto per aggiungere qualche nota d'allegria, gli unici contatti che ha sono con vecchie beghine che confessano peccati inesistenti, e con personaggi così deformi e squallidi che anche Thomas Bernhard li avrebbe trovati esagerati...»

«Esagerato è metterla come la stai mettendo tu.»

«No, no, no. È *esattamente* così che me l'hai riassunta, la trama. Già mi vedo le facce delle tue lettrici, che prendono il libro dalla pila sul bancone, leggono la quarta di copertina e si chiedono: mi interessa davvero, leggere il nuovo libro di Marco Ferrari? Un libro dove non c'è Gianni Venier? E sai qual è la risposta? Rimettono giù il tuo libro sulla pila e comprano Margarethe Liedermann.»

«Non dirmi che abbiamo lo stesso target di pubblico.»

«No. Ma buona parte dei nostri lettori, che poi, diciamocelo francamente, sono più che altro *lettrici*, sono pronti a passare alla Liedermann. Basta un tuo piccolo errore. E quello di abbandonare Gianni Venier, credimi, è un errore grande come una casa. Ti faccio notare che dico *i nostri* lettori, perché un tuo flop sarebbe anche mio, dal punto di vista dell'immagine dell'agenzia. Quindi mettiamola così: prima che tu ammazzi l'ispettore Venier io ammazzo te, e qualunque libraio al mondo mi assolverà per legittima difesa.»

«Gli scrittori però sarebbero dalla mia parte.»

«Pubblicamente, forse. Può darsi, anche se non ci scommetterei troppo. Ma qualunque scrittore che si renda conto della fortuna che hai avuto nel creare Gianni Venier mi aiuterebbe a tenerti fermo mentre ti scolpisco con l'ascia.»

Dall'ultima postazione di ricarica, un uomo sulla sessantina mi guarda scuotendo la testa. Sta appoggiato alla portiera posteriore della sua Model X, una sigaretta elettronica fra i denti e un sorriso che sembra un magnete per gli schiaffi.

Gli volto la schiena, chinandomi come se il cellulare fosse una sigaretta accesa controvento.

«Sei rimasto senza parole?» fa Anneliese. «Fai bene.»

«No, è che immaginavo gli scrittori che mi tengono fermo. Li stavo visualizzando. Fra noi due non so chi è che ha la fantasia più scatenata.»

La risata della mia agente sembra una cascata di bulloni arrugginiti. «Decisamente io. Chi altro avrebbe scelto di rappresentare un profugo italiano al suo primo romanzo?»

«Be', *profugo*... Non sono mica Mazzini...»

«Non so chi sia questo Mazzini. È forse parente di Mina? Comunque ho ben presente la faccia che hai fatto, quando ti ho detto che pensavo di poter vendere il tuo libro.»

Non ricordavo che faccia avessi fatto, ma ricordavo benissimo come mi ero sentito. «Potrei pubblicarlo sotto pseudonimo» butto lì, ma già mentre pronuncio questa frase mi rendo conto che non è una grandissima idea.

Anneliese sbuffa come una balena. «Senti, Marco, facciamo così. Tu ti fai la tua bella rimpatriata italiana, e quando torni qui passi dal mio ufficio e parliamo della cosa davanti a un bicchiere di scotch.»

«È la miglior proposta che ho ricevuto oggi.»

«Allora sei messo proprio male. Comunque ascolta: non essere precipitoso. Lavora su *Große Schiffe sind keine Wale*. Possiamo farlo uscire per la Buchmesse di Francoforte. È un ottimo libro. Ah, quasi dimenticavo. Ho fatto leggere le prime bozze a una mia amica. È entusiasta. Penso di poterla coinvolgere nella tua presentazione, quando la farai a Berlino.»

«E chi sarebbe, questa tua amica?»

«Reggiti forte. Ute Lemper.»

Questo è *davvero* un colpo basso.

Anneliese sa che la mia ammirazione per quella cantante oltrepassa di molto i limiti dell'adorazione.

«Stai scherzando?» faccio.

«Sai che non scherzo mai. Me l'hai detto tu, che sono un incrocio fra un bulldog e Angela Merkel in Cina col jet lag. Mi sembra una definizione che esclude il senso dell'umorismo.»

«Davvero l'ho detto?»

«Sì.»

«Dovevo essere davvero ubriaco.»

«Questo è sicuro. Lo ero anch'io, per tua fortuna. Ma me l'hanno riferito.»

«Ovviamente non intendevo...»

«Ovviamente non me ne frega un cazzo. Purché continui a produrre libri che abbiano come protagonista l'ispettore Gianni Venier. Così fai del bene anche a Venezia, povera città. E guarda che dicevo sul serio: sono pronta a ucciderti, se non mi dai retta. E adesso vai. La tua madreterra ti aspetta.»

«Ciao, Annina.»

«Ciao, pazzo italiano. Stai attento, là fuori.»

«Davvero a Ute Lemper piace il mio libro?»

La risata della mia agente, stavolta, è come la cascata di gettoni dorati che sgorga dallo sportello di una slot-machine.

Chiusa la conversazione mi volto, ancora incredulo. Mi sento come se fossi uscito da un misto fra un incidente stradale e una vincita alla lotteria.

L'uomo della Model X è ancora lì e mi fissa, con un'aria che sembra quasi di sfida.

Rifletto a lungo su cosa fare, con lui. Più o meno un paio di nanosecondi.

Vedendomi arrivare non fa una piega, nonostante la mia aria tutt'altro che amichevole.

«Che c'è?» gli faccio, piazzandomi a meno di un metro da lui. Nei tempi post-Situazione è un atto di estrema aggressività. In questo caso del tutto intenzionale.

L'uomo scuote la testa. «In che senso?»

«Perché mi guarda così?»

«Non posso guardarti? È questo che mi stai dicendo? Occhio che questo è un paese libero.»

Sinceramente non è che l'aggressività mi manchi, di norma. È solo che non mi piace sprecarla così. Ci sono casi in cui la stupidità o la maleducazione oltrepassano i limiti, e allora ci vado giù pesante. E poi ci sono situazioni, come questa, in cui devo valutare se è il caso di incazzarmi o meno. Al momento l'ago pende verso il sì, ma vale la pena di fare qualche accertamento, anche perché ci sono quattro telecamere – no, *cinque* – che ci stanno riprendendo da questa o quell'angolatura.

«Che sia un paese libero non lo pensano in tanti» faccio. E non mi riferisco solo alle telecamere.

«Era solo un modo di dire. In realtà ti guardo perché ci conosciamo bene, e tu nemmeno ti ricordi di me. Tu sei Marco Ferrari, no?»

Lo guardo meglio. Socchiudo gli occhi, perché il metodo Bates ha i suoi limiti, e nonostante ci veda molto meglio rispetto a quando ero un ragazzo e portavo gli occhiali, la mia vista non è *proprio* perfetta.

«Non ti ricordi di me?»

«No» devo ammettere.

«Aggiungi i capelli lunghi e la barba. Capelli e barba rossi.»

Non è facile. L'uomo è rasato quasi a zero, e sbarbato.

«Faccio un po' di fatica a visualizzarti così» ammetto.

Lui allunga la mano. Un gesto d'altri tempi. «Ettore Mandia. Ero difensore d'ufficio di due della De Gasperi. Sì, be', non per tanto. Giusto prima che nominassero degli avvocati di fiducia. Ma insomma.»

Annuisco.

Non gli stringo la mano e tantomeno fingo di riconoscerlo, ma mi sembra che la cosa non lo disturbi più di tanto.

«Io ti ho riconosciuto subito» fa. «D'altra parte hai avuto più dei tuoi cinque minuti di notorietà. Cosa fai, adesso? Per vivere, voglio dire?»

C'era quella canzone, una volta, *Big in Japan*. Per dire che non si può essere famosi dappertutto.

«Scrivo libri. Vivo in Germania. E tu?»

«Fai bene. A vivere in Germania, voglio dire. Lì le cose funzionano ancora. Oh, be', io me la cavo. Diciamo che nella mia sfortuna sono stato fortunato.»

Alzo le spalle.

Lui pure.

Siamo entrambi reduci di quella guerra, anche se ancora non ho capito da che parte stava, lui. «Due della De Gasperi» di quando? Di *prima* o *dopo*?

Capisco che è uno di quelli di *prima* quando se ne esce fuori con un «Avevate fatto solo il vostro dovere, cazzo, e guarda come vi hanno trattato».

Di colpo mi sento come se fossi finito in un mondo parallelo.

Un mondo in cui la parte cattiva delle mie azioni, quelle che *credevo* fossero la mia parte cattiva, sono diventate imprese da eroe, mentre quelle che ho fatto dopo, il cosiddetto bene, ogni mio sforzo per riscattarmi, sono diventate merda.

«Posso offrirti da bere?» mi chiede.

Dopo una breve esitazione faccio segno di sì con la testa, e lo seguo verso l'hotel.

«Certo che il mondo è proprio piccolo» fa lui. «Sembra un luogo comune, e invece guarda qui... Ci troviamo dopo tutti questi anni in un posto in culo ai lupi, e tutti e due guidiamo una Tesla. Ti trovi bene, di'?»

«Certo.»

«Io mica tanto. L'autonomia è buona, okay, ma a me piace, diciamo, la guida sportiva, e allora col cazzo che hai tutta l'autonomia che dicono. Di', ma in Germania è ancora così, che non ci sono limiti di velocità sulle autostrade?»

«Sì.»

«Beati voi» fa. Spalanca la porta a vetri fumé dell'albergo e subito ci troviamo immersi nel gelo dell'aria condizionata. Il bar è sulla destra. Una ragazza piuttosto bella, russa o polacca, indossa un grembiule da barman sopra la camicetta più bianca che abbia mai visto. Un bianco che le luci sopra il bancone rendono accecante, come i denti perfetti svelati dal suo sorriso e i guanti alla Mickey Mouse.

Dietro di lei, nello sterilizzatore, brillano file di bicchieri di infinite forme e dimensioni.

«Buongiorno, signori. Cosa desiderate?»

«Tante cose» fa il pelato, assestandosi in modo scomposto sullo sgabello troppo alto. Io resto in piedi. «Tu che cos'hai da offrirci?» chiede, strizzando l'occhio alla barista.

«Per me un caffè» taglio corto io.

«E per me invece una birra. Bella secca. *Dry.* Sapporo ne avete?»

«Abbiamo l'Asahi.»

«E Asahi sia» fa. Poi si rivolge a me. «Sicuro che vuoi un caffè? Come si fa a fare un brindisi, con una tazzina di caffè?»

«Che motivo c'è per fare un brindisi?»

«Ma come, *che motivo c'è*? Ci ritroviamo per caso dopo tutti questi anni e non festeggiamo?»

Lo guardo. Sembra serio.

Alza il bicchiere di birra che la ragazza gli ha appena posato davanti.

Sentendomi un idiota anch'io alzo la mia tazzina. La ceramica tocca il vetro. Se nessuno dei due ha sfiorato il bordo con le labbra si può fare.

«Agli incontri imprevisti» fa lui. «E ai vecchi amici ritrovati.»

Io mi limito ad annuire. La barista ci guarda con un'aria studiatamente neutra.

«*Ahhh.* Certo che va giù bene» sorride il pelato. «Sicché hai detto che scrivi. E che vivi in Germania. E cos'è che scrivi, di bello?»

«Romanzi.»

«Che genere di romanzi? Tipo alla Dan Brown?»

«Polizieschi. E tu cosa fai, per vivere? Ancora l'avvocato?»

«Ah, no. Macché. Il diritto è morto. Mi sono reinventato come *spin doctor.*»

«Cioè?» chiedo, per educazione più che per vera curiosità.

«*Orpo*, è difficile da spiegare... Sai tipo i pugili, che hanno sempre uno vicino a loro, un tizio che gli dà consigli, e gli cura le ferite?»

«Credo sia l'allenatore.»

«Ecco, io sono tipo una cosa così. Ma mi pare che non si chiami allenatore. Mi pare si chiami *sparring partner*. Una roba del genere, comunque. Senti, carina, dammi un'altra birra, sii gentile. Insomma, c'è questo politico della mia zona che ha fatto un carrierone. Adesso è a Milano, su in regione; è un pezzo grosso, segue gli appalti della sanità, non so se ci siamo capiti, e siamo amici dai tempi della scuola. Quando è stato eletto ci siamo incrociati per caso, proprio come io e te oggi, e tra una cosa e l'altra mi dice che uno come me gli farebbe proprio comodo. Avvocato, ma con la tessera di pubblicista: *bingo*. Lui non ti dico... Non è arrivato più in là della scuola professionale, ma dovresti vedere in che casa vive. È un furbo della madonna, e sai cosa mi diceva mia mamma? Che vale più un soldo di furbizia in tasca che una sfilza di lauree appese al muro. Ah, grazie, bellina» fa, afferrando la seconda birra e svuotandone metà in un sorso.

Gli occhi della barista sembrano fatti di ghiaccio. Il suo sorriso dice *sono felice di lavorare qui, e mi piace ascoltare le cose che dite*. Ma i suoi occhi raccontano tutta un'altra storia.

Allo stesso modo il vestito elegante, le scarpe Church's e il Rolex del pelato parlano di successi e grandi soddisfazioni avute dalla vita, ma la sua pancia da bevitore, gli occhi arrossati e l'espressione sfuggente non mentono.

«Ti va un altro caffè?»

«No, grazie. A posto così. Ora dovrei proprio andare.»

«Certo. Certo. Andiamo, allora.» Guarda la barista con l'aria triste di un uomo troppo sazio a cui viene proposta una bistecca. «Segna sulla mia camera, bellina.»

«Certo. Posso chiederle il numero?»

Clic della penna. Fruscio di fogli.

«Stanza 510. Mettici anche venti euro di mancia.»

«Molte grazie.»

Il pelato firma il foglio con un elegante svolazzo e con una strizzata d'occhio s'infila la penna dell'albergo nella tasca della giacca. La barista sorride, indulgente.

Usciamo lasciandoci alle spalle l'aria condizionata dell'atrio. Quella di fuori, l'aria del parcheggio, è triste e sapida, come se fosse già stata respirata da polmoni stanchi.

Camminiamo verso le nostre auto. Le attrezzature del *supercharger* sembrano far parte della scenografia di un film di fantascienza, contro lo sfondo di capannoni arrugginiti e ciminiere senza fumo e senza futuro.

«La mancia li frega sempre» fa il mio nuovo amico.

«Cosa intendi?»

«Hai visto come se l'è bevuta? Avrebbe dovuto chiedermi di farle vedere la chiave, o informarsi con la reception. Invece quando le ho nominato la mancia di venti euro non ha più fatto niente. Mi sono anche tenuto la sua penna. È l'avidità che li frega...»

«Vuoi dire che non sei ospite dell'albergo?»

«Macché! Sono di passaggio. Mi sono fermato solo per fare rifornimento. E adesso filiamocela, va'. Piacere di averti conosciuto. Meglio se teliamo. Questo è il mio biglietto da visita.»

Lo prendo dalla sua mano sudata.

«Dov'è che vai, di bello?»

«A Sabbie Dorate.»

«Sabbie Dorate... Mai stato... Un po' fuori stagione, no?»

«Sai com'è, devo vendere una casa che non uso più» butto lì, pur di chiudere la conversazione.

«Magari ci si vede, prima o poi» fa lui, aprendo la portiera della sua Model X e infilandoci dentro il corpo obeso.

«Okay» sorrido, mio malgrado.

Il pelato annuisce. La portiera si chiude, e io me ne torno alla mia auto, carica al novantasette per cento e pronta per il tratto finale del mio viaggio.

5

Quante probabilità c'erano di fare un incontro del genere, mi chiedo.

Anneliese, che ha un curriculum di studi scientifici, forse sarebbe in grado di calcolarle. Io no. Mi sa comunque che erano davvero scarse.

La pioggia mi sorprende appena fuori Padova. È un temporale estivo senza estate, con lampi e scrosci di grandine. Di colpo la temperatura esterna precipita di dieci gradi, e la strada diventa un incubo grigio. La pioggia sferza i vetri, i fari antinebbia delle altre auto si accendono di colpo, e l'autostrada si trasforma in un serpente rosso e bianco.

Così faccio una cosa che in teoria non dovrei fare.

Attivo il pilota automatico.

Mi fido più di chi ha programmato quest'auto che dei miei riflessi, che il caffè non ha migliorato più di tanto. Anche se non vorrei ammetterlo, prima o poi dovrò decidermi a rimettere gli occhiali. Magda è da un po' che insiste. E secondo Anneliese nelle foto sembrerei più autoriale, qualunque cosa voglia dire questo aggettivo che mi è sempre stato sui coglioni.

«Ormai tutto si riduce all'immagine» protesto ogni volta, quando lei mi comunica che dobbiamo rifare le foto per la copertina e la cartella stampa.

«Non vedo cos'hai da lamentarti» mi risponde lei, altrettanto puntualmente. «Sei ancora un bell'uomo. Goditela, finché dura. Non fare come quello scrittore italiano, di cui per carità cristiana non faccio il nome, che oltre a tingersi i capelli si è anche fatto il lifting. E si è persino retrodatato la nascita sul suo sito internet.»

Affidandomi alla provvidenza e ai programmatori della Tesla tolgo mani e piedi dai comandi, socchiudo gli occhi e accendo la radio. Tutte le frequenze sono sballate. Qui non ci sono più le voci felpate e un po' da *crooner* degli speaker tedeschi, ma solo ragazzotti e ragazzotte che sparano stupidaggini alla velocità del suono, fra una canzone idiota e l'altra.

Così seleziono sul cellulare un altro dei miei antidoti al male di vivere e faccio partire a tutto volume Christophe Miossec. *Brest*, per me, è in assoluto la canzone più bella che sia mai stata dedicata a una città. Ha il solo problema che passa da un pianissimo a un fortissimo in pochi secondi e ti spacca le casse. Ce l'ho in quattordici versioni *cover*, ed è incredibile vedere come ogni interprete abbia aggiunto qualcosa del suo talento per arricchirla ma la canzone sia rimasta sempre quella: è come se avesse un'anima sua, o fosse una cattedrale alla cui costruzione hanno lavorato generazioni di artisti e manovali, rispettando il progetto originale.

Il bello e il brutto delle canzoni è che ci sopravvivono.

Il disco che ascolto è *1964*, vecchio di quasi vent'anni ma ancora splendido. Oltre a *Brest* contiene canzoni meravigliose come *Rose*, *Rester en vie*, *Les Gueules cassées* e soprattutto *Pentecôte*, semplicemente perfetta per l'uragano tropicale in cui l'autopilota della Tesla e io viaggiamo per quasi due ore. Usciamo solo all'altezza di Portogruaro, quando i cartelli ci informano che stiamo lasciando la regione autonoma del Veneto per entrare nella regione autonoma del Friuli Venezia Giulia.

È strano tornare a casa dopo tanti anni.

Ed è strano anche notare come nel passaggio da una regione all'altra non ci sia niente che cambi per davvero. Gli alberi sono gli stessi, così come i campi, le case e le fabbriche con i tetti in rovina.

Non c'è confine allo squallore.

Riprendo i comandi manuali della Tesla e accelero, come se volessi raggiungere la velocità di fuga da questo universo.

Ma tutto ciò che ottengo è addentrarmi ancora più velocemente in questa terra che ormai non mi appartiene.

6

La prima cosa che noto, appena arrivato a Sabbie Dorate, è che nel vialetto d'accesso di casa nostra non ci sono più alberi.

Nessuno.

Dei.

Sei.

Stramaledettissimi.

Alberi.

Sei pini marittimi vecchi di cinquant'anni.

La seconda è che non c'è parcheggio. Ma questo non mi stupisce. È sempre stato così. Ogni volta trovavi qualcuno già piazzato al tuo posto. Arrivavi e dovevi lasciare l'auto a chilometri di distanza, finché l'occupante abusivo non tornava e potevi ingaggiare una spiacevole ma necessaria battaglia verbale condita di minacce e qualcosa di ancora peggiore e tipicamente italiano: la tendenza dell'altro a minimizzare l'accaduto, a sfotterti perché «ci tieni tanto al tuo posto auto, e che sarà mai, ma tienitelo, miserabile che non sei altro, te lo libero subito, il tuo posto, e porto via il mio suv, la mia Audi o la mia Porsche, perché tu possa infilare nel tuo parcheggio di merda anziché nel tuo culo la vecchia carretta che ti ritrovi»...

I due posti auto questa volta li occupa un camioncino messo di sghimbescio, sul cui pianale scoperto ci sono una piccola betoniera e un mucchio di ghiaia e sacchi di cemento.

Parcheggio la Tesla in uno dei posteggi condominiali di fronte.

Lo so, è brutto.

Lo so, non si fa.

E poi è vero che sono tutti vuoti, ma stai sicuro che come ci piazzi l'auto salteranno fuori dal nulla torme di onesti cittadini feriti dalla tua infrazione. Lascio quindi un biglietto, per precauzione.

Dalla casa davanti alla nostra, che ricordavo abbandonata da anni, provengono fastidiosi rumori di trapano.

Mi affaccio all'interno.

La villetta è sventrata, i pavimenti messi a nudo. Ricordavo brutte piastrelle color piombo, che ora non ci sono più. Sul cemento sono stati posati tubi di rame e altri più grandi di plastica. La casa sembra esplosa. L'equivalente edilizio di un'operazione chirurgica lasciata a metà.

«C'è nessuno?» grido, per farmi sentire sopra il rumore del trapano.

Un uomo sui sessanta, a torso nudo e coperto di polvere, si toglie gli occhialoni protettivi. Così finisce per somigliare a un procione.

«*Ce vûstu?*» mi apostrofa duro in friulano, reggendo in mano l'arnese elettrico come se fosse un'arma.

«Buongiorno. Sono il proprietario della casa qui dietro. Volevo chiederle se può gentilmente spostare il camion. A parte che devo parcheggiare, così com'è messo non riesco neanche a entrare nel mio vialetto.»

«*Nissun mi à dite nuie.*»

«Be', glielo dico io. Quella là dietro, la vede? Quella sarebbe casa mia.»

L'operaio molla giù una bestemmia in friulano e da una delle tante tasche dei calzoncini corti tira fuori un vecchio Nokia con il diplay verde. Senza smettere di smadonnare compone un numero, faticando per via delle dita grosse.

Alla fine prende la linea e si sposta in un'altra stanza perché io non lo senta. Il che non m'impedisce comunque di ascoltare il suo vocione rimbombante che protesta con qualcuno all'altro capo del telefono.

Mi guardo attorno. Le pareti sono completamente sventrate, scavate come un termitaio. Lungo canaline fresate nel cemento scorrono tubi e cavi elettrici.

Non sembra tanto una casa quanto una capsula Apollo in una fase intermedia della costruzione. È così che la descriverei, in uno dei miei libri. Ma ovviamente il commissario Gianni Venier non frequenta i cantieri. Un cantiere non sarebbe *tipicamente veneziano*. Dovrebbero scriverlo in corsivo, come le altre parole lasciate volutamente in italiano per l'effetto esotico: *commissario*, *questura*, *tramezzino*.

Cantiere.

L'operaio ritorna. Sul suo volto il sudore ha disegnato nella polvere di gesso strisce come quelle di una tigre. Senza degnarmi di uno sguardo o di una parola esce, sale sul camion, e con una manovra da scomunica, senza nemmeno guardare nello specchietto e sfiorando di un millimetro la mia Tesla, lo sposta dalla parte opposta della strada, ostruendo un altro passo carraio.

«*Content cumò?*» mi fa. «*Vaial ben?*»

Mi accontento di rispondergli: «Sì sì.»

Il vialetto ora è libero.

E lo è ancora di più da quando dei sei pini marittimi che erano l'incubo di mio padre sono rimasti solo sei tronconi alti meno di un centimetro.

Dico "incubo" perché ogni volta che a papà arrivava una raccomandata da questa città sapeva che, se non erano tasse, erano notifiche per via dei sei stramaledetti alberi che aveva ereditato comprando la casa e che gli ipotecavano il buonumore.

Una volta era la processionaria, che andava eliminata subito a pena di salatissime multe, e intanto il comune stava a guardare, e un'altra erano i rami che pendevano sul terreno del vicino e andavano acconciamente potati, altrimenti avrebbero potuto ledere il diritto acquisito al parcheggio abusivo dello stronzo, operazione che però non si poteva fare se non in certi giorni fausti previsti dal calendario comunale, che si concentravano in un ridottissimo numero di ore in cui l'attività dei giardinieri dotati di camion con cesta era più prenotata di un concerto degli U2.

E invece guardalo, adesso, il vialetto.

Sembra un fotogramma di *Apocalypse Now*.

Deforestato, decespugliato, diserbato.

Decenni di fede nei regolamenti comunali e nella superiore tutela dell'Ambiente andati a puttane in un attimo.

Contemplo i mozziconi d'albero e penso a tutti i fastidi e le rotture di cazzo che questi fantasmi arborei hanno procurato alla mia famiglia nel Ventesimo e nel Ventunesimo secolo.

Il regno degli alberi, qui, è finito.

C'è un nuovo sceriffo in città, e si chiama Sviluppo.

Stando a quanto ho letto sul web, tratti sempre più ampi di pineta vengono abbattuti per far spazio a ecoresort progettati da archistar, a complessi di lusso, a darsene per panfili sulla foce del fiume.

Gli alti pini marittimi che un tempo erano i signori del posto ora sono come malinconici aristocratici durante il Terrore, che tremano a ogni eco lontana di una motosega.

È con un misto di tristezza e di colpevole soddisfazione che poso le mie Timberland su ciò che resta degli alberi, ceppi tristi come stazioni della Via Crucis.

Arrivo al cancello della casa, e nel gesto della mano che si posa sul chiavistello c'è l'emozione di Ulisse che torna a Itaca.

Solo per scoprire che i Proci, mentre lui era via, hanno fatto festa.

Quello che un tempo era un accesso comodo e libero alla nostra proprietà, tutelato da servitù legali e soprattutto dalla parola data, è diventato un corridoio come quelli che si trovano alla frontiera tra la Corea del Nord e quella del Sud. Manca il filo spinato, ma la recinzione c'è, e protegge la casa davanti alla nostra.

La prima cosa che mi viene in mente è Dien Bien Phu, con la foresta rasa al suolo per scongiurare gli agguati dei Vietcong. La seconda è un vecchio racconto di Urania, dove la Terra viene colpita da una terribile carestia e a un certo punto c'è questo posto che dicono sia un centro di raccolta e soccorso, e per arrivare all'infermeria devi percorrere un corridoio costeggiato da una recinzione; solo che alla fine, invece di un ospedale, c'è una fossa comune, e un uomo armato di mazza che ti aspetta sul bordo...

Insomma, pessime vibrazioni.

Apparentemente è tutto come prima, ma è come se sulle cose fossero stati apposti confini e divieti che prima non c'erano.

Accompagno il cancelletto in legno dietro di me, ma non si chiude bene, perché per realizzare la recinzione hanno spostato tutto malamente, e così il cancello rimane socchiuso, il cancello fatto da mio padre.

È con una grande rabbia che tiro fuori le chiavi e le infilo nella serratura. Quando la pesante porta scorrevole in legno si apre, uno zoo di insetti rimasti indisturbati per mesi sciama verso la luce. Ragni di ogni tipo, e millepiedi. Solo le lumache restano chiuse nei loro gusci, attaccate agli stipiti. Due ragnatele ostruiscono il passaggio, come se anziché in una casa per le vacanze stessi entrando in una tomba egizia. Le scosto, mi si appiccicano alla mano.

L'ingresso sa di umido e muffa, e di chiuso. Il primo e l'ultimo odore sono normali, il secondo no. Apro le imposte della cucina. Sul lavello c'è un piatto, e nel piatto quello che un tempo era un frutto, presumibilmente una mela. Ora è un ammasso sferico di muffa grigiastra. Porto il piatto fuori e lancio quella cosa aliena verso il giardino dei vicini, dove atterra sull'erba alta senza far rumore.

Poi sollevo i due interruttori della luce e torno in strada per aprire l'acqua. Il pozzetto è allagato. Niente di straordinario. È stata la primavera più piovosa degli ultimi decenni. Smuovo la leva rossa e richiudo il coperchio.

Come immaginavo, Elena, ammesso che sia stata lei e non qualche suo amico o amica a chiudere la casa per l'inverno, non ha staccato la bombola del gas e non ha spostato i materassi. Sotto i letti, ma anche sotto la vetrinetta dell'ingresso, ci sono chiazze di umidità. Non ha nemmeno coperto col cellophane l'unità esterna del condizionatore. In poche parole, non ha fatto nulla di quel poco, o pochissimo, che avrebbe dovuto fare dopo aver usato la casa per uno dei suoi lunghi soggiorni fra un trasloco e l'altro. Elena cambia casa ogni volta che cambia uomo, o lavoro. E fra una casa e l'altra si stabilisce provvisoriamente qui, lasciandosi dietro i segni della sua prodigiosa incuria.

Spalanco tutte le finestre, bloccando con dei cunei di legno le porte perché non sbattano mosse dalla corrente d'aria. Stacco le lumache dalle due porte esterne e le poso sull'erba del giardino, che le piogge abbondanti hanno ridotto a una giungla.

Faccio tutto con gesti resi meccanici un po' dalla pratica ma soprattutto dal fatto che sto cercando di mettere il maggior distacco possibile tra me e le cose che vedo.

Poi mi siedo sullo scalino del patio, mi prendo la testa tra le mani e piango.

Non ho sentito i passi.

Ma l'anziano operaio è in piedi di fronte a me.

Alzo gli occhi.

Lui ha una faccia inespressiva, ma lo sguardo curioso.

«*Ce âstu? Ti sêstu fat mâl?*»

«No.»

«*E alore parcè vaistu?*»

«Piango perché è morto mio padre.»

«*Mi displâs. Quant isial capitât?*»

«*Vòt agns indaûr*» gli rispondo in friulano. Otto anni fa.

Lui mi fissa con aria perplessa e poi sbotta: «*Ma va in mone!*»

«Guardi che il dolore non ha mica una scadenza.»

«Su questo posso essere d'accordo» fa lui, in un italiano fortemente accentato. «Avevo venticinque anni quando c'è stato il terremoto. L'*Orcolat*. Ero a lavorare in un cantiere giù a Jesolo. Anche lì si è sentita, la scossa. Ho mollato tutto e sono tornato a casa, a Gemona.» Si deterge col dorso della mano la polvere dalla fronte, ed è come se venisse da lontano. Come se non fosse la polvere del cantiere nella casa di fronte, ma quella sollevata dal terremoto del '76, quello che aveva coperto il Friuli di un grigio lunare. «Avevo una moglie e due bambini piccoli. Tre anni il maschio, uno e mezzo la femmina.»

«Mi dispiace.»

«Non sei mica stato tu. È stato quello lassù. O forse nessuno. Perché non so se è peggio pensare che lassù qualcuno c'è o che non c'è. Comunque è uno schifo. Quanti anni aveva, tuo padre?»

«Ottanta.»

«Mia moglie ne aveva ventiquattro. *Ven cun mè, supo.*»

Lo seguo passivamente, come un bambino. Lui mi fa strada verso la casa in ristrutturazione. Facendo lo slalom fra i tubi sul pavimento scoperto, entriamo nella cucina.

«Guarda che roba» mi fa, mostrandomi la terrazza al di là della lunga finestra. «Illuminazione a pavimento. Luci che si accendono e si regolano, di tutti i colori. Come in una discoteca.»

Io per un attimo immagino gli invitati, in piedi sulla terrazza, con le luci che li illuminano dal basso. Quando eravamo ragazzini, per spaventare qualcuno ci puntavamo una torcia elettrica da sotto il viso. Allora i cellulari non c'erano. Usavamo torce elettriche vere, una tecnologia che sembra essersi estinta, nel mondo attuale. Con quella luce puntata sul mento sembravamo tutti dei mostri, o dei fantasmi.

L'uomo apre una borsa di pelle logora, una borsa portattrezzi da muratore, chiazzata di calcina. Tira fuori un thermos e poi una bottiglia senza etichetta, mezza piena di un liquido incolore.

Versa nel coperchio di plastica del vecchio thermos due dita di caffè, e poi toglie il tappo di sughero dalla bottiglia, versando un dito di quel liquido nel caffè.

«*Bêf*» mi fa, ed è un ordine a cui obbedisco.

Pentendomi all'istante.

È come se un folletto maligno mi fosse entrato in bocca e mi strappasse il fondo del palato. Contemporaneamente una vampata di calore mi incendia le guance e il cervello.

Strabuzzo gli occhi. «Ma che cazzo...»

«*Buine, no ei-se vèr?*»

«Ma cos'è?»

L'uomo mi prende dalla mano il coperchio del thermos e se lo riempie di quel liquore dal gusto indefinibile. Non è vodka né gin. È una strana sostanza quasi incorporea, ma dall'effetto micidiale.

L'operaio ingolla in due sorsi il liquore.

«Una roba che abbiamo trovato. Roba stravecchia. Qualche anno fa stavamo ristrutturando la vecchia canonica di Povolato, su in Carnia. Abbiamo sfondato un muro con la mazza e dietro c'era il vuoto. Dentro il muro c'erano venti bottiglie come questa.»

La guardo. In effetti avrei dovuto notare subito che non si tratta di una bottiglia industriale. Sembra fatta a mano. Il vetro è irregolare. Intorno al collo ci sono residui di cera, come piccole lacrime rosse.

«Erano sigillate. Abbiamo tirato a sorte per fare a chi l'assaggiava. Ho vinto io. O perso, dipende da come andava l'assaggio. Invece, *dio bièl*, a bomba che andava giù. A bomba.»

Si versa ancora da bere.

«Ci siamo divisi le bottiglie, senza dir niente al capocantiere. Eravamo in tre. Sei a testa, e due in più a me che avevo fatto l'assaggio. Ci sono voluti due giorni prima che gli altri si decidessero a berlo anche loro. Mi guardavano strano, come se si aspettassero che mi venisse il cagotto, o peggio.»

«Ne hai ancora?»

«Tre. Perché?»

«Hai idea di quanto vecchie possono essere?»

«Non sono stupido. Non avrò fatto le scuole alte, ma so leggere. C'era anche un libro, assieme alle bottiglie.»

«Un libro?»

«Un coso, come si chiama, un diario. Almeno sembrava. Ma era in latino. Nella prima pagina c'era scritto 1632.»

«E cosa ne avete fatto?»

«A me non interessava. L'abbiamo lasciato a Gilberto.»

«Sai se ce l'ha ancora?»

«Perché?»

«Mi interesserebbe vederlo.»

L'uomo alza le spalle. «Posso domandarglielo, quando lo vedo.»

«E una bottiglia?»

«Una bottiglia cosa?»

«Non me la venderesti?»

L'operaio mi scruta. «Dipende. Quanto mi daresti?»

«Non so. Cinquanta euro?»

Lui scoppia a ridere. «Sei scemo?»

Mi preparo a offrire di più, quando lui fa: «Ma dove li

trovi i soldi tu, per terra? Sai quante bottiglie di grappa buona mi compro, con cinquanta euro?»

«Ma una bottiglia così ha un valore storico.»

«La grappa è grappa. Ma se hai soldi da buttar via, cinquanta euro per me vanno bene. Te la porto domani, quando torno.»

«E per il libro, invece?»

«No, per quello devo sentire Gilberto. Non so quanto potrà chiedere. Non penso tanto. Non è un professorone, Gilberto. Spero che non l'abbia già dato via. O bruciato, perché puzzava. Invece ascolta il consiglio di un vecchio: lascia stare tuo padre. Lascia stare i morti.»

«Non è facile.»

«Sì che è facile. *La vita* è facile. È tutta in discesa. Non devi far niente, tu. Fa tutto lei. Vuoi un altro caffè?»

«No. A posto così. Grazie. Era buono.»

«Me lo fa Larissa. È la badante di mia mamma. Ha novantacinque anni, da due non parla più, fa solo *la la la la la*.»

«La badante?»

«*Cojòn*. Mia mamma.»

«Ah.»

«Fa' finta di non capire, fa'...»

Chiude il thermos.

Ritappa la bottiglia.

Penso a quanto sia strano, questo incontro. Così com'è stato strano imbattermi in quel residuo del mio passato, al *supercharger* di Verona. Se la vita davvero è in discesa, il suo piano inclinato mi sembra quello di un flipper diabolico.

«Adesso non è che ti voglio mandare via, *fantat*, ma ho un lavoro da portare avanti.»

«Mi ha fatto bene parlare con te.»

«Anche a me. Così ho scoperto che sei meno stupido di come sembravi. Arrivi col tuo macchinone e mi dici di sgombrarti il passaggio... La gente dovrebbe vedersi da fuori, per capire davvero com'è. Ci vediamo domani, va' là.»

«Okay.»

L'uomo sbuffa. «*Okay*, *okay*... Parlate tutti come in un film di cowboy... Eppure sei anche tu friulano. Non dire di no. Si capisce. *Di indulà sêstu?*»

«Chiusaforte. *Scluse*.»

«*D'indulà che al jere chel poete! Cemût si clamavial?*»

«Pierluigi Cappello.»

«Lui. *Dio bono, ce brâf che al jere. Lu cognossevistu?*»

«Un po'.»

«*Un pôc... Lu sai, un al pense che un muredôr nol podedi cognossi un poete... Invezit...*»

«Invece la vita è strana.»

«*Propit. Ben dite. Bon, dai po, vonde. Si viodìn doman. Ti puarti la tô sgnape. E tu impensiti dai cincuante euros. Mandi, fantat.*»

«*Mandi.*»

7

Lo guardo allontanarsi lungo il vialetto, schivando certi arbusti strani e rigogliosi che sembrano appartenere a una foresta preistorica. Sarà che quest'uomo mi sembra uscito, antropologicamente parlando, da una sorta di Jurassic Park, un mondo perduto in cui esistevano ancora gli operai, e se parlavi al telefono con una ditta ti rispondeva un essere umano e non una serie informatizzata di «prema uno» e «prema due».

Lo guardo andar via e di colpo mi faccio prendere dallo sconforto, come un naufrago che vede il fumo di una nave allontanarsi all'orizzonte sapendo che dovrà rimanere solo sull'isola deserta.

Trovo una scopa, un mocio e un secchio nel cassettone esterno, che puzza di stuoie macerate e di abbronzante stantio. Ma prima di tutto porto fuori dalla camera matrimoniale i due materassi e li appoggio alla recinzione, perché prendano sole e perdano almeno un po' il sentore di muffa che emanano.

Tra le tante cazzate che ho fatto, quando cercavo di ritrovare la bussola della mia esistenza, c'è stata quella di entrare in un monastero zen, il Mount Baldy Zen Center nelle San Gabriel Mountains, sopra Los Angeles. C'ero andato soprattutto per via del fatto che Leonard Cohen aveva preso gli ordini lì. Il posto era stato sin dall'inizio una completa delusione. Mi aspettavo, lo ammetto, qualcosa di molto più figo. Invece era solo un vecchio campeggio per boy-scout riadattato, e il paesaggio intorno mi ricordava più la Carnia che il West. Le prime tre settimane lassù, rapato a zero e con addosso un saio squallido e urticante, le avevo passate più che altro a spazzare con una scopa di saggina i sentieri del monastero, che avevano l'imbarazzante caratteristica di tornare a riempirsi di polvere appena voltavi le spalle.

Immagino facesse parte dell'educazione allo Zen.

Mentre spazzo fuori di casa bozzoli secchi d'insetti, foglie e ragnatele, sento di nuovo in mano quella maledetta scopa di saggina. Così come, strizzando e passando il mocio sui pavimenti, sulle colline della California, mi ero sentito Ralph Macchio in *Karate Kid*.

Metti la cera, togli la cera...

Alla fine, quando ho ottenuto un risultato accettabile e la corrente d'aria ha asciugato a sufficienza l'umidità delle stanze, esco a sedermi in veranda, sulla sedia a dondolo di mio padre. Il fumo dello zampirone che accendo è più acre del dovuto, forse per l'umidità, ma fa il suo dovere.

La vista non è eccezionale: il muro della casa di fronte e un condominio abbandonato sulla sinistra. Sul cancello d'ingresso del palazzone c'è un cartello del tribunale fallimentare. Il passare del tempo non è stato clemente, con questa città. Ma se alzo lo sguardo verso il cielo incontro questo azzurro color uovo di pettirosso, e il verde delle cime degli alberi mosse dal vento, e in quei due colori ritrovo l'emozione delle mie estati da ragazzo. Quando gli ultimi raggi del sole scompaiono, e le cose sembrano velarsi di grigio, vado a recuperare i due materassi e li riporto dentro, asciutti e con un odore che da bambino chiamavo "odore di sole".

Mi guardo intorno, nella stanza d'ingresso. Compilo a mente la *check list* delle cose fatte e da fare.

Boiler: acceso.

Frigo: pulito e regolato sul 2 di potenza, sufficiente per un paio di settimane, prima che il freezer diventi una caverna di ghiaccio.

Gas: attaccato.

La fiamma esce bella forte. Incredibile ma vero. Di solito, dopo il passaggio di Elena, la bombola è sempre vuota.

Pensili della cucina: puliti e disinfettati.

Bagagli: scaricati dall'auto, pronti per essere svuotati.

Ma innanzitutto sarà il caso di provvedere alle scorte di prima necessità.

Uscendo per andare al supermercato in fondo alla strada incrocio l'operaio che sta caricando i suoi attrezzi nel cassone del camion. Mi fa un cenno distratto di saluto e poi rientra nella casa in costruzione, a prendere altra roba.

Quando faccio ritorno, venti minuti dopo, arrancando con le mie due borse pesanti della spesa, il camion non c'è più e la recinzione del cantiere è chiusa con un lucchetto.

Metto gli acquisti in frigo e in dispensa e poi disfo i bagagli. Di posto ce n'è in abbondanza negli armadi, anche se sanno di chiuso.

Faccio il letto e poi mi preparo alla cena.

Mi siedo a tavola senza apparecchiare. Una tovaglietta all'americana, una lattina di Beck's e una scatola di tonno da cui tiro fuori bocconi di pesce con i crostini integrali.

Il *crunch crunch* che produco masticando è l'unico suono della casa.

Intimo. Soddisfacente.

Ho finalmente l'impressione buona di qualcosa che ricomincia, spuntando dalla cenere grigia della stanchezza procurata dal viaggio.

8

Non ricordavo quanto facesse buio presto, qui.

All'esterno cala di colpo, ma proprio così, di colpo, una notte africana. L'illuminazione pubblica latita, perché l'apertura della stagione turistica è lontana, e le case intorno sono ancora tutte vuote. Le stelle brillano sfacciatamente nei ritagli di cielo fra le chiome degli alberi.

E con il buio anche la temperatura scende di almeno dieci gradi. Quest'estate non vuol proprio saperne di mettersi in moto.

Esco in veranda, in mano ho un *tumbler* con tre dita di Caol Ila Moch. Preparare i bagagli da solo comporta il non avere censori che inarcano il sopracciglio vedendo che infili nel portabagagli dell'auto una scorta di alcolici sufficiente al fabbisogno di una piccola nazione.

Mi siedo sulla sedia a dondolo di mio padre. L'ha costruita lui, quando è andato in pensione. È un capolavoro di falegnameria, realizzato solo con incastri, senza nemmeno un chiodo o una vite. Non so che legno abbia usato, ma sembra abbastanza robusto da poter durare mille anni. Dondolandomi leggermente, guardo le stelle e il fumo dello zampirone che sale dritto verso il cielo, in mancanza del minimo alito di vento.

Il gusto aspro e persistente del whisky mi liscia i pensieri, come farebbe un fiume con i ciottoli. Innesca un ricordo di me e papà sulla riva del Tagliamento. Lui raccoglie le *slavris*, come chiama in friulano i sassi piatti e tondi con cui giochiamo a farli rimbalzare sull'acqua color argento. Papà riesce a fare sei e una volta addirittura sette rimbalzi, mentre io mai più di due.

Papà è un gigante.

Chiudo gli occhi e tento il difficile esercizio di ricordarlo a memoria, assaporando il liquore torbato. La prima cosa che mi viene in mente è il sorriso. È quello che rimarrà in me di lui, mi dico, quando ogni traccia d'altra memoria – il volto, i gesti, le parole – sarà scomparsa.

Mando giù l'ultimo sorso.

Mi annuso un'ascella.

Mai bipede ebbe più urgente bisogno di una doccia.

Finisco il whisky e mi spoglio mentre cammino lungo il corridoio. M'infilo sotto il getto d'acqua che da gelida si fa subito calda e poi bollente: uno shock termico che è una sferzata d'energia. Lascio che l'acqua sciolga e si porti via la tensione del viaggio e del ritorno a casa, ammesso che possa chiamare casa questo posto ormai in vendita, e questo paese da cui sono fuggito anni fa. Anni che sembrano secoli.

Mi guardo nello specchio del bagno. Con il palmo della mano pulisco via il vapore. L'ultima volta che mi sono visto in questo specchio avevo nove anni di meno. I miei genitori erano ancora vivi.

Certi specchi sembrano avere il dono di riflettere meglio la realtà.

Sono più sinceri, insomma.

Non sono sempre gli specchi che più amiamo, perché la verità a volte fa male.

Questo direi che è nella media. Niente di speciale, a vederlo. Ma mi è caro ogni millimetro della sua superficie, chiusa in una cornice rossa arrugginita sui bordi. Perché questo specchio ha riflesso la vita della mia famiglia, da quando io ed Elena eravamo due marmocchi con le ginocchia eternamente sbucciate fino all'ultima volta che sono venuto a trovare i miei in questa casa.

La prima cosa che avevo visto era la sedia a dondolo con sopra un mucchio di coperte spiegazzate. Avevo pensato che quella sciatteria non era da mia madre. Poi, quando ero arrivato quasi alla fine del vialetto, avevo realizzato che non erano coperte: era mio padre, abbandonato come un sacco vuoto, la faccia pallida, le guance mal rasate. Dormiva, ma si era risvegliato subito, al rumore dei miei passi.

Avrei bisogno anch'io di radermi, ma penso che ormai lo farò domani. Sbadiglio, asciugandomi nell'accappatoio di spugna trovato in fondo a un cassetto, che sa leggermente di muffa.

Papà, quel giorno, non sembrava più lui. La faccia era la sua, così come gli occhi buoni, e il sorriso smarrito che mi fece appena mi ebbe riconosciuto. Era lui, ma al tempo stesso non lo era: pareva un riflesso sbiadito dell'uomo che conoscevo. La sua voce era flebile, interrotta da colpi di tosse che venivano dal fondo dei polmoni, come dal fondo di una grotta.

Scelgo di dormire su quello che era il suo lato del letto. Poso sul comodino i miei libri, il tablet, gli occhiali stenopeici.

Appoggio contro la parete la mazza da baseball in alluminio che mi sono portato da casa, nell'ottica del *non si sa mai*.

Il materasso è ancora un po' umido, il cuscino troppo poco imbottito. La luce è quella che mi aspettavo. I miei genitori erano cresciuti in un'epoca virtuosa: la lampadina dell'abat-jour deve avere al massimo venti watt. Domani la cambierò con una di quelle nuove, ad alta resa.

Piego la testa e annuso il copricuscino. Non l'ho cambiato.

Per un attimo, sotto il leggero sentore di muffa, mi sembra quasi di percepire l'odore del dopobarba di mio padre, una lozione industriale che lui si ostinava a usare, ficcando dentro gli armadi quelli molto più costosi che gli venivano regalati a ogni festa comandata.

Ma poi capisco che è solo un'illusione.

Il cervello a volte fa di questi scherzi, soprattutto quando sei stanco, o teso. Provi la sensazione di aver già visto o fatto qualcosa. Ma è solo un'illusione, un corto circuito cerebrale.

Almeno così dicono.

Una volta, qualche anno fa, in una delle mie rarissime incursioni in Italia, ho parlato con uno scrittore matto, che dopo una tavola rotonda ha insistito per invitarmi a mangiare qualcosa, evitando il buffet preso d'assalto da una folla di quelle che sembravano comparse di un film di Fellini. Eravamo a Lecco, credo, o a Como. Da quelle parti, comunque. Sembrava di essere all'estero, o in qualche universo parallelo. Dappertutto spuntava il simbolo del Sole Padano. Sul selciato – composto da ciottoli dipinti di verde, o a mosaico –, sui muri delle scuole. Un incubo. Avevamo trovato un solo locale aperto, un ristorante senza clienti, gestito da turchi. A tavola, tra una portata e l'altra, a mano a mano che il tasso alcolico saliva, lo scrittore mi aveva esposto la sua teoria, secondo cui il tempo non era lineare ma piuttosto simile a un gomitolo di passato, presente e futuro. Tutto, diceva, è avviluppato in questa matassa temporale, per cui tempi lontani se li consideri in una prospettiva lineare sono in realtà vicini, sovrapposti come gli strati di una cipolla.

A un certo punto il discorso si era fatto abbastanza confuso, finché lo scrittore non aveva detto: «Tuo padre è ancora vivo, proprio accanto a te. Devi solo fare un passo mentale di lato, e lo puoi trovare.»

Provo la stessa sensazione adesso, accarezzando la stoffa del copricuscino.

«Mio padre è ancora qui.»
È con queste parole sussurrate a me stesso che mi assopisco.

Il rumore mi sveglia di colpo. Non è quello dei tuoni che segnalano un temporale in avvicinamento. Quello c'è, ma ancora lontano. È un raschiare contro la porta d'ingresso, che non promette niente di buono. Le serrature di questa casa sono una barzelletta. Nel corso degli anni abbiamo subito tre furti.

Senza accendere la luce, recupero a tentoni la mazza da baseball. Il suo peso nella mia mano è confortante. A pieni nudi sul pavimento freddo mi avvicino alla porta con passo felpato. Il raschiare s'interrompe per un attimo e poi riprende. Ma non è sulla serratura. È più in basso. La porta in legno m'impedisce di vedere cos'è.

Giro la chiave senza fare rumore e spalanco la porta.

Il gatto fa un balzo all'indietro.

Mi mostra i denti, sibilando.

È magrissimo, sporco. Il pelo raggrumato sembra una pettinatura punk. Ma non scappa via, come mi sarei aspettato. Rimane lì, la schiena inarcata, lo sguardo di sfida.

Scuoto la testa.

«Ehi, Johnny Rotten, guarda che mi hai svegliato. Dovrei essere io a incazzarmi con te.»

Il gatto non risponde. È un tigrato giovane, con dei grandi occhi verdi.

«Cosa posso fare per te, Johnny? Se gratti alla mia porta a quest'ora della notte vuol dire che hai bisogno di qualcosa... A proposito, che ore sono...?»

Muovo il polso. La Mi Band 7 dice che sono le due e dodici.

«Lasciami indovinare. Sei il mio nuovo vicino di casa e hai finito il sale. O i croccantini. Mi dispiace, però: i croccantini li ho lasciati in Germania. Al limite posso offrirti del latte. O una scatoletta di tonno.»

So che può sembrare assurdo, ma alla parola "tonno" il felino ha agitato la coda. Anzi, per chi ha un gatto non è per niente assurdo, così come non lo è accogliere quest'ospite inatteso.

«Accomodati» faccio, andando in cucina senza chiudere la porta d'ingresso.

Dal pensile scolapiatti prendo una ciotola di plastica, quella che usava Elena da piccola, con il disegno di Willy il Coyote. Apro una scatoletta di tonno e rovescio il contenuto nella scodella consumata dall'uso, sminuzzandolo con il dorso della forchetta.

Poi poso il tutto per terra e indietreggio di due passi.

Il gatto rimane immobile all'ingresso.

«Guarda che non diventa più buono se aspetti. È un tonno di marca. Solo il meglio, per i nostri ospiti speciali.»

Il giovane tigrato inclina la testa. Poi muove un passo. E un altro.

«Benvenuto» sorrido, mentre il felino oltrepassa la soglia della cucina. Dopo due sniffatine diffidenti immerge il muso nella ciotola, lappando il tonno.

«Fa' come se fossi a casa tua. Non occorre che sparecchi, quando hai finito.»

Chiudo la porta d'ingresso. Il gatto s'immobilizza per un attimo, al rumore della serratura. Poi riprende a mangiare.

«Vedo se riesco a prepararti un posto per dormire. In camera mia non ti voglio. Non ci conosciamo ancora abbastanza.»

Torno con una vecchia coperta, una cosa che era già qui quando i miei hanno comprato questa casa. Quindi del Mesozoico o giù di lì. La piego fino a formare una specie di cuccia e la poso in un angolo del salotto.

«La colazione viene servita dalle sette alle nove. Vedi di non combinare disastri. Non ho una lettiera. Se, come mi sembra di intravedere, sei un maschio, dovresti riuscire a tener duro. Ci vediamo domani» gli dico, spegnendo la luce. Quella che entra dal patio mi sembra sufficiente per il mio ospite inatteso.

«Buonanotte, gatto.»

Lui non risponde.

Spenta la luce, resto disteso al buio, sentendo la pioggia dapprima picchiettare contro le imposte come dita di bambino, e poi aumentare d'intensità fino a diventare uno scroscio assordante. Le grondaie cominciano a intonare il loro canto metallico, e il temporale sembra assediare la casa da ogni lato.

Torno bambino. Mi raggomitolo fra le lenzuola, cercando di scaldarmi sotto quelle coperte da niente e sentendomi protetto in quel bozzolo, con l'odore del dopobarba di mio padre che mi fa tornare a un tempo più felice, più sicuro.

Mi addormento, e sogno.

9

Nel sogno, il picchiettio della pioggia sulle imposte diventa il battere ritmato dei manganelli sugli scudi di plastica.

È così che li svegliamo, quei bastardi.

Dopo tutta una notte in piedi a inseguire per la città gli stronzi figli di papà che incendiano i cassonetti, le auto in sosta, la filiale di una banca.

Dopo tutta una notte passata a inseguire fantasmi.

Sfondiamo il portone con l'ariete. Due colpi e viene giù in una nuvola di polvere e schegge di legno. L'hanno bloccato con catene e lucchetti, gli stronzi, ma noi lo buttiamo giù tutto intero e poi corriamo lungo il corridoio battendo i manganelli sugli scudi. Uno di noi di colpo si mette a cantare, e tutti riprendiamo quel canto che è come un accompagnamento ai nostri passi, al ritmo degli scarponi, un gutturale «*UÈ! UÈ! UÈ!*» scandito da trenta bocche secche e frustrate dai continui spostamenti inutili per la città. Gli occhi iniettati di sangue, dalle nostre gole rauche sale questo canto che non è un canto, ma un verso animale, di sfida. Alla luce delle torce che portiamo appese al petto vedo disegni di bambini alle pareti: case, animali, alberi troppo verdi con mele troppo rosse. E rosso è il colore del sangue quando il primo ribelle esce seminudo da un'aula sulla destra e uno dei miei compagni lo colpisce in fronte. Non so chi è stato a menare quel primo colpo: dietro i caschi con la visiera abbassata siamo tutti uguali, siamo un serpente che striscia lungo il corridoio, e chiunque si affacci dovrà vedersela con noi. Il ribelle cade a terra, tenendosi la faccia tra le mani imbrattate di sangue. I suoi slip si riempiono di merda e urina. Una ragazza esce dietro di lui. Due dei nostri l'afferrano per le braccia, la sbattono contro il muro. Non ci sono rumori, non ci sono parole da quelle bocche indifese che si spalancano in O mute, c'è solo il calpestio dei nostri stivali e quel grido scandito da voci potenti e incorporee che sono le nostre: «*UÈ! UÈ! UÈ!*» I corpi non ci appartengono più. Si muovono da soli, colpendo, spezzando, facendo magie: fiori di sangue, ribelli che volano in aria, manganelli che roteano come pale di elicotteri, distruggendo qualsiasi cosa colpiscano. Avanziamo per le stanze e i corridoi come una forza della natura, un uragano nero a cui niente può opporsi. E nessuno tenta di farlo. Alzano le mani, gli occhi sgranati per la paura. Colpisco una di quelle mani, tre dita si spezzano, si piegano in modo assurdo, la ragazza bionda urla senza che il suo grido arrivi al mio orecchio. Siamo un dio crudele che avanza implacabile, un dio fatto di trenta corpi che si muovono come uno solo. Al mio passaggio tutto si piega, un campo fatto di braccia e volti che riduco in carne e dolore. Sento la mia mascella tremare e mi rendo conto che è una risata: rido mentre mieto quei corpi inermi, quei corpi che la luce delle torce trasforma in marionette spastiche. Il mio bastone traccia nell'aria continue V di vittoria, e ogni V è un colpo andato a segno, ogni colpo un viso che si sfascia o si riga di rosso. Rido come un demente e procedo, e mieto corpi di ragazzi e ragazze della mia età, corpi colti nel sonno, quel sonno che mi è negato; corpi che cadono, e sono sempre di più, sembrano centinaia, migliaia, e nel sogno non riesco a fermarli. Per ogni corpo che cade ne spuntano altri dieci: è una selva di braccia alzate, un bosco in cui i corpi si trasformano in rocce aguzze, e le braccia in rami spinosi, spine sempre più lunghe, come in una corona di Cristo, e io ora sono nudo, e mi muovo in mezzo a quelle spine che mi lacerano la pelle, mi dilaniano i muscoli, graffiando contro le mie ossa.

Grido, ma l'urlo non mi esce dalle labbra.

Anche le mie mani sono piene di spine. Spine che mi escono dalla pelle grigia, dalle braccia, dagli occhi, dalle guance. Sento il dolore premere da dentro e spingere verso l'esterno, per diventare spine.

Sento il dolore diventare me.

Sento che l'urlo lacera finalmente il silenzio, ed è un urlo lungo e disperato come una sirena d'allarme.

Il corridoio intorno a me si stringe, come lo stomaco di un serpente.

Il buio mi imprigiona, digerendomi.

Nei disegni dei bambini le braccia sono fili con stelle nere al posto delle mani.

Gli occhi sono croci.

Quelli che pendono dagli alberi non sono frutti.

Sono teste mozzate.

10

Mi sveglio, e per un momento che pare infinito mi chiedo dove sono, *chi* sono, cosa cazzo è successo. Poi realizzo che si è trattato del solito incubo, quello da cui mi risveglio ogni volta avvolto da un sudore freddo, malato.

Per fortuna non mi capita spesso di farlo, questo sogno.

Succede quando qualcosa mi riporta alla memoria quella notte.

Non c'è modo di sottrarmi a quanto è successo.

L'incubo di stanotte, l'incubo della scuola, è una vecchia conoscenza. Per un po' l'ho tenuto a bada grazie alla chimica e alle sedute terapeutiche, ed era da tempo che non tornava a farmi visita.

Ho imparato a conviverci. Non è mai *esattamente* lo stesso. Ci sono delle varianti, ma la storia di fondo è quella, ed è ciò che è successo, in quella che chiamiamo "realtà": io e i miei compagni di squadra che, dopo una notte di appostamenti a vuoto e sadici trasferimenti da un capo all'altro della città, poco prima dell'alba facciamo irruzione in quello che ci hanno detto essere il covo dei cattivi, di quelli che vogliono mandare all'aria questo cazzo di incontro al vertice europeo. Ci raccontano che quel posto brulica di terroristi ed è pieno zeppo di armi, per cui «attenti, colpite per primi e non rilassatevi mai». Come se fosse possibile rilassarsi, carichi marci di adrenalina e stanchezza come siamo, gli occhi iniettati di sangue come quelli dei vampiri in certi film.

Ci hanno rifilato la solita cazzata del nemico pericoloso, uguale uguale a quella delle armi di distruzione di massa di Saddam Hussein.

Ci hanno ordinato di essere duri.

Ci hanno dato il permesso di uccidere.

Di sparare per primi.

Per fortuna non c'è stata l'occasione.

Ciò che è successo in quella scuola ormai è storia. Si è versato un sacco di inchiostro, su quella manciata di minuti. Più inchiostro che sangue. Per puro caso non è morto nessuno, a parte il nostro onore e la pietà.

Dopo aver dato da mangiare al gatto carico la moka per un caffè molto forte e controllo il cellulare. Ci sono diversi messaggi di Magda: mi informa del tempo, di Angel e di un sacco di dettagli, di tutto meno che della sua imminente partenza per il Cuore di Tenebra d'Europa. Il soprannome che le avevo dato, i primi tempi della nostra convivenza, era "la piccola ladra", ufficialmente perché amiamo entrambi i film di Truffaut, ma in realtà perché Magda è in grado di respingere qualsiasi accusa uscendo immacolata da un interrogatorio con l'abilità di una ladra internazionale. Definire "evasivi" i suoi messaggi sarebbe un clamoroso *understatement*.

Ci sono anche due mail di Anneliese, inviate a un'ora impossibile. Mi sembra di vedermela davanti, con gli spessi occhiali di tartaruga, la collana e gli orecchini di perle elisabettiane, mentre zampetta sulla tastiera del Mac con le dita gialle di nicotina. Una volta, durante una discussione piuttosto animata, l'ho vista accendersi contemporaneamente quattro sigarette, che si giostrava fra le dita e il posacenere come un giocoliere.

La prima mail è un resoconto di proposte d'interviste e apparizioni televisive.

La seconda è decisamente più personale. Lo capisco dall'apertura.

«Ciao *stronxo.*»

Chiudo il cellulare.

Ci penseremo dopo.

Accendo il fuoco sotto il caffè e apparecchio la tavola con tovaglietta all'americana, posate, bicchiere e tazza. Poi tiro fuori dalla dispensa le fette biscottate integrali e dal frigo la marmellata di fichi e lo yogurt greco. Magda, abituata a mangiare quello che capita dove capita, mi sfotte sempre per le mie manie in fatto di colazione, che definisce «da snob inglese». Il suo sadico divertimento, al ritorno da uno dei suoi viaggi, consiste nel descrivermi tutte le schifezze che ha mangiato.

La fida e consunta moka di papà borbotta e fischia. La tolgo dal fuoco e verso un caffè così denso da sembrare petrolio nella tazza sbreccata che usavo da ragazzo. Il caffè, per qualche mistero, è sempre stato più buono, in quella tazza.

Lo sorseggio lentamente, mentre rispondo a Magda con una serie di WeChat volutamente generici, tranne nella parte in cui le racconto del mio nuovo ospite.

Penso sia un maschio. Lo chiamerò Tunìn. Mio padre chiamava così tutti i suoi gatti. Tunìn i maschi, Tunìna le femmine. Molto pratico, tranne quando i gatti di casa erano più di due. Ti sarebbe piaciuto, mio padre. E ti piacerebbe questo gatto. Dopo colazione vado a prendere dei prodotti per lavarlo. Non è detto che lo ritrovi qui, quando torno, ma conto sul suo affetto per me e sul fatto che sembra apprezzare il tonno di marca. Non credere che non mi sia accorto che tergiversi sul tuo nuovo incarico e sui suoi pericoli. Lo so: potresti dirmi che sei già stata nella Colombia e nel Sinaloa dei Narcos, nel

Kurdistan e adesso anche in Venezuela, e alla cerimonia di premiazione del premio Strega, quindi in posti teoricamente molto più pericolosi del Muro di Orbán, ma da quello che leggo potrebbe essere proprio quello, il posto più pericoloso per una giornalista.

Magda non sopporta i messaggi troppo lunghi. Perciò premo INVIO e scrivo un secondo WeChat.

Scusami la battuta sul premio Strega. Immagino tu non sappia nemmeno cos'è. Quello che voglio dirti è che sono molto preoccupato, e che se avessi per le mani Bernd probabilmente lo strang—

Il colpo sul vetro della portafinestra mi mozza il fiato.

Il cellulare mi cade sul tavolo.

In piedi sulla porta c'è l'operaio friulano. A torso nudo nonostante l'aria fredda del mattino, con pantaloni corti e una cintura alla quale sono appesi un martello appena più piccolo di quello di Thor e una serie di punte per trapano.

Mi alzo e vado ad aprire. Contrariamente a quanto faccio a Friburgo, qui chiudo sempre a chiave. Un retaggio dei furti subiti dalla mia famiglia in questa casa, un paradiso per i ladri per via del fatto che è isolata e nascosta dalla siepe su un lato e dalla casa di fronte sull'altro.

«Cristo, mi hai spaventato» faccio.

L'uomo alza le spalle. Sogghigna. «*Ti ai puartàt la sgnape.*»

Solleva una bottiglia avvolta in carta di giornale e me la consegna senza tanti complimenti.

«Grazie.»

«*Sinquante euros.*»

«Ah, già. Sì. Okay. Vado a prenderteli.» Poi scuoto la testa. «Scusa. Non li ho prelevati ieri sera. Ero troppo stanco.»

L'uomo si riprende la bottiglia in modo sgarbato.

«Ehi, questione di dieci minuti. Vado a un bancomat e te li porto» faccio, offeso.

«E allora io, quando me li porti, ti do la bottiglia.»

«Potresti anche fidarti.»

«Sai come si dice, fidarsi è bene, non fidarsi è meglio.»

«Come vuoi. Posso offrirti qualcosa?»

«*I ai fât marinda a lis quatri, jo*» risponde, in tono quasi di rimprovero. Poi mi gira le spalle e se ne va.

Io torno al mio caffè, ma si è irrimediabilmente raffreddato.

Riapro WeChat e completo il messaggio per Magda.

> Quello che voglio dirti è che sono molto preoccupato, e che se avessi per le mani Bernd probabilmente lo strangolerei, anche se in questo momento dovrebbe mettersi in fila.

Sostituisco «molto» con «davvero» e poi continuo a scrivere.

> Non voglio mettermi fra te e il tuo lavoro. Non sarebbe giusto e non sarebbe da noi. Non è su questo che abbiamo impostato la nostra relazione. Almeno però permettimi di esprimerti la mia preoccupazione per questa scelta.

Magda dice che scrivo come una zia ottantenne. Rileggendomi, non posso che darle ragione. Un tempo davo la colpa al mio tedesco imperfetto, ma è da un po' che la scusa non regge più.

> Se potessimo parlarne, discuterne un attimo a voce, te ne sarei davvero grato. Chiamami, appena puoi.

Invio il messaggio.

Poi finisco la mia colazione rovinata dall'improvvisata di quel personaggio.

Il gatto mi guarda senza fare commenti.

«Hai visto che tipo?» gli faccio. «Non si fida di me. Come se potessi scappare con la sua grappa.»

Si lecca le labbra.

«Vado un attimo al bancomat e a comprare delle cose per te. Tu cosa preferisci? Stare qui o uscire? Dovrai fare i bisogni, no? Spero che non li abbia già fatti da qualche parte in casa.»

Giuro che per un istante sul muso dell'animale è apparsa un'espressione di dignità felina offesa.

Apro la porta. Il gatto la fissa a lungo e poi finalmente l'infila, uscendo sul prato.

«Torna, eh? Guarda che ti aspetto» faccio alla sua coda alzata.

E sì.

È decisamente un maschio.

11

Lo sportello Atm più vicino è di una banca che non ho mai sentito nominare. Ha un logo rassicurante: un favo dorato con tre api pasciute. Prelevo trecento euro.

Infilo il bancomat e le sei banconote nuove di zecca nel portafoglio. Poi vado in cerca del negozio di animali che ricordo, ma al suo posto ora c'è una bigiotteria che vende articoli New Age, tipo cristalli, *dreamcatcher*, braccialetti tibetani benedetti dal Dalai Lama e incensi profumati. Chiedo e mi rispondono con annoiata gentilezza che il negozio per animali si è trasferito non lontano da qui.

Il concetto di distanza è relativo.

L'aria è fresca, dopo la pioggia di stanotte. Ma il cielo è azzurro, e il sole scalda bene.

Cammino per quasi mezz'ora prima di arrivare al negozio Cortesie per gli Ospiti al civico 31 dell'Arco della Speranza.

Entro, annunciato dal suono di un Big Ben in miniatura. Una ragazza sui venticinque anni, con un piercing al naso e almeno cinque pendagli etnici ai lobi di ciascun orecchio, esce dal retrobottega, le strisce di perline multicolori che si aprono e si chiudono su di lei e sul profumo di *mate* che arriva da dietro la tenda.

Le chiedo cosa serve per pulire un gatto di strada.

«Sa che lei è un bell'incosciente?» mi fa, alla fine della

mia spiegazione, concisa ma non troppo, sulla nascita di una nuova amicizia. «Si porta in casa un animale che potrebbe essere malato. Ma dico, per caso ha anche dei figli, a casa?»

«No.»

«Okay, almeno questo è okay, ma non è mica solo una questione di figli. Portarsi a casa un animale significa assumersi una grande responsabilità. Quel gatto dipenderà sempre più da lei, per il nutrimento e un riparo. È pronto ad assumersi un impegno del genere? Risponda sinceramente.»

Conto fino a dieci, prima di rispondere. «Sono pronto ad assumermelo. *Certo.* E adesso vuole darmi quello che le ho chiesto?»

La ragazza annuisce con una serietà da senatore romano. Prende su un cestino e fa il giro degli scaffali, pescando a memoria quello che le ho chiesto.

«Una lettiera non le serve?»

«Ho un giardino.»

«Guardi che è molto meglio la lettiera. Cominci ad abituarlo. Se fa i bisogni in giardino devo darle anche un antizecche. Il tiragraffi ce l'ha?»

Potrei dirle che ne abbiamo regalato uno ad Angel, lo scorso Natale, ma non l'ha mai degnato neppure di uno sguardo.

«Ce l'ho» mento.

La ragazza mi fissa. «È *sicuro*?» mi fa, inarcando il sopracciglio.

«Glielo giuro sulla testa del mio gatto.»

Lei brontola qualcosa e riprende il mio shopping per procura. «Diceva che vuole anche qualcosa per pulirlo...» fa tutto a un tratto. «Fino a che punto è sporco?»

«Be', considerato che è un randagio...»

«Ora che ci penso, se è un randagio non sarà di sicuro vaccinato. Dopo le do il nome di una veterinaria bravissima. Ha un dono, per gli animali. Ha l'ambulatorio qui vicino. La spazzola è in omaggio, con due di questi prodotti.»

Il concetto locale di *qui vicino* l'ho già sperimentato. Comunque annuisco, bofonchiando un «grazie» a denti stretti.

«Cosa gli dà da mangiare, al suo gatto?» mi chiede.

«Mah, non lo so. Gli ho dato del tonno.»

«Il tonno non va mica bene. Anzi, lo vuole un consiglio? Non lo mangi neanche lei. Fa male all'ambiente e fa male alla salute. Guardi, ho qui un'offerta di prova di questa linea di cibo dietetica per i nostri amici felini: ogni due bustine le danno questa in omaggio.»

«Ma è più piccola.»

«In realtà no. Se legge dietro, il contenuto è lo stesso. Sessantasei grammi. È solo la busta che è più piccola. Penso per una questione di coscienza ecologica. Visto che è gratis, mica vogliamo rovinare il pianeta. Comunque guardi che un pranzetto umido ogni tanto evita che al suo gatto...»

«Non è mio.»

«... evita che gli si secchi la pelle e che cominci a grattarsi, che non è proprio un bel vedere.»

Soccombo. «Va bene. Mi dia due bustine di cibo umido.»

«Di *pranzetti* umidi. E questa bustina è in omaggio. La tessera del nostro negozio ce l'ha?»

«No.»

«Se le interessa farla, è questione di un attimo.»

«Magari un'altra volta.»

«Come vuole.»

La commessa finisce di riempire il cestino e lo appoggia sulla cassa. Passa dietro il bancone e comincia a pestare sui tasti della calcolatrice. «Ottantasei euro e trentuno. Le faccio lo sconto, ottantacinque. Paga in contanti o con carta?»

«Con carta.»

«Bene. Vuole anche un sacchetto? Sono altri diciannove centesimi.»

«Va bene.»

Fisso il sacchetto di plastica puzzolente che la ragazza tira fuori da dietro il bancone. Sembra una medusa schiacciata.

Lei intercetta il mio sguardo. «Ne vuole uno un po' più robusto?»

«E che puzzi un po' meno, se possibile.»

«Questo è ecologico. Biodegradabile al novantanove per cento. Gliene do uno di carta, se vuole. Riutilizzabile. Sono quarantadue centesimi. Paga con bancomat o carta?» fa, reggendo tra le dita il rettangolo di plastica.

«Carta. Riutilizzabile.»

Pago. Sul retro di un cartoncino con la pubblicità del negozio lei mi scrive il recapito e il numero di telefono della veterinaria. Mi fa anche uno schizzo della strada da prendere. Sembra davvero vicino.

«Vedrà che si troverà bene, con lei.»

«Grazie.»

Mi squadra a lungo mentre raccolgo la borsa, che sembra molto più leggera di ottantacinque euro e quarantadue centesimi.

«Ci vada. Mi raccomando. Anzi, sa una cosa? La chiamiamo subito.»

Senza darmi il tempo di rispondere prende il cellulare e comincia a comporre un numero.

«Miriam? Ciao, sono Livia. Sì, sì, tutto bene... Sì, avevi ragione tu, era proprio un'infezione da candida... Senti, volevo dirti che ho qui un signore che deve passare da te per un gatto... Sì, no, non è una sterilizzazione, è il trattamento di base, sai, le vaccinazioni e tutto il resto. Quando gli dico che può passare?» Senza alzare lo sguardo per chiedermi a che ora stia bene a me, fa: «Benissimo. Perfetto. Allora passa subito. Grazie, cara. Ciao ciao ciao.» Mi sorride. «Ha visto? Già combinato. Può passare da lei adesso.»

«Non ho il gatto con me. Come può vedere.»

«A meno che non sia lo Stregatto» ride. «Scherzo, ovviamente. Conosce lo Stregatto di Alice, vero? Bellissimo film. Può andare a casa e prenderlo. L'ambulatorio sa dove trovarlo. Le ho fatto il disegno.»

Annuisco.

Ringrazio.

Sulla soglia, forse per distrarla dalla veterinaria, le faccio: «Complimenti per il nome.»

«Il nome di cosa?»

«Del negozio. È una citazione da McEwan, no?»

«Da che?» replica lei, con un'espressione ebete.

Scuoto la testa. «No, niente. Lasci perdere.»

«Ci vada, dalla dottoressa. Guardi che lo vengo a sapere, se non ci va.»

Assumo l'espressione più innocente del mondo, e le prometto che appena uscito dal negozio ci andrò.

Invece torno a casa.

Anzi, alla casa davanti alla mia, da cui esce a tutto volume una canzone folk di Raoul Casadei appena più forte di un trapano a percussione all'opera.

Mi affaccio alla porta. Senza voltarsi, il muratore mi fa cenno di entrare. Come abbia fatto ad accorgersi del mio arrivo, con il baccano che fa, è un mistero. Lavora ancora un po' su una colonna di cemento armato scolpita come un totem a furia di canaline, e poi spegne il trapano.

La mazurka, senza quell'accompagnamento meccanico, sembra perdere di colpo tutta la sua forza.

«*Vuarda cà, Dio...*» E tira giù una bestemmia da scomunica. «Appena finito di mettere giù l'impianto elettrico e la signora decide che no, che lei *siorsì* vuole un punto luce anche sulla colonna. E quel *mona* di suo marito mica le dice di no. Asseconda tutti i suoi capricci. D'altra parte è trent'anni più giovane di lui. I soldi ce li hai, adesso?»

«Certo.»

«Pagare moneta, vedere cammello.»

Tiro fuori il portafoglio, provando subito un senso di disagio nel mostrarlo a un uomo armato di martello e trapano. Gli allungo i cinquanta euro.

Lui apre la borsa da muratore e prende l'involucro che dovrebbe contenere la bottiglia. «Non ti fidi di me?» mi fa, quando vede che comincio ad aprire l'imballaggio di carta di giornale.

«Senti chi parla. Certo che mi fido.»

«Allora portatela via e lasciami lavorare.»

«E per il libro?»

«Il libro? Per quello ti ho detto che devo sentire Gilberto. Quando ho occasione di vederlo glielo chiedo.»

E poi mi fa un segno, tipo *sciò, smamma.*

12

Il tigrato si è sistemato sulla sedia a dondolo. Mi fissa con un'aria regale e un po' scocciata.

«Lo so. Ci ho messo un po' più del previsto» gli faccio. «D'altra parte non ero venuto qui per te. Ho delle cose da fare, io.»

Apro la porta e poso sul tavolo i miei acquisti.

Accendo il computer, mi collego all'hotspot del cellulare e affronto la seconda mail di Anneliese.

Se non ora, quando?

Ciao *stronxo*.

Dopo averti parlato degli affari, che in questo momento, per quanto non te lo meriti, ti stanno andando davvero bene, veniamo a qualcosa di più personale. Ieri mi hai fatto stare molto male, dicendomi che progetti di uccidere il povero Gianni Venier. Non lo dico per un bieco interesse economico, anche se devo ammettere che sotto questo punto di vista quel caro ragazzo ha dato a te, e in percentuale anche a me, delle gran belle soddisfazioni. Lo dico perché con il tempo mi sono affezionata a lui, e prima di te, di recente, mi era capitato solo con un altro personaggio, di cui, per il segreto professionale ma anche per farti morire di curiosità, non ti rivelerò il nome. Così l'idea che tu lo uccida, facendo morire con lui anche l'af-

fetto e – sì – l'amore di tante lettrici, mi ha davvero ferito. Ovviamente non voglio interferire con le tue scelte artistiche. Come scrittore sei libero di scrivere quello che vuoi e come vuoi. Dovrai solo cercarti un'altra agente. Spero davvero di sentirti presto con buone nuove sulla sopravvivenza di Gianni. E lavora su *Große Schiffe sind keine Wale*. È davvero un ottimo libro. Il tema delle grandi navi da crociera è di moda, di questi tempi. Lascia stare i curati di campagna e le beghine morenti.
Lunga vita a Gianni Venier!

Tua Anneliese

P.S. Tratterrò dal tuo prossimo anticipo 500 euro da destinare all'acquisto di un quantitativo di whisky giapponese adeguato a smaltire l'incazzatura che mi hai fatto provare.

Sospirando, premo l'icona RISPONDI.

Cara Anneliese,
innanzitutto si scrive *stronzo* e non *stronxo*...

Quando ho finito la mail, chiudendo con una sarcastica osservazione sui suoi gusti in fatto di whisky, sono le undici del mattino. Di scrivere, o peggio ancora di correggere le bozze di *Le grandi navi non sono balene*, non ho nessuna voglia.

Guardo il gatto, che si è spostato su una sedia del soggiorno.

Lui guarda me.

«Tempo di farci belli» gli dico.

Qualcuno ha scritto che Dio ha creato il gatto per consentire all'uomo di accarezzare una tigre. Quella persona non deve aver mai provato a fare la tolettatura a un gatto. Dopo la mia prima e unica esperienza, se qualcuno mi chiedesse quanto merita di essere pagato chi lo fa per mestiere, gli direi *diecimila euro all'ora*.

Perché, a parte lo schifo dell'odore e dei grumi di cose sozze e misteriose che si annidano in mezzo al pelo, c'è il fatto che un gatto non sta mai fermo. Di solito (anzi, per la verità sempre) è Magda che si occupa di spazzolare e tenere pulita Angel. Io è la prima volta che lo faccio. E si vede. Avevo pensato di lavarlo, ma già al primo tentativo di infilarlo sotto la doccia ho capito che la cosa rischiava di finire in un bagno di sangue. Per cui ho ripiegato su un'energica spazzolata e sulla ripulitura dei punti più lerci. Il gatto per un po' mi ha assecondato, o quantomeno non mi ha ostacolato. Non in modo plateale, almeno. Si limitava a grugnire quando la spazzola andava troppo in profondità, e in un'occasione mi ha sibilato contro: devo aver toccato un punto dolente, una cicatrice risalente a qualche episodio bellico del passato. Ma in generale non si è comportato troppo male.

«Cosa ne dici di uno shampoo secco?» gli ho sussurrato all'orecchio, osando il tutto per tutto.

Non mi è sembrato contrario, per cui ho aperto il barattolo e letto le istruzioni. Esattamente l'opposto di ciò che farebbe una persona normale, ma la cosa è andata bene lo stesso, perché le istruzioni erano davvero chiare e il tigrato non si è opposto né all'applicazione della polvere né alla successiva spazzolatura.

«Guarda che figurino» ho esclamato alla fine, con un fischio d'ammirazione. «Sei il Casanova dei gatti. Non so se mi fido a lasciarti uscire, stanotte. Non vorrei che qualche gattina smorfiosa ti portasse via.»

Il tigrato è rimasto a guardarmi con un'aria assolutamente inespressiva. Poi ha sciabolato la coda a destra e a sinistra come un tergicristalli ed è uscito dalla stanza, diretto in camera.

«Tempo di dedicarsi a qualcosa di produttivo» ho sospirato, guardando il notebook sul tavolo.

È un momento che ho rimandato, ma ora non è più possibile.

C'è quella scena nel finale di *Braveheart*, dove Robert Bruce si volta verso il suo consigliere e dice: «Andiamo. Facciamola finita.»

Ecco, è la stessa cosa che mi dico adesso.

Andiamo.

Facciamola finita.

13

La prima cosa da fare, quando vuoi vendere qualcosa, è far sapere che è in vendita.

Se un giorno dovessi mai scrivere uno di quei manuali di autoformazione che t'insegnano a fare di tutto nella vita, immagino che questa massima immortale figurerebbe in copertina.

Così cerco una pagina di annunci online.

Non ho idea di quale sia la migliore, ma quella che mi si apre al secondo tentativo mi sembra ben fatta, professionale. Prestopresto è un nome che anche un potenziale compratore tedesco potrebbe capire, il simbolo della lepre che fa l'occhiolino è accattivante, e tra i servizi del portale c'è la traduzione automatica dell'annuncio nella lingua di chi lo sta consultando. Il risultato scandalizzerebbe un traduttore vero, ma bisogna sapersi accontentare.

Così inserisco i dati di questa casa, precisando che ha un giardino di proprietà, il tetto recentemente rifatto (in fondo è una mezza verità) e l'impianto di condizionamento. Specifico: «Solo per chi è seriamente interessato» e «No intermediari».

Il sito mi propone una serie di servizi aggiuntivi a pagamento, per rendere l'annuncio più visibile. Rifiuto tutti gli optional che mi vengono proposti, carico cinque foto della casa scattate in anni migliori e premo il tasto PUBBLICA.

Solo dopo, guardando l'annuncio completo, realizzo che le foto appartengono a un tempo che non c'è più.

Sul tavolo bianco del patio c'è un libro di mio padre, un saggio sulla strage di Cefalonia. La foto è luminosa, anche se ha una scarsa definizione. Dev'essere stata scattata una decina di anni fa, quando si usavano macchine fotografiche digitali da quattro o cinque megapixel. Comunque la foto che sto usando per vendere questa casa cattura un istante in cui mio padre era ancora vivo. Sicuramente non è stato lui a scattarla, ma da qualche parte, nel momento di quell'istantanea, è vivo e si muove in questa casa, appena fuori dall'inquadratura.

Chiudo con rabbia il computer.

Il gatto mi fissa, perplesso.

«Niente. Non preoccuparti. Cose da umani.»

Spalanco le finestre in modo da creare una corrente d'aria. La casa sa ancora di muffa, anche se non in modo insopportabile. Forse l'odore è diminuito, o magari il mio naso si è semplicemente assuefatto. Una volta, in un dibattito televisivo, ho sentito uno scienziato, un genetista, dire che il nostro approccio ai problemi dell'umanità è sbagliato: «Non è seriamente pensabile che con lo spaventoso aumento demografico in corso si possano offrire aria e acqua pulite e cibo sano a tutti. È molto più logico ed economico modificare l'essere umano perché possa sopravvivere in condizioni estreme, bevendo acqua inquinata o mangiando cibo marcio. La scienza deve progredire in questo senso.»

Ricordo che avevo chiamato Magda al telefono. Lei era da qualche parte in Africa, più o meno sul mio stesso fuso orario. Comunque non dormiva.

Le avevo riferito le parole dello scienziato.

«Be', ma perché ti indigni?» era stata la sua risposta. «Ha detto una cosa assolutamente logica.»

«*Logica?*»

«Ma sì. È così che deve ragionare uno scienziato. Dare una risposta tecnica a un problema tecnico.»

«Ma non dovrebbe porsi degli interrogativi morali? Chiedersi se per caso non esista un altro modo di risolverlo, il problema?»

«Marco, a volte ragioni proprio come un bambino. Quella risposta è corretta. Casomai toccherebbe ai politici trovare altre soluzioni. Ma non so se ti piacerebbero.»

Guardo il tigrato, che mi ricambia con un'occhiata imperscrutabile. «Stareste meglio senza gli umani, vero? Oddio, non ci sarebbero più i croccantini. Ma nemmeno cose orribili come la sterilizzazione. Dovreste andare a caccia, per vivere. Ma in fondo è quello che avete sempre fatto.»

Per un attimo mi sembra di cogliere uno sguardo di compatimento, in quegli occhi dalle fessure verticali.

«Okay, gatto. Io esco. Tu fai la guardia.»

Il cielo è tornato nuvoloso.

Infilo nello zaino un K-Way trovato in fondo a un armadio. Chiudo le imposte che avevo appena aperto.

L'operaio nella casa davanti non si vede. In compenso il suo camioncino blocca l'uscita della Tesla.

Faccio un respiro profondo.

Okay. Una cosa alla volta.

Mentre apro il portello di ricarica dell'auto e mi preparo ad attaccare il cavo a una prolunga che papà usava per la falciatrice, l'operaio si affaccia a una finestra della villetta. «Buona, la *sgnapa*?»

«Eh?»

«La grappa. Buona?»

«Ma non l'ho mica bevuta. È mattina.»

«E allora? Non dirmi che ti fidi e non assaggi.»

«Guardi, non ho neanche aperto il pacco.»

«Bravo furbo. Una volta che ero militare a Napoli uno mi ha venduto una radio. Una radio a transistor giapponese, bellissima. Me l'ha incartata, ho pagato, ma quando sono tornato in caserma e l'ho aperta, invece della radio c'era un mattone.»

«Mi fido di lei.»

«Bravo merlo. Anch'io. È così che mi sono trovato con un mattone invece di una radio.»

«Capita, di farsi fregare.»

L'uomo si gratta il mento.

«Ci ho messo due settimane, per ritrovarlo. Ma alla fine l'ho beccato, quello stronzo. Sta' sicuro che dopo il trattamento che gli ho fatto deve aver faticato a capire da che parte aveva la testa e da che parte il culo. E ovviamente mi sono ripreso le mie cinquemila lire.»

«Interessante.»

«Cos'è che stai facendo?»

«Devo ricaricare l'auto. A proposito, se dopo può spostare il camion, vorrei uscire.»

«Vai da qualche parte?»

«No. È solo che vorrei essere in grado di farlo se mai ne avessi bisogno.»

«Non ti servirà a niente, quella prolunga. Quanti kilowatt ti servono, per ricaricare la tua automobilina giocattolo?»

«Perché?»

«Perché sono sicuro che il tuo contratto non ne prevede abbastanza.»

«Lei dice.»

«Dico. Dato che è il mio mestiere. E dammi del tu.»

«Sicché lei... *tu*... dici che se attacco questo cavo a una delle spine che ci sono in casa...»

«Ti salta la corrente.»

«Vedremo.»

«Fa' un po' come vuoi.»

L'operaio sparisce di nuovo dentro l'abitazione. Dopo

qualche momento lo sento cantare quella che sembra l'aria di un'opera lirica. Quasi immediatamente il rumore di un trapano elettrico copre quelle note.

Cinque minuti più tardi busso alla porta della casa in ristrutturazione.

In realtà sto picchiando su un'asse di legno, perché la porta ancora non c'è. Durante una pausa tra due colpi di trapano, il mio bussare sortisce finalmente il suo effetto.

L'operaio si volta verso di me, con un sorriso divertito. «Allora?»

«Mi è saltata la luce.»

«Cosa ti avevo detto?»

«A casa mia non succede.»

«Qua non è casa tua, si vede...»

«A Friburgo, nel mio quartiere, ci produciamo da soli l'energia elettrica. Non ho mai pagato una bolletta, da quando vivo lì. E ogni posto macchina ha la sua presa per la ricarica.»

«Sono contento per voi. Bravi. Ma qui non sei nel tuo quartiere. Sai come hanno usato i soldi di quella... come cavolo si chiama... la "transizione ecologica"... in questo paese? Li hanno spesi per allungare un'autostrada dove non passa un'auto. Però è il tuo giorno fortunato. Vieni con me.»

Posa il trapano su una cassa rovesciata e mi fa segno di seguirlo.

Usciamo sul davanti, dove il vialetto d'accesso della casa è coperto da una tettoia. L'operaio apre un pannello scorrevole su una colonna, scoprendo una presa di ricarica.

«Non sei l'unico con la passione per quelle trappole di macchine elettriche» commenta. «Per quello che m'interessa puoi attaccarlo qua, il tuo go-kart.»

«Grazie.»

«Tanto il padrone non ci viene mai, qui.»

«E allora perché fa tutti questi lavori?»

«Mah. Per investimento, penso. Sa Dio perché. Gli

escono i soldi dal culo. Tu parcheggia tranquillo al suo posto. Così la pianti di scassarmi le balle se trovi il camion messo storto.»

«Grazie.»

«L'hai già detto. Non occorre che ti ripeti», e rientra in casa.

Guardo la bottiglia sul tavolo. La superficie del vetro è irregolare. La stanza, vista attraverso quella trasparenza ondulata, assume un aspetto magico. È come il caleidoscopio che avevo da bambino. Pensare che una cosa tanto fragile abbia attraversato indenne i secoli mi dà le vertigini. Osservo la corona di cera rossa attorno al collo della bottiglia, intatta da quasi quattrocento anni, sempre che quanto mi ha raccontato il muratore sia vero. La mano che ha fatto sciogliere la cera per sigillare la bottiglia è polvere e ossa da secoli. Il sigillo, invece, è ancora integro. Rimango a guardare a lungo la stanza attraverso il vetro e il suo contenuto, perdendomi nel silenzio dei miei pensieri. Poi, con un lungo sospiro, mi decido a fare qualcosa di serio.

La luce del giorno è tiepida. Torno a portare fuori i materassi. In un angolo della vecchia rete del letto c'era un bozzolo di qualche insetto, che ho schiacciato con un kleenex. Ha fatto un rumore come di un uovo che si rompe, e sulla carta è emersa una macchia marrone.

I materassi dei due letti singoli in quella che i miei chiamavano la camera dei bambini sono meno umidi degli altri, ma li porto fuori lo stesso perché prendano aria. I miei non avevano mai voluto cambiarli. Sotto quei materassi macchiati di ruggine ci sono reti metalliche come non si usano più da mezzo secolo, almeno nel nostro continente.

Immagino che chi comprerà questa casa butterà via tutto. Resteranno le pareti nude, le travi a vista del soffitto e i mattoni del patio, sui quali i pallini della mia carabina ad aria compressa hanno lasciato due minuscoli fori. Conosco questo posto sin da quando ero un bambino. Era la casa delle vacanze, che negli anni Ottanta duravano tutta l'estate. Era la casa del gioco e della gioia. E della libertà.

I miei l'hanno comprata l'anno del terremoto. Lo stesso in cui sono nato, nel giugno del '76. Nell'ospedale di Tolmezzo in cui mia madre mi ha partorito c'erano ancora i segni delle scosse del 6 maggio. Mi diceva che guardava continuamente la lunga crepa nel soffitto della sua camera. Mi chiedo se cercasse d'intravedervi la trama del mio destino, come si fa con le linee sul palmo della mano.

L'erba è alta. Tiro fuori dal cassone la vecchia falciatrice elettrica. Traffico un po' con le prolunghe e poi avvio il motore, che parte subito. Comincio da dietro, dove l'erba è più alta e il prato relativamente più asciutto. L'erba è ancora umida, anche se il sole ha sconfitto definitivamente le nuvole e si affaccia attraverso i loro ultimi scampoli come un attore che sbircia da dietro il sipario. Dove arrivano i suoi raggi, l'erba si accende di un verde smeraldino. Nell'ombra invece è cupa, fredda.

La falciatrice fatica ad avanzare sul prato, per i mucchietti di terra sollevata dai lombrichi e le buche delle talpe, ma soprattutto per i tanti rami secchi che sono caduti dai tre pini marittimi sopravvissuti nel nostro giardino. Mi chino a raccogliere i più grossi, lanciandoli verso il mucchio che si sta formando al centro del prato.

Il lavoro fisico mi è sempre piaciuto.

Le attività meccaniche e ripetitive impegnano le mani e lasciano la mente libera di viaggiare, anche se stamattina i luoghi in cui mi porta non sono certo posti da fiaba.

Finisco d'infilare i sacchi fragranti d'erba nel cassonetto in strada, sostituisco la lampadina del patio con quella a sensore crepuscolare, e poi finalmente, dopo una doccia bollente, riaccendo il computer portatile. L'hotspot del cellulare funziona egregiamente.

Non ho voglia di correggere bozze.

Non oggi.

In realtà non ho voglia di niente, ma fra il correggere e lo scrivere qualcosa di nuovo scelgo il male minore.

Apro il file dell'ultimo romanzo e mi metto di malavoglia al lavoro sul quinto capitolo, dove Gianni Venier visita uno *squero* abbandonato, per la gioia dei suoi lettori e lettrici in cerca di scenari folkloristici.

Scrivo discretamente bene. Questo devo ammetterlo. Anche i critici più feroci non me l'hanno mai negato. La storia fila, la suspense c'è. Eppure non riesco ad appassionarmi a questo personaggio di carta, ispirato, lo ammetto, per quanto riguarda l'aspetto fisico e l'abbigliamento, al Max Fridman disegnato da Vittorio Giardino.

Il Fridman della *Porta d'Oriente*, per essere precisi. Se sapete cosa voglio dire.

Il commissario Venier scosse la testa. Venezia era una città di leggende. C'era addirittura un giro turistico, di notte, per cercare fantasmi lungo le calli buie e deserte.

Premo il tasto CANCELLA e guardo le lettere sparire a una a una.

Riscrivo, assaporando ogni parola: «*Il commissario Venier è un perfetto coglione.*»

Rimango per quasi un minuto in contemplazione di quella sacrosanta verità.

Poi, con un sospiro, ripristino il testo originale, modificandolo così: «*Il commissario Venier scosse la testa. Venezia era una città di leggende. Una città di fantasmi.*»

Per distrarmi dalle mie stesse parole, apro dal web una finestra che mostra la spiaggia vista attraverso le webcam posizionate dal faro del porto fino alla foce del fiume. Scelgo le cinque della Riviera Sud. Sono diverse l'una dall'altra, per qualità e colori dell'immagine.

La spiaggia è già attrezzata con ombrelloni e sedie sdraio, ma è ancora deserta. Le cautele e i regolamenti parossistici della Situazione sono caduti nel dimenticatoio. Le distanze fra gli ombrelloni sono tornate quelle di sempre, e delle spiagge con i divisori in plexiglas è rimasta traccia solo nelle barzellette.

Faccio spesso questa cosa, anche a Friburgo. Aprire una finestra sul mondo attraverso le webcam. Scelgo i paesaggi secondo l'umore. Durante il primo lockdown avevo impostato le webcam che davano sulle piazze più iconiche delle grandi capitali: Trafalgar Square a Londra, place de la Bastille a Parigi. Trinità dei Monti, piazza San Marco. Guardare quei grandi spazi deserti mi dava i brividi.

Mi rilassa, vedere quelle immagini in un angolo dello schermo, mentre lavoro.

Mi ricorda che c'è un mondo fuori dalla stanza in cui mi trovo.

Continuo a scrivere, nella modalità che chiamo "pilota automatico".

Come se i personaggi si arrangiassero da soli, a mettere in piedi il teatrino che diventerà il nuovo noir dell'ispettore Gianni Venier.

Butto giù quattro pagine, nemmeno troppo male.

Guardo l'orologio. È quasi ora di pranzo.

I pochi turisti presenti in città e i lavoratori pendolari a quest'ora staranno cercando un ristorante o una pizzeria aperti. Per un po' le webcam mostrano solo la spiaggia vuota e la spuma delle onde che s'infrangono sulla riva. Un gabbiano che vola sugli scogli, come in un fumetto di Corto Maltese.

Poi sulla telecamera di sinistra appare questo signore anziano, questo vecchio, che passeggia sul bagnasciuga. Accanto a lui, a volte precedendo e a volte seguendo il suo padrone, si muove con passi eleganti un cane snello dal pelo completamente bianco, una specie di levriero.

Tanti anni fa, in un museo d'arte moderna, ho visto un'installazione che mi ha affascinato. Una dozzina di televisori a tubo catodico, rivolti verso l'alto, mostravano un nuotatore che, per effetto della sincronizzazione dei filmati, sembrava attraversare la corsia di una piscina, da sinistra a destra. Nuotava di televisore in televisore.

Allo stesso modo il cane e il suo padrone passano dallo schermo di una webcam a quello di un'altra, muovendosi verso destra, diretti alla foce del fiume.

Il vecchio indossa un cappotto lungo fino ai piedi, decisamente fuori stagione, e impugna un bastone da passeggio.

Si muove con un passo nervoso, troppo affrettato per la sua età, e di tanto in tanto si volta guardandosi intorno con aria irrequieta.

Il fantasma in cui Gianni Venier non avrebbe mai voluto imbattersi era quello di Lara. Eppure eccola lì, profilata nell'arco della porta. La pistola che impugnava brillava alla luce della luna.

«Nomi facili» si era raccomandata Anneliese.

Nomi che anche un tedesco può pronunciare senza fatica.

Gianni. Mario. Guido.

Franca.

Lara.

I nomi sono importanti.

Mai troppo lunghi.

Mai troppo difficili.

Correggo la frase.

La pistola automatica Beretta che la ragazza aveva in mano brillava, alla luce della luna. Non c'era modo di nasconderla. Come Gianni non avrebbe potuto nascondere il dolore che provava, alla vista di Lara.

A parte l'esperienza personale, meno ricca di quanto Magda o i miei lettori possano pensare, per le armi uso un grosso libro illustrato. Non mi fido di internet, per queste cose. Solo che non me lo sono portato dietro, il mio librone tedesco con tutte quelle illustrazioni e i dati tecnici.

Così mi faccio un appunto mentale per ricordarmi di controllare se esiste davvero, una pistola automatica Beretta, e quante pallottole può contenere il suo caricatore.

Alzo lo sguardo per liberarmi dalla compagnia sgradita di Gianni Venier. Per pensare ad altro, fosse persino il nulla.

Fisso allibito il riquadro delle webcam.

Lo allargo fino a fargli occupare lo schermo per intero.

Nel riquadro in alto a destra, quello della webcam del Bagno 6, il vecchio non si vede più. C'è solo il cane, che corre in tondo come un matto, tanto da sembrare legato a una catena invisibile.

Apre e chiude spasmodicamente la bocca. Ha gli occhi terrorizzati.

Controllo la webcam prima e quella dopo. Nulla.

Il vecchio è scomparso.

D'improvviso, una macchia appare su una delle zampe posteriori del cane. La bestia scatta, come colpita da una frustata, e poi saltella via zoppicando, uscendo dall'inquadratura.

Magda dice sempre che – nella remota possibilità che esista una vita oltre la morte, e nell'ancor più remota possibilità che davvero il portinaio dell'Aldilà sia un vecchio ebreo con l'aureola e un gran mazzo di chiavi – alla sua domanda «Professione?» io, anche dopo anni trascorsi a fare lo scrittore, risponderei «poliziotto».

Mentre afferro al volo le chiavi dell'auto ed esco di corsa non posso che darle ragione.

Se fossi un lupo mannaro ululerei al plenilunio. Da ex

poliziotto, sono le scene del crimine a farmi rizzare il pelo e spuntare le zanne.

Stacco la spina di ricarica e avvio la Tesla, che si sveglia con un fremito da grande felino. Mi immetto sgommando sul viale e sfreccio sull'asfalto deserto in direzione del lungomare. Quattro minuti e sono all'altezza del Bagno 6. Corro lungo il vialetto che dalla strada porta alla spiaggia senza incrociare anima viva. Potrei essere l'ultimo uomo rimasto sulla Terra.

Raggiungo la riva.

Le mareggiate di marzo hanno eroso la battigia, scavando insenature che solo un gran lavoro di ruspa e una montagna di sabbia di riporto riusciranno a sistemare per l'inizio della stagione.

Non c'è traccia del cane, e tantomeno del vecchio. Ma sulla sabbia sono rimasti i segni evidenti di una colluttazione. Il bastone da passeggio e due serie distinte di impronte pesanti: due persone che corrono, convergendo, da sinistra e dalla pineta retrostante la spiaggia, verso la fila di impronte tranquille lasciate dal vecchio con il suo bastone e dal cane che gli camminava a fianco. Quasi di fronte alla torretta rossa del bagnino, le quattro serie di impronte s'incrociano. Qualcuno è caduto, ed è stato trascinato via per qualche metro. Fra le orme del cane c'è del sangue. Le tracce dell'animale, più incerte, rivelano che stava trascinando una zampa, mentre si allontanava verso la pineta, in direzione opposta rispetto ai due aggressori. Grazie a quelle impronte, non occorre essere uno scout indiano per capire cos'è successo. Un uomo (o una donna, per essere *politically correct*) seguiva il vecchio sui suoi passi, mentre un altro (o un'altra) si muoveva parallelamente a loro, nella pineta. A un certo punto si sono messi a correre e hanno atterrato il vecchio, per poi trascinarlo via. Il cane ha reagito e loro gli hanno sparato, ferendogli una zampa. A quel punto l'animale è scappato via, verso la pineta.

E poi?

Le possibili tracce da seguire sono due.

La prima è quella dei due aggressori e della loro vittima umana. Ma tra il momento in cui ho guardato la webcam e il mio arrivo qui sono passati più di dieci minuti. Le tracce puntano verso il parcheggio dietro la spiaggia. Ma era già vuoto quando sono arrivato.

Scelgo quindi la traccia del cane. È facile da seguire, perché le gocce di sangue sono sempre più fresche ed evidenti a mano a mano che risalgo verso la pineta.

Ma forse non riuscirei a trovarlo, se non sentissi il suo guaito.

Lo scovo in mezzo alla macchia, seminascosto sotto un cespuglio che non riesce a celare del tutto il bianco del suo pelo.

Un bianco macchiato di rosso sulla sua zampa posteriore destra.

La ferita deve fargli molto male. Ha gli occhi dilatati, il respiro affannoso.

Mi chino su di lui, attento a non spaventarlo e a non suscitare reazioni violente. Quando mi sento abbastanza sicuro di poterlo fare gli accarezzo il muso lungo, il corpo tremante. È una bestia magrissima, un fascio di nervi impauriti.

«Buono, piccolo.»

Mi correggo, guardando meglio.

«Buona, *piccola*. Come ti chiami, bella? Non lo sai, non puoi dirmelo, ma sei magnifica. Sei bellissima, e dolce. Vero che sei dolce? Posso accarezzarti? Sì? Brava. Ora non spaventarti se ti prendo in braccio. Va bene? Lo faccio? Lo faccio, okay.»

La sollevo con tutta la delicatezza possibile. Pesa pochissimo, trema come una foglia. La ferita sanguina parecchio. D'istinto, mi tolgo il maglione e lo uso per fasciarle la zampa. Poi, tenendomela al petto, la porto verso la mia auto. Intanto mi guardo intorno, in cerca di qualcuno che possa aver visto la scena, e sapere cosa ne è stato del vecchio. Ma la spiaggia è deserta.

Carico la cagna sul sedile posteriore della Tesla, lasciando aperta la portiera.

«Torno subito» le faccio, a gesti, come se questo potesse davvero tranquillizzarla. Eppure sembra capire. Lascia cadere la lunga testa sul sedile di cuoio, gli occhi infinitamente tristi.

L'asfalto del parcheggio è coperto da mezzo centimetro di sabbia bagnata, su cui gli pneumatici hanno lasciato segni chiari e profondi. Oltre alla mia auto, sembra che solo quella dei rapitori – dentro di me ormai li chiamo così – abbia parcheggiato qui oggi. Mi tolgo di tasca il portafoglio e lo poso sulla sabbia, per avere una misura di riferimento. Poi fotografo con il cellulare le impronte dell'altra vettura, di grosse dimensioni e dal peso elevato, a giudicare dal passo e dalla profondità dei segni lasciati dalle sue ruote. Un suv, con pneumatici *off road* dal battistrada ben scolpito.

Torno alla mia auto.

Osservo la cagna, che mi saluta con un lungo guaito.

«Mi sa che prima di cercare il tuo padrone dovrò occuparmi di te, bella» le faccio.

Mi guardo intorno.

C'è stato un tempo in cui giocavo a *Call of Duty*, in modalità Battle Royale. Quando ti rilassavi, perché mancavano pochi giocatori alla fine della partita, era quello il momento in cui ti arrivava una fucilata da un cecchino nascosto. Perciò perlustro con sguardo attento la pineta cercando qualcosa di anomalo: un movimento, o il riflesso del sole sulle lenti di un binocolo.

Nulla.

Gli alberi sono immobili, e niente sembra nascondersi nella loro ombra.

Leggo il numero scarabocchiato dalla commessa del negozio per animali e lo compongo sulla tastiera del telefono. Al terzo squillo risponde una voce femminile.

«Studio veterinario Milani.»

«Buongiorno. Sono Marco Ferrari. Ho avuto il vostro numero dalla commessa del negozio Cortesie per gli Ospiti.»

«Ah, sì. Livia mi ha chiamato. Lei è il signore che ha una gatta da far controllare.»

«Sì, be', devo fare una specie di tagliando felino. Su un animale molto trascurato.»

«E perché l'ha trascurato?»

«Non l'ho trascurato io. L'ho trovato. Cioè, è venuto lui da me, ieri.»

«Ma se non è suo, perché se ne occupa? Può portarlo in comune. C'è un ufficio per queste cose. Anzi, basta solo avvisarli e vengono loro. Meglio una fine rapida e indolore che una vita da randagio.»

Non credo alle mie orecchie.

«Spero che stia scherzando. Ma che dottore è lei? Il dottor Mengele?»

«Non so a chi si riferisca. Comunque trovo sgradevole che mi paragoni ad altri professionisti.»

«Vuol dire che davvero non sa chi era il dottor Mengele? *Sul serio?*»

«Certo. Perché? Dovrei per forza sapere chi è?»

Sono senza parole.

«È ancora lì? Guardi che fra un'ora stacco. Mi porti qui il suo gatto e vediamo cosa va fatto.»

«È un cane.»

«Stavamo parlando di un *gatto.*»

«Il gatto è un altro. Non c'entra. Quello che sta male è un cane. Anzi, una cagna.»

Il silenzio all'altro capo del telefono si taglia col coltello.

Poi la bella voce di donna sibila: «Mi sta prendendo in giro?»

«No!»
«Non alzi la voce con me. Ha bevuto?»
«No che non ho bevuto. Senta, c'è un cane con una ferita d'arma da fuoco e ha bisogno urgente di cure.»
«Arma da fuoco? *Gli ha sparato?*»
«No che non gli ho sparato. Non io, cioè. L'ho trovato sulla spiaggia. L'ho *trovata*. Senta, lasci perdere.»
La voce della donna si fa di colpo dura. «No che non lascio perdere. Venga qui subito.»
«E se non vengo?»
«Ho il suo numero di cellulare. E ho registrato la chiamata.»
«Ma è illegale.»
«Lo fanno tutti. E comunque l'ho già fatto. Venga qui subito. Sa dov'è il mio ambulatorio?»
«Sì» grugnisco.
«L'aspetto, fra dieci minuti. Poi chiamo i carabinieri.»

14

Lo studio della dottoressa Milani è davvero vicino a casa mia.

L'ambulatorio si trova accanto alla chiesa, un edificio anni Sessanta che incarna tutte le debolezze e i dubbi del Concilio Vaticano II, a cominciare dall'architettura, caratterizzata da uno stile eclettico che vorrebbe richiamare le tradizioni delle principali religioni e che invece finisce per far sembrare la chiesa una capanna maori. L'unico segno che si tratta di un edificio dedicato al culto cristiano è una croce sospesa sopra l'altare grazie a fili invisibili. Una semplice croce, un † con la gamba inferiore appena allungata, tipo un simbolo matematico, senza nessuno appeso sopra, senza carne né sangue.

Accanto alla chiesa ci sono un negozio di sandali americani che per il loro prezzo avrebbero fatto inorridire gli apostoli, l'ufficio postale e un'edicola che vende magliette con il profilo del duce e altri discutibili cimeli mussoliniani, compreso un bong per fumare erba, nero con un fascio littorio d'argento.

L'ambulatorio veterinario lo riconosci dalle vetrate con decalcomanie di cani e gatti felici che reclamizzano croccantini e antiparassitari.

La cagna è stata buona per tutto il viaggio dalla spiaggia a qui. Di tanto in tanto uggiolava, ma per il resto è rimasta tranquilla al suo posto, gli occhi tristi come se avesse subito il peggior torto della sua vita.

«Allora, bella, scendiamo? Niente paura, ti porto io» faccio, aprendo la portiera e sorridendo all'animale, al quale però quel mio sorriso non sembra fare né caldo né freddo.

Con tutta la delicatezza possibile prendo in braccio la cagna. Il suo corpo snello ed elegante trema un po'. Si agita quando inavvertitamente, chiudendo la portiera, le sfioro la zampa ferita.

«Tranquilla. Ti porto a conoscere un'amica. Una che secondo me, anche se spara cazzate, in realtà vuole più bene a voi animali che agli esseri umani. Tu non dirle niente che possa offenderla e vedrai che andrà tutto bene.»

Spingo con la spalla la porta. Un campanello trilla due volte.

La sala d'attesa puzza di piscio di gatto. Ci sono tre sedie di plastica grigie e una pianta in vaso dall'aria malata. La cagna ha un fremito fra le mie braccia: flette i muscoli, tesissima.

La porta interna si apre. Esce una ragazza dai capelli rossi e ricci, con una mascherina chirurgica sul volto. Nemmeno mi guarda, intenta com'è a sfilarsi i guanti.

«Scusate l'odore. Ho appena fatto una sterilizzazione, e la paziente ha avuto un piccolo incidente idraulico.» Il tono non è certo di scusa. «Oggi è *decisamente* una giornata di merda. Stamattina mi è morto un furetto. La gente compra animali esotici e poi non si cura d'informarsi su come vanno accuditi e nutriti. Per me sono degli assassini, punto e basta. Altro che amore per gli animali. Quando me l'hanno portato era già più di là che di qua. Spero sia il primo e l'ultimo che mi tocca vedere.»

Abbassa gli occhi sulla cagna che ho in braccio e lo sguardo le si addolcisce di colpo.

«Oh, ma è un borzoi! Non ne avevo mai curato uno. È

bellissima. È femmina, diceva. Lei è quello che mi ha fatto arrabbiare al telefono, vero?»

«Mi sa di sì.»

La guardo. Sotto il camice aperto, la veterinaria indossa un paio di jeans aderenti che le stanno benissimo, e una camicia rossa di flanella a scacchi. Gli scarponcini da boscaiolo canadese alzano di qualche centimetro la sua statura, che comunque non arriva a un metro e settanta.

«Quando ha finito di guardarmi, può portare la piccola di là» sbuffa.

Arrossisco.

Scuotendo la testa, lei mi tiene aperta la porta interna, quella dell'ambulatorio vero e proprio. Nella stanza non troppo grande c'è una scrivania, e una parete è ricoperta di diplomi e attestati. Su quella di fianco noto diverse gabbie, molte delle quali occupate: ci sono due gatti e un enorme coniglio dal pelo bianco che sembra una matassa di zucchero filato. La cagna punta il muso verso il roditore, snuda i denti, come se fosse stata presa da un attacco di licantropia. No, licantropia non va bene: *anthropos* è l'uomo. E comunque questa razza di cani di cui mi sono già dimenticato il nome ricorda molto il lupo, per il muso affilato e la dentatura poco rassicurante.

La dottoressa la libera dal collare, tempestato di pietre luccicanti. Le accarezza la schiena. «Accidenti quanto pesa. Spero che siano Swarovski e non diamanti veri» commenta, acida. «C'è un limite al buongusto e allo spreco. E poi sa come si dice? *Dai diamanti non nasce niente, dal letame nascono i fior*. La tenga ferma, la accarezzi. Non vede come trema? Le preparo un anestetico e un sedativo.»

Mentre tira fuori fiale e siringa continua a parlare.

«Ho visto un documentario sul Canada, due sere fa. Parlava degli orsi. Diceva una cosa fantastica, e cioè che dalla percentuale di azoto marino nel loro corpo risulterebbe che si nutrono quasi per il novanta per cento di salmone. Ma non dovrebbe essere possibile, perché la stagione in cui gli orsi pescano salmoni dura solo poche settimane. Per il resto dell'anno non ne mangiano proprio. Gli scienziati hanno studiato la cosa e hanno capito che gli orsi si cibano solo di parti scelte del salmone, e il resto del pesce rimane nella foresta, dove si decompone ed entra a far parte della vegetazione, e degli animali che se ne nutrono. In pratica gli orsi mangiano bacche e foglie ed è come se mangiassero salmone. Non è fantastico? Non sono queste, le notizie di cui abbiamo davvero bisogno?» Scuote la testa. «Col cavolo che li brucio, gli animali che mi muoiono.»

Mi guarda con aria di sfida.

«Sa cosa ne faccio? Li seppellisco nella macchia mediterranea, fra le dune. Li restituisco alla terra, perché la nutrano. La loro sostanza passa ad altri organismi viventi. La morte diventa un dono. Un animale morto non è letame. Il furetto diventerà un fiore. *Furetto*, *fiore*. Sente che suonano quasi uguali? *Furetto*, *fioretto...*» Sorride alla cagna. «Anche se il fioretto sarebbe un'altra cosa. Cioè, *due* cose. Dai che sei buona. Dai che sei brava. Sei una brava cagnolina, vero? Come si chiama?»

«Non ne ho idea.»

«È lei che ha usato il maglione per fasciarla?»

«Vede qualcun altro così stupido?»

«Peccato. È cachemire, vero?»

«Un misto, penso. Non so. Forse è tutto cachemire. Me l'hanno regalato.»

«Quante cose non sa. Mi aiuti a tenerla ferma, mentre le faccio la puntura.»

«Che puntura?»

Alza gli occhi. «Cianuro. Che altro?» Poi scuote la testa, con uno sbuffo di esasperazione. «Gliel'ho detto. È un anestetico. Non vorrà mica che la operi senza anestesia, vero?»

«No. Certo che no.»

«Mi fa piacere che almeno su questo siamo d'accordo.»

La guardo togliere il cappuccio dalla siringa, rompere la fialetta di vetro. Lavora con una praticità ed economia di movimenti che mi ricorda un rituale giapponese. È bello vederla fare l'iniezione, e poi un'altra, con tale rapidità che la cagna non ha nemmeno il tempo di accorgersene.

«Aspettiamo che faccia effetto, prima di togliere il maglione. Peccato, però. Bella lana. Provi a portarla in una buona lavanderia.» Mi fissa, con espressione seria. «Lei non sembra il tipo di persona che spara ai cani.»

«Le ho detto che non sono stato io.»

«Sa che dovrò fare una denuncia, vero?»

«Dovrei farla anch'io. Il padrone del cane è sparito.»

«Allora la sua denuncia è più urgente della mia.»

Mi scruta. «Ha qualche problema con la polizia?»

«Il fatto è che non ho molta simpatia per la polizia italiana.»

«Ah. Perché lei di dov'è, scusi?»

«Sono nato qui, ma vivo in Germania da diversi anni.»

«In Germania... Ho un'amica che vive a Berlino.»

«Io sto a Friburgo. Da tutt'altra parte.»

«E perché non le sta simpatica la nostra polizia?»

«È una lunga storia.»

«Non ho fretta. Di solito, quando opero, metto un disco di musica classica. Uno di quei compositori inglesi di fine Ottocento. Conosce Elgar?»

«No. Non ascolto molta classica.»

«E che musica ascolta, allora?»

«Rock. Pop. Roba vecchia, immagino, per lei. Non so, tipo Warren Zevon, Graham Parker. I Clash.»

«Con i Clash rischierei di fare la sutura a zigzag. E allora, questi suoi problemi con la polizia italiana, da dove arrivano?»

«Ma non è che sono problemi. Ero un poliziotto anch'io, una volta.»

«E ora non più?»

«No.»

«E cosa fa per vivere?»

«Cos'è questo, una specie di interrogatorio?»

«Ma no. Si chiacchiera e basta, aspettando che l'anestesia faccia effetto. Allora? Che cosa fa per vivere, in Germania?»

«Scrivo.»

«E cosa scrive?»

«Romanzi.»

«Ah. Tipo?»

«Tipo che?»

«Qualche titolo?»

«Ma non sono usciti in Italia.»

«Ah no? Come mai?»

«Perché vanno bene in Germania.»

«Scusi ma questa non l'ho capita. Cos'è, tipo i binari a scartamento diverso, che quando cambi paese devi cambiare treno? Tipo che i suoi romanzi in Italia non possono entrare?»

«Una cosa così. Questione di gusti.»

«Ne ha scritti tanti?»

«Troppi.»

«Qualche titolo?»

«*Im Schatten des Canal Grande*... *Gewässer des März*... E altri... Quello a cui sto lavorando adesso, e che dovrebbe uscire in ottobre, è *Große Schiffe sind keine Wale*.»

«Titoli interessanti. In italiano come sarebbero?»

«*All'ombra del Canal Grande*, *Acque di marzo*. E l'ultimo, ma proprio mi vergogno...»

«Avanti...»

«*Le grandi navi non sono balene*.»

La dottoressa Milani sorride. «Questo mi piace proprio. E "acque di marzo" per via della canzone?»

«Che canzone?»

Lei mi guarda come se la stessi prendendo in giro. «*Aguas de Março*. La canzone di Elis Regina.»

«Mi spiace. Non la conosco.»

«E allora perché quel titolo?»

«Ma perché mi suonava bene. E perché è ambientato nella laguna di Venezia, a marzo.»

«Mi sembra impossibile che non abbia preso il suo titolo dalla canzone.»

«Che ci creda o no, è così.»

La dottoressa controlla l'ora sull'orologio che ha al polso. È un bracciale nero, sottile, con uno schermo che si illumina quando ruota il polso. Sorrido, vedendolo.

Miriam Milani si abbottona il camice e si aggiusta la mascherina.

«Direi che possiamo cominciare, signor scrittore. Me lo spiega dopo, cos'ha contro la polizia italiana.»

15

Guardare Miriam all'opera è uno spettacolo. Se a sentirla parlare può sembrare un po' sciroccata, quando vedi le sue dita danzare agili sulla ferita, liberandola dal pelo e dalle incrostazioni, pulendola, esplorandola, resti incantato.

«È entrata e uscita» sussurra, dopo aver delicatamente girato sull'altro fianco la cagna sedata. «Per fortuna. Ora ripulirò e disinfetterò. Poi ricucirò la ferita. Dovrò farle anche una sacca di sangue. Purtroppo è un animale anziano. A giudicare dalla dentatura avrà almeno sette anni.» Sorride. «Ha fatto un buon lavoro, fasciandole la zampa. Aveva già perso molto sangue. Peccato per il maglione.»

«Ne ho altri. E poi non manca molto all'estate.»

«Dovrò tenerla in osservazione per qualche giorno. È un problema, per lei?»

«No. Penso di fermarmi ancora un po'. Però non è mia.»

«Speriamo che nel frattempo si faccia vivo il suo padrone, allora. Intanto mi dà un recapito qui in città? Il nome del suo albergo?»

«Non sto in albergo. Ho una casa. Cioè, ce l'avevano i miei.»

«Va bene. Dopo mi dice l'indirizzo esatto. Anzi, per praticità, diamoci del tu.» Si concentra nuovamente sul suo lavoro, suturando il foro d'uscita e quello d'entrata, per poi fasciare la zampa. Per tutta la durata dell'intervento la cagna è rimasta tranquilla, sedata, gli occhi lucidi e assorti in qualche inimmaginabile *rêverie* canina.

Quelli della veterinaria invece sono attenti e veloci. Sembrano focalizzati sulla soluzione di un problema matematico. Non mostrano tracce di emozione o compassione. Sono due occhi verdi, dalle lunghe ciglia. Il fatto che la bocca sia coperta dalla mascherina chirurgica concentra proprio lì il mio sguardo. Lei ne è consapevole, in qualche modo ne sono certo; ma continua comunque a lavorare senza badare a me, senza pronunciare una parola, finché non appoggia sul tavolo operatorio il rotolo di garza.

«Finito. Tutto okay?»

«Ma sì. Perché?»

«Oh, be', ho visto un po' tutte le reazioni possibili. Di solito i proprietari non vogliono assistere alle operazioni. Qualcuno ogni tanto me lo chiede, ma poi se ne pente. Tu invece non hai fatto una piega.»

«Forse perché la cagna non è mia. O forse è merito della tua musica.»

Miriam si toglie la mascherina.

Impossibile darle un'età. Gli occhi sono freschi e maliziosi come quelli di una ragazzina, ma le sottili rughe che li incorniciano raccontano un'altra versione di lei, così come la maturità dei suoi gesti, e il modo in cui si muove, come una donna che ha fatto la sua pratica del mondo e dei suoi pericoli.

Trentatré anni, azzardo. Forse trentacinque.

Si toglie i guanti sterili. Spegne lo stereo.

«Elgar è sempre il mio asso nella manica. Questa versione delle *Variazioni Enigma*, poi, è davvero speciale.» Mi mostra la custodia del cd. «Toscanini l'ha incisa con la Bbc Symphony Orchestra nel 1935. Non ha perso un briciolo della sua bellezza. E funziona sempre.»

«Sei l'unica che conosco che usa ancora i cd. Adesso

vanno solo iTunes o i vinili. I cd sembrano spariti dalla faccia della terra.»

«Uh, io ne ho a migliaia. Be', forse *migliaia* è troppo, ma a mille ci arrivo di sicuro. Me li ha lasciati mio padre. Negli anni Ottanta i cd erano considerati il miracolo della musica.»

«Già. *Sic transit.*»

«Non li conosco.»

«Cosa?»

«Il gruppo che hai detto. I *Six Transit.*»

«Stai scherzando, vero?»

Ma guardandola negli occhi capisco che non scherza.

«Che scuole hai fatto, prima di Veterinaria?»

«Il classico.»

«E non conosci l'espressione *sic transit.*»

«Ah, è un'espressione. No, perché? È grave?»

«Insomma...»

«Eh, si vede che ai tuoi tempi studiavate di più. A me comunque il latino non è mai piaciuto. Adesso aiutami a mettere la nostra amica in gabbia.»

Mi faccio una nota mentale. Tutti i protagonisti principali dei miei romanzi hanno fatto il classico. Non va.

Promemoria, dico al mio cervello, più geometri e ragionieri nei miei libri.

Tanto so già che non mi starò a sentire.

La veterinaria considera le gabbie, e alla fine apre una di quelle nella fila più in basso, a destra. La più lontana dai due gatti. «Mi sembra di ricordare che i borzoi sono estremamente territoriali. Meglio non rischiare che s'innervosisca, quando passa l'effetto dell'anestesia.»

Si rialza, interrompendo la mia contemplazione del suo apollineo didietro. Chissà se conosce almeno il significato del termine "apollineo".

«Vado a lavarmi le mani e a fare pipì» dice, sbottonandosi il camice e lasciandolo cadere in una cesta di plastica accanto alla porta. Poi riflette un attimo. «Non necessariamente nell'ordine. Le mani e la pipì, voglio dire. Cioè, anzi: proprio il contrario. Aspettami qui, okay? Non scappare, che devo portarti dai carabinieri.»

16

Le pareti sono sottili. Cartongesso, probabilmente. Sento tutti i rumori delle sue abluzioni in bagno, compreso un sommesso peto e lo scrosciare prolungato della sua orina.

Quando torna nello studio, Miriam fa una smorfia. «Lo so. Si sente tutto. Ma siamo esseri umani, no? Penso che alla tua età saprai che anche le donne sono come i maschi.»

«Tranne una piccola differenza.»

«Tranne una piccola differenza... Giusto... Dunque, le regole della casa sono che dopo aver curato una ferita d'arma da fuoco e prima di andare dai carabinieri ci si va a fare un bicchiere, o anche più di uno, per allentare la tensione.»

«Hai regole anche per un caso così al limite? Un borzoi colpito da un'arma da fuoco?»

«L'ho appena inventata. Allora, andiamo?»

«Ma non è neanche mezzogiorno.»

«Uno spritz e un panino, allora. Me li offri e io te li detraggo dal conto dell'intervento, che ti anticipo sarà piuttosto salato. E preferirei essere pagata adesso, prima che andiamo in questura.»

«Avevi detto che andavamo dai carabinieri.»

«E allora?»

«In questura ci sono *i poliziotti*, mica i carabinieri. E poi non penso proprio che ci sia una questura, in città.»

«Uh, va bene, sei proprio uno che spacca il capello in

quattro, tu. Il concetto base comunque l'hai capito, no? Vorrei che mi pagassi in anticipo. Chissà mai che non decidano di trattenerti, come si dice, per accertamenti, e poi chi s'è visto s'è visto.»

Scuoto la testa.

«Ti faccio fattura regolare, così puoi detrarre. Allora, tenuto conto dei tre giorni di ricovero postintervento, diciamo che con trecentocinquanta euro te la cavi. Quella che ti faccio lo sconto se mi paghi lo spritz era una cosa tanto per dire.»

«Ma il cane non è mio.»

«L'hai portato qua tu, no?»

Apro il portafoglio. Tiro fuori la Visa e gliela porgo con lo spirito di un samurai che consegna la spada al nemico.

Lei incassa, rilascia lo scontrino, compila e firma la mia ricevuta, dopodiché mi rende la carta di credito.

Poi si alza.

«Dai, che il pranzo te l'offro io. Te lo meriti.»

Mentre cammino al suo fianco mi sento come Alice nel Paese delle Meraviglie. Un uomo è stato rapito, il suo cane ferito con una pistola, e noi due ce ne andiamo tranquilli a mangiare.

Glielo dico. «Credo che dovremmo prima andare dai carabinieri.»

«Ah, ma il locale è di strada.»

«Okay, ma pensa che figura ci facciamo, se ci chiedono perché non siamo andati prima a denunciare il rapimento.»

Si ferma. Mi guarda dritto negli occhi. «Allora: prima cosa, non *ci* chiedono. Lo chiedono *a te*. Seconda...»

«Sì?»

«Seconda non so. Ci penseremo sul momento.»

Il posto in cui mi porta è uno di quelli che di questi tempi spuntano come funghi nelle località turistiche, ora che la crisi post-Situazione ha ridotto la clientela; improbabili locali che combinano più offerte gastronomiche: pizza e kebab, pizza e sushi, sushi e piadine... In questo caso il menu della Posada Veracruz offre da un lato specialità messicane o supposte tali, e dall'altro insalate e panini dai nomi più tradizionali. L'arredamento invece è neutro, quasi spoglio: tavolini e sedie metalliche, cucina a vista, specchi sulle pareti e persino sul soffitto, così che i piatti sembrano pianeti colorati in orbita sopra i tavoli e le nostre teste.

«Ti sentirai a casa, qui» faccio, alludendo all'aspetto da sala operatoria dell'ambiente.

Lei non raccoglie.

Siamo gli unici clienti del locale, ma il cameriere si prende comunque il suo tempo per venire a chiederci cosa vogliamo ordinare.

«Cosa vi porto, ragazzi?»

È un quarantenne in carne, con un'imbarazzante camicia hawaiana e un sombrero in finta paglia. Regge tra le dita troppo grosse un tablet, e sembra ansioso come un centometrista di ricevere le nostre ordinazioni.

Ci mostra il tablet e sfoglia le pagine, per darci modo di valutare l'offerta del locale.

«Per me un toast e un bicchiere di minerale. Senza ghiaccio o limone» faccio.

«*Ay ay ay, señor. Ay ay ay.* Toast purtroppo non li facciamo.»

«Un panino col crudo, allora?»

Il *mariachi* hawaiano scuote la testa, senza perdere il sorriso. «Niente crudo. Posso farle fare una cotoletta impanata con patatine fritte, se vuole. È nel menu per bambini. La facciamo anche a forma di Speedy Gonzalez.»

«Anche no, grazie.»

Riapre con un sospiro il menu stereoscopico.

«Ordino io, intanto» fa Miriam.

E lo fa sul serio. Ordina tre piatti dai nomi incomprensibili, che il cameriere picchietta soddisfatto sul tablet, prima di voltarsi verso di me.

«Un'*ensalada norteña*. Però senza salse e senza ananas.»

Lui fa una smorfia. «In pratica un'insalata verde.»

«In pratica.»

«Non le costerà di meno. Cioè, guardi, le aggiunte vengono cinquanta centesimi, ma le sottrazioni non danno diritto a sconti.»

«Se ne farà una ragione» lo rassicura Miriam, con un sorriso che ammansirebbe Godzilla.

Il cameriere annuisce, raccoglie con sdegno i due menu e se ne va.

«Com'è la tua insalata?» mi fa Miriam, masticando un angolo della sua tortilla e riuscendo in qualche modo, miracolosamente, a evitare che le tre o quattro salse che la farciscono debordino.

«Non è che ci si aspetti molto, da un'insalata. Diciamo che fa il suo dovere. È verde, relativamente fresca, scondita.»

«Certo che non fai sconti alla vita, tu.»

«In che senso?»

«Nel senso che ho capito come sei fatto. Sei un signor Perfettini. Giudichi tutti. Non ti lasci andare. Il tuo secondo nome è Controllo. In poche parole, non ti godi la vita. Scommetto che prima di entrare in acqua, al mare, usi un termometro per misurare la temperatura.»

«Ma no.»

«Lo so che non lo fai, ma è per darti l'idea di come ti vedo. Sei o non sei così? Un signor Perfettini?»

«Sì, forse. In parte. Ma non in modo così estremo come mi descrivi.»

Lei sbuffa. «Mamma mia, ma quanto sei rigido. Senti come parli. Sembra che tu abbia ingoiato un manuale di sintassi.»

«Forse dipende dal fatto che ormai parlo quasi solo in tedesco.»

«Sempre una scusa buona. Perché mi guardi così?»

«Così come?»

«Come se stessi aspettando di veder sbucare un Alien dalla mia bocca.»

«Più che altro dalla tua tortilla. Come fai a mangiare quella roba senza ingrassare?»

«Ah, sapevo che prima o poi arrivava questa domanda. Me la fanno tutti, la prima volta che mi vedono a tavola. Diciamo che ho ereditato un metabolismo perfetto, da parte di mia madre.»

«E di tuo padre?»

«Mai conosciuto. Mia madre non si è sposata, e non mi ha mai voluto dire chi era stato a metterla incinta. Non ne ho sentito la mancanza, comunque.»

Dà un altro morso entusiasta alla tortilla. Una coda di gambero sta per uscire dalla farcitura, ma lei la cattura con le dita e se l'infila in bocca. Non riesco a evitare un accenno di erezione, vedendo la coda rosa scivolarle sensualmente in bocca.

«Poi ovviamente c'è tanta, ma tanta palestra. E dieci chilometri di corsa ogni mattina, cascasse il mondo.»

Manda giù l'ultimo sorso di birra Dos Equis.

«Come fai a berla col tabasco?»

«Uh, in Messico ho bevuto di peggio. Hai mai provato la *gomichela*?»

«Che sarebbe?»

«Birra con dentro degli orsetti gommosi. Invece nella *modelada* ci mettono gamberetti, succo di limone, salsa inglese e...»

«Ti prego.»

«Tanto, anche se vomiti quello che hai mangiato, si confonde col prato.»

Chiama il cameriere per il conto. Paga usando il braccialetto nero che ha al polso e digitando qualcosa sul suo cellulare.

Si accorge che sono incuriosito.

«Com'è che hai fatto?» le chiedo.

«Be', l'hai visto.»

«La tua Mi Band è speciale?»

«È la versione cinese. In Italia è praticamente standard. Ha il gps, il wi-fi integrato e un nfc – o un ncf, non so bene... – incorporato. Non domandarmi cosa vuol dire la sigla, ma serve per i pagamenti contactless. Fa tante altre cose. Mi dice quanto cammino, il percorso che faccio, quante calorie consumo, il mio battito cardiaco, la percentuale di ossigeno nel sangue...»

«Il santo del giorno e l'oroscopo...?»

«No. Quello ancora no.»

Mi viene da ridere. Le mostro il mio polso. Ho un apparecchio uguale al suo.

«Ma dai» fa. «Assurdo. Che coincidenza.»

«Anche no. Ho letto da qualche parte che il ventitré per cento degli europei lo usa.»

«Sì, ma sono proprio uguali... Stesso modello... Incredibile. Tu di che segno sei?»

«Gemelli. Ascendente gemelli, mi dicono.»

«Davvero? Be', in effetti, per uno scrittore è normale. Io del Leone. Si vede, no? Ma veramente non sai che puoi usarlo per pagare? Fa' un po' vedere.»

Mi slaccio l'orologio di plastica dal polso e glielo passo. Lei studia un po' i menu sul display.

«Ecco, vedi? Ce l'hai anche tu. Devi solo attivarlo e abilitarlo.»

«E come si fa?»

«Te lo faccio io. È questione di un attimo. Dammi il tuo smartphone.»

Le passo il mio telefono, dopo averlo sbloccato con l'impronta dell'indice. «Sicura che sia sicuro?»

«Ma certo.»

«In Germania non si usa.»

«In Germania non la vendono proprio, questa versione. Solo nelle nuove colonie del Celeste Impero. Dov'è che l'hai comprato?»

«Me l'hanno regalato.»

«Sicuramente non l'hanno preso nella vecchia *Festung Europa*. Ecco fatto. Apri l'app sul tuo cellulare.»

«Che app?»

«Quella della tua banca. Poi riceverai una notifica. Ti chiederà un paio di autorizzazioni.»

«Torno a chiedertelo: sei sicura che sia sicuro?»

«Ma sì.»

«E se lo perdo?»

«Dovresti perdere anche il cellulare e il tuo pin autorizzativo.»

«Che pin?»

Lei alza lo sguardo al cielo, sbuffando in maniera teatrale.

La procedura di attivazione è complessa, ma Miriam la gestisce senza problemi. Alla fine mi rende lo smartphone e la Mi Band.

«Ecco fatto. Vuoi fare una prova? Ordina un altro giro.»

Chiedo altre due birre. Pago accostando l'orologio al Pos portatile del cameriere.

«Fantastico.»

Miriam sorride. «Bene. Solo non prenderci troppo gusto. All'inizio sembra un gioco, ma ricordati sempre che sono soldi veri. E soprattutto che sono i tuoi. E adesso alzati e andiamo a fare il nostro dovere.»

«Ci andiamo a piedi?»

«Non è lontano da qui. Quattro passi ti faranno bene. Sei così pallido. Dimmi che non sei un vampiro.»

«Non lo sono.»

«Dite tutti così.»

17

La caserma dei carabinieri è in una vecchia scuola elementare ristrutturata. Chi ha eseguito i lavori l'ha fatto in modo sciatto. La vernice esterna già viene via a brandelli, così che l'edificio sembra un animale in muta. Anche le matasse di filo spinato sul cancello e sulla recinzione perimetrale si stanno arrugginendo.

Indossiamo guanti di plastica uguali a quelli che nei supermercati trovi accanto al banco della frutta. Ce ne sono a dozzine, in una scatola collocata accanto alla porta.

Il piantone ci chiede cosa vogliamo, e ci dirotta verso una stanza al primo piano. Il corridoio puzza di disinfettante industriale.

L'ufficio del maresciallo capo è una stanzetta dai muri dipinti di un verde pallido. Il ritratto del presidente è incorniciato da due bandiere: quella nazionale e quella della regione. Appesi al muro come dei menu ci sono una dozzina di calendari dell'Arma dalle copertine sgargianti e un po' kitsch. Quello di quest'anno rappresenta un giovane medico militare, lo sguardo rivolto a destra, verso il cielo in cui vola un'aquila che regge tra gli artigli tre nastri: bianco, rosso e verde.

«Accomodatevi» ci fa segno un uomo sulla cinquantina dietro la scrivania.

Non si presenta. Leggo il suo nome e grado su una targhetta accanto al computer, un vecchio Dell.

«Allora, ditemi un po' perché siete qui.»

Gli riassumo i fatti: le webcam sulla spiaggia, il vecchio sparito dall'inquadratura, il cane.

«E perché siete venuti solo adesso? E la signorina comunque che c'entra?»

Miriam completa il racconto. La parte veterinaria.

Il maresciallo scuote la testa. «Dovremo fare verbale.»

«Mi sa di sì» mi sfugge dalla bocca.

Lui mi fissa. «Vuole insegnarmi il mio mestiere, giovanotto? Favorite i documenti.»

Tira fuori dal cassetto della scrivania una tastiera ergonomica provvista di poggiapolsi, un aggeggio deforme che non vedevo da secoli. La plastica grigia della tastiera è ingiallita, le lettere sbiadite.

Da qualche parte, così flebile che potrei anche solo essermelo immaginato, si sente provenire una specie di gemito. Ma potrebbe anche essere solo un riflusso d'aria in una tubatura.

Sfilo dal portafoglio la mia carta d'identità tedesca e la poso sul piano scheggiato della scrivania. Sotto la lastra di vetro ci sono alcune foto in bianco e nero o dai colori sbiaditi, e una lettera scritta a macchina e firmata con una sigla dagli svolazzi egocentrici.

«Cittadino tedesco? Ma il suo nome è italiano.»

«Sono emigrato in Germania per lavoro.»

«Capisco. E qui dove alloggia? In albergo?»

«No. I miei hanno una casa, qui.»

«Ed è venuto per il ponte di Pentecoste?»

«No. Per venderla.»

«Per vendere cosa?»

«La casa dei miei.»

«Ah. Ho capito. Peccato.»

«Già.»

«D'altra parte, si sa, le cose cambiano. Niente dura per sempre. Dico "peccato" perché il mercato immobiliare è parecchio giù.» Il maresciallo si rigira tra le dita il rettangolo di plastica come fosse uno strano reperto. «*Friburgo*. Io ho dei parenti di mia moglie che vivono a Hannover. È vicina, a Friburgo?»

«No. Mi dispiace. È da tutt'altra parte.»

Il maresciallo comincia a battere con un solo dito sulla tastiera, ripetendo ad alta voce quello che scrive.

«*Verbale di denuncia orale sporta da...*»

La punta della sua lingua esce di tanto a umettargli il labbro superiore. Sembra un bambino intento a un compito difficile: un'equazione, una versione dal latino.

«*Il giorno 29/05/2021 alle ore 13.33, negli uffici del comando in intestazione, davanti al sottoscritto M.llo Capo DAMMANCO Potito appartenente al comando in intestazione, sono presenti le persone in oggetto indicate, le quali mi dichiarano quanto segue...*»

La mia versione dei fatti, e poi quella di Miriam, tradotte nella lingua astrusa del maresciallo, vengono messe a verbale e commentate con domande alle quali io, per quanto mi riguarda, cerco di rispondere meglio che posso.

Al momento opportuno, quando arriva la domanda fatidica, Miriam, con una faccia da poker, allunga di un'ora il suo intervento sulla cagna, coprendo il tempo del nostro pranzo pseudomessicano.

«E non poteva venire lei, intanto, a denunciare la scomparsa?»

«Avevo bisogno del suo aiuto per l'operazione» fa la veterinaria, pronta.

«Ah. Capisco. E be', che dire, questa potrebbe essere una cosa grossa. Dovremo muoverci. Grazie per la segnalazione.»

Rilegge ad alta voce quello che ha scritto. Faccio un paio di correzioni, ma nell'insieme la ricostruzione dei fatti è puntuale e i dettagli ci sono tutti.

«Fatto, riletto, confermato e sottoscritto in data e luogo di cui sopra.»

Io e Miriam *sottoscriviamo* il verbale, stupiti di come una storia così complessa possa essere stata riassunta in una pagina e mezza.

«*Marco Ferrari...*» Il maresciallo ha le sopracciglia aggrottate mentre pronuncia e poi ripete il mio nome. «Sa che il suo nome mi dice qualcosa?»

«È abbastanza comune.»

«Sì. Ma sa, *Marco Ferrari... Marco Ferrari...* Vabbè, mi tornerà in mente.»

Ci alziamo. Ci stringiamo la mano. È una sensazione strana, con quei guanti di plastica da supermercato.

«Se le viene in mente altro, qualcosa di utile alle indagini, me lo faccia sapere. E comunque per qualche giorno non si allontani dalla città, mentre avviamo le ricerche.»

«Perché?»

«Perché potremmo aver bisogno di risentirla come persona informata dei fatti. E anche lei, dottoressa.»

«Io ci vivo, qui.»

«Lo so. Infatti per lei non c'è problema. Arrivederci, allora.»

«E la cagna?» faccio.

«Che cagna?»

«La cagna ferita.»

«Ah, be', penso che nessun magistrato vorrà sentirla» fa Miriam, trattenendo il sorriso.

«Eppure la persona più informata sui fatti è lei» obietto.

Il maresciallo mi scruta, come se volesse trapanarmi i pensieri con lo sguardo. «È una cagna» dice infine. «Non una persona.»

Gira sui tacchi ed esce sdegnato.

La porta dell'ufficio si chiude alle sue spalle.

«Perché ridi?» fa Miriam.

«Niente» rispondo. «È che pensavo che quella povera bestia è già dietro le sbarre.»

Usciamo.

Il cancello d'ingresso si chiude a sua volta dietro di noi con un *clanc* perentorio. Ci allontaniamo dalla caserma con la sensazione di essere osservati.

Dall'ultima volta che ci sono stato, l'Italia sembra essere diventata la terra d'elezione di una nuova specie di animali meccanici: le telecamere nidificano ovunque, come uccelli grigi con un occhio solo. Se guardi un qualunque angolo di strada, o un edificio qualsiasi, puoi vederle muovere il collo per seguire il movimento di quella che forse, per loro, costituisce una preda.

Eppure, nonostante tutti quegli occhi vigili e insonni, un uomo è sparito.

«Tu pensi che lo troveranno?» faccio.

Miriam cammina un passo avanti a me, le mani infilate nelle tasche del giaccone di lana. Alza le spalle. «Chi lo sa? Il problema è se davvero lo cercheranno.»

«Cosa vuoi dire?»

Lei si guarda a destra e a sinistra, prima di rispondere a voce bassa: «Di questi tempi, le persone spariscono, e nessuno fa domande. Soprattutto, nessuno le cerca.»

«Siete a questo punto.»

«Io personalmente non ho mai avuto problemi. Ma si sentono certe storie...»

La strada che abbiamo preso per tornare al suo studio passa per un quartiere di villette risalenti agli anni Settanta e Ottanta dello scorso secolo. Quasi tutte sono invecchiate male. Nessuno qui investe più da tempo. Non dopo quello che c'è stato. E con la prospettiva di vedere questa città sommersa dalle acque più o meno intorno al 2050...

Lo dico ad alta voce.

Miriam scuote la testa. «Scherzi? Hanno appena presentato un piano di sviluppo incredibile. Verso la foce del fiume, un quarto della pineta verrà trasformato in un quartiere modello, in bioedilizia, ecosostenibile. È un investimento da centinaia di milioni. Dovresti vedere i rendering.»

«*Un quarto della pineta?* Ma non era posta sotto vincolo paesaggistico?»

«*Era.* Ora non lo è più.»

«Avevo sentito dire che tutto il Tagliamento era diventato patrimonio dell'Unesco.»

«*Doveva* diventare. C'era stata anche una raccolta di firme. Poi la regione ha fatto la furbata di farlo dichiarare *Riserva della biosfera* Unesco.»

«Ed è male?»

«Sì. Perché è tutta un'altra cosa, e non ha impedito l'avvio dei lavori alla stretta di Pinzano. L'autostrada e la diga. Oltretutto con i soldi del *Recovery plan*. Quelli destinati alla transizione ecologica...»

«Assurdo.»

«Per fortuna una decina di parlamentari europei sono riusciti a bloccare la cosa, per il momento.»

«Quindi c'è ancora un'opposizione, in questo paese.»

«Europarlamentari *tedeschi*...» Miriam sorride. «Comunque le ruspe e i prefabbricati dei cantieri hanno una strana predisposizione all'autocombustione spontanea.»

«Terribile...»

«Già. Proprio terribile, vero?»

Si ferma, indicandomi una casa bassa e molto semplice, la facciata in mattoni. Alberi e cespugli disposti ad arte la isolano dalla strada. Si fa fatica a vederla.

«Sai chi ci ha vissuto, lì?»

«No.»

«Sei uno scrittore. Dovresti saperlo. Ci ha vissuto quell'americano che aveva scritto *Il giovane Holden*.»

«Salinger?»

«Sì.»

«Ma dai.»

«Non lo sa nessuno, ma è stato qui un mese, nel 2006. Quattro anni prima che morisse. Lo si vedeva poco. Faceva la spesa al supermercato e poi si chiudeva in casa a scrivere.»

«Non ci credo.»

«È tutto documentato. Pensano di dedicargli un parco. E forse anche un premio letterario.»

«Ma figurati... Salinger...»

«E in una via qui vicino, che tu ci creda o no, l'estate scorsa ha fatto le vacanze Checco Zalone.»

«Be', questo mi è già più facile crederlo. Senti, per il cane come facciamo? Hai visto che ai caramba non interessa.»

«Be', in effetti non ne ho idea. Non posso farti pagare la pensione.»

«Grazie.»

«Ma non posso neanche tenerla gratis. Facciamo che sta da me finché non trovano il vecchio.»

«E se non lo trovano?»

«Se non lo trovano, quando sarà guarita metto un'inserzione. È una cagna splendida.»

«Dovremmo darle un nome. Sono stufo di chiamarla *cane*, o *cagna*. Suona male.»

«Hai qualche idea?»

«Potremmo chiamarla Nikolajewka» faccio.

«Ma no! Che nome orribile! Ma cos'è?»

«Il nome di una vecchia battaglia.»

«Ancora più orribile! No, finché non sappiamo qual è il suo vero nome, la chiameremo Anastasia. Come la principessa del cartone animato.»

«Veramente...»

«Sai che i borzoi erano cani riservati solo alla famiglia imperiale? I Romanov, mi pare si chiamassero. Se qualcuno che non fosse un Romanov o un nobile della corte ne aveva uno, lo condannavano a morte.»

«Sei sicura?»

«L'ho letto da qualche parte. È chiaro che quando i comunisti hanno ucciso lo zar quei poveri animali sono spariti, in Russia. Per fortuna qualche famiglia nobile è riuscita a portarsi dietro in esilio i propri borzoi, e così la razza non si è estinta.»

«Alle tigri siberiane sta andando peggio.»

«Be', si capisce. Hanno tutto un altro temperamento.»

La guardo, per capire se è seria.

Il suo sorriso non dissipa i miei dubbi. Anzi.

«Allora» mi fa, «siamo d'accordo? Anastasia?»

«Va bene. Che Anastasia sia.»

«Ora devo tornare al lavoro. Tu cosa fai?»

Controllo l'ora sul mio smartwatch. «Principalmente devo scrivere.» Rifletto un attimo. «Mi sono appena ricordato che devo anche portarti il gatto.»

«Ah, sì. Il famoso randagio. Sei una specie di calamita per gli animali dispersi, tu. Dovremmo metterci in società. Tu li trovi, io li curo.»

«Non mi conviene, visto che finisco per pagare io per le bestie degli altri.»

«E dai! Pensa a quanto guadagni in karma...»

«Brava. *Il karma*. Prendimi anche in giro.»

«Guarda che sono serissima. Comunque portamelo quando vuoi. L'ambulatorio è aperto fino alle sei, ma per te basta che chiami e ti combino.»

«Okay. Vedo se riesco a passare in serata, ma non te lo garantisco.»

«Quando vuoi. *Hasta la vista*, straniero. Bella macchina, a proposito. Cos'è?»

«Una Tesla.»

«Ibrida?»

«No. Completamente elettrica.»

«Vedo se posso farti tornare pulito io il maglione. Se ci riesco, in cambio mi fai fare un giro sul tuo bolide. Abiti lontano?»

«Praticamente dietro l'angolo», e le do il mio indirizzo.
Lei chiude gli occhi e fa il verso di un vecchio modem. Non so come fa, così giovane, a conoscere quel suono. «Memorizzato» dice, e se ne va, facendo un mezzo giro sui tacchi e sparendo dietro la porta dell'ambulatorio.

18

L'operaio mi aspetta sul vialetto.

«Dove sei stato? Sei partito come una scheggia.»

«Hanno portato via un vecchio. Sulla spiaggia.»

«Un vecchio? Sarà stato l'Inps...»

Gli passo accanto senza rispondergli. Non ho voglia di scherzare.

Riattacco il cavo di ricarica all'auto.

Lui mi viene dietro. «È questo il modo di ringraziarmi?»

Mi volto. «Ringraziarti per cosa?»

«Sei uscito senza chiudere a chiave.»

Tira fuori dalla tasca il mazzo delle mie chiavi e me lo sbatte in mano. «Sta' più attento. Da queste parti è un attimo che ti ritrovi la casa svuotata.»

«Lo so. Grazie. Posso offrirti qualcosa?»

«No. Come se avessi accettato. Devo finire di dare la seconda mano di pittura alla colonna, e poi ho già bevuto troppo. Se mi fanno l'alcoltest sono fregato.»

In effetti il suo alito puzza come una distilleria.

«Allora, l'hai bevuta, la *sgnapa*?» mi fa, strizzando l'occhio.

«Stai scherzando?»

«È roba troppo alla buona per uno come te?»

«Non è questo. Ma dico, come fai ad aprire una bottiglia che è stata sigillata secoli fa?»

«Togli il tappo. Non dirmi che non sei curioso di assaggiarla. Metti che per sbaglio la fai cadere e la rompi, e resti con quella voglia, di sapere che sapore aveva. Non sarebbe un peccato?»

Questo mi ricorda una cosa che ho letto su una rivista, tempo fa.

Si parlava della vendita all'asta di una bottiglia di Château Lafite Rothschild del 1787. Un milionario se l'era aggiudicata per più di centomila euro, ma la pressurizzazione della cabina del suo jet privato aveva fatto scoppiare il vetro soffiato a mano della bottiglia. La macchia sulla moquette dell'aereo, aveva ironizzato un giornalista, era senz'altro la più costosa della storia.

«Cercherò di non romperla.»

«Comincia col non lasciarla in una casa con la porta aperta. E ringrazia che c'ero io.»

«Grazie.»

«L'hai già detto. *Bon*, adesso vado a finire il lavoro. *Mandi.*»

«*Mandi*. E grazie ancora.»

«*Ma va' in mona*» fa, uscendo dal cancello.

In effetti, mi dico infilando la chiave nella toppa, non è che chiudere serva a molto, quando le porte si buttano giù con un soffio. Un governo di destra avrebbe dovuto garantire una maggiore sicurezza, in teoria.

In teoria, appunto.

Nella realtà, invece, ha solo messo in circolazione molte più armi di prima.

Con gli inevitabili rischi che ne conseguono.

Ci impiego un po', a ritrovare lo spirito giusto per lavorare. Tiro dentro i due materassi a una piazza che, se non sanno di nuovo, perlomeno non puzzano più di muffa. Poi torno di malavoglia al mio computer e all'incontro di Gianni Venier con Lara, la sua vecchia fiamma russa, fra le mura sconquassate dello *squero*.

In realtà *Große Schiffe sind keine Wale* non è per niente un brutto libro. È solo che sono mortalmente stanco dell'ispettore Venier. Avrei davvero voglia di ucciderlo. Magari solo per un libro. Tutto qui. Solo per un libro. Giuro.

Lavoro sulle bozze per un'ora buona. Una breve pausa in bagno e poi riprendo finché le ombre della sera non cominciano a risalire la parete di sinistra. Provo persino un po' di freddo.

Così chiudo le finestre e accendo l'inverter. Il vecchio motore parte, e dopo qualche minuto dallo splitter comincia a uscire aria tiepida. Alzo la temperatura. Il display del telecomando si legge appena. Dovrò cambiare le batterie.

Mi sgranchisco le gambe, la schiena. Questa è l'ora in cui, se fossi a Friburgo, inforcherei la mia Pinarello per lanciarmi su una delle piste ciclabili che attraversano la città.

Sospiro, pensando che sta per calare il buio. Mi chiedo cosa ne è stato del vecchio sulla spiaggia. Dov'è, come viene trattato. Provo una grande pena per quello sconosciuto. Al tempo stesso l'istinto del poliziotto, unito al mestiere di giallista, mi spingono a chiedermi chi fosse, e cosa ci facesse sulla spiaggia di Sabbie Dorate con un cane dell'aristocrazia russa. E perché sia stato rapito. Ammesso che sia andata così. Ma la ferita sulla zampa del borzoi prova che non mi sono sognato tutto: qualcosa di brutto è successo davvero, a quel vecchio.

La luce del tramonto fuori dalla portafinestra della cucina è dorata, ma l'aria è davvero fredda, per essere maggio, e l'inverter non fa miracoli. Così esco sulla veranda laterale, chiusa da una saracinesca. La legna ammonticchiata contro la parete di fondo è stata tagliata e messa via da mio padre. Come per certe pietre enormi di Machu Picchu e Cuzco, anche fra ciocco e ciocco, qui, non riusciresti a farci passare la lama di un coltello. Mio padre apparteneva a una lunga dinastia di costruttori di muretti a secco. Veniva da un mondo che credeva nell'abilità artigianale e nella parsimonia dei gesti, nel calcolo matematico applicato alla vita di tutti i giorni. Non si sarebbe trovato bene, nel mondo di oggi. Prima di morire mi sussurrò all'orecchio che non pensava di perdersi granché, andandosene.

In effetti sono io ad aver perso tanto. È stato lui, quando gli ho chiesto come dovevo comportarmi al processo, a dirmi di scegliere la verità. Non è stato l'ultimo dei consigli che mi ha dato, e che secondo alcuni mi hanno rovinato la vita. Ma quando ne ho parlato con Magda lei è stata categorica nel dire che, per quanto alto sia stato il prezzo da pagare, era un consiglio giusto. Un consiglio da persona integra, com'era mio padre.

Infilo cinque ciocchi in un mastello di plastica mezzo rotto, e da sopra la pila prendo un mannello di legnetti più sottili.

Li uso per accendere il fuoco nella vecchia stufa in salotto. Papà l'aveva fatta installare perché gli piaceva l'idea di poter vivere in questa casa anche in inverno.

Uno sbuffo di fumo bianco e acre mi fa temere il peggio, ma presto i vecchi giornali bruciano, la fiamma s'innesca e si stabilizza, cominciando a mordere il primo ciocco. Chiudo lo sportello. Attraverso la finestrella di vetro vedo le fiamme prendere. C'è conforto nel fuoco, e anche nel ripetere i gesti collaudati di mio padre. C'era una procedura precisa per fare ogni cosa. E lui me le ha insegnate tutte, a volte a suon di ceffoni. Con il senno di poi, capisco che faceva bene.

Porto la poltroncina in vimini davanti alla stufa, in modo che i cuscini si scaldino.

Pochi minuti e sento grattare sul vetro della porta. Il gatto, sollevandosi sulle zampe posteriori, si allunga verso la serratura, come se volesse aprirla lui.

«Aspetta. Ti apro» faccio.

La bestiola entra con la sicurezza di chi si sente a casa sua. Incede verso la stufa, annusa soddisfatta, e poi si accoccola davanti alla poltrona. Non ci sale sopra.

«Domani ti porto a conoscere la veterinaria più strana che abbia mai incontrato. Ti tratterà bene. Ti rimetterà a nuovo. Ma per stasera goditi le pulci, la rogna e i parassiti intestinali. Da domani cambi stile di vita.»

Il tigrato mi ascolta impassibile. Si inumidisce con la lingua la zampa e comincia a passarsela sulle orecchie, sul muso.

«Altro che coltellino svizzero multiuso» gli faccio. «Voi con una zampa fate tutto.»

Lo guardo, in attesa di una risposta. Angel, la nostra gatta tedesca, non miagola più: emette brevi versi monosillabici, con i quali esprime approvazione o, più spesso, dissenso. Come se stesse imparando a parlare. Questo gatto è ancora più in là nella scala evolutiva: mi ignora del tutto, come se appartenesse a una classe superiore alla mia.

«Immagino che avrai fame. Ti ho comprato del cibo fatto apposta per te. Te l'avevo già detto? No? È una sorpresa, allora. Che bello. Dai, vieni con me.»

Ma il gatto non muove un muscolo. O è sordo o sta bene così, davanti al fuoco che adesso comincia a scaldare la stanza.

Lo capisco.

Non so perché, ma basta così poco a creare la sensazione che questo non sia solo un posto dove dormire per qualche notte, ma casa tua. Sapendo che sono qui per venderla, forse la cosa non è del tutto positiva. Ma va bene così. *Cogli l'attimo.*

«Se cambi idea fammi un fischio... O una miagolata... Fammelo capire, insomma.»

Manca un divano, in questo posto. O comunque qualcosa su cui stendersi. A parte i letti non c'è altro. Del resto il concetto di starsene distesi, a meno che non fosse per dormire, era estraneo alla mia famiglia.

Chiudo la porta a vetri, accosto quella esterna in legno, e mostro al gatto, con scarso entusiasmo e ancor più scarso riscontro, la sua lettiera in un angolo, debitamente riempita di ghiaia profumata o di quel che è.

«Se proprio non riesci a trattenerla, vedi di farla là e non in giro per la casa, *verstehen*?»

Lui mi guarda con un'aria da schiaffi.

«Vado in camera un'oretta, così magari ti viene fame. Tu fa' come se fossi a casa tua. Ma non troppo. Okay?»

Ci guardiamo negli occhi, in modo da incasinare ancora di più lo stato dei nostri rapporti.

Lui non dà segno di avermi capito. O di badarmi in alcun modo.

Allora vado a stendermi in camera. Accendo il tablet e controllo la posta. Niente che non possa attendere.

Apro Skype, chiamo Magda.

Ci mette un po' a rispondere.

Ha lo sguardo assonnato. Gli occhi troppo vicini alla telecamera sembrano quelli di un pesce in un acquario.

«Ah, sei tu?» fa, con un sorriso che mostra i suoi denti sfacciatamente bianchi e sani.

«Ti ho svegliata?»

«Sì. Postumi del jet lag. Confondo ancora un po' il giorno con la notte, la cena con la colazione. Ma tranquillo. Ancora un paio di giorni e il mio orologio interno si sarà sincronizzato con i vostri.»

«Come stai?»

«Stanca. Avvilita. Non hai idea delle cose che ho visto, in Venezuela.»

«Me le racconterai.»

Mi fissa a lungo. Allontana il cellulare da sé, così posso vederla in una versione meno ittica, con gli occhi tornati normali. E sì, sono occhi bellissimi, e anche se dovesse avere l'alito che puzza di topi morti, come una volta disse di Patsy Kensit un cantante italiano allora in voga, la voglia di attraversare lo schermo e baciarla è immensa.

«C'era questo bambino» sussurra. «Un bimbo di forse sei anni. Sua madre lo teneva attaccato al seno, ma il seno era come un guanto vuoto. Non c'era niente da succhiare. Ho chiesto a Miguel, il ragazzo che gestiva l'ospedale, perché non le dessero da mangiare, e lui ha fatto un gesto con la mano verso le file di letti occupati da scheletri morenti. È stato orribile. Sono rimasta lì, accoccolata davanti a quel bambino e a sua madre, e lei mi fissava con un'espressione... Non so definirla... Era come se guardando me stesse guardando un programma televisivo che non le interessava. Masticava qualcosa, e ogni tanto faceva il gesto di piegarsi per sputare, ma dalla bocca non le usciva niente, non aveva più saliva. E ho visto che quello che stava masticando era un pezzetto di corteccia di un albero. Di alberi intorno al campo profughi non ce ne sono più. Li hanno mangiati.»

Magda racconta senza enfasi, senza drammatizzare. Con la precisione di una sonda inviata su un altro pianeta. L'ascolto descrivere il modo in cui è rimasta per ore a guardare la madre e il bambino morire. La luce fuori dalla finestra scompare completamente. Dovrei andare ad accendere le luci esterne, o almeno quella del corridoio. Ma non riesco a staccare gli occhi dal viso della mia donna che mi parla di un luogo lontano, un posto che non riesco nemmeno a immaginare.

«Resta a casa» le dico, quando il bambino è morto e al suo racconto segue il silenzio. «Non andare. Posso tornare. Dammi sei ore e sono da te.»

Magda scuote la testa. «Hai cose da fare lì. E io ho cose da fare da un'altra parte.»

Sospira. «Se io non ci fossi stata... Se non l'avessi visto... o fotografato... quel bambino ora non esisterebbe più. Invece esiste ancora. E non so se è un bene o un male.»

«L'hai fotografato?»
«Sì.»
Una lunga pausa. Come se i ricordi e le parole dovessero risalire dal fondo di un pozzo.
«A un certo punto ha smesso di muoversi. E anche sua madre. Non respirava più. Aveva gli occhi chiusi, come se dormisse. Ho tirato fuori dalla sacca la Canon e ho fotografato quella *Pietà* di carne. È così che l'ha chiamata Bernd. *Una Pietà di carne...*»
«Magda, non andare. Hai già fatto abbastanza.»
«Nessuno di noi fa abbastanza, Marco. Io meno di tutti. Io mi limito a fissare le cose in una foto o in un articolo perché non vadano perdute. Ma a quel bambino e a sua madre non è servito a niente.»
«Sei troppo dura con te stessa.»
«Ah, ma è così. Nessuno fa niente, in realtà. Potremmo salvarli, ma non lo facciamo.» Sorride. «Scusami. Tu sei là e io qui, siamo lontani, e ti ammorbo con queste storie di cui non t'importa nulla.»
«M'importa di te.»
«Oh, sì. T'importa di me... E questo mi dovrebbe bastare.»
«Aspetta almeno che io sia tornato, prima di partire. Parlerò con Bernd...»
«No. La tua vita è la tua e la mia è la mia.»
«Pensavo avessimo una vita *nostra*.»
«Ce l'abbiamo. Il che non esclude che io abbia anche la mia e tu la tua.»
Rimaniamo in silenzio, per un po'. Alla fine è lei a rompere il ghiaccio.
«Così quella che vedo alle tue spalle è la casa dove passavi le estati da bambino.»
«Anche da ragazzo.»
«Quella Madonna sul muro è antica?»
«Più vecchia che antica.»

«Mi fai vedere il resto della casa?»
«Domani, con la luce.»
«Okay. Peccato, però.»
«Cosa?»
«Che dobbiate venderla.»
«Lo so. Ma non ho i soldi per rilevare la mia parte da Elena. E poi tu non ci verresti mai. Non c'è né una guerra civile né una carestia, qui. Non ancora, almeno.»
«Che stupido.»
«Senza di te sono così: stupido, cattivo, irrequieto.»
«Datti una calmata. Fai quello che devi fare e torna. Okay?»

Parliamo ancora un po', finché la conversazione non si fa stanca. Non è facile girare, senza sfiorarli, attorno agli argomenti di cui davvero vorresti parlare. È come quel vecchio gioco per Windows, il campo minato. Devi stare attento a ogni parola, usare una cautela che alla fine sfinisce. Ci diamo la buonanotte. Poi, per non pensare a quello che ci siamo detti e alle sue implicazioni, apro sul tablet Comic Viewer e guardo il nuovo fumetto della serie *Jour J* che ho appena scaricato dal portale della Fnac. *Jour J* parla di mondi alternativi: una Parigi occupata dalle truppe sovietiche nel 1945, François Villon che guida una spedizione africana in un'Europa devastata dalla peste, la famiglia Kennedy impegnata nel contrabbando di liquore in Louisiana anziché nella politica, e ancora la luna conquistata dai russi. Non sempre sono belle, queste storie. Ci sono alti e bassi, ma sono comunque interessanti, come l'altra serie di fumetti francesi che compro sempre, *Wunderwaffen*, su un'Europa in cui i nazisti, con l'aiuto delle loro superarmi e di un visitatore extraterrestre, impediscono lo sbarco in Normandia. Così nel 1947 Auschwitz è stato ingrandito e i corpi dei prigionieri uccisi vengono usati per produrre il Kronos, una polvere con cui sono nutriti gli schiavi che sostengono la macchina bellica nazista. Dopo aver letto l'episodio in cui si scopre questo orrore, ho avuto incubi per settimane.

Leggo un po' *Jour J*, godendomi i disegni a colori e ritrovando il piacere di quando da bambino, in questa stessa casa, leggevo i fumetti di Dylan Dog e Martin Mystère.

Il francese dei testi è rilassante, dopo tanti mesi di tedesco. Nell'episodio che sto leggendo, il poeta beat Allen Ginsberg diventa il presidente degli Stati Uniti, e il mondo si trasforma in un luogo pacifico e prospero.

Finché un certo giorno, a Dallas...

Lentamente, le pagine colorate e lo sforzo di leggere in un'altra lingua mi calmano, smorzando la tensione della lunga giornata.

19

Non so quando mi sono addormentato.

Non so nemmeno cosa mi abbia destato dal sonno, di preciso.

Un rumore.

Ma che genere di rumore?

La camera è buia. Quando mi sono assopito entrava ancora un po' di luce dalle fessure delle imposte. Cerco a tentoni l'impugnatura della mazza.

La trovo.

Il rumore, ora che posso concentrarmi, viene dalla porta d'ingresso.

Ero sicuro di aver chiuso anche la seconda porta, quella in legno, prima di venire a stendermi in camera, ma qualcuno ora sta armeggiando con quella interna.

E ora ricordo di non aver chiuso, ma solo *accostato* la porta in legno.

Escludo che sia il gatto a fare questo trambusto, perché, approfittando del fatto che mi sono addormentato, è strisciato quatto quatto in camera e si è raggomitolato ai piedi del letto.

Il rumore continua.

Qualcosa che gratta sulla serratura.

Ci sono due cose possibili da fare. Accendere le luci e farsi sentire. Funziona con gli squali, credo. Oppure avvicinarsi alla porta in silenzio e al buio, con una mazza da baseball fra le mani, aspettando che l'intruso entri in casa per assestargli una botta in piena fronte.

Che è esattamente ciò che faccio.

Più o meno.

Solo che vengo colto di sorpresa.

La luce di una torcia elettrica potente come un riflettore dell'artiglieria antiaerea fruga la stanza da oltre i vetri della porta, fermandosi sulle mie braccia, sulla mazza sollevata.

«Mani in alto! Carabinieri!» fa una voce tonante.

Alzo le braccia.

«Apri questa cazzo di porta!»

Depongo a terra la mazza e giro la chiave.

Non vedo in faccia l'uomo con la torcia. Lui me la punta addosso, passandomi la luce dalla testa ai piedi come se mi facesse una Tac.

«Tira giù quelle cazzo di mani» dice, alla fine della sua ispezione. E poi mi ordina di accendere le luci.

Anche in questo caso ritengo sia più saggio obbedire.

La luce del lampadario al centro della sala è al neon, e ci mette qualche secondo a illuminarsi.

L'uomo abbassa la pistola. «Perché non mi hai risposto?»

«Cosa...?»

«Ti ho chiamato tre volte al cellulare ma non hai mai risposto.»

«Non ho sentito nessuna chiamata...» protesto, ma guardando il mio smartphone capisco dov'è l'inghippo. L'ho usato come hotspot per il tablet, per la mia lunga telefonata via Skype a Magda. La batteria dev'essersi scaricata del tutto.

«Era spento» faccio. «Finita la batteria.»

«Ah, ecco. Avevo paura che ti fosse successo qualcosa.»

L'uomo mi guarda un po', per poi aprire la faccia in un sorriso. «Non ti ricordi di me?»

Scuoto la testa. Per quanto mi sforzi, nella mia memoria non trovo tracce di quell'uomo tarchiato, biondo, dai lineamenti pesanti.

«Sei mesi di corso assieme e non ti ricordi di me?»

«Scusa, ma proprio...»

«Io invece mi ricordo bene di te. Sempre il primo della classe. Un signor *so tutto io* che mangiava regolamenti e cagava pagine della Costituzione. E pensa che nonostante tutto mi eri anche simpatico. Forse perché eravamo gli unici bianchi in mezzo a tutti quei terroni del cazzo...»

Penso sia quell'espressione, "terroni del cazzo", a farmelo tornare in mente. «Herbert Giordani» faccio, ricordando il bolzanino dagli occhi azzurri che con disprezzo ci chiamava tutti "terroni italiani".

«Esattamente io. In carne e ossa. Be', un bel po' di carne, in effetti.»

«In questi giorni non faccio che incontrare vecchi conoscenti.»

«Ah sì?»

«Già. Come mai sei qui? A cosa devo la tua visita a quest'ora?»

«Ma, sai com'è, qualcuno ha saputo che sei andato dai carabinieri. Ha letto la denuncia che hai fatto sulla scomparsa di quel russo. E su quella c'era il tuo indirizzo. Ti avrei trovato lo stesso, ma così è stato tutto più veloce e indolore. Allora, non sei contento di rivedermi?»

«Quindi adesso sei nei carabinieri?» rispondo, cercando di nascondere la mia sorpresa.

«Ho mai detto questo? Che fai, offendi? No che non sono un carabiniere. E neanche un poliziotto, se è per questo.»

«E allora cosa sei?»

«Diciamo che lavoro nel settore privato. Ramo sicurezza.»

«E com'è che hai accesso alle informazioni dei carabinieri?»

Mi fissa a lungo, incredulo. «Ma quanto cazzo di tempo sei stato via? Non sai niente di come girano le cose qui, adesso?»

«Qualcosa ho sentito. Non vivo su Marte.»

«Fammi sedere, dai. Chiudi questa cazzo di porta e parliamo.»

Non credo di avere alternative, così chiudo la porta e scosto una sedia dal tavolo. Lui ci si lascia cadere sopra, sbuffando.

«Cazzo di fatica che mi fai fare. Dammi almeno un motivo.»

«In che senso?»

«Dammi un motivo per tutta questa fatica che ho fatto.»

«Continuo a non capire.»

«Cazzo, e sì che non parlo cinese.»

«Io invece un po' lo parlo. Magari ci capiamo meglio.»

Mi fissa a lungo attraverso gli occhi socchiusi. Poi fa un ghignetto che conosco bene, perché ai tempi della scuola di polizia preannunciava sempre una battuta insultante. Stavolta però non è così. Si limita a fare un gesto con l'indice, su e giù, come per sgridare un bambino cattivo. «So che sei diventato uno scrittore. Che vivi in Germania. E allora cosa ci sei tornato a fare, in questa valle di lacrime?»

«Potrei risponderti che sono affari miei, non credi?»

«Può anche darsi. Sì, come no. Affari tuoi. Che però diventano miei nel momento in cui t'immischi in cose che non ti competono.»

«Fammi un esempio.»

Giordani fa una smorfia. «Ho la gola secca. E sono a fine turno. Non mi offri niente?»

«Un bicchiere d'acqua del rubinetto, se vuoi.»

«Meglio di no. Non mi fido troppo dell'acquedotto di questo cazzo di città. Non hai niente di più forte?»

«*Due bicchieri* d'acqua del rubinetto.»

Lui accenna col mento alla bottiglia di Caol Ila Moch

che ho lasciato sul piano della cucina. «Dammi un po' di quella roba buona lì invece, va' là.»

Nicchio un po'.

«E dai. Non fare il tirchio. Anche in accademia avevi sempre il braccino corto.»

«Non avevo soldi. È diverso» dico, vergognandomi immediatamente per aver sentito la necessità di scusarmi.

Gli verso due dita di whisky, e intanto studio la sua faccia. Deglutisce, mentre il liquido ambrato scorre nel *tumbler*. Con la punta della lingua si umetta le labbra.

Segnali inequivocabili.

Sorrido. Aggiungo con cattiveria un altro dito di liquore.

Mi fissa. «Non mi fai compagnia?»

«No. Io sono a posto così.»

«Fa' un po' come ti pare.»

Ingolla una lunga sorsata. «Buono. Va giù da dio.»

Lo guardo. «Allora, cosa sarebbero queste cose in cui non dovrei immischiarmi?»

Lui fa un gesto come per sminuire la cosa. Ma poi sbuffa: «Magari dovresti lasciare che sia la polizia a indagare sulla sparizione di quel vecchio.»

«Ah. Allora è *questo*.»

«Perché? Cos'altro doveva essere?»

Ci guardiamo. Lui manda giù un altro sorso.

«Perché parli di *polizia*? Io ho fatto denuncia ai *carabinieri*.»

«Diciamo che le indagini sono passate di mano.»

«*Passate di mano*, dici. Per caso te ne stai occupando tu?»

«Ma no. Figurati. Io non ho nessun ruolo nelle indagini. Sono nel privato, ti ho detto. Mi hanno solo chiesto di venire a fare quattro chiacchiere con te, sapendo che eri tornato e che eravamo vecchi amici.»

Ritengo saggio non contestare l'ultima affermazione.

«Non sapevo di essere così famoso, da questa parte del confine.»

«E non lo sei, infatti.»

«E allora perché qualcuno dovrebbe interessarsi a me?»

«Ah, questo non lo so. Ho dato un'occhiata qui e là, e proprio non capisco cosa gliene fotta di te. Penso sia solo per via della denuncia che hai fatto. Per il resto, conti meno di un cazzo. Da quando sei scappato all'estero non hai più rotto i coglioni. Ho letto un po' di roba su di te, e da quello che ho capito grazie al traduttore di Sina Weibo non ti occupi di politica.»

«Non sono *scappato* all'estero.»

«Mettila come vuoi. Comunque per quanto mi riguarda ti sei comportato da stronzo, con l'affare di quella scuola. Vaffanculo, cazzo. Hai fatto il Giuda. Se fossi stato uno di quelli che hai tradito, vorrei farti la pelle, e ti verrei a stanare anche in Germania. Tanto, con le frontiere di adesso, sai che impresa. È che quelli che hai venduto sono dei cagasotto smidollati come te. Ma non è questo il punto. Il fatto è che sei nel mio paese da poche ore e già vai a denunciare un possibile reato. Che cazzo hai, un radar per i guai? O c'è qualcosa di più?»

«Guarda che è anche il *mio* paese.»

«Non più. Hai fatto le tue scelte. E adesso ascoltami bene: quello che è successo a Ivan Suvorin non è affar tuo, d'accordo? Questo è il messaggio che ti porto. Stai fuori da questa storia. Anzi, detto fra noi, meglio se non disfi neanche i bagagli e te ne torni nella tua tana in Germania. Prendilo come un consiglio amichevole.»

«Sono qui per affari. Finché non ho finito di...»

«Lo so benissimo, che cazzo sei venuto a fare qui. Ho letto il tuo annuncio, cosa credi? Sono un professionista. Se vuoi la mia opinione sei matto a chiedere quella cifra. Ma li leggi, i giornali? L'ascolti, la Gretina? Nel giro di vent'anni questa città sarà sommersa, con lo scioglimento dei... come cazzo si chiamano... i ghiacciai polari.»

«Le *calotte* polari.»

«Quel cazzo che sono. Sempre a spaccare il capello in quattro. Non sei cambiato di una virgola.»

«Neanche tu.»

«Sei rimasto un coglione. Tale e quale. Chi vuoi che ti compri questo rudere a quel prezzo? Metà delle case in città hanno il cartello VENDESI. E stanno tirando su un complesso ecosostenibile nella pineta Nord che abbasserà ancora di più il valore di catapecchie come la tua.»

«La pineta Nord? Ma è area protetta.»

Giordani scoppia a ridere. «Ma dico, vivi in Germania o sulla luna? Non sai come vanno le cose qui, adesso? Ce ne sbattiamo i coglioni, dell'Europa e dell'Unesco. Se abbiamo voglia di costruire costruiamo. La nostra sovranità non si piega davanti a nessuna potenza straniera. Il progresso non si ferma. Padroni a casa nostra, cazzo.»

Svuota il bicchiere e lo sbatte sul tavolo.

Non faccio il gesto di riempirglielo di nuovo. Mi sembra già più che a posto così. Ricordo che quando beveva diventava pericoloso. E non credo sia migliorato, con gli anni.

Una lacrima gli scivola giù dall'occhio azzurro e freddo. Un residuo della risata.

Mi punta contro un dito grosso come una salsiccia.

«Sei fortunato che ci siamo rammolliti, dopo la Situazione. Lo saprei io, come trattarti, se avessi mano libera. Ma qualcuno ha deciso che da qualche altra parte sei un cittadino rispettabile, e non vogliamo rogne con i nostri vicini crucchi. Allora facciamo come in quei vecchi film western, okay? Ti do tempo ventiquattr'ore per sistemare i tuoi affari, fare i bagagli e tornartene a casa.»

«E perché mai dovrei obbedirti?»

«Guarda che tu non obbedisci a nessuno. Ti limiti a seguire un consiglio amichevole.»

«E se non volessi seguirlo?»

«Vedi tu. Questo è un paese libero, nonostante le voci che tu e quelli come te spargete in giro.»

«Quindi posso restare.»

Mi fissa a lungo. «Certo che sei proprio una testa di cazzo» sussurra, ma in tono quasi ammirato. Come se ci fosse un campionato delle teste di cazzo e io fossi appena salito sul gradino più alto del podio. «Guarda che nessuno mi obbligava a venire da te, per darti dei consigli da amico che dovresti seguire. Potevo dire ai miei clienti che ti avevo avvisato, lasciare che le cose andassero come devono andare, e tu ti saresti ritrovato in un bel mare di guai.»

«Per aver fatto il mio dovere? Per aver denunciato la scomparsa di un uomo?»

«No.»

«E allora per cosa?»

«Per non esserti fatto i cazzi tuoi.»

«Capisco. E questo consiglio, allora, è tuo o viene da qualcun altro? E tanto per capirci un po' meglio, ti ripeto la domanda: tu chi rappresenti? Hai detto che non sei più un poliziotto.»

Herbert Giordani mi squadra come se cercasse il punto migliore in cui colpirmi.

Faccia.

Petto.

Stomaco.

Alla fine sorride.

«Fa' un po' quello che vuoi, Ferrari. Per me non fa nessuna differenza. Mi stavi sul cazzo in accademia e mi stai ancora più sul cazzo adesso. Se cerchi guai, accomodati. Io me ne lavo le mani, di quello che può capitarti.»

«Non vuoi dirmi chi ce l'ha con me?»

«Posso dirti che non ti conviene scoprirlo.»

Scuoto la testa. «Ho bisogno di più tempo.»

Il bolzanino si mastica l'interno della guancia. Strizza gli occhi come se stesse prendendo la mira. «Quarantott'ore, ma solo perché sono un amico. Quarantott'ore e poi vengo a prenderti e ti accompagno alla frontiera a calci in culo.»

Si alza, con gesti tronfi resi lenti dal whisky.

In piedi, l'uno di fronte all'altro, ci guardiamo a lungo senza dire nulla.

«Cosa c'è ancora?» faccio, alla fine.

«Mia moglie» grugnisce. «È tedesca. Legge i tuoi libri.»

«Ah sì?»

«*Seh.* Mi chiedevo se non hai una copia da darmi, magari con una dedica.»

«No. Non mi porto mai dietro i miei libri. Contrariamente a qualche altro scrittore che conosco, io li ho già letti.»

Vedo che è in difficoltà.

Allora, per chiudere prima possibile l'incontro, raccolgo dal tavolo la prima pagina delle bozze che dovrei correggere.

Lui legge il titolo. «*Große Schiffe sind keine Wale...*»

«È il mio nuovo romanzo.» Prendo una penna. «Posso scrivere una dedica qui.»

«Se non hai un libro...»

«Non ce l'ho» confermo.

Tolgo il cappuccio alla Lamy. «A chi scrivo la dedica?»

Si schiarisce la gola. «A Concetta.»

«Non proprio un nome ariano...»

«Fatti i cazzi tuoi. È nata in Germania, quindi è tedesca.»

Scarabocchio sul foglio la dedica: «*A Concetta, con tutta la mia solidarietà.*»

«Che cazzo di dedica è?» ringhia Herbert.

«Lei capirà.»

«Non lo firmi neanche?»

«Come vuoi che lo firmi? Scrivo *Stronzo?...*»

«Mettici il tuo cazzo di nome e il cognome.»

Quando ho finito di scrivere, piega con malagrazia il foglio in quattro e se l'infila nella tasca interna della giacca. «Quarantott'ore e vengo a prenderti» mi intima, sulla soglia.

Non mi degno nemmeno di rispondergli. Lo guardo allontanarsi lungo il vialetto e vorrei piantargli un coltello nella schiena. Ma non sono mai stato un tipo violento. I due in Svizzera sono stati un'eccezione. Consideriamolo un caso di possessione demoniaca, nelle terre di Mordor. O un'eco del passato.

Tutti questi anni a Friburgo hanno assecondato la mia indole mite, più disposta a negoziare che a lottare. Uno scrittore americano che ho conosciuto, Christopher Moore, una volta mi ha detto: «Vedi, Marco, tu e io siamo entrambi maschi beta. E questo è bene, molto bene, perché i maschi alfa esplorano e vanno in guerra e si lanciano col paracadute e fanno immersioni subacquee, mentre noi maschi beta ce ne restiamo a casa e ci riproduciamo con le vedove dei maschi alfa...»

Ciò non toglie che in questo momento vorrei avere in mano un'ascia e lanciarla fra le scapole di Herbert Giordani, per poi squarciargli il petto e fargli l'aquila di sangue con i polmoni, come facevano quei mattacchioni dei vichinghi per rilassarsi fra un'uccisione e l'altra.

Quando sparisce dietro la siepe, le mie mani cominciano a tremare per la tensione accumulata.

Torno in casa, chiudendomi dietro a doppia mandata anche la porta esterna.

Non fa caldo, nella stanza. Apro lo sportello della stufa. Le braci si sono ridotte a uno strato sottile. Le alimento con degli stecchi e poi con un pezzo di legno non troppo grande. Il fuoco riprende.

Guardo l'orologio. Le nove passate.

Preparo la cena. Prima di tutto per il gatto. Non si è fatto vedere, mentre Herbert era in casa. È rimasto nascosto come la famiglia Frank.

Saggio animale. Di notte, prima di addormentarci, dalla sua branda in alto e in fondo alla stanza, l'allievo Giordani ci deliziava con i suoi racconti macabri di petardi infilati nel culo a gatti e cani, o di animali di ogni taglia e razza inzuppati d'alcol e dati alle fiamme. Non so se certe cose ti lascino addosso un odore, o un'aura, oppure se le voci in qualche modo si spargano, tra gli animali. Fatto sta che il gatto si è tenuto alla larga, e solo adesso fa spuntare la sua testolina diffidente da dietro l'angolo della cucina.

«Quando c'è bisogno di te tu non ci sei mai, vero?» gli faccio, riecheggiando un modo di dire di mio padre. «Okay, non fa niente. Vieni qui che ti faccio assaggiare una delizia. Petto d'anatra con riso e verdure in salsa. Non ho idea se ti piaccia, o se queste cose ti facciano bene, ma la commessa che me le ha vendute dice di sì. E comunque guarda che bella la ragazza sulla scatola.»

20

Il gatto ha apprezzato il *canard* in salsa, e ancora di più la vecchia coperta che ho piegato in quattro e collocato alla distanza giusta dalla stufa. Si è acciambellato lì, addormentandosi.

La vita dei gatti mi è sempre sembrata un modello inarrivabile.

Per me preparo del riso integrale e delle verdure surgelate che faccio saltare in padella. Tiro fuori una birra dal frigo. Basta un sorso per dirmi che ho fatto una cazzata, lasciandomi ingannare dalla scritta ALLA FRIULANA sull'etichetta. Giro la bottiglia e scopro che è allungata con succo di mela renetta. Fanculo. Quella ALLA SICILIANA dello stesso produttore, allora, che cazzo avrà dentro? Capperi e acciughe?

Quello che mi fa rabbia è che il marchio è quello di una storica birra friulana. Ma di questi tempi il marchio non significa più niente.

Per fortuna ho preso anche un *six pack* di Beck's.

Sto infilando in bocca la seconda forchettata quando bussano alla porta in legno.

Se è Herbert giuro che l'ammazzo.

«Chi è?» chiedo, senza aprire.

«Cappuccetto Rosso» intona una voce femminile.

Due giri di chiave, la porta in legno si apre ed eccola lì sulla soglia.

«Cosa ci fai qui?» le chiedo, stupito.
«Posso entrare?»
Mi faccio da parte. Miriam avanza, sorridendo. Posa a terra la sua borsa a soffietto da dottore. «Stavi cenando?»
«Sì.»
«Ho pensato di passare stasera invece di domani. Io di giorno lavoro. Lavoro *normale*, intendo.»
«Potevi chiamarmi.»
«Non mi hai dato il tuo numero di cellulare. Solo l'indirizzo.»
«Ma ti ho telefonato. Hai il mio numero, tra le chiamate.»
Lei si mordicchia il labbro. «Ah sì. Che stupida.»
Ma ha un sorrisetto furbo.
«Accomodati» faccio. «Siediti.»
«Non mi fermo a lungo. Così è questa, la signorina?»
«È un maschio.»
«Ah, già. Scusa, è stata una giornata lunga. Come si chiama?»
«Non gli ho dato un nome.»
«Devi darglielo. Va scritto, sul libretto delle vaccinazioni.»
Scrollo le spalle. «Scrivi Tunìn.»
«Bene. Nome stupido, ma va bene.»
«È un nome di famiglia.»
«Sai come si dice, i gusti sono gusti. Allora, preferisci finire di cenare o facciamo questi vaccini? Comunque ha un buon odore.»
«Non mi sembra.»
«Non mi riferisco a quello che stai mangiando tu.» Indica la scatoletta per terra. «Magari la prossima volta versaglielo in una ciotola. Non è mica una bestia.»
«Tecnicamente sì.»
«Dai che hai capito benissimo. Comunque ci sono marche meno care. Sapevo che Livia ti avrebbe incartato. Dopo ti faccio una lista di cibo più adatto e più a buon mercato. A parte che potresti alternare i pasti umidi con dei

croccantini. Allora, non mi hai risposto: vuoi finire la tua cena, prima?»

«Be', sì. Vuoi farmi compagnia?»

Lei allunga il collo a guardare il piatto sul tavolo. «Sono verdure fresche?»

«Surgelate.»

«Il riso è integrale?»

«Sì.»

«Te n'è rimasto?»

Le mostro il fondo della pentola di cottura. «Ce n'è un bel po'.»

«Allora il riso va bene. Ah, ma tu bevi quella?»

«No, quella la butto via.»

«Sei matto? È buonissima. È di tipo artigianale. Con la mela renetta. Versamene un bicchiere. E un piatto di riso. Le vaccinazioni le facciamo dopo. L'hai salato tanto? Ce l'hai della salsa di soia?»

Miriam è un turbine. Non c'è altro modo di definirla. Un fenomeno meteorologico estremo: una grandinata di parole e gesti, uno tsunami di pensieri in libertà che dopo un po' ti travolge e ti porta dove vuole lei.

Manda giù con gusto e senza smettere di parlare il riso scurito dalla soia e quella birra fetida.

«Ho cercato su internet» faccio. «Senti cosa scrive uno di Slowfood.»

Trovo la pagina e leggo ad alta voce: «Gli aromi della frutta emergono in modo sgraziato e pacchiano. L'arancia e la mela sembrano aromatizzazioni da bibita o da caramella.»

Miriam sbuffa. «Sì, ma dai, vabbè. Okay, se uno è abituato, che so, tipo metti che è uno che ha bevuto tutte le birre del mondo compresa quella dei monaci del Monte Athos, chiaro che poi fa questi commenti. Ma per una come me questa birra è buona.»

«Fa cagare. Questo posso dirtelo anche se non sono mai stato sul Monte Athos. Vuoi un altro po' di riso?»

«No. Sto bene così. Cioccolata ne hai?»

«Sì.»

Le porto due tavolette di fondente settantaquattro per cento che ho trovato al supermercato.

«Madagascar e Venezuela» fa lei. «Qual è più buona? Non so decidermi.»

«Non le ho ancora assaggiate. Provale tutt'e due.»

«Davvero posso aprirle?»

«Certo.»

Apre le due tavolette e stacca un minuscolo pezzo da ognuna. «Provo prima il Madagascar.»

«Fa' come credi.»

Miriam depone la scheggia di cioccolato sulla lingua, come se fosse un'ostia. Chiude gli occhi e mastica. Dopo un po' deglutisce, beve un bicchiere d'acqua e assaggia l'altro pezzo. Gli occhi le si aprono in un sorriso beato. «Dio, ma questa è *troppo*! È poesia!» Alza la tavoletta. «Venezuela. Dove l'hai trovato?»

«Al supermercato qui vicino...»

«Al Pam? Ma dai! Sul serio?»

«Ma sì.»

«Grandioso. Posso prenderne un altro pezzetto?»

«Prego.»

Incuriosito, assaggio anch'io un quadretto di cioccolato.

La prima impressione non è strabiliante, il sapore anzi è piuttosto piatto. Ma è solo la prima impressione, appunto. Più mastichi quel frammento nero e croccante e più affiorano sapori, dal caffè al malto, fino agli agrumi del retrogusto finale. Non sono un intenditore, ma quello che assaporo mi conquista.

«Grazie» fa Miriam, forbendosi la bocca con il fazzoletto di carta.

«Non finisci la birra?»

Sorride. «No. Hai ragione tu. Non è buona. Scusa se prima...»

«Figurati.»

«No, è che ogni tanto mi viene la voglia di provare i sapori della mia infanzia...»

«Tipo?»

«Ma sì, tipo il Buondì Motta che mi dava mia nonna.»

«Il *Buondì Motta...*» ripeto, incredulo.

«Ma sì. Non dirmi che non ti piaceva.»

Mi avvalgo della facoltà di non rispondere. Ricordo la tristezza di certi hotel a una o due stelle, la colazione del mattino con il caffè annacquato, il succo d'arancia industriale e le fette tostate nella plastica. Metto il Buondì nella stessa categoria.

«Come fai a definire il Buondì un sapore dell'infanzia?»

«Ehi, sono nata in città, mica in campagna. Non avevamo le galline in casa, bello. La passione per gli animali mi è venuta dopo.» Si batte le mani sulle cosce, alzandosi di scatto. «Forza! Al lavoro!»

Solleva la borsa da terra e tira fuori una siringa sterile e alcune fialette.

«Facciamo la trivalente. Coprirà la tua gatta...»

«*Gatto...*»

«... dalla gastroenterite virale, dalla rinotracheite e dalla calicivirosi. Se vuoi più avanti facciamo anche la vaccinazione per la leucemia felina e la clamidiosi. E poi naturalmente dovremo fare l'antirabbica, se vuoi riportarti in Germania la tua gatta.»

Ormai rinuncio a correggerla sul sesso del felino, che la guarda con occhi diffidenti. «Non penso di portarmela a casa. Portarme*lo*, voglio dire. Ho già una gatta.»

Miriam mi fissa con uno sguardo accusatore. «Ah no? E allora cosa vorresti fare? Abbandonarla?»

«Non ho detto questo.»

«Ma hai detto che non vuoi portartela via. Quindi?»

«Quindi magari posso lasciarla a qualcuno. *Lasciarlo*, voglio dire. È un maschio.»

«Il sesso non c'entra. Guarda che anche solo pensare di abbandonare questa creatura indifesa...»

Sull'"indifesa" ci sarebbe da discutere, perché appena la veterinaria lo prende in braccio, Tunìn scalcia e graffia. Ma Miriam ha indossato un paio di guanti spessi e procede senza rallentamenti nel suo lavoro.

«Aiutami a tenerla ferma un attimo. Ecco, così. Perfetto.»

Il gatto le sguscia via dalle mani con un soffio di protesta.

«Questa povera bestia va lavata e spulciata. Dopo ti lascio una lista di prodotti.»

«Mi ha già venduto un sacco di roba la tua amica del negozio» faccio, indicando i flaconi e le scatole sulla mensola.

«Livia è una furba. Fa' vedere... No, questa roba non va mica bene. Riportagliela.» Scribacchia una decina di righe su un bloc-notes, poi strappa via la pagina e me la consegna. «Prendi queste cose, invece. Costano pure meno. E ti dureranno sei mesi invece di tre.»

Scuoto la testa. «Non mi fermo così a lungo.»

«E perché?»

«Perché mi hanno dato lo sfratto.»

«Hai già trovato da vendere la casa? In così poco tempo? Incredibile.»

«No, non in quel senso. Lo sfratto è *dal paese*. Devo andarmene entro quarantott'ore.»

«Te l'hanno detto i carabinieri?»

«No. Me l'ha ordinato uno che dice di essere mio amico.»

«Bell'amico.»

«È uno stronzo. Ma non capisco perché sia venuto da me. Lui dice che è per il mio bene. Pare che abbia fatto male a immischiarmi nella scomparsa di quel russo.»

«Quale russo?»

«Il vecchio sulla spiaggia. Ivan Suvorin. Mi ha detto che si chiama così.»

Miriam aggrotta le sopracciglia. «È un nome che ho già sentito.»
«Ah sì?»
«Sì. Aspetta, fammici pensare.»
«Faccio prima a controllare su internet.»
«Aspetta. Mi è tornato in mente. È su Renren.»
«Su *che*?»
«È come Facebook. Qui usiamo quello da... Be', tu sai da quando.»
Traffica con il suo smartphone fino a trovare ciò che cerca. «Eccolo qui, il post. Sapevo di averlo già visto, quel nome. È un professore universitario.»
«È molto di più» sussurro, scorrendo veloce le informazioni che appaiono via via sullo schermo del *mio* cellulare, su cui, grazie alla vpn Xiaoming che ho installato, ho ancora accesso a Facebook e Google.
Quello che leggo non è che mi entusiasmi.
Ivan Suvorin è un negazionista russo, autore di una dozzina di pubblicazioni accademiche in cui sostiene che i campi di sterminio non sono mai esistiti. Riconosco il vecchio, nelle foto. Anche se in realtà non è poi così vecchio. Ha sessantacinque anni. Portati molto male, peraltro. In una delle foto ha il volto deformato dalla rabbia. Cerca di coprirselo con il braccio mentre due guardie del corpo lo sottraggono al lancio di oggetti da parte di una folla inferocita, fuori da una sala conferenze di Mosca.
Dire che gli studi e le pubblicazioni di Suvorin sono oggetto di polemiche è decisamente un eufemismo. Il professore è stato dichiarato *persona non grata* in dodici nazioni. Ma i suoi video su YouTube e Sina Weibo hanno decine di migliaia di visualizzazioni, soprattutto in Polonia e negli Stati Uniti.
Io e Miriam continuiamo a leggere, ognuno sullo schermo del proprio cellulare, notizie sul russo. L'unica cosa che non salta fuori è cosa ci facesse qui a Sabbie Dorate.

Nessun motore di ricerca ci fornisce un minimo indizio. Finché le chiavi generiche «professore russo Friuli campi sterminio» non restituiscono il titolo di un quotidiano austriaco di destra.

«Ecco qui.» Mostro lo schermo alla veterinaria. «C'è un evento a Trieste, in questi giorni, un misto fra una convention e un congresso al quale è stata annunciata la partecipazione di un noto professore russo, autore di "innovative tesi" sull'esistenza o meno dei "cosiddetti campi della morte polacchi".»

«"Polacchi"?» si chiede Miriam, perplessa.

«Perché, "cosiddetti", invece?... Fammi leggere. Qui non si fa il nome del professore. Però aspetta...»

Ogni nuovo dettaglio raffina la ricerca, portando a risultati sempre più precisi. Alla fine centro il bersaglio.

«Eccolo qui. Non lo trovavo perché la grafia del nome è diversa. *Souvarine*, non Suvorin. Ma eccolo.»

La notizia, sul sito online del quotidiano di Trieste *Il Piccolo*, riferisce dell'annullamento, causa indisposizione, della conferenza – che avrebbe dovuto aver luogo domani sera – del professor Ivan *Souvarine*, storico revisionista autore di tesi sconcertanti sui campi di sterminio.

«Chiamala indisposizione...» commenta sottovoce Miriam.

Non ci sono foto dello scomparso, e i titoli delle sue opere sono evidentemente tradotti dal francese, così come mi faceva già pensare la traslitterazione del nome. Ma la cosa che mi colpisce è un'altra. «Come fanno a saperlo...?»

«Cosa dici?»

«Come fanno a sapere che il professore non terrà la conferenza? È stato rapito stamattina, e questa notizia è stata inserita sul loro sito alle due e quaranta del pomeriggio...»

«Troppo presto?»

«Direi. Come si spiega?»

21

Il minimo che possa fare, considerato il buio calato sulle strade del centro, è proporre alla veterinaria di riaccompagnarla al suo studio.

«Dormi in una delle gabbie?» le ho chiesto con l'intenzione di fare lo spiritoso, mentre chiudevo a chiave la porta.

«In realtà ho un appartamento proprio sopra l'ambulatorio.»

«Possiamo andare a piedi, allora.»

«Certo.»

Passando accanto alla Tesla in ricarica, Miriam accarezza il cofano dell'auto.

«Un giorno mi ci fai fare un giro?»

«Anche adesso, se vuoi.»

«No. Andiamo a piedi. È una bella serata. Un altro giorno, okay?»

Non le faccio notare che di altri giorni non ce ne saranno tanti, visto l'ultimatum di Herbert.

Lei si ferma accanto al cartello VENDESI che ho messo sulla colonna all'inizio del vialetto. «Peccato» fa.

«Cosa?»

«Doverla vendere. Adesso che il prezzo delle case è calato. Quanto l'avevi pagata?»

«Non è mia. L'hanno comprata i miei negli anni Settanta. Credo che abbiano speso sui venti milioni.»

«*Che?*»

«Di lire. Fanno più o meno diecimila euro.»

«Scherzi?»

«No.»

Uso la calcolatrice del cellulare. «Venti milioni di vecchie lire sarebbero 10.329 euro.»

È strano come questo affare che tengo in mano serva a così tante cose. La sua torcia a led ci ha aiutato a non incespicare lungo il sentiero, e adesso illumina la strada completamente buia.

«Ma non accendono mai i lampioni?» chiedo.

«Quando comincia la stagione. Cioè fra poco. Questione di giorni.»

«Tu ci vivi sempre, qui? Voglio dire, tutto l'anno?»

«Certo.»

«Ma non è triste, fuori stagione?»

Lei sorride, immagino. Nel buio, le parole le vengono fuori come se sorridesse. «Ma no. Per niente. È affascinante, invece. Si vedono così tante stelle. E il mare in inverno ha il suo fascino. Le strade sono coperte di sabbia, tutte le finestre chiuse, le saracinesche dei negozi abbassate. Sembra un film. Sai, uno di quelli dove sei l'ultima donna sulla terra...»

«"L'ultimo uomo sulla terra sente bussare alla porta..."»

«Cosa?»

«No, niente. Una cosa che ha scritto Stephen King, per la serie i racconti più brevi della storia della letteratura.»

«Stephen King è quello che ha scritto *It*, vero?»

«Fra l'altro. Sì.»

«Ho visto i film. Mi hanno fatto un sacco di paura.»

Camminiamo fianco a fianco, e dopo un po' gli occhi si abituano a vedere solo con la luce delle stelle, che in alto formano un velo luminoso, fra le cime dei pini.

«Quella è la Via Lattea» sussurra Miriam.

«Fantastico.»

«Sì. D'estate, con i lampioni accesi, te lo scordi di vederla.»

Restiamo fermi un po' sotto quel fiume di luce.

«Mi ricorda il libro di uno scrittore giapponese» faccio. «Si chiudeva con questa frase: "Barcollò per ritrovare il suo equilibrio, il capo riverso, e la Via Lattea si precipitò dentro di lui con un ruggito."»

«La sai a memoria? Che bravo.»

«Boh. Non so... Non chiedermi di imparare niente a memoria, ma questa, non so come mai, l'ho imparata.»

«"Con un ruggito"...» ripete lei, in tono sognante. «Cioè, come se io ora spalancassi la bocca e ingoiassi tutto quel mare di stelle...»

«Lasciandoti cadere all'indietro.»

«Accidenti.»

«Eh sì.»

Passiamo davanti ad almeno dieci villette con il cartello VENDESI.

«Sei sposato?»

«Come?...»

«No, niente. Chiedevo per chiedere.»

«Figurati, non c'è problema. Non sono sposato, ma sono impegnato in una relazione a lungo termine, come si dice.»

«Si dice?»

«Penso di sì. Insomma, non proprio sposato ma quasi.»

«Donna o?...»

«Donna.»

Non so perché ma ho l'impressione che Miriam, anche al buio, possa vedermi arrossire.

«Ognuno di noi due ha avuto le sue storie, sai com'è, ma alla fine ci siamo assestati. Avevamo entrambi bisogno di stabilità.»

«*Entrambi*... Sei proprio uno scrittore.»

Sbuchiamo in una via con i lampioni finalmente accesi, anche se solo uno ogni due. Giriamo a destra.

«Sai chi mi ricordi? Vagamente, voglio dire. Quell'attore che ha fatto *Quattro matrimoni e un funerale.*»

«Hugh Grant?» mi stupisco.

«No, l'altro. Quello che fa il compagno gay del vecchio con la barba. Quello che al funerale recita la poesia sugli orologi. Quello che ha fatto anche *Sliding Doors.*»

«Ah, ho capito. Ma no che non gli somiglio.»

«Non in senso fisico. Cioè, non voglio dire che ti assomiglia come aspetto. Cioè, un po' anche sì, ma è proprio che siete lo stesso tipo.»

«Ah sì? E che tipo saremmo?»

Lei si ferma, mettendosi di fronte a me, improvvisamente seria. «Di bell'aspetto. Affidabili. Seri. Però è come se aveste dentro un segreto. E forse il vostro fascino viene proprio da lì.»

«Dici che ho fascino?»

Lei sta zitta.

«Non rispondi?»

«Sarà la sindrome di Stendhal.» Poi sbuffa. Rotea gli occhi, come una bambina. «Ma sì, ce l'hai. Guarda che lo dico in modo del tutto obiettivo. Disinteressato, insomma. Voglio dire, adesso non farti il tuo film. È proprio solo una cosa che si vede guardandoti. Hai quel modo di muoverti... come un modello sulla passerella.»

«Addirittura...»

«E poi, ecco, vedi? Come adesso, il modo in cui hai detto "addirittura". Il tono di voce.»

Riprendiamo a camminare. Ma lei si volta di tanto in tanto a guardarmi, ora che la luce della strada lo permette.

«Ecco, adesso, per esempio, sembri più Hugh Grant. Quella faccia da bravo ragazzo un po' imbranato, che però poi a letto diventa una furia scatenata...»

«Ehi...»

«Guarda che lo dico senza secondi fini, ma proprio

senza né primi né secondi fini. Considerala una specie di verità scientifica.»

«Okay.»

Siamo arrivati davanti all'ambulatorio. La luce azzurrina all'interno lo fa sembrare un enorme acquario, anche se non si vedono animali ma solo la sala d'attesa con le tre sedie di plastica e la tristissima pianta in vaso.

«Sono una che parla troppo, eh?»

«No. Assolutamente no.»

«Ma sì. È così. Parlo troppo. Sì che è vero.»

Ci guardiamo. Lei fa una smorfia. «Allora...»

«Sì?»

«Se mi ridai la borsa...»

«Ah, già.»

Sorride, alla mia goffaggine. In questo momento sono decisamente più Hugh Grant che John Hannah.

Eccolo, come si chiamava.

Le porgo la borsa da medico che ho portato da casa mia fin qui. Restiamo un attimo di troppo sospesi tra un gesto possibile e l'altro, in attesa che uno dei due si decida. Alla fine è lei ad allungarsi sulle punte e a darmi un bacio sulla guancia. L'odore della sua pelle, il contatto, sono nuovi, eccitanti.

«In un film, adesso, lei chiederebbe a lui se vuole salire per bere qualcosa» sorride.

«In un film?» le chiedo.

«Ma nella vita vera...»

«Nella vita vera sono stanco. Devo dormire, è stato un viaggio lungo.»

«Grazie» dice lei.

«Grazie di cosa?»

«Di avermi tolto dall'imbarazzo.»

Si gira verso la porta, cercando le chiavi nella tasca della giacca.

«Aspetta» le faccio.

Miriam mi guarda, aspettando di sentire cos'ho da dire.

«Sai che non è per questo. Cioè, sei una ragazza molto bella e, be', insomma, sai che mi piacerebbe salire da te, per bere qualcosa o... be'...»

Lei allora fa quella cosa incredibile con gli occhi: uno sguardo al tempo stesso sensuale e innocente. Una seduzione da Bambi.

«Solo che è meglio di no» concludo.

Miriam sorride, ma il suo sorriso ha una punta di minaccia, come se dicesse: *Okay, stavolta hai vinto tu, ma prima o poi te ne pentirai, perché te la farò pagare.* Dura un attimo, quell'espressione sotto traccia, ma entrambi ne abbiamo la consapevolezza.

«Buonanotte, Miriam.»

«Buonanotte.»

Mentre lei già s'infila oltre la porta, mi viene in mente una cosa. «Ehi, quanto ti devo, per le vaccinazioni?»

«Cinquanta euro. Ma non darmeli adesso, che se qualcuno ci vede fa un brutto effetto.»

Poi la porta si chiude alle sue spalle, e io rimango lì in piedi come un allocco, il cazzo inutilmente duro, e già le prime avvisaglie di pentimento che s'insinuano come crepe sempre più larghe nella corazza di cartapesta della mia forza di volontà.

22

Inutile dire che ho dormito poco e male.

A un certo punto della notte ho avuto anche un incubo. Seduto alla mia scrivania a Friburgo guardavo la scena ripresa dalla videocamera sulla spiaggia, il cane che saltellava e correva sulla sabbia. Poi di colpo l'animale si è voltato a fissarmi. Ed è cambiato. Il raffinato borzoi si è trasformato in un orrendo mastino nero dagli occhi di fuoco, gigantesco, che mi scrutava malevolo, con un ringhio sordo che poi è esploso in un latrato interminabile.

Mi sono alzato di scatto, e il peso sul mio petto si è trasformato in un miagolio terrorizzato.

Ho acceso a tentoni la luce ed eccolo lì, quel coglione di un gatto, con il pelo ritto e gli occhi strabuzzati, che mi fissa dal fondo del letto.

«Stupida bestia» faccio, scuotendo la coperta in modo da farlo cadere giù. Ma lui rimane lì, tenendosi in equilibrio sulle onde di stoffa come un surfista.

Scendo dal letto, spalanco le imposte. Fuori è già giorno da un pezzo.

Recupero l'orologio dal comodino, infilandolo senza leggere l'ora.

La voce di Magda è assonnata.
L'ascolto mettendo il cellulare in vivavoce, appoggiato sul piano della cucina, mentre preparo la colazione.
Mi aggiorna, l'aggiorno.
Ci muoviamo con cautela nella nostra conversazione, come due pugili che si studiano sul ring.
La caffettiera sibila, quando lei tira il primo cazzotto a tradimento.
«Parto domani.»
«Per dove?» chiedo stupidamente.
Lei sbuffa. «Lo sai benissimo. Te l'avevo anche detto quando partivo. Non starò via molto.»
«Non devi andarci, Magda.»
«Tornerò prima che tu rientri. Non ti sembrerà neanche che me ne sia andata.»
«Non devi andare.»
«Sembri un disco rotto.»
«Giuro che stavolta l'ammazzo.»
«Chi?»
«Bernd.»
«Guarda che sono stata io a proporgli il servizio. Non mi ci manda lui, laggiù. Ci vado io.»
«Ma che cazzo...»
«Ti ricordi quando hai adottato il morto? Il morto ebreo?»
«Ma che c'entra?»
«C'entra.»

Certo che mi ricordo.
Due anni fa ho ritwittato per diversi mesi le foto che l'Auschwitz Memorial postava ogni giorno. Erano foto di persone morte in quel campo di sterminio. Sotto ogni scatto c'erano poche righe essenziali: età, provenienza, professione, data di morte.
Venivano fatte in serie di tre: di lato, di fronte, di tre

quarti. Ai bambini non venivano scattate, quelle foto. Le facevano solo a chi veniva internato nel campo. I bambini erano assassinati prima. Denudati, gasati, e poi immediatamente bruciati nei forni.

Ricordo la foto di una ragazza polacca di vent'anni. Mi si è impressa nella memoria. Aveva un sorriso meraviglioso, anche dopo essere precipitata in quell'inferno. Un sorriso che le illuminava il volto. Non era sopravvissuta se non per pochi mesi, nell'inferno del campo. Se ho mai visto il volto di una santa, era in quel ritratto. Mi aveva sconvolto.

Un tweet diceva che potevi adottare uno di quei morti. Ti iscrivevi al sito dello Yad Vashem e un programma ti assegnava a caso uno dei prigionieri morti ad Auschwitz. A me era capitato un adulto, un operaio ucraino quarantenne. Avrei preferito un bambino, ma anche quella vittima era sconvolgente, a modo suo, per l'assoluta normalità dello sguardo. Era un uomo come potevi incontrarne su un treno, o per strada. Una persona seria, dalla faccia onesta. Una faccia che ti diceva che avresti potuto esserci tu, al suo posto. Avevo cercato informazioni su internet. Su di lui, sulla sua città. Niente. Non aveva lasciato tracce, nella memoria informatica collettiva, nel Grande Libro della Rete. Era rimasto solo il nome, e quella foto. E la data di nascita e quella di morte. C'erano molte persone che portavano il suo cognome, ma nessuna viveva in Ucraina. Ce n'erano due in Canada, e una addirittura a Hong Kong.

Avevo stampato la foto e la tenevo nel portafoglio. Finché un giorno non l'ho persa.

«Ti ricordi quando mi dicevi che era terribile che quell'uomo si fosse perso nel *maelstrom* della Storia...?»

«Ho detto proprio così?»

«Sì. E dicevi che avresti voluto sapere di più di lui, poter raccontare la sua storia, in tutti i dettagli. E allora io ti ho letto quella poesia di Nelly Sachs.»

«Ah, già.»

Parlava di un uomo sul punto di essere ucciso, credo ad Auschwitz. La poetessa si chiedeva cos'avesse visto, con il suo ultimo sguardo: un sasso, la fibbia del nemico, o il volo di un uccello?

«Ecco, Marco. È tutto qui. È tutto molto semplice. Io voglio vedere cosa vedono gli occhi di quegli uomini e donne e di quei bambini che cercano di attraversare la frontiera. Voglio che resti traccia di quello che vedono, di quello che provano.»

«Sì, ma...»

«Non siamo sposati, Marco. E anche se lo fossimo, questo non è l'Iran. E comunque è una mia scelta e tu devi rispettarla, come io rispetto le tue. Altrimenti dobbiamo rimettere in discussione il nostro rapporto.»

Magda è così.

Non esistono bombardamenti chirurgici, attacchi di precisione: se ti affronta lo fa stendendoti a tappeto con le atomiche tattiche. Discutere con lei è come farsi abbracciare da un *Boa constrictor*. Ammesso che "abbracciare" sia il termine giusto, con un serpente.

«Non sto dicendo che non devi andare. Ti sto solo *pregando* di non farlo. È un posto pericoloso.»

«Come il Venezuela. Eppure anche da lì sono tornata.»

«Io...»

«C'è Gavrilo, con me.»

«Capirai.»

«È ben piantato, ha fatto karate. E parla un sacco di lingue.»

«Che vada lui, allora. È lui il fotografo, no?»

«No. Lui è il *cineoperatore*. La fotografa sono io.»

«Non dirmi che Gavrilo non sa usare una macchina fotografica.»

Mi sembra di vederla scuotere la testa, con un'aria di compatimento, nel soggiorno della nostra casa a Friburgo.

Vorrei essere lì.

Vorrei poterle stringere le spalle, farle sentire con la forza delle mie braccia quanto tengo a lei, e quanto trovo stupida questa sua decisione.

Il silenzio che cade fra di noi si taglia con il coltello.

Alla fine sono io a romperlo. «Cerca di stare attenta. E tienimi informato. Ce l'avrete un telefono satellitare?»

«Ovvio. Cioè, credo di sì. Sì. In Venezuela ce l'avevo.»

«Un messaggio al mattino e uno alla sera prima che tu vada a dormire. Non ti chiedo di più. Li manda i messaggi, un telefono satellitare?»

«Non ne ho idea. Con quello che costano, penso di sì.»

«Sai che mi farà morire, saperti laggiù in mezzo al pericolo.»

«In Venezuela era peggio.»

Ancora.

«Cosa ne sai?» dico.

«Lo so. Fidati.»

Ho visto delle foto di Magda da ragazzina. Portava occhiali dalla montatura orrenda, e l'apparecchio per i denti. Ma aveva la stessa espressione determinata che ha oggi. Discutere con lei ha lo stesso senso, e di solito gli stessi esiti, del contendere la precedenza a un carrarmato.

Per cui se dice «fidati» devi fidarti.

Punto e basta.

Ci siamo detti altre cose, prima che lei chiudesse la conversazione con un «baci» risuonato nel vuoto. Ma quello di cui abbiamo parlato preferisco tenerlo per me.

Ho infilato le scarpe da corsa e chiuso la porta, e sono uscito in strada. Il gatto mi è venuto dietro per un po', poi mi ha lasciato andare. Immagino che né Miriam né la ragazza di Cortesie per gli Ospiti sarebbero d'accordo sul fatto di lasciarlo per strada, ma chi se ne frega.

L'operaio friulano non è ancora arrivato, il che è abbastanza strano.

Mi aspettavo che fosse lui ad accendere il sole all'alba.

Ma il suo camion non si vede.

Saltello un po' sul posto, davanti alla Tesla, e poi scatto verso il lungomare. A mano a mano che il respiro si assesta, trovo ritmo e piacere nella corsa. Non infilo le cuffiette, niente musica stamattina; devo fare attenzione a dove metto i piedi. Per terra ci sono rami spezzati e altri ostacoli. Comincio ad avere un'età in cui farsi male è pericoloso.

È piacevole correre per le strade deserte, guardare di sguincio le case dalle finestre chiuse e i giardini con l'erba alta. È quasi come in un film di sopravvissuti, dove l'umanità è stata spazzata via e il protagonista attraversa una città deserta e senza vita.

E in effetti lo scenario è perfetto. Mancano solo i *tumbleweed* rotolanti sulle strade sporche di sabbia e ramaglie secche. Le case vuote, le saracinesche abbassate dei garage, le vetrine dei negozi tinte di bianco: sembra davvero la scenografia di un film horror. Fa impressione pensare che la notte dormo da solo in questo deserto, nessuna luce per strada, circondato dal silenzio.

Il cielo grigio è una coperta militare di nuvole.

L'orologio mi annuncia il primo chilometro fatto.

Poi, dopo un po', il secondo.

Con uno scatto di reni mi butto a capofitto sul sentiero che attraversa la pineta.

C'è un momento preciso in cui la forza del tuo corpo trasforma la corsa in estasi, ti sazia di endorfine, facendoti cantare il cuore. Quando raggiungo la riva, e corro sulla sua sabbia grigia e compatta, scoppio in una risata. Il mare mosso allunga lingue d'acqua veloci, che salto ridendo, veloce come un supereroe dei fumetti. Un kitesurf sfreccia sulla cresta delle onde: lo conduce un ragazzo biondo, tenendosi in equilibrio come per magia, senza mai cadere. Un'altra tavola gli si affianca, una ragazza che manovra abilmente il paracadute rettangolare giallo e blu per tenersi alla pari con il compagno. Volano sull'acqua, in perfetta sintonia, allontanandosi verso il paesaggio di grattacieli e palazzi bianchi sullo sfondo.

Continuo a correre verso la foce del fiume, ubriacandomi di fatica e di luce, perché d'un tratto, come per il gesto di un dio imperioso, la coltre di nubi si squarcia e il sole fa brillare le cose, accendendo la cresta delle onde di riflessi accecanti, dorando la sabbia, colorando come smeraldi le pozzanghere che riflettono il verde della pineta.

Infilo le cuffiette senza fili.

Attivo dal mio smartwatch il lettore musicale.

I bassi pompati e le voci distoniche dei Wolf Alice s'impongono sulla corsa, dettano il ritmo al mio incedere, spingendomi ad aumentare la falcata. Ogni nota diventa un passo, finché la corsa non sembra un volo su ali fatte di musica.

Attraverso il tratto di spiaggia su cui il vecchio è stato aggredito e mi dico che dovrei chiamare Miriam. Ma non tiro fuori il telefono dal marsupio. Non ancora. Il mio fisico gode della fatica, ogni passo mi sembra più elastico del precedente. Se lo volessi potrei rimbalzare come un astronauta sulla luna. Potrei saltare più in alto delle cime degli alberi. Macino un altro chilometro, con il sangue che mi ruggisce nelle orecchie.

Mi fermo solo quando arrivo sull'argine del fiume. Punto il piede su un albero spiaggiato, un tronco enorme, uno dei tanti che sono stati spezzati dalle tempeste anomale di metà autunno, e faccio stretching. Il cuore lentamente si assesta e si apre alla bellezza di questo luogo ancora intatto. Le barche dei mercanti romani che risalivano il fiume

Natissa verso Aquileia devono aver costeggiato un paesaggio come questo. Se non ti volti indietro, se ignori la fila di grattacieli nella distanza, se tieni lo sguardo sulla foce, vedi un paesaggio intatto di acque calme, un fiume pacifico, le sue rive folte di alberi e macchia mediterranea, e le isolette più a monte, con i loro canneti che ospitano tribù di uccelli garruli. Un mondo intatto, primigenio. Di una bellezza rustica e brutale. C'è pace, in questo luogo. Non c'è la bellezza del mare del Mezzogiorno o della Grecia, ma un senso di pace e di... be', sì: di *dignità*. Per strada, prima di arrivare qui, ho visto stormi di gabbiani calare sui campi della Lombardia e del Veneto in cerca di cibo: uccelli un tempo nobili, versi di antiche poesie, ridotti a mendicare vermi e avanzi fra i solchi delle arature. Questo fiume ti dice che c'è ancora una nobiltà, per quanto impoverita, su questa terra. I regimi passeranno, e così le mode, e i miseri accomodamenti quotidiani. Gli argini e le case crolleranno, e la memoria dell'uomo si perderà nel sussurro e nel gorgoglio dell'acqua e nel frusciare del vento fra le canne.

E per qualche motivo questo pensiero mi conforta.

Tiro fuori dal marsupio il cellulare e compongo il numero di Miriam.

Risponde al secondo squillo.

«Se è per scusarti per avermi dato buca ieri sera, guarda che non è il caso.»

«Non...» cerco d'interromperla.

«No, lasciami finire. Non è che hai inferto un duro colpo al mio ego. Diciamo che forse abbiamo perso un'occasione per conoscerci un po' meglio. Volevo parlare e basta. Due anime sole nella città deserta e tutto il resto. Ma guarda che sei libero di scegliere. La cosa non impatterà sui nostri rapporti professionali...»

«Ascolta, Miriam...»

«C'è da dire che mia mamma diceva sempre che "chi rifiuta pane e figa il Signore lo castiga"...»

«Vuoi star zitta un momento, per favore?»

In quel cuneo di silenzio riesco finalmente a infilare quattro parole. Anzi, cinque.

«Volevo chiederti se possiamo vederci. Anche solo per prendere un caffè.»

«Mi pareva di aver capito che non eri interessato ad approfondire la nostra conoscenza.»

«Ti ho già detto che ti trovo molto attraente, ma...»

«No. Non l'hai mai detto.»

«Allora l'avrò solo pensato. Sicché non vuoi che ci vediamo?»

«E chi l'ha mai detto?»

«Ma...»

«Devi anche pagarmi. Possibilmente cerca d'essere discreto. Ah, guarda che ho delle novità per te.»

«Sulla cagna?»

«Sul suo padrone. Allora, io posso trovare una mezz'oretta fra due appuntamenti, diciamo verso le undici e mezza. A te può andare bene?»

«Per me è okay. Dove ci vediamo?»

«*Per me è okay...*» mi canzona, ripetendo le mie parole con un tono da cowboy. «Ci vediamo all'Oasi. Sai dov'è?»

«Certo.»

23

Mi chiede se so dov'è l'Oasi...

Certo che lo so.

Per qualunque persona fra i sedici e i novant'anni che abbia passato anche solo qualche giorno in questa città, l'Oasi è un punto di riferimento, più di quelli cardinali. Il suo tetto a pagoda orientale e le palme finte in vaso hanno rappresentato lo sfondo di innumerevoli feste d'inizio e di fine estate, riunioni nostalgiche di vecchi compagni di classe che si frugano i reciproci volti con un'attenzione da chirurgo plastico, cercando di ritrovare nei lineamenti sfiniti di una cinquantenne o di un sessantenne la bellezza o il fuoco vitale che negli anni Settanta o Ottanta li aveva fatti innamorare.

Ma soprattutto è il luogo dei primi appuntamenti, del primo bacio, di infiniti brevi incontri fra persone destinate, dopo una notte o una settimana di passione, a non rivedersi più.

Anche per me l'Oasi è, in qualche modo, una *madeleine* proustiana.

Il lungo bancone di vetro azzurro, che è lì dalla notte dei tempi, adesso non è illuminato, dato che è ancora giorno. Una giovanissima cameriera dai lineamenti slavi passa uno strofinaccio sul grande specchio che ha alle spalle. Il suo riflesso mentre è all'opera la fa sembrare una coppia di gemelle siamesi impegnate in una lenta e sensuale danza.

Trovo Miriam già seduta su uno degli storici divanetti in vimini bianchi, per ognuno dei quali potrei raccontare una storia. Sta parlando con qualcuno al telefono. Alza gli occhi, vedendomi arrivare. Sussurra un «ti richiamo dopo». Poi sorride, indicandomi il posto accanto a sé.

Io invece mi siedo sulla poltroncina di fronte a lei.

Miriam mi squadra da capo a piedi. «Alla luce del giorno non sei poi così irresistibile.»

«Lo prendo come un mezzo complimento. Per la parte notturna di me, voglio dire.»

«Sei fortunato, lo sai?»

«Perché?»

«Poche persone hanno rifiutato un mio invito e sono sopravvissute fino al mattino dopo.»

«Quando li trovo, magari mettiamo su un club. Miriamisti anonimi.»

Scuote la testa, però sorride. «Com'è iniziata la tua giornata? In modo proficuo?»

«Abbastanza.»

Ho scritto un po', dovrei dirle, limato qualche frase, spostato un paio di paragrafi, cercando di trovare un senso in quello che facevo.

Alle undici, mentre mi stavo asciugando dopo la doccia, è arrivata una chiamata sul cellulare. Una donna dall'accento veneto mi ha chiesto se ero io che avevo messo l'annuncio per la casa. Avuta la conferma, mi ha fatto un sacco di domande alle quali ho più o meno risposto, e ha fissato un appuntamento per domani. «Però non mi faccia perdere tempo, mi raccomando. Guardi che vengo da Padova» ha precisato. Come se per venire qui dovesse affrontare un viaggio epico. Immagino sia un retaggio dei tempi della Situazione, quando anche uno spostamento fra due città vicine era diventato un affare complicato. Mi ha lasciato il suo numero di cellulare e quello del marito, «e quello di casa, non si sa mai».

Ha detto proprio così.

Io le ho mentito dicendole che me li ero segnati. Ho scarabocchiato su un biglietto del tram usato l'ora dell'appuntamento di domani.

«Tu non sei proprio capace di mentire» fa Miriam, distraendomi dal mio rimuginare e richiamando con un gesto la ragazza dietro il bancone.

«Perché dici questo?»

«Perché si capisce benissimo che oggi non hai combinato niente.»

«Ah sì?»

«Oh, sì.»

Alzo le spalle. «Sono confuso. Tante cose a cui star dietro che non so da che parte cominciare. Credo che anche questa cosa di essere qui per vendere la casa dove ho passato tanto tempo da quando ero bambino... Insomma, domani viene una a vederla, la casa, e io non ho nessuna voglia di fargliela vedere. E poi c'è anche questo libro che non mi convince, e questo personaggio che sta finendo per essere più importante di me, come se fosse lui a comandare. Pensa che non posso neanche ucciderlo.»

«E perché vorresti ucciderlo?»

«Lascia perdere. Veramente. Fai conto che non ti abbia detto nulla. E tu, invece? Giornata faticosa?»

«Dio santo. Che cosa proprio da cliché che hai appena detto. *Giornata faticosa...* Come se fossimo una coppia annoiata. Sei sposato, tu?»

«No.»

«Sei gay?»

«Ma no, cazzo. Ti ho detto che convivo con una. Sto con Magda da tre anni. Siamo una coppia stabile.»

«E noiosa...»

«No, guarda. Con Magda, la noia è proprio esclusa.»

Come con te, sto per aggiungere.

La cameriera si ferma accanto al tavolo.

«Ciao, Daphne.»

«Ciao, Miriam.»

«Per me un Gin Collins. Tu cosa prendi?»

«A quest'ora? Un Campari.»

La ragazza annuisce e torna nel bar.

«Bel culo, vero?»

«Cosa?»

Il sorriso negli occhi di Miriam è malizioso.

«Dimmi che non te la faresti.»

In effetti la ragazza ha un sedere perfetto, su gambe lunghe e toniche.

Scuoto la testa. «Non so neanche se è maggiorenne.»

«Oh, sì che lo è. Da un mese.»

Daphne è intenta a preparare i nostri cocktail.

Miriam si china verso di me. «L'abbiamo festeggiato assieme, il suo diciottesimo compleanno. Vuoi sapere come?»

«Non necessariamente.»

«Come vuoi. Daphne non è il suo vero nome, sai. La chiamo così perché mi ricorda la ragazza bella del Mistery Team.»

«Di *cosa*?»

«Oh, ma dove hai vissuto tu, sulla luna? Si chiama così, no? La squadra di investigatori di *Scooby Doo*...»

«Mi sembri un po' cresciuta, per i cartoni animati.»

«Oh, io in fondo resto sempre una bambina. Una bambina cattiva» aggiunge sottovoce, quando la cameriera torna e appoggia sul tavolino il vassoio con i due bicchieri. La sua mano e quella di Miriam si sfiorano, all'apparenza per caso. Daphne sorride.

Il ghiaccio si muove in circolo, galleggiando sul rosso del Campari.

«*Molto* cattiva» sussurra Miriam. «Sicché hai avuto una

mattinata faticosa. Vuoi sentire la mia? Ho fatto due castrazioni. Un cane e un gatto. Hai mai assistito a una castrazione?»

«No. In effetti è un'esperienza che mi manca.»

«Se vuoi ti faccio assistere, la prossima volta. Non si sa mai che ti serva per un libro.»

«Anche no, grazie. Non castro mai nessuno, nei miei romanzi.»

Sorseggiamo i nostri cocktail in silenzio per un po'.

«Ne fai tante, di castrazioni?» le chiedo.

Lei scoppia a ridere. Quasi si soffoca. «Cioè, ma come fanno a venirti in mente, queste cose?»

«Be', due castrazioni in una sola mattinata...»

«Cerco di concentrarle. Così poi posso dimenticarle tutte insieme. Non è mica facile, sai? D'altra parte l'alternativa quale sarebbe? Lasciare che si riproducano come...»

«Come animali?...»

«Dai, che hai capito benissimo. Lascia perdere. Invece guarda cosa ti ho portato.»

Mi porge un sacchetto di carta con il logo di Armani.

Dentro c'è il mio maglione, lavato e stirato.

«Visto?» sorride, vedendo il mio sguardo stupito. «Sono brava, eh?»

Apro il maglione. Non c'è traccia di macchie, né di aloni. «Grazie. Devo ammetterlo, mi hai stupito.»

«Sono una donna dalle mille risorse. E non è l'unico regalo che ti ho portato.»

Dal sacchetto estrae un fascicolo e me lo porge.

Sono una ventina di pagine stampate da internet.

Le sfoglio. Sono tutte notizie sul russo rapito. Tranne l'ultima, presa da un sito in tedesco.

La pagina mostra un salone dai soffitti decorati, da cui pendono enormi lampadari di cristallo. Sotto quei lampadari, decine di coppie danzano. Ragazze giovanissime, in abiti bianchi, e aitanti giovanotti in smoking. Perfettamente allineati, come in una coreografia. Sul fondo della sala, un'orchestra di almeno trenta elementi.

La didascalia dice: «*Il ballo annuale della Fratellanza Germanica si è svolto quest'anno a Vienna, anziché a Monaco come in tutte le precedenti edizioni.*»

Leggo l'articolo.

La giornalista che l'ha scritto è una delle ragazze in posa nella foto. È una studentessa argentina di origine tedesca, Ingrid Schönbaum. Nel corso di una sessione di studio in Germania ha fatto amicizia con una compagna di stanza che, ignorando che la sua nuova amica fosse ebrea, le ha confidato che il padre, per il suo debutto in società, le aveva prenotato due posti per il ballo della Fratellanza Germanica a Vienna.

Ingrid, cercando di non suscitare sospetti nell'amica, era riuscita a sapere qualcosa di più sulla Fratellanza, e su quel ballo. E poi, quando l'altra le aveva proposto di andarci con lei, aveva accettato.

L'articolo di sette pagine, uscito su un blog antinazista, è il resoconto dettagliato di quella notte viennese.

Leggendolo, provo quasi sulla mia pelle il terrore della giovane ebrea infiltrata in quel covo di nazisti. I dettagli della nostalgica riunione danno i brividi. Non posso fare a meno di apprezzare il coraggio della ragazza, che ha usato la sua incursione nel mondo neonazista per documentare con precisione nomi e fatti.

I rituali descritti sono un misto di rievocazione storica e delirio pseudoreligioso. Svastiche e rune non se ne vedono, ma le decorazioni del salone sono bianche, rosse e nere, e le aquile ad ali spiegate abbondano.

Alzo lo sguardo, perplesso.

Miriam sorride. Punta l'indice su un gruppo di personaggi in una foto. La risoluzione dell'immagine non è altissima, ma la barba solgenitsiniana e il pancione prominente del professor Ivan Suvorin sono inconfondibili.

«Se il traduttore di Sina Weibo non sbaglia, l'anno scorso hanno dovuto tenere la loro festicciola aziendale a Vienna, perché in Germania il governo federale li teneva d'occhio. E sai dove si svolgerà, l'edizione di quest'anno?»

«No.»

«Indovina, su.»

«Sono un po' cresciuto per questi giochetti. Come per *Scooby Doo*.»

«A Trieste. A due passi da noi. E la cosa più bella è che si sta svolgendo proprio in questi giorni. Per questo Suvorin era qui.»

«Che c'entra con i nazi? È russo.»

«È un *sovranista* russo. È come il bianco, si abbina con tutto.»

Sorseggia il suo Gin Collins con un'aria da brava bambina.

«Sei in gamba, sai.»

«Grazie. Fa piacere sentirselo dire anche da vestita.»

Scuoto la testa, ridendo.

Lei sembra felice di avermi strappato una risata.

«Come faccio a ricambiare i tuoi regali?» le chiedo.

I suoi occhi mi puntano, da sopra l'orlo del bicchiere. «Mi avevi promesso un giro sulla tua Tesla.»

«Ah sì?»

«Sì. Se non hai niente di meglio da fare, ovvio. Anche se fatico a immaginare qualcosa di meglio di un giro in auto con me.»

«Da fare ne ho sempre. Devo sistemare casa. Per farla vedere a quella stronza domani.»

Miriam riflette un attimo. «Questo pomeriggio sono libera.»

«Hai castrato abbastanza, per oggi?»

«Sì, per oggi basta con i gatti. Allora, se ti va, tu mi fai fare il giro sulla tua automobilina elettrica e io in cambio... Quand'è che arriva, la stronza? Domani a che ora?»

«Al mattino. Anzi, *fra le nove e trenta e le nove e quaranta precise*.»

«*Precise*. Benissimo. Allora tu mi fai fare questo giro e io poi ti aiuto a sistemare casa. Sai, il famoso tocco femminile.»

Mi guarda.

«Ci stai ancora pensando? *Sul serio?*»

24

Ammetto che uno dei motivi che mi hanno portato a comprare quest'auto è stata la pubblicità secondo cui il sistema di filtraggio dell'aria è in grado di difendere i passeggeri anche in caso di guerra batteriologica.

Immagino fosse una motivazione piuttosto eccentrica, tre anni fa. Ora non più.

Un'altra figata, che piaceva più a Magda che a me, era che l'auto poteva lasciare autonomamente il parcheggio e venirti a prendere fuori da un negozio, o dal ristorante.

Senza dimenticare che in una città *green* come Friburgo girare su un'auto così è come portare al petto una sfilza di medaglie.

Miriam si siede al posto di guida.

Sfiora con le dita il grande schermo *touch* alla sua destra. «*Wow*. Come si mette in moto?»

«Premi l'acceleratore.»

Il secondo *wow* era scontato.

«Sai usare il cambio automatico?» le chiedo.

«Ho guidato una Smart col cambio così.»

«Non esagerare con l'acceleratore. Ha una ripresa micidiale.»

Usciamo dal vialetto e svoltiamo a sinistra. La punta rosa della sua lingua sbuca dall'angolo della sua bocca. Sembra una bambina intenta a riflettere su un compito.

Ma è molto sveglia, e ci mette pochissimo a capire come domare l'auto. Quando ci immettiamo sulla strada deserta che porta alla pineta sorride, premendo l'acceleratore. Il pannello dietro il volante segna 120, 140, 160...

«Rallenta...»

«Tranquillo. I vigili non usciranno dal letargo fino al mese prossimo.»

«Fannulloni.»

«La Situazione li ha stancati abbastanza. Quest'anno se la prendono comoda.»

«È stata dura, qui?»

«Non ho voglia di parlarne.»

La Tesla fende silenziosa e rapida come una lama la strada deserta. La pineta scorre sulla destra come uno scenario teatrale verde.

«Questo posto è condannato, lo sai?» sussurra.

«In che senso?»

«Lottizzato. Una pineta così bella. Ci costruiranno un complesso di edifici *ecologici*... Te l'ho anche detto, no? Sapevo che tu sei uno che non ascolta.» Indica gli alberi alti, immersi nella macchia mediterranea. «Una parte la lasceranno apparentemente com'è, per le visite degli studenti e dei botanici. Ma in mezzo ci saranno bungalow *ecosostenibili*...» Mi guarda. «Ognuno con la sua bella colonnina di ricarica per le vostre automobiline elettriche da ricchi.»

«Mi sembra assurdo. Con tutte le case vuote che ci sono.»

«Quelle vanno bene per gli italiani. Ma i cinesi e i russi vogliono roba nuova. Hanno questa fissa dell'ecologia. Cazzo, hanno riempito il mondo di plastica e di robaccia usa e getta, e adesso vorrebbero insegnarci il rispetto della natura.» Scuote la testa. «Scusa» sorride.

Ma non si rivolge a me.

«Non volevo offenderti, chiamandoti automobilina elettrica. Sei semplicemente fantastica.»

Il cielo di colpo si fa scuro.

Una nuvola copre il sole, trasformando un mattino radioso in un grigio paesaggio lunare.

È come se attraverso il portale di un film di fantascienza fossimo finiti su un pianeta alieno.

La pineta si è fatta cupa e minacciosa.

«Mi hai chiesto se è stata dura. Sì, è stata dura. La variante egiziana è stata micidiale. Soprattutto con gli anziani. Morivano come mosche. Poi hanno cominciato a morire i medici che se ne occupavano. Il sistema è collassato. A un certo punto hanno iniziato a mandare in prima linea i neolaureati in medicina. È stato un errore, perché non sono serviti a nulla, e anche loro hanno cominciato a morire, e a contagiare gli altri. Allora hanno chiamato in servizio anche i veterinari.»

Ha gli occhi lucidi, lo sguardo perso nel passato.

«Ho visto morire tanta gente. Non ho potuto fare quasi nulla. Solo raccogliere le loro ultime parole e riferirle ai parenti che non potevano vederli. Non c'era nient'altro che potessimo fare. Niente.»

Serra le palpebre. Una lacrima scorre sulla sua guancia. La Tesla accelera sul rettilineo, come se stessimo per decollare.

Poi decelera bruscamente. Senza mettere la freccia, Miriam sterza e blocca di colpo l'auto sul bordo della strada.

Scende correndo, buttandosi nella pineta.

Io cerco di starle dietro.

Lei è troppo veloce, si fa strada a grandi falcate nella boscaglia, senza badare ai rami che la frustano e che devo schivare abbassandomi. Sembra essersi trasformata in una cerva, un animale veloce come il vento, impetuoso, che niente può fermare. Finché a bloccarla è la spiaggia che si apre davanti a noi di colpo.

Se ne sta lì così, come un animale impaurito, in cima alla duna oltre la quale si apre un orizzonte di cavalloni marezzati di spuma, un paesaggio fiammingo. Il vento spazza le dune basse, fa volare i capelli di Miriam, un'aureola morbida color rosso Tiziano.

Mi fermo accanto a lei, ansimando per la corsa.

Le lacrime scorrono sul suo viso.

Gli occhi vuoti, fissi sul mare lontano.

Si volta verso di me.

Nel nostro nuovo mondo non ci abbracciamo più.

Ci parliamo con gli sguardi.

«Quando la mia compagna si è ammalata l'ho tenuta in casa con me, invece di telefonare al numero d'emergenza. Non voleva che la portassi in ospedale. Ho provato a curarla io. Mi sentivo una merda, perché potevo essere stata io a portarle a casa il contagio, dall'ospedale. Mi è morta tra le braccia, un pomeriggio. Le tenevo la testa in grembo, le accarezzavo i capelli. A mani nude. Per una settimana non avevo fatto altro che mettermi e togliermi i guanti, e la mascherina. Avevo le piaghe sulle guance. Facevo tre lavatrici al giorno, solo di roba sua. Continuava a sporcarsi. L'odore della sua merda e del suo vomito li sento ancora. Mentre dovrei ricordarmi il suo profumo, quando la baciavo qui...» Si tocca il collo, proprio dietro l'orecchio. «E qui.»

La nuca dalla peluria morbida come piuma.

Guardarla fare quei gesti è come assistere a una comunione con qualcuno che non c'è più.

Ognuno di noi ha una fila di morti che bussano alla porta della memoria, quando pensiamo a quello che abbiamo attraversato.

«Ero così arrabbiata con lei, quel giorno. Era la terza volta che le rifacevo il letto. Dentro di me, a un certo punto, ho desiderato che morisse. Ero così stanca. Poi ho visto che aveva gli occhi vitrei, la febbre altissima. Scottava, mentre la tenevo tra le braccia. Mi sono tolta i guanti e la mascherina e l'ho accarezzata. L'accarezzavo e piangevo, mentre il suo cuore accelerava, batteva come un motore al massimo, e poi si è fermato, di colpo, e tutto il silenzio della stanza mi è entrato dentro gelandomi.»

Si stringe nelle spalle. Trema.

«È rimasta calda ancora per un po', e poi è diventata fredda. Rigida. Come un oggetto, una cosa morta. La luce fuori dalla finestra cambiava. Voleva sempre che le finestre restassero aperte. Che entrasse la luce. E così l'ho vista cambiare. E i rumori, i pochi rumori, anche quelli cambiavano. Non so da voi, ma qui quell'aprile fu strano. Fino a pochi giorni prima gli uccelli cantavano, come se festeggiassero l'arrivo di quella primavera precoce. E poi di colpo sono spariti. Non cinguettavano più. Se sentivi un verso era quello delle cornacchie, nei cortili vuoti. A parte quelle, c'era solo silenzio.»

Dietro di lei, il mare si muove irrequieto. Parla una lingua rabbiosa, piena di rancore.

Sposto lo sguardo, e ora non ho occhi che per lei.

«Si chiamava Ada.»

25

Siamo tornati verso l'auto tenendoci per mano. Non certo come amanti, ma più come due amici che si ritrovano dopo un funerale.

Abbiamo sepolto qualcosa, nella luce grigia di questa mattina.

Guido io, al ritorno. Miriam ha perso ogni interesse per la Tesla.

Attraversando la pineta condannata penso a quanto poco c'è mancato che la natura si riprendesse tutto.

Parcheggio mentre il camion dell'operaio friulano fa retromarcia per andar via.

L'uomo alza una mano. Non è un saluto, ma un ordine di fermarmi.

Io e Miriam usciamo.

«Tua moglie?» fa il muratore, senza degnarla di uno sguardo, almeno all'apparenza.

«Un'amica.»

«*Bon*, io vado. Qui ho finito, per adesso. Fino al prossimo capriccio della signora.»

«Peccato. Mi faceva compagnia, vedere qualcuno qui davanti.»

L'uomo alza le spalle. «Come ti ho detto, al prossimo capriccio della signora può darsi che torno. O forse viene qualcun altro. Ma per il ponte penso proprio che mi lascerà in pace. Intanto ti ho portato questo. Come si dice, ogni promessa è un debito.»

Apre la portiera del camion. Tira fuori una busta di plastica della Coop, con dentro un oggetto ingombrante.

«Il tuo libro dei tempi di Marco Caco. Gilberto me l'ha dato ieri sera, ma mi ero dimenticato.»

Apro l'involucro. Il libro, rilegato in pelle, è pesante; le pagine puzzano di muffa e di un fetore animale che non so identificare. Se i mostri nei film horror avessero un odore sarebbe questo, mi sa.

«Devi dargli sessanta euro. Gli ho detto che sei matto e che secondo me glielo pagavi anche di più, ma da quando gli è morta la madre con quella febbre del cazzo non gli interessa più niente.»

«Sessanta euro è poco» faccio, aprendo il portafoglio e tirandone fuori due banconote da cinquanta.

«Non lo guardi neanche? Magari ce l'hai già.»

«Non credo proprio.»

Comunque gli do un'occhiata.

È scritto a mano, in una grafia incomprensibile. Quello che mi colpisce, anche a prima vista, sono i disegni sparsi sulle pagine.

«Gilberto è contento di disfarsene» fa l'operaio, infilando le due banconote nella tasca sul petto della tuta. «Dice che gli impestava il garage.»

«In effetti odora di cane bagnato» commenta Miriam, che ha seguito incuriosita la nostra compravendita. «Anzi, di cane bagnato *morto*.»

«La signora sì che se ne intende. Devi aver mangiato pane e aquila, da piccola. È proprio quello, l'odore. Brava.»

Miriam mi fa di nascosto una smorfia perplessa. *Pane e aquila?...*

L'operaio scuote la testa, guardandomi tenere in braccio il librone come se fosse un bambino. «Voi ricchi siete tutti stupidi.»

«Non sono ricco» provo a protestare, ma lui mi ha già voltato la schiena. Indica la presa con cui ho ricaricato l'auto.

«Puoi continuare a ciucciargli elettricità *a gratis*. La lascio attaccata. Non farti problemi, che tanto quello neanche se ne accorge. Ha i soldi che gli escono dal buco del culo. Anzi: da *due* buchi del culo.»

«Grazie.»

«Non ringraziare me. *Mandi.*»

«*Mandi*» rispondo, automaticamente.

Lui salta al posto di guida, mette in moto e riparte, con uno sbuffo di gas di scarico pestilenziale.

«*Mandi?...*» fa Miriam, con la faccia perplessa.

«Un saluto friulano. Viene dal latino. *Mane diu.* Rimani a lungo. Più o meno penso si possa tradurre con *stammi bene.*»

«Lo so cosa vuol dire. Mi stupisce che pure tu lo usi.»

«Sono friulano anch'io.»

Miriam sorride e cambia discorso. «Allora, l'aperitivo l'abbiamo preso, la corsa in auto l'abbiamo fatta. Direi che possiamo mangiare e poi ti aiuto a pulire casa.»

Guardandola, trovo incredibile che sia la stessa donna che poco fa, sulla spiaggia, ha pianto ricordando la sua compagna morta.

I suoi occhi sono, semmai, ancora più luminosi.

«Dicono che niente faccia gli occhi belli come le lacrime» sussurra.

«Io...»

«Tranquillo, non è che ti leggo nel pensiero. È solo che quando ti abitui a lavorare con pazienti che non possono parlare, diventi più brava a capire i linguaggi non verbali. Dai, fammi vedere cos'hai nel frigo, che poi abbiamo da fare.»

26

Fa strano avere un'altra donna per casa. Soprattutto quando devi mettere mano a cose intime, come i cassetti in cui mia madre teneva i costumi da bagno.

Il mobilio ha almeno quarant'anni, ed è imbarcato dall'umidità. I cassetti, come il fondo dell'armadio, sono foderati con carta plastificata, la stessa con cui si copertinavano i libri alle elementari. È una carta giallina, decorata con il giglio di Firenze.

I costumi di moda sono monopezzo, con fantasie che andavano di moda negli anni Settanta. Miriam li osserva con un'espressione quasi tenera, mentre li infila con gentilezza nei sacchi di plastica azzurra.

Quando abbiamo finito di svuotare i cassetti nella camera matrimoniale, passiamo alla "camera dei bambini".

Su un'anta dell'armadio sono rimasti brandelli dell'adesivo che a dodici anni ci avevo appiccicato, e che mia mamma non si era arrischiata a togliere del tutto per non rovinare la vernice sottostante. Era l'adesivo di una squadra di baseball marchigiana, un disegno di Jacovitti. Chissà dove l'avevo trovato, e perché l'avevo attaccato all'armadio, io che con il baseball non ho mai avuto niente a che fare.

«Facevi vela?» mi chiede la giovane veterinaria, sollevando il diploma incorniciato di un corso, con tanto di medaglia.

«Oddio, sì. Credo di sì. Ho fatto un paio di corsi» le rispondo, mostrandole a mia volta il peluche della mascotte alla scuola nautica, un gabbiano con il berretto da marinaio.

«Io ho una barca. Certo non un panfilo. Un vecchio Alpa 19 che un cliente mi ha quasi regalato. Dovevi vedere com'era ridotta. Io e...» Si rabbuia, di colpo. Poi in qualche modo si riprende. «Ci abbiamo impiegato un bel po', per rimetterla in sesto. È un lusso che non potrei permettermi, con le nuove tasse di solidarietà, ma le sono troppo affezionata. Se vuoi, un giorno possiamo fare un'uscita.»

«Mi piacerebbe, ma non credo che ne avrò il tempo.»

Lavoriamo in silenzio per quasi due ore, e le stanze in effetti cominciano a prendere un altro aspetto.

«*È quasi magia, Johnny*» sorride strizzando l'occhio, quando intercetta il mio sguardo stupito e grato.

Si guarda intorno, nella sala da pranzo che già solo spostando un paio di mobili sembra un'altra cosa.

«Adesso ti stupirò con effetti speciali.»

Vorrei dirle che mi ha già stupito preparandomi, con quel poco che aveva trovato tra frigo e dispensa, un pranzo delizioso. Quello che poi ha fatto alle stanze della casa non è un effetto speciale, ma un autentico miracolo.

«Accompagnami a fare shopping» fa, togliendosi il grembiule e lavandosi le mani.

Non pensavo ci fossero tanti negozi aperti anche fuori stagione.

D'altra parte, dopo la Situazione, la voglia di uscire era esplosa con tale forza da dare una scossa benefica all'economia della città. E poi molti lavoratori in smart working si erano trasferiti qui in pianta stabile. Erano comparsi negozi e servizi nuovi, e anche i loro gestori rimanevano in città durante i mesi invernali, al contrario che in passato.

Bastava lasciare il centro, dai costi d'affitto assurdi, e muoversi lungo una delle tre parallele al corso principale.

Questo mi spiegava Miriam, facendomi guidare la Tesla a trenta chilometri all'ora per permettermi di guardare bene i quartieri che attraversavamo.

«Questa città *sembra* deserta, d'inverno. In realtà ci sono posti più vivi che in estate. Ma non ti piacerebbero, credo. Diciamo che c'è un lato oscuro, qui. O nascosto. È un po' il *dark web* di Sabbie Dorate.»

«Addirittura.»

«Eh sì.»

«Vuoi ridere?» le faccio, guardando stupito fuori dal finestrino. «Vengo qui da quando portavo i calzoni corti, e non avevo mai fatto questa strada.»

«Fermati lì. No, non davanti a quel negozio. All'altro.»

Scendo con lei dall'auto.

La campanella sulla porta tintinna, quando entriamo.

La proprietaria saluta con entusiasmo Miriam, abbracciandola con slancio. È un gesto caduto in disgrazia per così tanto tempo che ora, a rivederlo, fa l'effetto di qualcosa di strano e meraviglioso.

Lei e Miriam chiacchierano, muovendosi per il negozio come due farfalle. Sembra non facciano altro che parlare del più e del meno, ma alla fine capisco che ho assistito all'acquisto di alcuni vasi in ceramica, di una tovaglia etnica, di due caraffe in vetro e di una serie di altri oggetti dallo scopo meno definibile. Il prezzo è molto meno alto di quanto pensassi. Quindi non protesto quando Miriam mi propone di andare a fare altri acquisti.

Il negozio successivo è una fioreria, da dove usciamo con tre composizioni di fiori secchi, due rami di orchidee e una dozzina di rose rosse.

Miriam zittisce le mie proteste con un «fidati, vedrai».

Il terzo – e, mi assicura, l'ultimo – posto in cui andiamo è il negozio più incredibile in cui sia mai entrato. Nelle teche della vetrina ci sono cristalli e oggetti etnici: statuine in ebano, stoffe colorate, bracciali di pietre dure.

Come entriamo, il profumo di patchouli sembra di poterlo toccare.

La padrona di casa è un'americana matronale, avvolta in un sari indiano completato da un grosso rubino incastonato in mezzo alla sua fronte. Ci accoglie con un inchino e un enorme sorriso.

Miriam le spiega cosa vuole. Vanno nel retrobottega. Io, mentre stanno via, mi aggiro tra scaffali di pietre dure e fossili, sui quali troneggiano improbabili sculture di giada e geodi dai prezzi assurdi.

«Puoi pagare» mi fa, tornando e porgendomi un pacco pesante e due oggetti rettangolari, avvolti in diversi strati di pluriball. Quello che da piccolo chiamavo *plastica scoppiettina*.

«Cos'è che dovrei pagare?»

«Vedrai. Fidati.»

«Oggi mi hai fatto vedere una parte di città che non avevo mai visitato.»

«Perché non sei curioso. Comunque conosco una coppia di parigini che a sessant'anni suonati non sono mai entrati al Louvre.»

«Sembra incredibile che ci sia tanta vita. Una volta questo posto d'inverno era deserto.»

«Solo apparentemente. In realtà ci vivevano tutto l'anno quasi cinquemila persone. Ma la città è grande e nella zona in cui abitiamo noi i prezzi sono così alti che solo la gente da fuori può permettersi di comprarci casa. E poi ti ho detto che ha anche il suo lato oscuro... Senti, una sera ti faccio fare un giro dei locali nuovi, verso il porticciolo. Ce ne sono di fighissimi. La gente ha voglia di riprendersi. Di divertirsi, insomma, dopo tanta paura. E tanta solitudine.»

Dopo aver scaricato i nostri acquisti dall'auto mi chiede di star fuori in giardino, mentre lei sistema casa. Io esco sulla strada e cerco di chiamare Magda, ma trovo solo la segreteria con la sua voce che dice di lasciare un messaggio, e in sottofondo *Who Wants To Live Forever* dei Queen.

Non lascio messaggi. Aspetto che la musica si fermi, prima di riagganciare.

Poi cammino su e giù lungo il vialetto, cercando di sbirciare in punta di piedi oltre la recinzione, dentro la casa del vicino, per capire che miglioramenti e modifiche ha fatto.

«Puoi venire» fa Miriam, da oltre la porta chiusa.

Spalanco i due battenti.

Entro in casa.

Quello che vedo mi lascia senza fiato.

Le tende di mussola azzurra decorate con delicati disegni cachemire che hanno sostituito quelle vecchie e ingiallite si sposano perfettamente con le due stampe coloratissime che riproducono pagine di un codice miniato moghul. Lo so perché una volta, per un servizio fotografico meno avventuroso del solito, avevo accompagnato Magda in giro per l'India e il Pakistan.

Su due mensole nuove (ecco cos'era il rumore di trapano che a un certo punto avevo sentito dalla strada) spiccano le due caraffe di Lunardon, vetri leggerissimi impreziositi da un colorato animale marino sul fondo: rispettivamente un polpo e un ippocampo.

A centro tavola e sul mobile d'ingresso sono appoggiati due vasi con delle composizioni di rami dorati e orchidee, e in cucina un terzo vaso con il mazzo di rose. I mobili sono gli stessi, datati e austeri, ma quei pochi tocchi d'arredamento danno luce e gioia alle stanze.

«È un miracolo» scuoto la testa.

«Te l'avevo detto.»

«Ma come hai fatto?»

«Sai che si dice che uno ha il pollice verde per le piante, no? Be', si vede che io ce l'ho per la decorazione d'interni.»

Mi guardo attorno. La stanza, con quei pochi elementi nuovi, ha acquistato tutto un altro aspetto. «Fantastico.»

«La tua visitatrice di domani s'innamorerà di questa stanza. Se vuoi vengo a darti una mano.» Mi fissa, vedendomi perplesso. «Per venderla, no?» precisa.

«Ah, già.»

«È per questo che sei qui, no?»

«Sì. Immagino di sì.»

«Sei il ritratto della convinzione...»

«No, okay. D'accordo.»

«Uh, che entusiasmo. Allora adesso ti lascio e ci vediamo...»

«*Fra le nove e trenta e le nove e quaranta. Precise.*»

«*Precise*. Okay. Ci sarò.»

«E te ne vai così?»

«Mi è venuto in mente che ho una cosa da fare.»

Miriam è già in fondo al vialetto quando la chiamo.

Si volta. «Che c'è?»

La guardo, per un attimo incerto su cosa vorrei dirle. «Grazie» sussurro alla fine.

Lei sorride e mi fa ciao con la mano.

27

La casa, ora che Miriam se n'è andata, sembra piccola e vuota.

La sua voce, le sue risate, la rendevano in qualche modo più grande.

Sento persino un po' di freddo. O forse è solo l'umidità della casa, non arieggiata per troppo tempo.

Così accendo sia l'inverter che la stufa. Il primo funziona così così, ma il fuoco, quando prende, mette davvero allegria. È una strana stagione, questa primavera. È come se il mondo risorgesse da un luogo tenebroso, e ci mettesse più tempo del solito. Della Situazione è rimasta, almeno in una parte della popolazione, una paura incredibile delle malattie polmonari. Ancora adesso un semplice sternuto provoca reazioni assurde: da chi sobbalza come per l'esplosione di una bomba a chi grida insulti o corre via.

Non riusciremo a dimenticare facilmente quello che è successo.

Forse ci vorrà un'altra generazione.

Friburgo è stata quasi completamente risparmiata dall'epidemia. Qualcuno ha attribuito il miracolo all'ottima qualità dell'aria. La città è governata da decenni dai Verdi, e il quartiere ecosostenibile di Vauban, dove Magda e io viviamo, è il fiore all'occhiello della politica ecologica dell'amministrazione cittadina.

Altri, per quanto costituiscano una decisa minoranza, hanno chiamato in causa san Giorgio, il protettore della città.

A me piace pensare che, se una spiegazione va proprio trovata, il merito sia dell'allegria che contraddistingue gli abitanti, favorita da un clima quasi italiano. Tutto sembra così perfetto e pacifico che ho avuto uno shock quando, nel museo della città, ho visto le foto che documentavano gli anni della guerra, con gli edifici quasi del tutto distrutti. E, prima ancora, le scene delle grandi manifestazioni naziste, e i ritratti degli ebrei deportati che non hanno mai fatto ritorno.

Anche Friburgo ha un cuore nero, nascosto sotto strati di bonomia, senso civico ed ecologia.

«Dove ti eri cacciato?» chiedo al gatto, vedendone spuntare la testolina dal corridoio.

Nel suo efficace linguaggio corporeo felino, Tunìn va a raggomitolarsi di fronte alla stufa e si addormenta, o finge egregiamente di farlo.

Io tiro fuori il notebook e comincio a sbrigare le attività che uno scrittore chiama "lavorare". Rispondo a una mail del mio editor, che ha una perplessità su un passaggio dell'ultimo capitolo. Dato che ho finito di scriverlo più di sei mesi fa, se fossi onesto dovrei dirgli che non ho idea del perché il personaggio dica *due* anziché *tre* giorni. Come vorrei che fosse lui a occuparsi di queste banalità.

Franz Albert è completamente diverso dagli editor italiani che ho incontrato ai festival. Intanto non è giovane. Credo abbia più di sessant'anni. E poi a volte sembra così ingenuo da commuovermi, come quando mi ha chiesto se piazza della Vetra a Milano esiste, e se si chiama così per via di qualche grattacielo. Un editor "normale" non farebbe mai una domanda del genere. Cercherebbe su Google, o su Sina Weibo. Ma Franz Albert, invece, preferisce andare alla fonte.

Rileggo le bozze, controllo le discordanze e in effetti ha ragione, manca davvero un giorno.

Propongo la mia soluzione e gliela spedisco. Via mail, anche se immagino che lui preferirebbe una raccomandata, o magari un piccione viaggiatore.

Vorrei parlare con Magda, ma non risponde al telefono. Non ho nessuna voglia di lavorare. Esco a prendere il libro che ho lasciato in veranda nella speranza che perdesse un po' d'odore.

Apro un vecchio quotidiano e lo dispiego sul tavolo per appoggiarci sopra il volume. La rilegatura in cuoio scuro mi fa venire in mente il film *La casa*.

Il *Necronomicon*, insomma. Una versione friulana.

Il quotidiano ha a sua volta un odore di carta vecchia, che per qualche motivo mi ricorda quello delle banane troppo mature. Ma almeno diluisce il puzzo di cane morto del libro antico.

Forse è l'odore, a respingermi.

O forse il fatto che come per ogni acquisto della mia vita il piacere sta nella ricerca e nell'attesa che ti arrivi l'oggetto, più che nella cosa che hai comprato.

Così, senza nemmeno aprirlo, riporto il libro fuori. Arieggio la sala, senza badare al fatto che così si raffredderà. Ora che Miriam se n'è andata, la casa sembra incredibilmente vuota. Prendo in mano la cartellina che mi ha dato al bar e comincio a studiare il materiale.

Alcuni articoli sono stati tradotti da un programma, e si capisce benissimo, perché l'effetto a volte è esilarante, e le parole russe spiccano come cicatrici nel testo dalla sintassi assurda.

Quello che ne esce è un ritratto di Ivan Suvorin a metà tra il grottesco e il surreale. Professore di storia all'università di Vladivostok, acquista notorietà verso la metà degli anni Novanta per aver previsto l'evoluzione degli scenari mondiali. Alcune delle sue profezie politiche ed economiche si avverano, e l'oscuro accademico di provincia diventa, grazie al megafono del web, un guru corteggiato da riviste e trasmissioni televisive. Nel fascicolo sono riportati due dei suoi articoli più famosi e discussi: le profezie su Osama bin Laden e su una grande epidemia destinata a scoppiare nel 2018. A parte la data anticipata, la seconda profezia sembra descrivere perfettamente la diffusione e i danni del Covid-19, compresi i suoi riflessi sull'assetto politico mondiale.

Stando a Suvorin, tutti i disastri della nostra storia recente, anche quelli apparentemente attribuibili a Madre Natura, sono stati volutamente causati da una lobby mondiale di oligarchi votati al globalismo e al meticciato razziale. Una serie di personalità che vanno da George Soros e Bill Gates fino a Bono, Lady Gaga e il Dalai Lama sarebbero impegnate da anni nel tentativo di rendere schiava, mentalmente ed economicamente, la popolazione mondiale. Nel corso degli anni, riferisce uno degli articoli, il pensiero di Suvorin si è fatto più ecumenico, per cui dalle iniziali tirate in difesa della razza bianca si è passati alla tutela delle «classi oppresse senza più voce». Il suo messaggio è stato quindi recepito da bacini di utenza completamente nuovi, a livello planetario. I pamphlet del professore sono stati tradotti in cinquantasette lingue, e hanno figliato una quantità impensabile di blog e fanzine.

Dopo la pandemia, Suvorin ha visto aumentare in misura esponenziale la propria notorietà e il pubblico di estimatori. Il presidente russo l'ha insignito della croce di Sant'Andrea, e i suoi libri sono ai primi posti delle classifiche di Amazon e Kunzu, nella sezione saggistica.

Una foto a tutta pagina mostra Suvorin, impunemente a torso nudo nonostante il pallore e la mole del suo corpaccione, in mezzo a decine di giovani che scavano quella che sembra una lunga trincea. La didascalia in tedesco spiega che si tratta di volontari ucraini che disseppelliscono un bombardiere nazista He 177 abbattuto dalla contraerea sovietica nel 1942. Scopo del loro lavoro è dare un nome e una sepoltura agli aviatori caduti. Due foto più piccole mostrano un picchetto di ragazzi in uniforme paramilitare che salutano con i loro Ak-47 una serie di sette piccole bare coperte da bandiere con la svastica, e poi le stesse bare che vengono caricate su un jet privato. La data è quella dell'estate dell'anno scorso.

Quindi le maschere con respiratore che i ragazzi hanno sul volto non servivano solo contro la polvere. Suvorin, invece, si è fatto spavaldamente ritrarre a viso scoperto.

L'ultima foto mi fa sussultare.

Recupero l'articolo sul ballo delle debuttanti hitleriane e punto il dito su una figura in secondo piano.

Lo stesso uomo appare ai piedi del Learjet 75 su cui vengono caricate le bare. È una figura alta, magra, quasi ascetica. Indossa un impermeabile inglese di taglio classico, mentre nella foto della festa è in smoking. Che sia la stessa persona non ci sono dubbi. Le due lunghe cicatrici che gli attraversano in diagonale la guancia destra sono inconfondibili.

Accendo il notebook e apro Sina Weibo. Il motore di ricerca cinese non è affidabile quanto lo sarebbero Google e Chrome, soprattutto quando si tratta di questioni politiche, ma la notizia riesco comunque a trovarla.

Il presidente russo ha revocato al professor Suvorin la croce di Sant'Andrea tre mesi fa.

Mi appoggio allo schienale della sedia, fissando il video, e poi la pagina fotocopiata.

Se fossi in Germania chiamerei il mio amico alla polizia, ma in questo paese è meglio non fidarsi della rete telefonica. La mia breve e non proprio piacevole conversazione con Herbert Giordani mi fa pensare che sicuramente qualcuno monitora il mio traffico telefonico. Di colpo realizzo che anche le mie ricerche su Sina Weibo saranno controllate. Così digito qualche altro nome russo, sperando di confondere le acque.

Cosa farebbe al posto mio, Gianni Venier?

Prenderebbe un vaporetto e si farebbe portare al Lido per una passeggiata lungo l'arenile, nel corso della quale riassumerebbe i vari pezzi del puzzle, che comporrebbero, in modo comprensibile anche a un lettore con il quoziente intellettivo di un baco da seta, la ricostruzione del delitto e del movente, insieme al nome dell'assassino. Un meccanismo confortante per chi legge quanto demoralizzante per lo scrittore. Una volta, alla cena di gala di un festival in Francia, completamente sbronzo come lo sono sempre in queste occasioni per far fronte allo stress del contatto con il pubblico, dissi che mi sembrava che il mio pubblico fosse una splendida ragazza con la quale avrei voluto fare l'amore per giorni e giorni, provando tutte le combinazioni possibili, e invece, con i miei libri, mi limitavo a fornirle un dildo per masturbarsi.

Forse la mia tavolata non era quella più giusta per la battuta, come dimostravano i sorrisi imbarazzati e i colpetti di tosse.

«Un dildo con le batterie scariche» aveva precisato Magda. E di fronte agli sguardi stupiti degli altri commensali aveva precisato: «È così che hai detto, quando ti ho sentito usare questa metafora per la prima volta. Un dildo con le batterie scariche.»

Per allentare la tensione, uno scrittore inglese molto famoso, fresco di pubblicazione con un romanzo sugli scambi di coppia, aveva cercato di sdrammatizzare dicendo: «A proposito di sesso, se qualcuno di voi ha problemi col partner alzi la mano, perché posso fornirgli una consulenza molto qualificata.»

Subito accanto a lui si era alzata una mano.

Quella di sua moglie.

Tutti eravamo scoppiati a ridere.

Ma è così che la penso. Che con i miei libri potrei davvero far godere il lettore, e invece...

Invece camminando lungo la spiaggia del Lido, che in ogni stagione, chissà come mai, lui trova sempre deserta, in modo da poter riflettere senza distrazioni, Gianni si chinerebbe di tanto in tanto a raccogliere qualcosa – un legnetto sbiancato, una piuma di gabbiano, o un vetro levigato dal mare fino a sembrare una pietra preziosa – per meditare e fare acute considerazioni sui destini della Serenissima. Acute ma non troppo dotte, perché altrimenti il lettore te lo perdi per strada e il metaforico dildo si inceppa.

Nel magico mondo di Gianni Venier il Covid-19 non è mai esistito, come se riguardasse un universo parallelo, o fosse sospeso fra le nebbie di un futuro in eterno ritardo. Gianni non si evolve, né invecchia. Non cresce. In dieci anni e sei libri non ha mai lasciato il suo angolo folkloristico di Venezia alla *Truman Show*.

A volte l'invidio.

Vorrei che il mondo fosse rimasto quello di un tempo, noioso e prevedibile.

Il magico mondo di Gianni Venier.

28

Le dieci e un quarto e ancora la signora che doveva arrivare «*fra le nove e trenta e le nove e quaranta precise*» non si è vista. Il suo cellulare suona libero ma lei non risponde.

«Allora? Cosa c'era in questo libro antico che hai comprato?» fa Miriam. Siede accanto a me sul muretto del vicino, a fianco della Tesla, fissando la strada desolatamente vuota.

«Non lo so. Gli ho dato appena un'occhiata.»

«Ah be'. Mi chiedevo, tutto qui. Ti ricordi quando quel tizio, al culmine della Situazione, ha tirato fuori una profezia di Nostradamus pazzesca, che però poi si è rivelata il fake dell'anno?»

«No.»

«No cosa?»

«No, non me lo ricordo. A un certo punto mi sono disconnesso. Per quasi tre mesi non ho acceso la tv e non ho letto niente, né sui giornali né in rete. Mi sono isolato dal mondo, e quando mi sono ricollegato... be', sai benissimo com'è andata.»

«Okay. No, è che ero davvero curiosa di sapere cosa c'è scritto, nel libro. Che ne so, se è tipo il ricettario di una strega, o il diario segreto di Lucrezia Borgia...»

«Mi sa di no. Comunque puzza. Ho preferito lasciarlo fuori di casa.»

«Rischi che un avvoltoio te lo porti via. In effetti puzza di cane morto.»

«Non puzza più così tanto. L'ho lasciato fuori per tutta la notte e ora puzza decisamente meno.»

Finalmente un'auto appare in fondo alla strada. La seguiamo con gli occhi, un piccolo suv Daihatsu azzurro. Che però tira dritto.

«Aspettiamo ancora cinque minuti e poi andiamo» faccio.

«Andiamo dove?»

«Da qualunque parte.»

«Ah be'. Allora abbiamo l'imbarazzo della scelta. L'hai poi letto, quello che ti ho lasciato?»

«Il ballo dei nazi viventi?»

«L'hai letto, allora.»

«Sì. È materiale interessante. Buono anche per un romanzo dell'orrore. Avrei una voglia matta di ficcare il naso in quel ballo. Penso che ne ricaverei materiale per più di un romanzo. Anche se non ci vedo Gianni Venier a indagare su dei nazi cattivi. Rischierebbe di perdere quote di mercato.»

«Sapevo che ti sarebbe interessato, quel materiale. A proposito di Gianni Venier, sai che sto leggendo un tuo libro?»

La guardo con un'aria che evidentemente deve sembrarle scettica. «Non sono usciti in italiano.»

«Vedi che riesco sempre a sorprenderti? Leggo e parlo tedesco e russo, per tua informazione. Per lavorare qui sono indispensabili. E non è finita lì.»

Scuoto la testa.

Più conosco questa ragazza e più mi sorprende. È come una matrioska che rivela uno dopo l'altro i suoi strati.

«Quale dei miei libri?»

«*Gewässer des März.*»

«Oh, santo Dio...»

«Non è male, invece. Non è niente male. E il tuo commissario Venier è fighissimo.»

«Sei già arrivata alla scena dell'ascensore?»
«Che ascensore?»
«Niente. Lascia perdere.»
«No, è molto bello, invece. Scrivi davvero bene.»
«Grazie.»
«Molto meglio di Dan Brown, per dire.»
«Be', non è un gran paragone...»
Una volta, alla Buchmesse di Francoforte, a mia insaputa Magda aveva fatto scrivere all'autore del *Codice da Vinci* una dedica per me: «*From a writer to another*», aveva scritto Brown.
Quando Magda me l'aveva dato, quella sera, io avevo aggiunto in fondo con una penna rossa le parole: «*Who's the other writer?*»
A volte sono un'autentica testa di cazzo.
Se Magda fosse il mio editor, toglierebbe le parole «a volte».

Con Anneliese avevamo discusso a lungo su cosa avrebbe voluto leggere la gente, dopo la Situazione.
«Vorrà leggere storie ambientate in questi tempi, ma romantiche, brillanti» aveva detto lei. «Tipo quel vecchio film con Tom Hanks e Meg Ryan. E secondo te?» mi aveva chiesto.
Io ci avevo riflettuto un attimo, prima di rispondere: «Vorrà leggere i soliti libri di merda. Niente è rassicurante come leggere i soliti libri di merda.»

«Dicevi che avevi una mezza idea su dove andare, dopo?» fa Miriam, sorniona. La gonna corta le lascia scoperte le cosce abbronzate, nonostante l'estate sia ancora di là da venire. Ha belle gambe toniche. La gonna a fiori leggera e la camicia di seta la fanno sembrare pronta per un picnic sulla spiaggia.
«Non hai freddo?» le chiedo.

«Non ho mai freddo. Sto bene.»

Io indosso una camicia di tela azzurra e un paio di Levi's 501, scarponcini Timberland e un giubbino da aviatore in cuoio, molto vissuto, con la bandiera da guerra della Cina nazionalista ricamata sulla schiena.

Stiamo per schiodarci dal muretto quando vediamo incedere lentamente lungo la strada un'elegante berlina Mercedes bianca, dal design che ricorda uno squalo. L'auto si muove silenziosa, come se perlustrasse il quartiere. Si ferma giusto davanti a noi, stile spaghetti western. Il finestrino posteriore si abbassa, e dall'interno esce una voce femminile aspra come un limone.

«Il signor Ferrari?»

«In persona.»

L'auto accosta al marciapiede. Il guidatore smonta e va ad aprire la portiera posteriore.

La donna che scende, facendosi aiutare dall'autista che le tiene il braccio, ha un'età indefinibile. È come una tela antica su cui i troppi ritocchi hanno finito per rendere irriconoscibile il soggetto originario.

Non si scusa per il ritardo. Guarda con un'espressione disgustata la villetta in fase di ristrutturazione.

«Non mi aveva detto che non era finita.»

«Casa mia non è questa. È qui dietro.»

«Ah. Quindi non è fronte strada.»

«No.»

«E ha altre case davanti.»

«Sì. Questa che vede.»

«Ah. Questo non era precisato, nell'annuncio.»

«C'erano le foto.»

«Le foto non mostravano che c'era una casa davanti.»

Guardo Miriam, che rotea gli occhi in modo teatrale.

La donna si avvia lungo il vialetto, beccheggiando sui tacchi alti.

«Suo marito non viene?»

«Non è mio marito.»

Per fortuna, sembra dire lo sguardo dell'autista, o dell'amico, o di quel che è.

L'uomo scuote la testa e risale al posto di guida.

Durante i dieci minuti successivi ho avuto costantemente voglia di urlare.

29

«No, ma l'hai sentita quando ha detto: "Mi aspettavo fosse molto più grande"?» fa Miriam, rialzando il finestrino. «E tu le hai risposto: "Esattamente quanto più grande pensava che fosse?"»

Riesco quasi a sorridere.

«Tipo Buckingham Palace o di più?» le avevo chiesto.

Nostra Signora della Mercedes Bianca aveva camminato lungo il corridoio come se stesse attraversando una palude, il naso intento ad annusare l'aria.

«Piccolo» continuava a ripetere tra sé come un mantra, «piccolo.»

«Credo ti stia dicendo che l'appartamento è troppo piccolo» aveva commentato Miriam, sorridendo con una faccia da schiaffi.

«Certo che è piccolo. Queste secondo voi sarebbero due stanze? Si vede subito che hanno tirato su una paretina di cartongesso. Vede la crepa lungo la giuntura? È una parete di carta velina. E sembra anche umida. Fatemi vedere i bagni.»

«*Il* bagno. Ce n'è uno solo.»

La donna si era voltata verso di me di scatto.

«*Un solo* bagno? Non due?»

«L'annuncio era chiaro...»

«Non direi proprio. C'è anche uno strano odore, in questa casa. Come... Come...»

Il volto le si era illuminato. Contemporaneamente, le labbra si erano arricciate in una smorfia disgustata.

«Come di pantegana.»

Miriam aveva messo su una faccia da poker. «No, io non sento niente. Non che io sappia che odore ha una pantegana...»

«Una pantegana *bagnata*» aveva precisato la stronza. «Ah, ecco qua: e questo voi lo chiamate bagno? Non c'è neanche il box doccia. Nell'annuncio si dice che è stato ristrutturato di recente. È una balla. Queste piastrelle e questi sanitari hanno almeno vent'anni. Lo so perché le vendo, queste cose. È come il tetto. Nell'annuncio c'è scritto che l'avete ripassato da poco, ma allora come mai sopra ci cresce una specia di foresta? Come lo spiega, questo? Eh?»

Io non sapevo come gestirla, una situazione del genere. La donna si muoveva per la casa come l'equivalente verbale di una palla da demolizione, gettando fango su tutte le migliorie apportate alla casa da mio padre nel corso degli anni.

«Senta, se la casa non le piace non posso farci niente» ero sbottato all'ennesima provocazione. Miriam, esasperata ma anche divertita, era uscita cinque minuti prima.

«Be', poteva essere più sincero e non farmi fare tutta la strada fin qui.»

«*Tutta la strada...* Non siamo mica in un altro continente.»

«Ho fatto quasi ottanta chilometri apposta, per venire qui. Adesso chi me li rimborsa, la benzina e il tempo di questa corsa inutile?»

«Sta dicendo che *lei* è venuta a farmi perdere tempo, arrivando anche in ritardo, e che *io* dovrei pagarla?»

«Se il suo annuncio fosse stato onesto, mi sarei risparmiata la fatica. Ma insomma, cos'è questo puzzo di morte?»

E a quel punto non ci avevo più visto.

L'avevo fissata, la stronza, con uno sguardo alla Jack Nicholson in *Shining*, e le avevo sussurrato: «Se n'è accorta...»

«Accorta di cosa?»

«L'odore. Pensavo che non si sentisse più. Pensavo di aver lavato via bene il sangue...»

Lei mi aveva fissato con gli occhi strabuzzati.

«Ha buon naso, lei...» avevo sussurrato, con un'espressione da ebete. «Ha buon naso... Ha riconosciuto l'odore...»

Lei si muoveva di lato come un granchio, tentando di raggiungere la porta. Ma io la precedevo, bloccandole l'uscita e continuando a fare l'imitazione di Jack Torrance.

«Posso offrirle qualcosa, almeno, prima che vada via?...»

Lei, con un'agilità insospettabile, era scattata verso l'uscita. «No! Devo proprio andare! Mi dispiace per la sua casa, è molto bella, ma purtroppo non è quello che cercavo...»

Era partita di gran carriera sul vialetto, rischiando di cadere più volte per via del tacco dodici o giù di lì. Io le ero corso dietro, anche per vedere dove si era cacciata Miriam.

Stava seduta sul muretto, e parlava con l'autista della signora.

La donna, zampettando, era balzata nell'auto, urlando all'uomo di sbrigarsi a partire.

Io ero rimasto stupito da quella reazione così vivace, finché non mi ero reso conto che in mano avevo una bottiglia di vino, impugnata per il collo.

Miriam aveva guardato incredula la Mercedes sgommare e partire.

«Ma che cosa le hai fatto...?»

«Io? Niente.»

Lei aveva scosso la testa sorridendo. «Ho parlato con il tizio.»

«L'autista?»

«Non è l'autista. È l'ex marito. È una lunga storia.»

«Poveretto.»

«Già. Non ci ho parlato a lungo, ma si capisce che la vede anche lui così. Sai perché sono arrivati in ritardo?»

«No.»

«Perché si erano dilungati a vedere un'altra casa. La tua era la seconda, poi ne devono visitare altre due.»

«Hai capito la stronza...»

«In che senso?»

«Voleva che le pagassi la benzina per il viaggio a vuoto...»

Miriam era scoppiata a ridere. «Dai, chiudi casa, che andiamo a fare un giro.»

«Un giro? Dove?»

«È una sorpresa. Comunque fuori città.»

«Ma non ho tempo. Ti ho detto dell'ultimatum.»

«E allora? Vuoi restartene qui ad aspettare un'altra compratrice stronza?»

«No, ma...»

«Hai qualcosa di meglio da fare?»

«No, ma...»

«*No ma, no ma...* Sembri un disco rotto. Dai, metti in una borsa il pigiama, lo spazzolino e quello che ti serve per star fuori una notte. Poi mi accompagni a casa mia così faccio la borsa anch'io.»

«E il gatto?»

«Portamelo. Lo tengo in clinica. Le gabbie sono grandi, e c'è un sistema di distribuzione temporizzato di cibo e acqua. Per una notte sola non vedo dove stia il problema. E poi la ragazza che mi sostituisce ha il pollice verde, per gli animali. Si troverà benissimo.»

«Non penso si dica pollice verde. Trattandosi di animali. E comunque dove andiamo?»

«Te lo dico per strada. Lascia che per un po' sia ancora una sorpresa. Dai, vedrai che non è lontano.»

30

L'autostrada sembra lo scenario di un film postapocalittico. Le otto corsie sono praticamente deserte. Da quando i cinesi hanno realizzato l'*hyperloop* per le merci, il traffico commerciale si serve per il novanta per cento di quei due binari a levitazione magnetica che scorrono paralleli alla strada. Ogni sette minuti vedi scorrere in un senso o nell'altro un convoglio, ed è come vedere una striscia di mercurio, o d'argento. Non riesci a distinguere i singoli vagoni, per la velocità. Cinquecento chilometri all'ora. Migliaia di container, caricati e scaricati da impianti robotizzati. Nutrimento per la ricostruzione.

Quando avevo letto dell'avvio dei lavori non riuscivo a crederci.

Davvero pensavano di realizzare un'infrastruttura del genere in otto mesi?

Ce l'avevano fatta in sette e mezzo.

Il piano di lavori straordinari messo in piedi dal governo d'emergenza aveva risollevato il paese. E per una volta anche gli ecologisti avevano chiuso un occhio: la riduzione del traffico su ruota era un ottimo obiettivo. Quando di fronte agli effetti collaterali del progetto avevano alzato la testa, i manganelli dei Guardiani della Ricostruzione avevano provveduto a chiudere loro entrambi gli occhi, e la bocca. La potente ministra per l'Informazione era apparsa a reti unificate sui sette canali televisivi superstiti, avvolta nell'effetto fluo che la rendeva ectoplasmatica e carismatica come un'apparizione della Madonna. Aveva rimproverato chi si opponeva a un'opera strategica per risollevare le sorti della nazione. Sullo sfondo di un rendering 3D che mostrava un treno-pallottola automatizzato aveva allargato le braccia e benedetto l'opera.

Poi erano arrivati altri metodi di persuasione.

«Fa impressione, vero?» sussurra Miriam.

«La ferrovia?»

«No. L'autostrada. Sembra una scena di quel telefilm con i morti viventi.»

«*The Walking Dead.*»

«Già. Sai, a volte ho l'impressione che siamo tutti delle specie di morti viventi. Pensiamo di essere vivi perché siamo tornati a fare le cose di prima. Mangiamo, beviamo, balliamo. Facciamo sesso, quando capita, anche se credo meno rispetto a una volta. Lavoriamo, qualcuno riesce persino a fare carriera approfittando dei posti lasciati liberi ai piani alti. Ma dentro siamo morti. Sai che ancora oggi non riesco a prendere un ascensore? E se sento uno che sternutisce sobbalzo? Per non dire di quando vedo le immagini di un vecchio concerto in uno stadio, con tutte quelle migliaia di persone accalcate l'una sull'altra.»

«È così per tutti. Rallenta un po'.»

Miriam guida come se volesse tener testa ai treni che ci sfrecciano accanto.

La musica che ci accompagna nel viaggio è il disco d'esordio di un'artista giovane, Frida Bollani Magoni. Miriam l'ha scaricata sullo stereo di bordo dal suo iPhone. La voce della ragazza è incredibile, sembra venire da un altro pianeta. E il modo in cui suona il piano è stellare.

«L'ho sentita dal vivo, nel suo primo tour» fa Miriam. «Sembra incredibile che sia così giovane. Ascoltandola mi sono detta che era come assistere a uno dei primi concerti dei Beatles al Cavern di Liverpool.»

Accelera ancora, sulle ali della musica. «Duecentoventi» sorride. «Quest'auto è fantastica. Le mancano solo le ali.»

Di fronte a noi, oltre i giganteschi tralicci dell'alta tensione, appare la scalinata bianca del Sacrario di Redipuglia. Il monumento, di epoca fascista, raccoglie le ossa di centomila soldati italiani caduti nella Prima guerra mondiale. È come una cicatrice pallida sul fianco della collina carsica, una cava d'ossa e di rancore nazionalista. È assurdo vedere come la retorica patriottarda e isolazionista del governo conviva con l'apertura economica alle nuove superpotenze egemoni. Alle spalle del sacrario i cinesi hanno eretto una torre d'acciaio svettante, una specie di ago da cucire alto più di cento metri. I maligni dicono che in realtà è solo un enorme ripetitore di segnale 5G, ma il giorno dell'inaugurazione è stato presentato come un monumento all'eroismo dei medici e degli infermieri italiani.

«Rallenta un po', per favore» ripeto.

Miriam solleva il piede dall'acceleratore. La Tesla decelera fino a centosettanta all'ora.

«Scusa, ma di solito che auto guidi?» le chiedo.

«Io? Nessuna. Ne avevo una, cioè, ne guidavo una, prima che... be', prima che tutto andasse a puttane.»

«Che macchina era?»

«Te lo dico solo se non ti metti a ridere.»

«Non mi metterò a ridere.»

«Prometti.»

«Giuro.»

«Una Ford Mustang convertibile, con motore V8.»

«Cazzo...»

«Avevi promesso di non ridere!»

«Scusami.»

«Grande macchina, quella. Faceva i duecentotrenta.

Un'accelerazione da brividi. Anche se la tua mi sa che tira ancora meglio. È un piacere guidarla.»

Lo sguardo le si rabbuia. Una profonda ruga di espressione si forma fra le sue sopracciglia.

«Se ne occupava Ada. Era sua, la Mustang. Aveva la passione per la meccanica. Nel suo garage si era fatta installare una buca e un ponte. Sistemava vetture d'epoca, di mestiere. Le portavano certe vecchie auto che sembravano solo ammassi di ruggine, e lei le rimetteva a nuovo. Era bellissimo vederle rinascere.»

Nel silenzio, la radio dell'auto a basso volume trasmette un notiziario economico. Questo tipo di programmi ha preso il posto delle previsioni meteo. Di tanto in tanto la programmazione normale viene interrotta per trasmettere annunci di importanti contratti siglati, o della vendita di cespiti inutili, come un museo, o una diga, o un porto, per pagare parte del debito che stiamo accumulando verso i nostri benefattori esteri.

Sul lato dell'autostrada non costeggiato dalla ferrovia si aprono a vista d'occhio campi di grano e mais lavorati da enormi macchinari automatici di un rosso acceso.

Miriam, sorprendendomi, scoppia a ridere.

«Era uscito questo meme, sui social. Dei dinosauri guardano l'asteroide che sta per colpire la Terra e uno di loro dice: "*Oh, shit! The economy!*"»

Si volta verso di me.

Il traffico inesistente ci permette questi lussi. Un tempo viaggiare su questa autostrada era come giocare a un caotico videogame. Uno slalom tra file di autoarticolati. Peggio che fare windsurf nel Canale di Suez all'ora di punta. Ora sembra di muoversi in uno di quei fantasy che Stephen King scrive dal suo esilio canadese. Strade vuote che portano al nulla, o a reami incantati, a seconda del tuo livello di ottimismo.

«Dove stiamo andando, Marco?»

«Pensavo che me l'avresti detto tu. Sei tu che hai scelto la meta. E sei tu che guidi.»

«No, scusa. Non intendo dove andiamo *oggi*, e comunque fra poco te lo dirò, se hai ancora un attimo di pazienza. Anche se ormai dovresti averlo capito. Gianni Venier ci sarebbe già arrivato. Intendo in generale. Dove va questo paese, e il mondo...»

«Non credo di essere la persona più adatta a risponderti.»

«Sei uno scrittore.»

«Non dei libri giusti. Scrivo per intrattenere. Per tener buona la gente. Non ho una missione da compiere, e nemmeno delle certezze da vendere. Sono un cantante di strada. Suono la mia canzone, e chi trova che non faccia cagare lascia cadere qualche spicciolo nella custodia della mia chitarra.»

Ci penso un po' su.

Poi mi dico che si merita una risposta migliore.

«Credo che andiamo dove siamo sempre andati. Sai, gli antichi greci non avevano il concetto di futuro. Almeno, da qualche parte ho letto così. Pensavano che l'unica cosa che possiamo conoscere è il passato. Così si raffiguravano l'uomo come se camminasse all'indietro. Quello che vedeva, il passato, era tutto ciò che poteva conoscere. Il futuro non lo poteva vedere, quindi non esisteva.»

«Che bello...» fa Miriam, ironica.

«Alcuni pensano invece che il tempo semplicemente non esista. Lo diceva Einstein, credo. Il nostro errore è percepire il tempo in modo lineare, passato-presente-futuro, mentre dovremmo pensare che il tempo è tutto insieme, tutto compresente...»

«Guarda!» fa lei, interrompendomi e indicando qualcosa fuori dal finestrino.

Di fronte a noi si muove uno stormo di uccelli. Non so di che specie siano. Formano una nuvola all'apparenza compatta, a volte scura e a volte quasi argentea. Salgono e scendono, disegnando a volte un cilindro, altre una losanga, o una specie di enorme chiave musicale. Devono essere migliaia. Guardandoli, ti chiedi quale progetto li porti a delineare quelle figure. Quale programmazione occulta li faccia muovere come un insieme ordinato. La nostra nuova società mondiale funziona allo stesso modo. In Germania è diverso, ma non poi così tanto. Andiamo tutti nella stessa direzione, anche se con un passo non uniforme.

Per qualcuno, fuori da questo paese, fuori dall'Europa, il futuro esiste, e tutti ci stiamo andando.

L'enorme stormo forma un'ultima figura e poi si disperde, puntando verso l'azzurro del mare che si è aperto alla nostra destra, in una gloria di sole quasi estiva.

In fondo, candida nella luce, Trieste si apre come una quinta scenografica.

«Come mai stiamo venendo qui?» chiedo.

«Ieri mi hai detto che avresti voluto assistere al ballo delle debuttanti nazi, no?»

«Sì, ma non dicevo sul serio.»

«Io invece l'ho preso per un invito. Dai, portami a ballare. È una vita che non lo faccio.»

E poi Miriam, ridendo, accelera, quasi volesse decollare verso quell'orizzonte magico.

E tutti i dubbi e i sensi di colpa e gli ultimatum restano indietro, alle nostre spalle, fino a diventare invisibili.

31

Un tempo, per trovare parcheggio lungo le rive, dovevi avere una fortuna sfacciata.

Ora è molto più facile. Ci sono un sacco di posti vuoti.

Miriam si ferma in una delle poche piazzole dotate di impianto di ricarica. Avvicino lo smartwatch al parchimetro, autorizzando l'addebito per la sosta, e inserisco la spina nella presa della Model X.

Alle tre del pomeriggio, le rive sono semideserte.

«Dove si va?» le chiedo.

«Seguimi.»

Tirandoci dietro i nostri due trolley passiamo davanti a EUtaly, fresco di rebranding. Dietro le porte antifebbre si apre, a quanto si dice, il paradiso dei gourmet. Proprio accanto all'ingresso è ferma una berlina dai vetri oscurati. L'autista, un giovane cinese che indossa un completo nero, è perfettamente immobile, in ascolto dei messaggi che gli arrivano dall'auricolare. Altre berline scure sono parcheggiate all'ombra, altri autisti in piedi le sorvegliano.

«Non è raro che membri del Partito comunista cinese vengano qui a EUtaly a fare acquisti» ci spiega Francesca, la padrona di casa, servendoci il tè nell'elegante salone delle colazioni del bed & breakfast al terzo piano di un palazzo di fine Ottocento. Lei e Miriam devono essere amiche, o almeno si conoscono da tempo, a giudicare dal lungo abbraccio affettuoso e dallo scambio di battute che c'è stato fra loro quando siamo entrati.

La grande stanza dai soffitti decorati a stucco è arredata con mobili d'epoca e affaccia su piazza Venezia. Guardo affascinato i vetri delle finestre, perdendomi le spiegazioni che Francesca dà sulla storia dell'edificio. Riesco a cogliere solo che quando il palazzo, fra le due guerre mondiali, ospitava il consolato di Jugoslavia, ci ha lavorato per un anno lo scrittore Ivo Andrić, premio Nobel nel 1961.

Il Nobel, per inciso, è una meta che difficilmente i romanzi di Gianni Venier mi faranno raggiungere.

«Sa che in un palazzo di questa piazza ha vissuto Herbert von Karajan, nel 1946? Era caduto in disgrazia per via dei suoi rapporti col nazismo, e trovò rifugio per un po' qui a Trieste. Proprio qui vicino.»

Francesca s'interrompe.

Sorride.

«Le piacciono, i vetri? Sono quelli originali. Per questo sono ondulati.»

«Non è solo che mi piacciono. Ne sono affascinato.»

«Oh, sì. Immagino. Per uno scrittore. Miriam mi ha detto che scrive. Se si pensa a quello che hanno visto, questi vetri...»

Si porta la tazza alle labbra. È una donna dai gesti eleganti, dal comportamento deciso e al tempo stesso discreto.

«Un altro dolcetto?»

«No, grazie. Diceva, dei cinesi?»

«Se ne vedono sempre di più. Del resto hanno comprato mezza città, dal porto ai palazzi più belli. Da me non vengono, naturalmente. Scendono al Savoia Excelsior, o al Duca d'Aosta. O al DoubleTree Hilton. I miei ospiti, generalmente, sono soprattutto tedeschi e austriaci. In questo momento sono tedeschi.»

Lei e Miriam si scambiano una lunga occhiata in cui mi sembra di cogliere un senso di divertita complicità.
«Venite, vi faccio vedere la camera che vi ho preparato.»

Con un sorriso garbatamente malizioso apre la porta della stanza.
La suite L'Incanto ha due letti, uno matrimoniale e uno leggermente più piccolo. Le testiere sono realizzate con assi sbiancate, prese da una staccionata, o forse da un vecchio pontile. Un mobile a parete ospita una ventina di cuori fatti con materiali diversi, dalla ceramica al vetro. L'estrema pulizia degli arredi chiari, unita alla luce del sole che filtra dalle tende, rende la camera un vero e proprio incanto. Anche se il nome della suite, ci spiega Francesca, viene dal Salone degli Incanti, un tempo Pescheria Centrale e ora centro espositivo di arte moderna e contemporanea della città.
«Dovete assolutamente visitarlo. Come dovete andare al Revoltella, il museo d'arte moderna. È a due passi da qui.»
«È bellissima» fa Miriam. «Sono davvero senza parole, Francesca.»
«Mi dispiace di non avervi potuto dare due camere separate, come avevi chiesto. Abbiamo davvero un sacco di prenotazioni. Sono praticamente *sold out*. Questa posso darvela solo perché tengo sempre una camera di riserva per i casi imprevisti. Non si sa mai chi può bussare alla tua porta, di notte.»

Portiamo i due trolley in camera e facciamo ritorno nel salone delle colazioni.
Lascio che le due donne chiacchierino tra loro, e vado alla finestra che dà su EUtaly.
Malgrado il nuovo nome, il negozio ospita soprattutto prelibatezze gastronomiche orientali. L'Europa è solo nel marchio. Come succede un po' dappertutto, di questi tempi.

Il Covid-19, e soprattutto quello che ne è derivato, hanno creato muri e barriere anche dove un tempo non c'erano. Alcune cose sembra siano rimaste come prima, ma è una pura illusione. Il mondo è cambiato.

Guardo il mio volto riflesso nel vetro, ora che la luce fuori sta calando. La bassa lampada antica alle mie spalle proietta un alone morbido, caldo. I miei lineamenti riflessi, e quelli di Miriam, sembrano velati d'oro.

«A proposito di nazisti» faccio, senza voltarmi, «lei sa dove si terrà, il ballo di domani sera?»

Francesca riflette un po', prima di rispondere. «Non è aperto al pubblico.»

«Immagino. No, le chiedevo solo dove avrà luogo.»

«Sì, be', qui, proprio qui di fronte. Nel Salone degli Incanti. Dove ha lasciato l'auto. A proposito, dovrà spostarla. Stasera sarà tutto transennato. Non c'erano gli avvisi, nel parcheggio?»

«Non ne ho visti.»

«Dovrà comunque spostarla. C'è il parcheggio sotto il colle di San Giusto. Poi le faccio il pass per la ztl e le do un buono per le prime ventiquattr'ore.»

«Grazie. Diceva che non è aperto al pubblico.»

«No. Non c'era neanche niente sul *Piccolo*» fa, riferendosi al quotidiano locale. «C'era un articolo di cronaca sul congresso, ma non sul ballo. Anzi, voi come fate a sapere che c'è?»

«Mah, così. Doveva andarci un nostro amico, che però ha avuto un impedimento.»

«Un amico? A *quel* ballo?» Francesca si stringe nelle spalle, come per un brivido di freddo. «Pensavo che con l'arrivo dei cinesi sarebbe cambiato tutto» riflette, pensosa. «Mi dicevo: sono comunisti, no? Vedrai che metteranno a posto le cose anche da quel punto di vista. Invece ciò che conta, per loro, è solo fare affari. Ecco perché tollerano l'Ungheria di Orbán e... be', tutto il resto.»

Miriam posa una mano su quella, tremante, dell'amica.

«Ieri c'è stato un congresso, un convegno, chiamatelo come volete, sempre lì al Salone degli Incanti, e dovevate vedere cosa non è stato... Bandiere naziste, figuranti in divisa militare... C'era persino un vecchietto travestito da Gabriele D'Annunzio. Quello l'avevano annunciato, sul *Piccolo*, qualche giorno fa. Ma oggi sul giornale non c'era nessun articolo su cosa hanno detto, o fatto. Vi pare possibile? Neanche una parola.»

«Pensi che ci sia modo di entrare a vedere cosa succede, stasera?» le chiede Miriam.

Francesca alza il viso, stupita. «È per questo, che sei qui?»

«Io...»

«Sì. È per questo che siamo qui» rispondo io per lei.

Francesca scuote la testa. «Ho un amico che si occupa del catering, e mi ha detto che i criteri di sicurezza sono ancora più stringenti di quelli del banchetto a cui ha presenziato il ministro del Commercio cinese, a febbraio. Ha dovuto presentare una montagna di documenti per i camerieri e persino per gli autisti che consegneranno le vivande. Posso garantirle che a quel ballo non si entra se non si è invitati.» Si volta a destra e a sinistra, come per accertarsi che nessuno la senta. «Quando hanno saputo che uno dei cuochi era egiziano, stavano per stracciare il contratto. Enrico... il mio amico... ha dovuto licenziarlo. Non si sono accontentati che lo mettesse in aspettativa. Chiaramente lo riassumerà, quando tutto sarà finito... Cioè, sono sicura che lo farà...»

Miriam guarda fuori dalla finestra. «Hai ancora la tua Canon?» chiede.

Francesca annuisce. «Sì, anche se ormai la uso poco.»

«Me la presteresti, stasera?»

32

Prima di uscire per la nostra spedizione, Miriam ha fatto un paio di telefonate dalla camera. La prima è stata brevissima, la seconda molto più lunga, in una lingua che non conosco, anche se assomiglia al tedesco.

«Yiddish» mi dice, senza bisogno che io le faccia nessuna domanda.

«Tu parli anche yiddish?» faccio, sorpreso.

«Evidentemente. Ho chiamato Amos, un amico. Ci vediamo più tardi, a cena.»

«Ripeto la domanda?»

«No. Non serve. Parlo yiddish perché l'ho studiato. Come parlo l'ebraico, il tedesco, il russo e l'inglese. Perché li ho studiati.»

«Sì, ma l'yiddish...»

«Sono ebrea. Ecco, una non dovrebbe mai sentirsi costretta a dirlo, maledizione.»

«Non ti sto costringendo.»

«Sai benissimo quello che voglio dire. Sembra sempre una cosa strana. Almeno, a me lo sembra.»

«Non ti sto costringendo» ripeto.

«Dobbiamo cenare presto» replica lei, cambiando discorso. «Diciamo verso le sette.»

«Okay.»

«Faccio io la doccia per prima, va bene?»

«Certo.»

Mi stendo sul letto. Cavallerescamente le ho ceduto quello più grande. C'è stato un momento d'imbarazzo, da parte mia, mentre toglievamo le nostre cose dai trolley per disporle nell'armadio e nel comò. Lei invece mi è parsa spigliata e senza problemi.

«Devo fare una telefonata a casa» le dico attraverso la porta del bagno, oltre la quale si sente scrosciare l'acqua della doccia. «Esco un attimo.»

«Puoi chiamare dalla camera. Non farò rumore.»

«No. Fare due passi mi farà bene. Sul serio.»

«Come vuoi.»

Raggiungo il pianerottolo. Scendo le scale maestose, degne di un palazzo reale. Mentre le stanze di Francesca sono luminose e dorate da un'aura di favola, le scale sono illuminate solo dai finestroni che danno su un cortile interno piuttosto squallido.

Mi chiedo quanti piedi di burocrati le abbiano consumate, quando questo era un consolato, oltretutto di un paese sfigato destinato a sparire nel giro di pochi anni.

Mi chiedo dove siano finiti, quei fantasmi.

Gli odori che sento, mi dico, sono quelli della Storia: polvere, fumo di sigaretta, cipolla.

Poi ricordo che c'è un ristorante cinese, qui accanto. Probabilmente gli odori arrivano da lì.

La piccola piazza alberata è deserta. Il monumento di bronzo al centro, alto otto metri, raffigura Massimiliano d'Austria in divisa da ammiraglio. Mi piazzo ai piedi della colonna e compongo il numero di Magda.

Una, due volte.

Entra sempre in funzione la segreteria.

Allora chiamo Bernd.

«Ciao, Marco.»

«Ciao.»

Il tono della mia voce potrebbe risolvere il problema del riscaldamento globale.

«Me l'aspettavo, la tua telefonata.»

«Ah sì? Come mai?»

«Magda mi aveva detto che prima o poi ti saresti chiesto perché non risponde alle tue telefonate, e che avresti chiamato me.»

«Infatti lo sto facendo.»

«Immagino che ti aspetti una spiegazione.»

«Immagini bene.»

«Allora, be', vedi, Marco, è difficile da spiegare, ma come sai Magda è in viaggio in un posto, che ti pregherei di non nominare, dal quale le è un po' impossibile telefonare...»

«*Un po' impossibile*...»

«Diciamo che è *problematico*. Allora toccherà mettere in piedi una specie di triangolazione...»

«Sento che ora mi arrabbierò...»

«Aspetta, ascolta, solo un attimo. Ascolta, okay? Il fatto è che Magda, da... insomma, dal posto dov'è, non può comunicare. Però c'è un amico di lì al quale lei fa avere i messaggi che vuole mandare, e lui li manda a una persona qui, un parente, che a sua volta me li fa avere...»

«Bernd, giuro che quando ti vedo t'ammazzo.»

«Dai, Marco, ti prego, non fare l'italiano da melodramma. È solo una cautela, nell'interesse di Magda.»

«Il *suo interesse* era starsene a casa e non rischiare la vita per quattro foto.»

«Quelle quattro foto, come le chiami...»

«*Quattro, o quaranta, o quattromila, quelle foto non valgono la vita di Magda!*»

«Non alzare la voce, Marco.»

«Giuro che t'ammazzo, Bernd.»

«Sta' buono un attimo e ascolta, invece di sproloquiare. Magda non corre rischi. La guida è fidata, e ha già fatto molte volte quel percorso. Non succederà niente.»

«Raccontala a un altro.»
«Magda era d'accordo sull'importanza di documentare quello che succede lungo quella frontiera...»
«Ah sì? È così importante? E per chi? Per quei quattro gatti che sfoglieranno la tua rivista facendo colazione, e degneranno le foto di Magda al massimo di un'occhiata fra un sorso di caffè e un morso a un biscotto?»
«Hai una visione distorta della...»
«Vedrai la tua, come sarà distorta, appena potrò metterti le mani addosso.»
«Se vuoi ascoltarmi e star zitto un momento...»
Ribollendo dentro, mi costringo a starlo a sentire.
Bernd mi dice come farà a farmi avere i messaggi di Magda, e a lei i miei. È una trafila macchinosa ma necessaria, cerca di spiegarmi. Sullo sfondo della conversazione sento rumori di piatti, echi di conversazioni.
«Sei al ristorante?» chiedo.
«Perché?»
«La mia compagna è in pericolo, e tu sei al ristorante?»
«Non capisco...»
«Capirai quando potrò metterti le mani addosso.»
Quella mia battuta rompe definitivamente il muro della cortesia di Bernd. Il suo tono non cambia, ma le parole diventano affilate. «Sei il solito poliziotto brutale. Era da un po' che volevo dirtelo, Marco. Dentro di te sei rimasto lo stesso. Il poliziotto che massacrava i ragazzi indifesi in quella scuola. Sei un fascista. Hai cercato di cambiare pelle, ma basta un attimo perché ti riveli per quello che sei. Se pensi di venire qui a pestarmi fai pure, ma ricordati che ai miei tempi facevo il servizio d'ordine nei cortei del Dkp. So come si tratta un bullo fascista come te.»
Bullo fascista.
Quelle parole mi risuonano nelle orecchie come se le avesse suonate un gong.

Come un manrovescio.

Rimango a bocca aperta. Colpito e affondato.

«Sei ancora lì?» fa Bernd.

Quello che mi stupisce è il suo tono: non più rabbioso; preoccupato, semmai.

«Sì. Sono qui.»

«Scusa la durezza con cui mi sono espresso, ma dovevo dirtelo.»

«No. Hai ragione. Scusami tu.»

«Capisco la tua tensione...»

«No. Non ho proprio giustificazioni. Ho sbagliato. Mi dispiace.»

«Devo dirti una cosa, Marco. Non lo faccio perché tu ce l'abbia meno con me. Devo dirtela per onestà. Io nemmeno volevo che Magda partisse. Avrei mandato Andreas, che oltretutto parla ungherese. È stata lei a insistere. A dire che le sue foto potevano fare la differenza. Sai com'è fatta Magda.»

«Sì.»

«Mi dispiace. Ma devi stare tranquillo. So che non è facile, ma devi fare uno sforzo, Marco.»

«Non sopporto l'idea di non poterla sentire.»

«È questione di pochi giorni. Appena fuori dalla zona pericolosa ti chiamerà.»

«Avrebbe dovuto dirmelo.»

«Ma ha scelto di non farlo. Parlatene fra di voi, la prossima volta.»

«Era appena tornata dal Venezuela, e io stavo partendo.»

Il tono di scusa con cui pronuncio queste parole infastidisce me per primo.

«Andrà tutto bene, Marco.»

Io non replico.

Sono stanco di quello stupido slogan.

Andrà tutto bene.

Sì, come no.

L'ho sentito troppe volte, a vuoto.

Qualche straccio di convenevoli e chiudo la conversazione.

In camera c'è un odore buono.

«Gli odori buoni si chiamano profumi, scrittore» mi ha rimproverato Magda, una volta.

Profumo di fiori.

Miriam, seduta davanti allo specchio del comò, è avvolta in un accappatoio rosa dall'aria morbidissima. Si sta asciugando i capelli con il phon.

«Sei stato fuori pochissimo. Tutto a posto?»

«Sì. Cioè, no, ma va bene così.»

«Guarda che devi prepararti. Mancano meno di venti minuti alla cena.»

«Sono già pronto per uscire. Sei tu quella che deve ancora asciugarsi.»

«Uh, io ci metto un attimo. Sono stata nelle coccinelle. Una boy-scout femmina, insomma.»

Di colpo tutta la stranezza della situazione mi balza addosso, placcandomi il petto con le sue zampacce pesanti. Davvero sono qui, in una camera di lusso, a parlare con una bella ragazza vestita solo di un accappatoio rosa? Cosa direbbe Magda, se lo sapesse?

Vado in bagno. Piscio, cercando di non far rumore.

Mi guardo nello specchio.

Ho la faccia stanca, molto più del solito. Mi chiedo come ho potuto lasciarmi convincere a venire qui. Cosa m'importa, se un coglione di sovranista russo si è fatto rapire? Perché dovrebbe essere affar mio? Senza contare l'ultimatum di Herbert, e che non ho fatto un solo passo avanti nella vendita della casa.

Quando torno di là, tutti questi pensieri si sciolgono come neve al sole.

Perché Miriam è nuda davanti allo specchio. Non muove

un muscolo quando mi sente uscire dal bagno. Si limita ad alzare gli occhi e a incrociare il mio sguardo riflesso.

Ci guardiamo a lungo, nello specchio. Poi lei smette l'espressione seria e sorride. «Spero non sia la prima volta che vedi una donna nuda.»

«No. Ma è la prima volta che vedo te.»

«C'è sempre una prima volta. Poi si ricorda con affetto, ma non è davvero così importante. Faccio in un attimo. Tu aspettami nel salotto, se vuoi. O chiudi gli occhi. O guardami. Fai come vuoi, per me è lo stesso.»

«Sei sicura?»

Miriam scuote la testa. «Se devo essere sincera, mi piacerebbe che mi guardassi. Durante la quarantena avevo preso dodici chili. E dopo... dopo quello che sai, ne ho persi quasi trenta. Ero uno scheletro ambulante. Ora... be', ora mi sento bene. Non c'è altro modo per dirlo. E *mi piace*, sentirmi bene. Mi piace, il mio corpo. A te piace?»

Mi schiarisco la gola, prima di risponderle. «Direi di sì.»

«*Bene.*»

Si volta e comincia a vestirsi. Io vado a sedermi sulla poltrona in fondo alla camera e guardo quello che sembra un lento e studiato spogliarello al contrario. I movimenti con cui indossa gli slip, e poi le calze, sono assolutamente naturali ma incredibilmente sensuali.

«Amos è un mio vecchio amico» mi spiega, abbottonandosi la camicetta bianca di seta. «Abbiamo fatto l'università insieme, a Tel Aviv.»

«Hai studiato in Israele?»

«Anche. Sì. Ma non veterinaria. Quella è venuta dopo. Una specie di ripensamento, chiamiamolo così. Ho avuto una vita complicata. Più o meno. Anche se magari possiamo dire tutti lo stesso.»

La guardo. «Se hai studiato in Israele, come fai a non sapere chi era Mengele?»

Lei ride. «La prima volta che mi hai chiamato? Ti ho preso in giro.»

«E quando mi hai proposto di sopprimere il gatto...»

«Ti prendevo in giro. Certo. Sarà stato per via del tuo accento tedesco.»

«Non ho nessun accento tedesco.»

«Oh, sì che ce l'hai.»

Mi stringo nelle spalle, seccato. «Come mai ceniamo con questo Amos?»

«Perché gli ho parlato, ieri sera, e lui ha un'idea sul perché Suvorin è stato rapito. Mi passi le scarpe, per favore?»

«Quali?»

«Quelle dorate.»

Miriam si mette il secondo orecchino, poi calza le scarpe dal tacco alto. «Sono pronta. Incredibile, vero? Ce l'ho fatta.»

33

Il modo in cui lei e Amos si salutano, fuori dal ristorante, è qualcosa di spettacolare.

Lui le cinge la vita e la fa rovesciare in una specie di *casquè*, prima che le loro labbra si uniscano in un lungo bacio. Sembra di vedere quella famosa foto in bianco e nero di Robert Doisneau, i due innamorati davanti all'Hôtel de Ville.

Confesso di sentirmi, assurdamente, geloso.

«Marco, questo è Amos.»

Annuisco. Il suo sorriso è disarmante, sincero fino alla nausea.

Potrà avere trentacinque anni, più o meno l'età di Miriam. La sua mano rimane sul fianco della donna, attaccata come la spina di ricarica della mia Tesla.

«Piacere di conoscerti. Miriam mi ha parlato di te. Mi dispiace di non aver letto i tuoi romanzi.»

«Non è una lettura obbligatoria.»

Penso che Miriam si sia accorta che l'approccio non è stato dei migliori. Su di noi manca solo un cartello con l'avviso PERICOLO, ALTA TENSIONE.

«Cosa ne dite se entriamo?» fa. «Non abbiamo molto tempo.»

Il ristorante è piccolo, con soli cinque tavoli. La Situazione ha lasciato uno strascico di abitudini dure da cambiare, come quella di evitare i contatti troppo stretti a tavola. I giovani se ne fregano, ma quelli di noi che hanno vissuto l'epidemia con le preoccupazioni di figli o di genitori si sentono ancora a disagio nel pranzare o cenare in compagnia di troppa gente.

«Non vengo qui da prima di... be', da *prima*, insomma» fa Miriam, prendendo posto al tavolo d'angolo che ci hanno riservato.

«Sì, i titolari sono cambiati, ma la cucina è sempre buona» sorride Amos. Senza darlo troppo a vedere, lo osservo. Capelli ricci e neri, una barba corta e altrettanto scura. Ha il fisico asciutto di una persona che pratica uno sport, ma gli occhialini tondi e l'intelligenza che brilla nei suoi occhi raccontano un'altra storia.

«Miriam mi diceva che avete studiato insieme, in Israele.»

«Ah, sì. Abbiamo seguito un paio di corsi insieme, ma soprattutto avevamo la stessa passione per il windsurf.»

Windsurf.

«E ci piaceva la vita notturna di Tel Aviv» aggiunge lei.

Vita notturna.

«Anche se non proprio gli stessi locali» puntualizza Amos, strizzando l'occhio e guadagnandosi una gomitata nelle costole. «Scoprire che Miriam era, be', immune al mio fascino, è stato un duro colpo.»

«Stupido. Non sono immune. Mi piacciono, gli uomini. E tu mi piaci tantissimo.»

«Sì, come no...»

Sorridono.

Sentirsi il terzo incomodo non è una bella esperienza.

Per fortuna arriva la cameriera. Ordiniamo alla carta, piatti di pesce e verdure. Cose svelte.

«La prossima volta giuro che ti offro una cena con tutti i crismi» promette Amos.

«Me lo segno» sorride Miriam. «Mi dispiace di averti

contattato senza preavviso. Ma la questione, come ti dicevo, è urgente» fa, sussurrando le ultime parole.

«Ho capito. Nessun problema. Mi fa davvero molto piacere rivederti, e ancora più piacere che vi siate rivolti a me. Miriam mi ha raccontato del russo scomparso, e del ballo dei nazisti. Volevamo organizzare una manifestazione di protesta, o un vero e proprio picchetto, ma la questura ce l'ha proibito. Il Covid-19 non è l'unica epidemia che ha colpito questa città. C'è anche un'epidemia politica, e gli effetti si sentono. Miriam è convinta che ci sia qualcosa, un *trait d'union* che va al di là del sovranismo, tra Suvorin e quei criminali.»

«Mi è venuta in mente una cosa che mi hai scritto, in quella mail di due mesi fa.»

Amos si volta verso di me. «Io e Miriam abbiamo seguito dei corsi di storia. Poi lei si è stancata e ha scelto di curare animali, e io ho appeso la laurea fra le tante cose incorniciate del negozio che ho ereditato dai miei. Chissà, magari qualche mio nipote, tra un secolo o due, riuscirà a venderla a un buon prezzo, perché nel frattempo sarà diventata un oggetto d'antiquariato...»

«Amos sa di una certa cosa» taglia corto lei.

Rimaniamo in silenzio mentre la cameriera ci porta il vassoio degli antipasti, una selezione di crostacei crudi o appena scottati che mi strappano un sorriso. In Germania l'offerta di pesce fresco è limitatissima, e la delusione è spesso la regola, anche nei ristoranti specializzati.

La cameriera coglie il mio sguardo. «Siamo pugliesi. Se il pesce crudo non lo mangiate da noi, dov'è che lo andate a mangiare? Assaggi per prime le *canoce*, sono praticamente vive.»

Seguo il consiglio. La cicala di mare è in effetti la più buona e carnosa che abbia mai assaggiato. E il malvasia di Castelvecchio è una favola.

«Buona, eh? Vi lascio, so che siete di fretta, godetevi gli antipasti.»

Quando la ragazza, bruna e soda come una susina, esce dalla sala, Miriam riprende a parlare. «Un mese fa, forse un mese e mezzo, Amos mi ha chiamato per dirmi di una cosa che era successa qui.»

«Visto che abbiamo poco tempo, se non ti dispiace lo racconto io» la ferma il suo amico.

«Certo.»

«Allora, anche se Miriam non te l'ha detto, te lo dico io: gestisco un negozio d'antiquariato qui dietro le rive. Niente di più lontano dalle mie passioni, l'antiquariato, ma quando i miei sono morti, l'anno scorso, ho dovuto lasciar perdere la scrittura e lo studio e prendere in mano il negozio. Devo dirle che mi ha fatto male, trovare a ogni piè sospinto qualcosa che mi ricordava papà e mamma. Quel negozio era come un paio di guanti che avesse ancora la forma delle loro mani. Il registro delle vendite, gli appunti su ogni oggetto... E gli oggetti stessi, poi, che avevano ognuno una storia, ognuno che si portava dentro la vita degli antichi proprietari...»

Mi guarda, con una solennità da vecchio.

«Un giorno nel mio negozio è entrato un ragazzo...»

Il ragazzo, racconta Amos, aveva un'aria furtiva. Si guardava continuamente alle spalle, come se si sentisse minacciato dalla sua ombra. Poteva avere venticinque anni, ma puzzava di vecchio. Aveva anche la pelle diafana, come se fosse malato...

«Con quello che abbiamo passato, stiamo più attenti all'aspetto delle persone. Questo ragazzo aveva i capelli sudati, incollati alla fronte... Pareva... Non so se avete presente certe statue di Augusto, con i capelli che sembrano bagnati, incollati alla fronte da un sudore malato... Ed era anche bianco come il marmo...»

Amos l'aveva tenuto d'occhio, ma il ragazzo non sembrava un ladro. E poi non aveva né borse né zaini con sé.

Si era aggirato per il negozio, ma si capiva subito che era come se nemmeno le vedesse, le cose. Si capiva che non era davvero interessato alla merce. E ne diede conferma avvicinandosi al bancone e facendo segno ad Amos che aveva una cosa da dirgli.

«Alzò proprio il dito, come uno scolaro che chiede alla maestra il permesso di parlare. Gli domandai gentilmente cosa volesse, e lui mi rispose in un buon italiano, ma con un forte accento slavo. Una volta, qui a Trieste, gli slavi erano dei poveracci che venivano a comprare oltre confine merci introvabili nel loro paradiso socialista, come jeans e caffè. Adesso, se senti un accento russo, devi drizzare subito le orecchie, perché può voler dire che hai davanti a te un compratore pieno di soldi. Anche se questo non sembrava proprio il caso. Si presentò, e mi sembrò sincero. Disse che era un seminarista ucraino, che studiava all'università. Che l'ospitava la comunità serbo-ortodossa. Mi disse, soprattutto, che aveva una cosa da vendere.»

Amos aveva allargato le braccia, indicando al giovane tutti gli oggetti che colmavano ogni angolo del negozio: pezzi preziosi e inutili carabattole, accatastati o appesi alle pareti, o ammucchiati a centinaia sui ripiani delle vetrine.

«Io devo *venderla*, la roba che ho qui dentro. Non *aggiungerne altra*, gli ho detto. E lui mi ha sorriso. Un sorriso che era una specie di fessura sulla sua faccia di cera. Mi ricordava una statuina di porcellana che i miei avevano in negozio quand'ero piccolo. La statuina di un clown. Aveva un bel sorriso, ma se guardavi gli occhi erano freddi, cattivi. Ricordo quanto fui felice quando un giorno, tornando da scuola, esplorai con gli occhi lo scaffale e scoprii che il clown brutto non c'era più. Non chiesi mai ai miei se l'avevano venduto o se si era rotto. O se era scappato...»

«Questa cosa che ho con me lei vorrà comprarla, quando vedrà cos'è» aveva detto allora ad Amos il ragazzo. «Mi pregherà in ginocchio di vendergliela.»

Si era infilato la mano nella tasca della giacca e aveva tirato fuori una cosa avvolta in un telo bianco di lino ricamato con simboli sacri e lettere in cirillico. Dentro c'era un piccolo quaderno rilegato in cuoio nero. Il ragazzo l'aveva aperto, e sulla prima pagina Amos, già incuriosito dal disegno in copertina, aveva letto con stupore incredulo il nome del proprietario del taccuino.

«Erano buoni, gli antipasti?»
«Buonissimi» sorride Miriam.
«Ottimi.»
«Sì, davvero ottimi» aggiungo io, per ultimo.
«Posso portarvi il secondo, allora?»
«Sì, grazie.»

Quando la cameriera si allontana di nuovo portandosi via i piatti vuoti dell'antipasto, Amos riprende il suo racconto.

«Conosco poco o niente il tedesco, ma parlo yiddish, per cui più o meno, anche solo scorrendo qualche riga qui e là, riuscii a capire di cosa si trattasse. Per poco non risi in faccia al ragazzo. "Senti" gli dissi, "non penserai davvero di essere il primo che tenta di vendere un diario come questo, vero? Anni fa un falsario ha infinocchiato persino gli storici, tentando di spacciare per autentici dei falsi diari di Adolf Hitler. A ogni mercatino dell'antiquariato ci sono le bancarelle dei polacchi che vendono elmetti e patacche naziste." Ma il ragazzo ha scosso la testa, quasi con violenza. "Non sto cercando di fregarla" ha urlato. "Questo diario è autentico!"»

Fuori dalla finestra cominciano ad accendersi i lampioni. Le facciate dei palazzi prendono un colore dorato da fiaba. La Situazione ci ha costretto, o perlomeno ha costretto *alcuni* di noi, forse la gran parte di noi, a *vedere* le cose, anziché limitarci a guardarle e basta, come facevamo prima. Abbiamo perso molto, ma in cambio abbiamo forse guadagnato la capacità di vedere la bellezza, di gioire per piccoli piaceri o per minime sorprese, come la fioritura degli alberi nei parchi o immergere la mano nella corrente di un fiume. La Situazione ci ha fatto tornare tutti un po' bambini, pronti a meravigliarci di cose che prima davamo per scontate.

La cameriera porta accanto al nostro tavolo un carrello con lo scorfano al forno, e comincia a togliere le spine. La sua abilità con forchetta e coltello mi incanta.

Miriam riempie il silenzio durante la preparazione del pesce chiedendo ad Amos come stanno sua moglie e i suoi bambini. Lui le risponde che stanno bene, e che il più grande, a sei anni, sa già recitare il *Chad Gadya*. Lei allora canticchia un motivo, e tutti e due scoppiano a ridere, rendendomi, assurdamente, un po' geloso.

La ragazza finisce di preparare il pesce e lo serve nei nostri piatti con la guarnizione di verdure alla griglia che abbiamo ordinato.

Quando si è allontanata, Amos gusta un paio di forchettate, prima di riprendere il filo del suo racconto. Lo fa sottovoce.

«Gli ho chiesto di lasciarmelo, il diario, perché potessi valutarlo. E lui mi ha risposto di no. Mi ha detto che me l'avrebbe portato lui l'indomani. Intanto io avrei potuto fare delle fotocopie di alcune pagine, in modo da verificare la grafia.»

«Di chi doveva essere, il diario?» faccio.

«Adesso ci arrivo. Ho fotocopiato alcune pagine, con lui che mi teneva d'occhio, e alla fine mi ha detto: "Basta così, sto correndo già troppi rischi." Ci siamo messi d'accordo che l'indomani alle dieci sarebbe ripassato per sentire se mi interessava comprarlo o no. Ovviamente, qualunque prezzo potesse avere in mente sarebbe stato comunque una bazzecola, se il diario era autentico.»

«E lo era?»

«Certo che sei proprio impaziente» sbuffa Miriam. «Lascialo raccontare, no?»

Amos scuote la testa, rabbuiandosi. «Quella sera, dopo aver chiuso il negozio, scannerizzai le fotocopie del diario e le mandai per mail a un mio amico in Israele. Due ore dopo ebbi la conferma che la grafia era autentica. Il mio amico mi ricordò che un esame grafologico serio avrebbe potuto essere fatto solo sull'originale, che avrebbe dovuto essere sottoposto anche a un esame della carta e dell'inchiostro, e a chissà quali altre diavolerie... Ma secondo lui il diario era *kosher* al cento per cento.»

«*E?...*» insisto.

Amos scuote la testa. Poi, sorridendo a Miriam, alza platealmente gli occhi al cielo. «Il tuo amico non ha proprio pazienza. Come fa a essere uno scrittore, se non apprezza una storia raccontata nei modi e con i tempi giusti? Va bene, te lo dico, impaziente che non sei altro. Erano di Joachim von Ribbentrop. Il ministro degli Esteri di Hitler.»

«Addirittura.»

«Già. Il diario copriva i primi due mesi del 1939.»

«Ed era interessante?»

«Non sono uno storico. A me interessava solo per la sua antichità e per il valore in sé, non certo per quello che c'era scritto. Ma il mio amico mi consigliò di non lasciarmelo sfuggire, perché a quel diario era legato un aneddoto storico interessante.»

«Ah sì?» chiedo, ma senza un'autentica curiosità. Sinceramente, sono più interessato al pesce succulento che ho nel piatto, e alle patate allo zafferano.

«Sì. Il mio amico è nato in Russia, e durante il servizio militare, negli anni Sessanta, ha lavorato nel Gru, il controspionaggio. La sua competenza accademica era la storia contemporanea, e lo inserirono quindi in un reparto speciale incaricato di vagliare e catalogare la documentazione portata in Unione Sovietica dagli archivi nazisti. In quell'ambiente ristretto gli capitò di sentir parlare di un certo evento importante della storia di cui Ribbentrop era stato testimone, e che avrebbe documentato in un diario, purtroppo andato perduto. Su quell'aneddoto era nata una vera e propria leggenda. Faceva parte del folklore del Gru. Pare che l'ex ministro di Hitler avesse cercato di barattare le informazioni di cui era in possesso con la sua vita, dalla cella in cui si trovava.»

«Doveva essere qualcosa di davvero importante» concludo.

«Puoi scommetterci. Chi a sua volta, complice una cena ad alto tasso alcolico, aveva raccontato questa storia al mio amico era un vecchio ufficiale, un avvocato che aveva fatto parte del team sovietico al processo di Norimberga. Diceva di aver assistito all'ultimo disperato tentativo di Ribbentrop di negoziare, la notte prima dell'esecuzione.»

«Ricordami quando è stato.»

«Ribbentrop fu impiccato il 16 ottobre 1946. Erano le due di notte del 14 quando due ufficiali sovietici vennero fatti entrare segretamente nella cella dell'ex ministro. Uno dei due non parlava tedesco. Non ricordo come si chiamasse. Arkadij qualcosa. L'altro, il nostro uomo, era molto più giovane, e avrebbe fatto da interprete. Inutile dire che di quella visita non rimase traccia nei registri del carcere. Stando a quello che raccontò al mio amico l'avvocato ubriaco, Ribbentrop era insolitamente tranquillo. Persino gioviale. Tese la mano agli ufficiali sovietici, e ci rimase male quando nessuno dei due gliela strinse. Propose loro un affare. Un certo diario, affidato a un suo uomo di fiducia, conteneva le prove di un complotto. Quel diario, stando a Ribbentrop, avrebbe potuto essere di enorme utilità per l'Unione Sovietica. "Ora voi e le plutocrazie occidentali siete alleati" disse ai due russi, "ma presto sarete avversari. Anzi, lo siete già. Il Patto che ebbi l'onore di firmare con il vostro ministro Vjačeslav Molotov..."»

Amos ha un autentico talento come narratore. A mano a mano che le sue parole descrivono la scena mi pare quasi di vederla con i miei occhi.

34

Ribbentrop aveva un leggero tic che gli faceva battere l'occhio sinistro. Sembrava ammiccasse di continuo.

Il giurista militare di primo grado Arkadij Yefimovich Sobchak lo fissò con disprezzo. Si rivolse al suo interprete e stenografo, il giovane tenente Avraham Ilic Denisov.

«Tenente, spieghi a questo pezzente nazista che non è in grado di negoziare. Al limite può implorare. Gli dica che spero non ci abbia fatto venire qui a quest'ora di notte, correndo i rischi che corriamo, solo per sentirci raccontare una favola per bambini.»

Denisov aveva diligentemente tradotto.

Ribbentrop, l'uomo che i suoi stessi compagni di partito avevano definito "borioso pavone" e "primo pappagallo di Germania", aveva scosso la testa, arrossendo.

«Quello che vi offro è un documento che può cambiare la storia, e far sembrare il nostro patto del 1939 un accordo trascurabile, rispetto all'enormità dell'altro patto che avevamo firmato in segreto sei mesi prima. È un'informazione dall'immenso valore. Se il nostro ministro della Propaganda avesse avuto a disposizione materiale del genere, l'avrebbe usato come una bomba atomica.»

Sobchak aveva sorriso. «Come lei ben sa, il non certo compianto suo collega Joseph Goebbels ha preferito togliersi la vita piuttosto che affrontare il giudizio del tribunale dei popoli. E da quello storpio vigliacco che era si è portato dietro anche la moglie e i suoi sei figli.»

Era stato il tenente Denisov a drizzare le orecchie. «Quale altro patto?»

Un sorriso incerto era apparso sul volto di Ribbentrop: «Il Patto di Terranova.»

«Di cosa sta farneticando?» aveva chiesto l'alto ufficiale sovietico al suo interprete. Denisov aveva tradotto la domanda.

«Nel febbraio del 1939» aveva spiegato l'ex ministro degli Esteri nazista, «ricevetti dal Führer l'incarico di compiere una missione segreta. Talmente segreta che mentre m'imbarcavo su un U-Boot privo di contrassegni ancora non ne conoscevo né i termini né lo scopo. Solo una volta a bordo mi venne consegnata una busta sigillata. L'aprii, e lessi qual era il mio compito. Confesso che rimasi sbalordito. Ma anche sollevato. Essere prelevati alle tre di notte da due ufficiali delle SS e scortati a Kiel per imbarcarsi su un sottomarino è una cosa che lascia il segno. Quando scoprii qual era la mia missione rimasi stupito di fronte al genio di chi l'aveva progettata.»

«Vogliamo venire al dunque?» tuonò Sobchak.

«Certamente. Certamente. Scusi. Dopo giorni e giorni di navigazione arrivammo in vista di una costa bassa e cupa. Nevicava. L'incrociatore sbucò dalla nebbia formata da quella massa di fiocchi di neve. Non c'erano bandiere né altre insegne, il nome della nave era stato accuratamente coperto con dei teli. Una scialuppa venne a prendere me e l'ufficiale delle SS in borghese che mi aveva sorvegliato per tutta la mia permanenza a bordo del sottomarino. I marinai che incrociammo sulla nave indossavano divise da fatica, prive di insegne. E non pronunciarono una sola parola, mentre mi scortavano lungo i corridoi della nave fino a una saletta rivestita di mogano, in cui, seduti attorno a un tavolo, mi attendevano tre uomini in uniforme. Si alzarono in piedi, al mio ingresso. Io ovviamente feci il saluto nazista. Due di

loro risposero con un gesto poco impegnativo, mentre il terzo fece scattare in fuori il braccio, in una risposta perfetta. Lo riconobbi subito, e sorrisi. Il generale Carlos Vicente Cuaron, delle forze armate argentine: era stato addetto d'ambasciata a Berlino, e lì mi era stato presentato come uno entusiasta del nostro regime. L'ufficiale americano – la sua divisa mi aveva lasciato a bocca aperta, al mio ingresso nella cabina – non si presentò, ma portava le insegne da ammiraglio. Il terzo ufficiale, con mia sorpresa ancora più grande, era inglese. Nemmeno lui disse il suo nome, ma precisò subito che non lo riteneva necessario, perché era lì solo per scortare un'altra persona. Bussò tre volte alla porta alle sue spalle, e questa si aprì. La persona che entrò nella stanza mi sorprese. Sapevo che ci sarebbe stato un rappresentante dell'Impero britannico, all'incontro, ma non mi aspettavo certo d'incontrare lui...»

35

«E poi?» chiedo. «Chi era, questo *lui*?»

«Te lo dico dopo. Ora dobbiamo andare. Abbiamo meno di un'ora» fa Amos.

«Meno di un'ora *per cosa*?»

«Non fare tante domande» sbuffa Miriam. «Fidati di Amos.»

Chiediamo il conto e paghiamo alla cassa.

«Tutto bene?» chiede la cameriera.

«Benissimo» risponde Amos.

«Siete di fretta» sorride lei.

«La prossima volta ceniamo con calma. Promesso.»

Il locale si è riempito, durante la nostra cena, e un gruppo di amici, al bancone del bar, aspetta che il nostro tavolo venga sparecchiato e preparato per loro.

È Amos a tirare fuori la carta di credito.

«Se non offrissi io, poi il tuo amico penserebbe che gli ebrei sono tirchi» sorride. «E comunque il piacere di cenare con te dopo tanto tempo, Miriam, non ha prezzo.»

«Forse dovrei pagare la mia parte» faccio, in un tono che mi esce decisamente acido.

«La prossima volta.»

Lascia quindici euro di mancia. Come se per lui sfatare il pregiudizio sulla tirchieria degli ebrei fosse una missione.

Usciamo in strada, e fa buio. Il lungomare si è acceso

delle luci dei lampioni, e le case sulle colline sospese sul golfo sembrano un firmamento di stelle.

È curioso vedere questa fila di imponenti edifici in stile viennese affacciarsi sull'acqua. Dà un senso di straniamento, quasi fossimo finiti in un universo parallelo.

Respiro a pieni polmoni l'aria pulita della sera. «Grazie per la cena» faccio.

«Figurati.»

«Dove stiamo andando?»

«Devo farti vedere una cosa. Perché sai, un conto è sentirne parlare, un altro vederla con i propri occhi.»

Attraversiamo alcune viuzze scure, un dedalo quasi levantino, e sbuchiamo infine in una strada lastricata parallela al viale, una zona apparentemente restaurata da poco, zeppa di bar e localini chiassosi ai cui tavolini si affollano crocchi di giovani con i calici in mano. La voglia di vivere è esplosa come una fioritura tropicale, innaffiata dai vaccini, dopo la lunga quarantena della Situazione.

Giriamo a sinistra, e poi di nuovo a destra, tornando a immergerci nelle ombre di certi vicoli angusti e maleodoranti, su cui si affacciano edifici cadenti. Quando torniamo in una zona più decente, il negozio di Amos ci appare davanti di colpo, come se avessimo viaggiato nel passato.

Sembra uscito da una stampa di fine Ottocento. La scritta dell'insegna con i caratteri antiquati che corre, oro su verde, lungo tutta la facciata del negozio è metà in italiano e metà in tedesco.

Amos tira fuori un mazzo di chiavi, alcune modernissime, di una porta blindata, altre talmente vecchie da sembrare a loro volta oggetti di antiquariato come quelli che si intravedono nelle vetrine polverose, dietro le spesse grate.

L'apertura delle porte e lo spegnimento degli allarmi è un rituale quasi religioso, che richiede una sequenza precisa.

Una volta dentro, Amos accende le luci, e attorno a noi

si materializza un mondo magico. Le pareti delle stanze e dei lunghi corridoi sono coperte da cima a fondo di quadri e stampe incorniciate. Alte vetrine di vari stili ed epoche, anch'esse in vendita a giudicare dai cartellini, sono piene di oggetti preziosi: tabacchiere e campanelle in argento, orologi da taschino, decorazioni militari, *netsuke* e spazzole, bicchieri di cristallo e in vetro soffiato. Sulla destra rispetto all'ingresso ci sono pile e scaffali di vecchi dischi, compresi molti 78 giri nelle loro buste di carta velina. La parete di fronte è invece dedicata ai libri: dai volumi rilegati in pelle con le scritte in oro ai tascabili degli anni Settanta. I corridoi lasciano intravedere altre stanze, non illuminate.

«Ma quanto è grande, questo negozio?» chiedo.

Amos ride. «Non lo so. Non mi sono mai spinto troppo in là, nell'esplorarlo.»

Studia un po' la mia espressione. Poi sorride. «Ovviamente scherzo. Sono solo queste quattro stanze. Be', poi c'è anche la soffitta, che è altrettanto grande.»

Miriam sembra incantata da qualcosa. Mi avvicino.

«Hai visto questa foto?» sussurra.

È una vecchia fotografia in bianco e nero, in una cornice semplice, ossidata su un angolo.

Raffigura una famiglia benestante, marito, moglie e tre figli – un maschio e due femmine – in posa in uno studio fotografico. Lo scenario idilliaco alle loro spalle – un lago alpino – è chiaramente un fondale dipinto. I cinque siedono in una posa rigida, e la bambina più piccola ha il viso leggermente sfocato, perché non ha resistito immobile in posa per tutto il tempo necessario. Quel difetto la fa sembrare un fantasma.

«Chissà cosa ne è stato, di loro...» sussurra Miriam. «La foto dev'essere degli anni Trenta. Prima della Seconda guerra mondiale. Guarda il naso dell'uomo. Pensi che fossero...?»

«Ebrei?» sussurra la voce di Amos, alle nostre spalle. «Sicuramente. Quasi tutto quello che c'è qui apparteneva a famiglie ebree. Come questi oggetti per il *sèder* pasquale.»

Indica un libretto e un vassoio, posti davanti a uno dei tradizionali candelabri a sette braccia.

«Il vassoio per la cena pasquale e l'*haggadah*» mi spiega Miriam. «Hai mai letto *I custodi del libro*, di Geraldine Brooks? Parla dell'*haggadah* di Sarajevo.»

«No.»

«Peccato. È un libro magnifico» sorride.

Poi comincia a canticchiare una canzone, e presto la voce ben impostata di Amos si unisce alla sua.

«*Chad gadya, chad gadya, dizabin abah bitrei zuzei...*»

Cantano all'unisono; poi mi accorgo che Miriam inciampa su alcune parole, per cui dopo qualche strofa lascia che sia la bella voce tenorile di Amos a proseguire, mentre lei sottovoce traduce per me le parole ebraiche.

Un capretto, un capretto: che mio padre comprò per due zuzim.
Un capretto, un capretto: venne il gatto e mangiò il capretto, che mio padre aveva comprato per due zuzim.
Un capretto, un capretto: venne il cane e morse il gatto, che aveva mangiato il capretto...

Ascolto affascinato la sequenza dei versi, che salgono e scendono ripetendo la scala della violenza, in quella filastrocca musicale che sembra un disegno di Escher: il gatto, il cane, il bastone, il fuoco, l'acqua, il bue, il macellaio, e poi di nuovo, e di nuovo, ogni volta aumentando il livello, fino all'angelo della morte e poi a Dio, che distrugge l'angelo della morte.

La violenza estrema, la violenza divina, è al tempo stesso la fine di ogni violenza.

Quando l'ultima nota si spegne sembra che il negozio e

le macerie del tempo che vi sono ospitate si siano accese di luce.

«I bambini ebrei la cantano durante il *sèder* di *Pesach*. La cena pasquale, insomma» fa Miriam, schiarendosi la gola. Sembra imbarazzata, adesso.

«Pensavo fosse di Angelo Branduardi» dico. «Mia madre me la cantava, quand'ero piccolo.»

«No. È molto antica.»

«*La serie dei numeri*, mi pare. Sì, credo che si chiamasse così. La canzone di Branduardi. Ma non c'era il capretto, c'era un topo.»

«Il titolo era *Alla fiera dell'Est*» mi corregge Amos. «E Branduardi ha molto rimaneggiato la filastrocca. Il capretto della versione originale è in tema con *Pesach*, ma è chiaro che un gatto che si mangia un capretto è poco credibile. Guarda, ecco cosa volevo farti vedere.»

Estraendolo da dietro alcuni gialli malandati mi porge un libretto poco più grande dell'*haggadah* che tiene in vetrina. È rilegato in pelle nera, e sulla copertina è impressa una svastica dorata, cerchiata d'alloro.

«Non dirmi che è questo» faccio.

«Sì.»

«E non lo tieni in cassaforte. Lo tieni lì, in mezzo ai gialli.»

«Non hai mai letto il racconto di Poe *La lettera rubata*? Su, aprilo, dai. Non morde.»

Apro il libretto nero, lo sfoglio.

La prima pagina, datata 3 gennaio 1939, è letteralmente coperta da una fitta scrittura in inchiostro verde.

La grafia è quasi incomprensibile: spigolosa, nervosa. Lettere grandi e molto inclinate a destra, quasi nessuno spazio fra le parole, tanto che sembrano il tracciato di un sismografo. Dopo un po' alcune parole comprensibili cominciano a emergere da quella trama intricata come un filo spinato.

«Quando mi è stato proposto di comprarlo ho fatto le mie ricerche. La prima cosa che ho scoperto è che non risulta che von Ribbentrop abbia mai tenuto un diario personale. L'unico documento di questo tipo, l'inizio di un memoriale, l'ha scritto nella sua cella a Norimberga, fra il 25 agosto e il 23 settembre, poco prima che venisse pronunciata la sua condanna a morte. Ovviamente quelle memorie sono incomplete, si possono considerare a malapena un abbozzo. La corda del boia ha spoilerato il finale. Per cui ho nutrito da subito delle serie riserve sull'autenticità di questo documento.»

«Però l'hai comprato. È qui.»

«Questa è un'altra storia. Te ne parlo dopo. Vai a febbraio. Più o meno a metà del quaderno.»

Trovo il mese. Ma mi accorgo subito che mancano delle pagine. Sono state strappate via, lasciando solo dei frammenti di carta.

«Le pagine rimaste raccontano del viaggio di von Ribbentrop su un U-Boot, un sommergibile tedesco, che l'avrebbe portato al largo di Terranova, su un incrociatore argentino a bordo del quale avrebbe incontrato alcune persone: un alto ufficiale della marina americana e...»

«E...?»

«Le pagine del diario strappate dovrebbero dire chi incontrò, e di cosa parlarono.»

«Sicché hai comprato un oggetto difettoso. Hai avuto un bello sconto, almeno?»

Amos mi riprende il diario dalle mani. «Quando il seminarista slavo tornò...»

«Il seminarista *ucraino*» lo correggo.

Scuote la testa. «Quando il ragazzo ritornò...»

36

Il giovane seminarista ucraino guarda nervosamente da una parte e dall'altra della strada, prima di attraversare. È ancora più pallido del giorno prima, se possibile. Come se fosse vittima di un vampiro, un incubus *notturno che lo prosciuga di vita.*

Amos lo saluta da dietro il bancone.

La campanella dell'ingresso squilla. Entra una coppia sulla sessantina, molto distinta. Tedeschi, si dice Amos, dall'aspetto. Chiedono se possono dare uno sguardo in giro.

«Cercate qualcosa in particolare?» s'informa.

«Diamo solo un'occhiata, grazie» risponde la donna.

Anche se i clienti non lo sanno, in ogni angolo del negozio, sapientemente camuffate, ci sono telecamere, e gli specchi non sono disposti a caso. Anche se puoi pensare di non essere osservato, ogni tuo passo e ogni gesto sono sorvegliati.

La campanella suona di nuovo, e il ragazzo entra, guardandosi nervosamente intorno.

«L'ho portato» fa.

Amos finge disinteresse. «Ah, sì. Il libretto.»

«Il diario.*»*

«Ce l'hai qui con te?»

«Se le ho detto che l'ho portato. Allora, si è informato?»

«Sì. Mi dicono che quel certo personaggio non teneva un diario.»

«Però io ce l'ho.»

Il ragazzo estrae dalla tasca il libretto rilegato in tela nera. Lo appoggia sul bancone, tenendoci però sopra la mano.

«D'accordo. Allora, ammesso che il diario sia autentico, puoi dirmi come ne sei entrato in possesso?»

«Cosa vuol dire?»

«Chi te l'ha dato. O dove l'hai preso.»

«Questo preferirei non dirlo.»

Amos vede che la coppia di clienti sta tornando verso il bancone. «Sì?»

«Mi chiedevo se avesse anche dei dischi» fa l'uomo. A parte l'accento, il suo italiano è impeccabile.

«Sì, certo. Sono proprio lì dietro di lei. Che tipo di dischi le interessano?»

«Musica classica. Ah, vedo che ha anche dei 78 giri. Le spiace se do un'occhiata?»

«Certo che no. Faccia pure. Se ha bisogno di aiuto mi chiami.» Poi Amos si rivolge di nuovo al ragazzo pallido. «Non compro merce rubata» fa sottovoce.

«Ma non è rubata!» Il seminarista abbassa la voce. «Non è rubata, le dico.»

«E allora come l'hai avuta?»

Il ragazzo scuote la testa, combattuto. Ma poi si decide a vuotare il sacco.

«L'anno scorso sono tornato a Kiev. Un giorno il pope del mio quartiere mi ha chiesto se l'accompagnavo a portare l'olio santo a un vecchio che stava morendo. Io sono andato con lui e abbiamo dato l'estrema unzione a quell'uomo. Era davvero vecchio. Sembrava una di quelle mummie egiziane. Il pope mi sussurrò all'orecchio che aveva quasi cent'anni. Aveva un cancro all'ultimo stadio, ci disse la sua vicina di casa, che ogni tanto faceva le pulizie o la spesa per lui. Il vecchio viveva da solo, in un grande appartamento ingombro di cose, quasi come il suo negozio. Puzzava di medicine e di pattumiere non svuotate. Aveva tanti libri, e tante deco-

razioni in cornice. Si capiva che doveva essere stato qualcuno, nell'esercito sovietico. Ho letto il suo nome, su una targa. Arkadij Yefimovich Sobchak. Mentre il pope si preparava per impartirgli i sacramenti, ho dato un'occhiata da vicino a qualcuno di quei libri, e ho messo gli occhi su questo. C'era un'aquila con la svastica, stampata sul dorso, e anche sulla copertina. Ho preso su quel libro a caso, e me lo sono infilato sotto la tonaca. Non ho sbirciato cosa c'era scritto dentro. Non lo so nemmeno, il tedesco. Era scritto a mano. Sembrava molto vecchio. Dentro il libro c'era una lettera.»

«Come mai l'hai preso? Eri per caso parente del vecchio? Eri un suo erede?»

Il ragazzo arrossisce. «C'è miseria, in Ucraina. Quel vecchio di libri ne aveva tanti, e stava morendo solo come un cane.»

«Sì, ma perché proprio quel libro?»

Il seminarista passa l'indice pallido sulla croce uncinata della copertina. Sorride.

«Sai che sono ebreo, vero?» sussurra Amos.

«So che avete i soldi. E naso per gli affari.»

«Quanto pensavi di chiedere, per questo?»

L'espressione del ragazzo si fa cauta, e poi furba. Non risponde.

«Posso darti trecento euro.»

Il volto del seminarista sembra crollare come l'impalcatura di un palazzo in costruzione. «Trecento euro? Vuole scherzare? Mi hanno pagato mille euro solo per poche pagine!»

«Cosa vuoi dire?»

Il ragazzo apre il diario, lo sfoglia. Mostra il punto in cui alcune pagine sono state evidentemente strappate via.

«Mi hanno dato mille euro per poche pagine, e lei vuole portarsi via tutto il diario per trecento euro?»

«Ma sei scemo? Mancano delle pagine. Vale molto meno, adesso! A chi le hai vendute?»

Il seminarista si guarda intorno nervoso.

Suda copiosamente.

«Quanto viene questo disco di Prokof'ev?» chiede una voce gentile, alle sue spalle.

La donna regge in mano un vecchio 33 giri del 1970 della Melodija, la Cantata per il XX anniversario della Rivoluzione d'Ottobre.

Amos sta per dirle il prezzo, quando il ragazzo si volta verso la donna e si fa terreo in volto. Per un attimo sembra che stia per cadere svenuto sul pavimento.

La donna sorride, reggendo davanti a sé il disco inciso ai tempi dell'Unione Sovietica come se ostendesse un reliquario. Il seminarista arretra, battendo la schiena contro il bancone. Si muove come Dracula in certi film horror di serie B, quando Van Helsing gli punta addosso il crocefisso.

L'uomo della coppia, senza farsi notare, si è spostato a bloccare l'uscita dal negozio. Il ragazzo pronuncia alcune parole in una lingua slava, che Amos non conosce. La donna, con un sorriso gelido, gli risponde in quella che sembra la stessa lingua.

L'uomo infila la mano nella tasca interna della giacca. Amos sbianca.

Ma l'altro tira fuori un telefonino antiquato, un vecchio Nokia, e compone un numero.

Il seminarista scatta.

È giovane, è veloce. Spinge via la donna, che sbatte di schiena contro l'espositore dei 45 giri, rovesciandolo. Dà una spallata all'uomo che sta urlando al cellulare, apre la porta e si lancia all'esterno.

Corre. Poi, proprio al centro della strada deserta, si blocca, come se non sapesse che direzione prendere.

Con un ruggito, un enorme suv nero sbuca da destra e accelera, prendendo il ragazzo in pieno. L'urto è così violento che il corpo sembra una marionetta, mentre vola in aria scomposto per atterrare dietro la vettura, sfaldandosi al suolo.

Il suv, sgommando, si allontana.

L'uomo e la donna guardano Amos.

Si scambiano uno sguardo. Poi escono di corsa dal negozio senza dire una parola.

Il disco di Prokof'ev rimane sul bancone, il rosso delle bandiere sulla copertina più sbiadito di quello della pozza di sangue che si allarga sotto il corpo distrutto del ragazzo, in strada.

Amos si porta il piccolo diario nero al petto.

Gli sembra che la copertina scotti.

Come se il libro avesse la febbre.

Poi le sue labbra sussurrano una preghiera in ebraico.

S'infila furtivamente il diario nella tasca della giacca.

37

«È così che ne sono entrato in possesso. Quando ho trovato la forza di uscire e di andare a guardare da vicino il corpo, si era già radunata una piccola folla. C'era anche un poliziotto. La questura è qui vicino. Il poliziotto ha messo due dita sul collo del ragazzo. Come se non bastasse tutto il sangue che usciva da sotto il cadavere a dire che era morto, cazzo. Non riuscivo a vedergli il volto. Vedevo solo i capelli scuri, raggrumati dal sangue, appiattiti sul cranio deformato dall'urto. Sembravano uno *shtreimel*, il berretto di pelo che portano i *chassidim*.»

Un tremito si forma all'angolo del suo occhio destro.

«Il poliziotto ha cercato nelle tasche del ragazzo, ma non ha trovato nulla. Né documenti né un portafoglio. Si è alzato chiedendo se qualcuno aveva assistito all'incidente, ma nessuno si è mosso. Nemmeno io. Lo so, avrei dovuto dirgli del suv, e più ancora della strana coppia entrata nel negozio. Ma non ho detto niente, non mi sono fatto avanti. Il piccolo crocchio di curiosi si è sciolto, per poi riformarsi quando è arrivata l'ambulanza. È giunta con le sirene che urlavano, ed è ripartita in silenzio.»

Amos si asciuga una lacrima col dorso della mano.

Con il mento, indica un vecchio manifesto di un film appeso al muro. Lungo e stretto, sbiadito e rovinato dal tempo. Il misterioso attore "Max Schreck" nel ruolo di

Nosferatu, nel film di Murnau. Ritto sul ponte di un vascello a vela, le unghie lunghe come gli artigli di Freddy Krueger. Accanto a quello c'è un manifesto molto più vecchio, in bianco e nero, forse addirittura quello originale del 1922.

«*Perché non ho parlato?* È questo che mi state chiedendo senza dirlo, vero? Non l'ho fatto perché *avevo paura*. Paura delle ombre. Perché ci sono ombre sinistre sull'Europa, che si allungano anche su questa città. Ombre dagli artigli molto lunghi. Artigli decrepiti ma affilati come coltelli, velenosi di marciume. Intinti in veleni antichi ma ancora mortali.» Amos batte il palmo della mano sul bancone, più volte. Come se bussasse senza speranza a una porta chiusa. «Non dovevate venire. È pericoloso, qui. Ho visto gente, sconosciuti che si aggiravano in strada, e di tanto in tanto buttavano un'occhiata al negozio. Non dovevate venire a Trieste. Andatevene, finché potete. Il fatto che abbiate cenato con me non li avrà insospettiti, ma già venendo qui state correndo un rischio. Avrei dovuto avvertirvi prima.»

«Eravamo d'accordo» sussurra Miriam. «Tutto il lavoro che hai messo in piedi...»

«È troppo pericoloso per te, Miriam... Torna a casa... Lascia che mi occupi io, di quello che va fatto.»

Quelle parole mi disturbano.

«Cos'è che andrebbe fatto? Cos'è che vuoi fare?»

«Miriam non te l'ha detto?»

«Detto cosa?»

Miriam si volta a guardarmi. La sua mano continua ad accarezzare quella di Amos. «Voglio andare a quel ballo.»

«Quale ballo?»

«Dai che hai capito benissimo.»

Sì che l'ho capito.

Ovvio.

Non essendo un completo imbecille.

«Spero che tu stia scherzando.»

Amos sorride. «Ovvio che non sarà un invito ufficiale. Non si metterà in lungo e non avrà il suo bel cavaliere ariano.»

«Francesca mi farà entrare con il catering. Se ne occupa un suo amico.»

«Cazzata! *Enorme* cazzata» esplodo. «Cazzata grande come un iceberg. Francesca ci ha anche detto che al suo amico che curerà il catering hanno fatto un culo così solo perché aveva un cameriere egiziano. Ha detto...»

«Era un cuoco.»

«Cosa?...»

«Era un *cuoco*. L'egiziano. Un cuoco, non un cameriere.»

«Quello che è. Ha detto che hanno passato al pettine fine tutti i curriculum del personale. E tu pensi di poterti sostituire a una di loro all'ultimo momento?»

Lei e Amos si guardano.

«Non ho mai detto che sostituirò una di loro» fa Miriam.

«E allora come pensi di fare?»

«Eh no, bello mio. Troppo facile. Lo saprai quando sarà il momento.»

«Ora dobbiamo andare» fa Amos, uscendo da dietro il bancone.

La procedura per chiudere il negozio è elaborata come l'apertura.

Quando ha finito, l'antiquario indica la strada. «È lì che è morto.»

Non c'è modo di distinguere quel punto dal resto dell'asfalto. Niente macchie di sangue, niente segni di gesso dei rilievi. È come se non fosse mai successo.

Come se fosse solo una fantasia di Amos.

L'uomo mi guarda e annuisce. «È successo» fa. «Io c'ero. Io ho visto. È tutto qui dentro. E adesso andiamo. Se siete con me, abbiamo un lavoro da fare.»

38

Il palazzo ha un portone enorme. È stato realizzato così largo per consentire il passaggio delle carrozze.

Amos tira fuori dalla tasca del giubbino un mazzo di chiavi diverso da quello che ha usato per aprire e chiudere il negozio.

La via è deserta, una strada parallela alle rive. Anche se non sono ancora pratico della città, credo non siamo lontani, in linea d'aria, dal bed & breakfast di Francesca.

Amos apre una porticina ritagliata nel portone. Entriamo in un androne cavernoso. Poi preme un interruttore e una singola lampadina, dal wattaggio ridicolo, si accende sulle nostre teste. Siamo in un cortile interno acciottolato, dall'aria trascurata: casse sfondate e masserizie deformate dall'umidità giacciono appoggiate alle pareti scrostate. Il palazzo doveva essere maestoso, nei suoi tempi migliori. Ma ora è in completa rovina.

A destra e a sinistra dell'androne si aprono due scalinate. Seguiamo Amos su quella di destra.

Guardo le numerose finestre che si affacciano sul cortile interno, tutte buie, le imposte sprangate. Questo posto mi ricorda certi palazzi di Budapest, abbandonati in attesa che qualche immobiliare tedesca o russa li compri per rinnovarli e suddividerli in appartamenti.

Il ricordo di Budapest mi fa tornare in mente Magda.

Provo un istantaneo senso di colpa per non aver più pensato a lei nelle ultime ore.

In cima alla scalinata c'è una porta vetrata in stile Biedermeier. Amos traffica un po' con le chiavi prima di trovare quella giusta.

«Scusate il disordine.»

Le stanze che attraversiamo sono spettrali e polverose. L'arredamento è stato spostato e impilato al centro di ogni locale e accuratamente coperto con teli bianchi. Di tanto in tanto, in qualche stanza, la luce elettrica non funziona, e Amos deve farci strada con una Maglite, minuscola quanto potente.

Saliamo di piano in piano.

Dai quadri a olio appesi alle pareti ci guardano, tronfi e diffidenti, personaggi morti da secoli. Nessuno di loro sorride.

L'ultima rampa di scalini è in legno anziché in marmo, e scricchiola a ogni passo. Miriam cammina davanti a me, che chiudo la cordata. Avere davanti agli occhi le sue natiche callipigie mi rende meno cupa la salita nel ventre di questa casa di fantasmi.

«Eccoci arrivati» sussurra Amos, spalancando la porta di un'enorme soffitta stracolma di casse e oggetti. Ci fa strada con la torcia elettrica verso la parete. Le piccole imposte, collocate a sessanta centimetri d'altezza dal pavimento, sono tutte chiuse, ma davanti a una di esse è stato installato uno strano marchingegno, un apparecchio di ottone e vetro che sembra uscito da un romanzo steampunk: lenti e ingranaggi assemblati con angolazioni strane. Attorno a quella cosa bizzarra, racchiusa in un'elegante scatola di legno dalle decorazioni elaborate, sulle assi del pavimento sono stati messi tre cuscini.

«Sedetevi» ci invita Amos, piazzandosi per primo su uno dei bei cuscini damascati.

«Di chi è questa casa?» gli chiedo.

«I padroni di questo *palazzo* sono amici della nostra causa. Ma preferiscono restare nell'ombra.»

«Come mai è così malridotto?»

«Questioni ereditarie. Grandi ricchezze comportano grosse rotture di coglioni.»

«Bella, questa.»

«Quando nell'Ottocento i proprietari di questo edificio, dei ricchi negozianti armeni, videro che Pasquale Revoltella, che loro consideravano un parvenu di umili origini, si era fatto costruire un palazzo più grande e più bello del loro, spesero una fortuna per non restare indietro. Così, venendo a sapere che quello che poi sarebbe diventato, per i servigi resi all'imperatore, il barone Revoltella si era fatto installare un marchingegno che gli permetteva di spiare senza essere visto quello che accadeva sulla strada sottostante, diedero di matto. Decisero che anche loro dovevano averlo. Poveretti. Se avessero saputo che nel giro di qualche mese anche questo edificio entrerà a far parte del Museo Revoltella...»

Amos, con una velocità che rivela una grande pratica, regola alcune viti dell'apparecchio.

«Solo che non trovarono chi fosse in grado di replicare quel marchingegno, così se ne fecero costruire un altro, da un artigiano locale, c'è chi dice partendo addirittura da un antico progetto di Leonardo.»

«E sarebbe questo?» faccio.

«Sì.»

«E come funziona, esattamente?»

«Ah, non ne ho idea. Però posso fartelo vedere. È più facile.»

L'antiquario spegne la pila, e poi apre un minuscolo spioncino sull'imposta, rivelando un foro largo pochi millimetri.

«E ora, magia.»

Sul foglio bianco formato A4 in fondo all'antiquato

marchingegno appare un'immagine: il Salone degli Incanti, con il suo parcheggio deserto e alcune figure vestite di nero che camminano avanti e indietro. Amos regola una vite d'ottone: l'immagine sembra zoomare, mostrando più da vicino le figure. La scena è nitida, anche se le silhouette ingrandite sembrano avere un leggero alone.

«Non sono ancora molto pratico della messa a fuoco» si scusa Amos.

Poi indica il parcheggio.

«Non dovrebbe mancare molto. Hanno tutti i difetti, tranne quello di non essere puntuali...»

Fissa uno strano trespolo fatto con il filo di ferro sopra l'apparato steampunk, formando un sostegno su cui posa il suo smartphone.

«Faccio qualche foto.»

Miriam tira fuori dalla borsetta una macchina fotografica reflex.

Dev'essere la Canon che ha chiesto in prestito a Francesca.

Amos scuote la testa. «Grazie, ma è meglio se uso il mio telefono. Ho più dimestichezza. Poi te le giro.»

Per scattare le foto usa un interruttore attaccato al cellulare con un cavo, grazie al quale può anche mettere a fuoco e ingrandire.

Fotografa le guardie del corpo, a una a una.

Poi esclama di colpo: «Eccoli! Cosa vi avevo detto? Le dieci in punto.»

Una processione di berline nere entra nello schermo.

Amos fotografa diligentemente le auto, mettendo a fuoco le targhe meglio che può. Poi si concentra sui personaggi che ne escono.

«L'evento principale del meeting non è il ballo di domani. È questo di stasera: una riunione plenaria dei lupi mannari nazisti. Il Gotha dell'ultradestra europea: Germania, Austria, Spagna, Danimarca... Svezia, Inghilterra...

E poi Russia, Argentina, Brasile, Australia, Stati Uniti d'America...»

Mentre scatta foto su foto sussurra i nomi e i ruoli istituzionali degli uomini e dell'unica donna che scendono dalle berline nere. Alcuni li ho già sentiti, altri li ho visti in televisione. È un'autentica Internazionale nera, quella che sbarca nel parcheggio a meno di cento metri da dove ci troviamo.

Ma non è finita qui.

Passano forse cinque minuti, e un corteo di auto della polizia irrompe nello spiazzo antistante l'edificio. Uomini armati in borghese scendono e si dispongono a raggiera intorno all'ingresso.

Dal suv nero che scortano scende un uomo giovane e magro, il cranio stretto come quello dei dobermann. Lo guardo incredulo, mentre con passo elastico attraversa lo spiazzo e saluta gli uomini e la donna che, in piedi sulla scalinata d'ingresso, l'accolgono con lo stesso entusiasmo degli apostoli a Cafarnao. Se mi avessero detto che avrei visto scendere da quel suv un politico italiano avrei fatto un paio di nomi, e poi, in seconda battuta, almeno un'altra dozzina.

Ma mai e poi mai avrei fatto il nome di quell'uomo.

«Che ci fa *lui* qui?» chiedo, scuotendo la testa.

Amos ridacchia. «Sai come si dice, la politica procura strani compagni di letto. Come Suvorin. O questi suoi amichetti neonazi.»

«Ma *lui* è all'opposizione. E non è nemmeno più in parlamento. Come mai ha una scorta della polizia?»

«Ti sei fatto la domanda. Anzi, te ne sei fatte due. Ora datti una risposta.»

Ma per quanto mi sforzi non riesco a capacitarmi di quella presenza.

«La risposta è che non esiste più nessuna opposizione» conclude Amos, scuotendo la testa.

Miriam si schiarisce la gola. C'è un sacco di polvere, in

questa soffitta. Fa anche molto caldo. Per questo resto stupito quando la vedo rabbrividire.

Sto per togliermi la giacca e posargliela sulle spalle, ma lei scuote la testa. «No. Non ho freddo.»

Si guarda intorno, gli occhi grandi e spaventati. «Sai, io...» Fissa Amos. Poi me. «Pensavo ad Anna Frank. E a quelli che si nascondevano nel ghetto di Varsavia.»

«Lo so. Ti chiedi che senso abbiano avuto tutte quelle sofferenze e quei morti se ora siamo punto e a capo.»

«No» mi risponde. «Non hai capito. Ho i brividi perché guardo questa soffitta e ho paura per me.»

Macchie di colore in movimento sul foglio bianco, gli uomini e l'unica donna nel suo elegante completo manageriale entrano nel Salone degli Incanti. Due guardie del corpo chiudono la porta e si piazzano ai suoi lati come due sentinelle.

Amos stacca lo smartphone dal supporto e controlla la qualità delle foto. Il pollice che fa scorrere le immagini sullo schermo sembra snocciolare i grani di un rosario. «Direi che per stasera avete visto abbastanza. Potete andare.»

«Tu non vieni?» fa Miriam.

«No. Io resto. Aspetto che escano, per fare qualche altra foto. Ci vediamo domani. Alle dieci in negozio, va bene?»

«Okay.»

«Buonanotte, allora.»

Miriam si china a posargli un bacio sulla testa.

Amos alza gli occhi, con un sorriso incerto. «A domani» risponde.

La foto aperta sullo schermo del suo smartphone è quella dell'uomo giovane che sembra un dobermann.

Gli occhi sembrano puntare dritti verso l'obiettivo.

39

Mentre saliamo le rampe di scale che portano al piano del bed & breakfast cerco di non guardare le porte che si affacciano sui pianerottoli. Di non pensare alle stanze vuote che ci stanno dietro, ai fantasmi di coloro che le hanno abitate.

Miriam ha il passo stranito, l'espressione assorta.

Abbiamo camminato a lungo, prima di tornare qui. La città è bellissima, ma mi ricorda il set di un film dell'orrore. Magda, che è una cinefila, a Friburgo e a Monaco mi ha mostrato i luoghi in cui Dario Argento aveva girato *Suspiria*, nel 1976. Questa città ha gli stessi spazi inquietanti. Le finestre buie sembrano nascondere segreti, le luci moderne dei lampioni creano isole fragili nella notte antica, grumosa d'ombre.

Ogni androne pare celare una minaccia, così che alla fine acceleriamo inconsciamente il passo, per tornare alla nostra camera.

La hall del bed & breakfast è vuota, la luce morbida di un abat-jour accarezza il velluto di due poltrone rosse.

Ci guardiamo a lungo, senza pronunciare una parola.

Poi Miriam alza la testa. «So dove Francesca tiene i liquori.»

«Non avevo mai assaggiato il Drambuie» commento, sorseggiando il liquore ambrato, che sa di miele e di erbe.

«Vero che è buono? Alla nostra età è bello che ci siano ancora delle prime volte.»

«Già.»

Faccio rotolare il cubetto di pietra nel calice.

«Interessante, questa cosa.»

«Sì, vero? Così raffreddi il liquore senza annacquarlo.»

Miriam ha tolto i due cubetti di granito grigio dal freezer. Prima di metterne uno nel suo calice se l'è passato sulle labbra, le guance, la fronte.

Quello che abbiamo visto nella soffitta è ancora in ogni mio pensiero. Da bambino, quando avevo la febbre, se sentivo una canzone, poi la ripetevo dentro di me in continuazione, senza riuscire a staccarmene. Il motivo continuava a ripetersi e ripetersi, ossessivo.

La stessa cosa mi succede ora con quelle immagini assurde di un giovane politico italiano che va a braccetto con i nazi.

«Ho paura» fa Miriam, anticipandomi.

«Di cosa?»

«Di quello che sono. Quella gente, voglio dire. Di quello che quella gente fa a quelli come me.»

Mando giù un sorso di liquore. Miriam me lo rabbocca subito.

«Zitto. Non protestare. Ne abbiamo bisogno. Sei poi riuscito a parlare con tua moglie?»

Scuoto la testa. «No. Comunque non è mia moglie. Non siamo sposati.»

«Comodo. Così non hai nemmeno bisogno di nascondere la vera nuziale, quando ti concedi una scappatella.»

«Non mi concedo scappatelle.»

«Mai?»

«Mai.»

«Non ti facevo tipo da dieci in condotta.»

«Sai com'è. A volte le prime impressioni ingannano.»

«Sei preoccupato per lei?»

«Molto.»
«Siamo tutti in pericolo, non credi? Il virus ce l'ha insegnato.»
«Ci sono varie gradazioni di pericolo. E poi resta il fatto che una cosa è subirlo, e un'altra andarselo a cercare.»
Miriam sorride. Un sorriso stretto. «Come noi.»
«Cosa vuoi dire?»
«Voglio dire che anche noi ce lo stiamo andando a cercare, il pericolo.»
Si sfila le scarpe. Le lascia cadere sul tappeto persiano. Poi accoccola le gambe sotto di sé, si ravvia i capelli.
«Come te la sei fatta?» chiedo.
Lei passa lentamente l'orlo del calice lungo la linea della cicatrice bianca che ha sul collo. «Una bottigliata. Tanto tempo fa. Quand'ero una ragazza molto cattiva.»
«È stato un uomo a fartela?»
«Un uomo, una donna... Che differenza fa?»
«Nessuna, in effetti.»
«È stata la prima volta che ho rischiato di morire. E l'unica volta che non me la sono andata a cercare.» Sospira. «Ora di andare a nanna. Ma tu resta pure qui, se vuoi.»
«Ti raggiungo tra cinque minuti. Così ti do il tempo per... Be'...»
«Per incipriarmi il naso?... Okay. Come vuoi.»

Rimasto solo, mi guardo attorno.
Il salotto, come tutta la casa, è di un'eleganza semplice quanto raffinata. Non mi sono portato dietro gli occhiali stenopeici, quindi devo alzarmi e avvicinarmi per leggere i titoli e gli autori dei volumi nella libreria.
I caratteri dorati mi svelano che sono tutte prime edizioni numerate e firmate della Franklin Library.
Norman Mailer, Gore Vidal, Philip Roth, Bruce Chatwin, John Updike, Raymond Carver, Kurt Vonnegut...
Le mie dita scorrono emozionate i dorsi delle copertine.

Ci sono una trentina di quei libri, disposti su due file. Li apro e sfioro le firme autografe di autori per me mitici. I libri stessi sono oggetti di grande valore e bellezza, dalle rilegature in cuoio alla doratura del taglio delle pagine.

Sorseggio il liquore ambrato e accarezzo la carta, cercando di ricacciare nel vuoto i dubbi e i pensieri della lunga giornata. Quella che pensavo fosse una gita si è rivelata un salto nell'assurdo.

Senza accendere la luce vado nella sala delle colazioni, quella le cui finestre affacciano sul Salone degli Incanti.

Attraverso i vetri resi ondulati dal tempo guardo l'edificio illuminato, sullo sfondo delle colline trapuntate di luci. Il mare alle spalle del salone luccica anch'esso, sotto una mezza luna. È un paesaggio incantevole, se fingi di non vedere le auto scure, le uniche parcheggiate lungo le rive altrimenti deserte, come corvi sulla strada di una città fantasma. Sembra impossibile che lì dentro si siano radunati gli eredi di un passato mostruoso. E sembra ancora più incredibile che dopo quello che abbiamo vissuto ci sia qualcuno disposto a scegliere e a imporci di nuovo quella crudeltà e quell'orrore. Come se non avessimo imparato nulla, dalle nostre sofferenze e dalle nostre rinunce.

Rimango a lungo a guardare, invisibile, quell'edificio dall'aria innocente dentro cui cova il Male. Ricordo che nei primi giorni dell'epidemia avevo riletto *L'ombra dello scorpione* di Stephen King. Tre cose mi avevano colpito, forse ancora di più che alla prima lettura: la descrizione della rapidità con cui il virus si trasmetteva, con un bacio, una stretta di mano, gli spiccioli di una mancia. E poi la scena del tunnel all'uscita da New York, con gli orrori invisibili ma che King era capace di evocare magistralmente.

Ma la cosa più terribile era che anche dopo la strage, in quel romanzo, anche dopo lo sterminio di gran parte dell'umanità, potessero esserci persone votate al Male.

Rimango ancora per un po' immobile a guardare l'edificio ingioiellato di luce.

Ho la tentazione di provare a chiamare Magda, ma so già che sarebbe inutile, e che il suono del telefono che squilla a vuoto non farebbe che deprimermi ancora di più.

E Dio sa se non sono già abbastanza depresso.

Così volto le spalle alla notte e ai suoi complotti, mi riempio di nuovo il *tumbler* e mi ritiro in camera.

40

La luce dell'abat-jour sul comodino è accesa.

Una luce morbida, soffusa. Forse un po' scarsa per leggere, ma sufficiente a illuminare tutti gli angoli della stanza.

Miriam è già nel suo letto, avvolta nel lenzuolo come in un bozzolo. Di lei si vedono solo i capelli rossi. Il corpo è immobile. La invidio. Io so già che dovrò combattere per addormentarmi. Durante la prima fase della Situazione, quando io e Magda siamo rimasti segregati per mesi nel nostro appartamento, i primi tempi per prendere sonno mi ubriacavo ogni notte. Il risultato era un mal di testa permanente che mi rovinava la mattina e almeno metà del pomeriggio, oltre all'effetto collaterale dell'impossibilità di concentrarmi per leggere – tralasciamo per scrivere – anche una sola riga.

Ero ingrassato sei chili prima di riprendere le redini e rimettermi in carreggiata.

La tecnica che avevo ricominciato a usare per addormentarmi l'avevo avuta in regalo dallo psicologo che tanto tempo prima mi aveva insegnato il training autogeno. Chiudevo gli occhi e, dopo aver fatto gli esercizi normali, immaginavo di essere a bordo di un dirigibile bianco. Il dirigibile decollava, e lentamente, molto lentamente, sorvolava i ghiacci del Polo Nord.

Tutto quel bianco, alla fine, produceva l'effetto di farmi addormentare.

Il che, peraltro, non impediva agli incubi di tormentarmi il sonno.

Cerco di non guardare dalla parte di Miriam. Di fare le cose che farei di norma se mi trovassi, da solo, in una camera d'hotel di una città che non è la mia, per una presentazione o un festival.

Prendo dal trolley il nécessaire da viaggio e il pigiama. Ho infilato in valigia il primo che mi è capitato sottomano, un completo grigio in maglietta di Intimissimi, regalo di Magda per il Natale di due anni fa.

Mi spoglio e indosso il pigiama in bagno. Mi lavo i denti. Spengo la luce e torno in camera.

Il materasso è fantastico, né troppo morbido né troppo rigido; il cuscino dà il giusto sostegno. Una combinazione rara.

Resto a lungo con gli occhi aperti, a fissare nel buio il punto del soffitto dove so che dovrebbe essere il lampadario di Murano.

La consapevolezza della splendida donna distesa appena oltre la portata della mia mano non mi dà tregua.

«*Dormi?*»

La parola è appena sussurrata, ma è come se riempisse la stanza.

«No» rispondo.

«Neanch'io.»

Mezzo minuto di silenzio, e poi ancora la voce di Miriam: «Posso venire da te?»

Io non apro bocca. Trattengo il respiro, mentre la sento uscire, senza attendere la mia risposta, da sotto il lenzuolo e stendersi al mio fianco. Il letto è abbastanza grande perché non ci sfioriamo.

La sento sfilarsi la Mi Band e posarla accanto alla mia.

I due orologi si illuminano. La stessa ora, lo stesso disegno: un drago cinese azzurro. Dei tanti sfondi personalizzati fra cui potevamo scegliere, abbiamo impostato tutti e due questo.

Rimaniamo distesi fianco a fianco, senza dire nulla, senza toccarci.

«Non riesci a dormire?» fa lei.

«No.»

«Nemmeno io. Parliamo un po'?»

«Va bene.»

«Comincio io?»

Dato che non rispondo, è lei a voltarsi verso di me, così che le sue parole sussurrate mi arrivano assieme a un alito che sa di dentifricio alla menta.

«Non voglio fare niente, con te. Vorrei che questo fosse chiaro. Ti è chiaro?»

«Sì.»

«Non te la prendere, ma io non faccio mai niente, la prima volta. E con te mi sono promessa che non ci sarà una seconda volta, perché da quando ti ho incontrato ho capito che per me tu significhi guai. Quindi, signor mina vagante, signor scrittore maledetto dal passato molto ma molto oscuro, almeno a quanto si legge su internet, ho deciso che tra noi non ci sarà niente se non pura e semplice amicizia. Se non ti sta bene, dimmelo, e io torno immediatamente nel mio letto. Anche se questo materasso è molto più comodo...»

La sua mano si posa lentamente sulla mia. Le dita si intrecciano, come se le sue fossero una pianta rampicante. Alla fine la stretta di Miriam si fa più forte, ferma. Come se volesse impedirmi di scappare.

La voce cala nel buio e nel silenzio, come gocce nell'acqua di un pozzo.

«Quando Ada ha smesso di muoversi...»

41

«Quando Ada ha smesso di muoversi, sono rimasta distesa accanto a lei per tre giorni. Ho staccato la batteria del mio cellulare, ma il suo era rimasto acceso, e ha cominciato a squillare. Non sapevo dove fosse, quel maledetto telefono. Forse in soggiorno, o nel bagno. Ma non mi sono alzata per spegnerlo. Dopo un giorno la sua batteria si è scaricata, e si è fatto silenzio. Le finestre avevano le persiane alzate, così ho visto il sole sorgere e calare e sorgere di nuovo. Il corpo che tenevo abbracciato è diventato freddo, rigido. Era come una statua. I capelli di Ada erano sporchi. Il sudore della malattia. Puzzavano. Io tenevo il naso in mezzo a quei capelli, assorbendone l'odore. La tenevo stretta, per paura che se ne andasse.»

La stanza era diventata fredda.

La luce era quella di una cattedrale gotica. Una luce gelida, che non fa concessioni: ogni oggetto era isolato dalla luce, spogliato da ogni ricordo, come se la morte di Ada l'avesse lavato e levigato. Ogni oggetto era un sasso sul greto di un fiume. Ogni oggetto era tornato al suo stato iniziale, come se fosse appena uscito dal negozio, senza tracce d'uso, senza memoria.

«Eravamo le uniche due persone rimaste nel palazzo. Per questo nessuno venne a cercarci. Sono rimasta lì, senza muovermi. Senza bere né mangiare. Facendomela addosso. Forse avevo la febbre, ma c'era il fresco di Ada, e la sua pelle che si faceva grigia. I cubetti che ho messo nel Drambuie me l'hanno ricordato, che lei era fredda e grigia. Anche se era un grigio diverso.»

Le ombre si allungavano sul muro, come una meridiana. Al giorno si alternava la notte, e nel buio si sentivano le sirene ululare lungo le vie deserte.

«Nel sonno parlavo con Ada. La rimproveravo per non essere stata attenta, per non aver preso precauzioni. La sgridavo come se fosse una figlia. Anche se sapevo che la colpa invece era mia, che ero sicuramente stata io a portarla in casa, la malattia. Lei rimaneva immobile, non rispondeva. Io continuavo a parlarle, e alla fine ho urlato, e ho pianto, ma avevo la gola secca e non mi usciva un grido ma un rantolo, il fantasma di un grido.»

La camera diventava sempre più fredda. Attraverso le palpebre semiaperte il mondo era velato.
Lazzaro doveva aver visto la luce così, attraverso la tela del sudario.

«Mi hanno trovato quattro giorni dopo. Hanno sfondato la porta. Erano passati a consegnarci le mascherine, e avevano sentito l'odore. L'odore di Ada.»

La stringo fra le braccia. Le mie dita scivolano sulla seta del suo pigiama, le accarezzano la guancia, attirate dalla sua cicatrice come da una calamita. Sento l'umido delle sue lacrime. Le asciugo. Lei continua a parlare, e io ad ascoltare.
«Ho passato sei mesi in terapia psichiatrica. Non riuscivo a riprendere contatto con la realtà. Continuavo a parlare con

Ada, a discutere con lei. A urlarle contro, ora che avevo ritrovato la voce. C'erano altri come me, nel reparto. Soprattutto donne. Una aveva perso il bambino. Un bambino di pochi giorni, infettato alla nascita. Non gliel'avevano fatto vedere, perché era intubata e incosciente quando il piccolo era morto. Quando era uscita dal coma farmacologico ed era tornata a casa aveva trovato una scatola di cartone con dentro le ceneri. L'avevano consegnata a suo marito, la scatola con le ceneri del figlio. Lei l'aveva aggredito con un coltello da cucina. Gli urlava contro che era maledetto, che aveva lasciato che portassero via suo figlio, che aveva dato via il loro bambino in cambio di una scatola di cartone, che il suo piccolo era vivo, che in quella scatola non c'era suo figlio...»

Miriam sospira.

Affondo il naso nei suoi capelli.

Lei non si scosta, non si sottrae all'abbraccio.

«Alla fine ne sono uscita. Ho ripreso a lavorare. A riconnettermi con la realtà. Qualcuno aveva pulito la casa. Sostituito il materasso, riparato la porta sfondata. Per un po' lo stato si è preso cura di noi. Per un po' ci siamo illusi di poterci sentire protetti. *Amati*, in un certo senso. Poi è andata a finire come sai.»

La sua destra cerca la mia. L'accarezza.

«Ora ti ho detto il mio segreto più nero.»

«Non te l'avevo chiesto.»

«È un dono. Un regalo perché mi tieni stretta fra le tue braccia e mi ascolti. Perché ci siamo incontrati.»

«*Come navi nella notte...*»

«Come dici?»

«Niente. Una cosa che ha detto mia moglie. Me l'ha detto al telefono, mentre venivo in Italia.»

«Ripetilo.»

«Ha detto che quel mattino, il mattino della mia partenza per venire qui, ci eravamo incrociati brevemente, "come due navi nella notte".»

«Mi piace. È un po' vero anche per noi due, no? O per me e Ada. Sai cosa mi piace, di te, nave nella notte?»

«No.»

«È che ce ne stiamo qui, stesi a cucchiaio nel letto, e parliamo, e non c'è il sesso a rovinare tutto.» La sua mano sinistra scivola sotto il suo corpo, s'infila sotto l'elastico del mio pigiama, fino a reggere a coppa fra le dita il mio membro duro e teso. «*Oh oh*» fa.

Ridiamo assieme, come due bambini. Io per l'imbarazzo. Lei, teoricamente, per la sorpresa.

Poi c'è una lunga pausa di silenzio, in cui le sue dita scendono verso il basso. Il suo tocco è leggero, quasi timido.

«Lo so che ti piaccio, e lo considero un complimento, il tuo essere pronto per me. Anch'io ti trovo molto attraente, ma penso che ci meritiamo tutti e due qualcosa di più del sesso.»

«Cosa può esserci, di più?» sussurro, la voce resa roca dal desiderio, dalla bruciante presenza di lei.

«Stare così. Non ha un nome, almeno credo. Ma io sto bene. E tu?»

«Sì.»

«Bugiardo... Però menti bene...» Le sue dita non si staccano da me. «Adesso però devi dirmi anche tu un segreto. Una cosa che non hai mai detto a nessuno.»

«Mi dispiace. Non ho niente del genere.» Rimango in silenzio per un po'. Poi sospiro. «Okay. Ti dico una cosa che non è un segreto, ma che sicuramente non sai di me. Ero giovane, molto giovane. E pieno di ideali fino a scoppiare. Invasato dalla mia santità. Un crociato di ventidue anni. Mi sono arruolato in polizia.»

«Lo so. L'ho letto su Sina Weibo.»

«Lasciami parlare. Mi sono arruolato in polizia, e mi piaceva un sacco, quel lavoro. I miei superiori avevano capito subito che ero il migliore, per infiltrarmi nei gruppi di sinistra. E sai perché? Perché *ero* di sinistra. Non dovevo sforzarmi, o fingere, per attirarmi le loro simpatie. Ma ero anche un poliziotto. Riuscivo a reggere incredibilmente bene la contraddizione, quel modo schizofrenico di vivere. O almeno così credevo. Però un giorno ci hanno caricato sui furgoni e da Roma ci hanno portato a Taranto, dove da una settimana c'erano sommosse per la chiusura delle acciaierie. Per due giorni ci hanno spostato da un capo all'altro della città per smantellare barricate e arrestare i manifestanti. Due giorni di insulti e sassate, uova marce e cori contro di noi. Finché la sera del secondo giorno non ci dicono che è stato individuato un covo di *black bloc* in una scuola, un edificio che avevano occupato, in periferia...»

Chiudendo gli occhi, anche se nella stanza non c'è luce, le racconto di quella notte, e di come mi ha cambiato la vita.

La violenza, il sangue.

Le bestemmie, le urla, i manganelli che calavano, rompevano, sfregiavano...

E poi gli arresti e le detenzioni illegali. Le torture.

Le torture...

Come se fossimo diventati il Cile di Pinochet, o l'Argentina di Videla.

«Sai cosa cantavamo, mentre li torturavamo, quei ragazzi che avevano la nostra età?»

Le canticchio sottovoce quella canzone maledetta.

Qui non serve a niente, chiedere aiuto,
Piangi quanto vuoi, non ti risponderà nessuno.
Non c'è Manu Chao e nemmeno il tuo avvocato,
Canta la mia filastrocca,
Uno due tre, viva viva Pinochet!
Quattro cinque sei, a morte tutti gli ebrei,
Fossi in te non parlerei,
Sette otto nove, il negretto non commuove!

La mia voce nel buio mi fa più paura dell'alito freddo di uno spettro.

Le racconto di come, pochi giorni dopo quei fatti, sono entrato nella redazione di un giornale, e poi, scortato da un team di avvocati, nell'ufficio di un procuratore. Di come ho testimoniato contro i miei compagni e i miei superiori, facendoli condannare. E *facendomi* condannare, anche se la pena mi era stata abbuonata, per il fatto che avevo collaborato con la giustizia.

«Per qualcuno ero un eroe, addirittura. La stampa di sinistra mi chiamò così. Io non mi sentivo per niente un eroe. Ma nemmeno un traditore, come mi definivano i miei colleghi. I miei *ex colleghi...*» sospiro. Le mie mani si chiudono a pugno, più volte. «Ho dovuto andarmene. Lasciare tutto. Durante il processo avevo conosciuto questa ragazza tedesca.»

«Magda?»

«No. Magda è venuta dopo. C'era questa giornalista del *Badische Zeitung*, Ute, che seguiva il processo, perché fra i ragazzi picchiati e torturati c'erano due *black bloc* di Friburgo. Quando mi hanno sparato...»

«Ti hanno sparato?»

«Sì. Ma non mi hanno preso. O forse non volevano prendermi. Forse era solo un avviso. Ma alla fine del processo l'ho seguita a Friburgo. E non sono più tornato. Fine della storia.»

«Mancherebbe Magda.»

«Ute e Magda erano amiche. Lo sono ancora.»

Rimango in silenzio per qualche minuto.

Un tempo le città erano piene di rumori, di luce.

Oggi ci siamo abituati al coprifuoco notturno. A un silenzio da foresta in cui, se hai paura, puoi sentire gli animali feroci muoversi.

E se non riesci a sentirli provi ancora più paura.

«A volte penso che per poter riparare agli sbagli di una

vita dovrebbero concedercene almeno un'altra. E forse nemmeno quella basterebbe.»

«Magari basta questa. Tu hai fatto quello che potevi, per riparare al male che avevi causato.»

«Mi vengono in mente dei versi in inglese: *O God, O God, that it were possible to undo things done, to call back yesterday; that Time could turn up his swift sandy glass to untell the days, and to redeem these hours...*»

«Shakespeare?»

«No. Heywood. Un drammaturgo minore elisabettiano.»

«Li sai a memoria.»

«Li avevo scelti come esergo per uno dei miei romanzi. Ma la mia agente ha detto che i miei lettori non li avrebbero apprezzati.»

«Se tu potessi cambiare il tempo, cosa cambieresti?»

«Non si può cambiare, il tempo. Quello che ho fatto ho fatto.»

Sto piangendo. Si sente anche nella mia voce; per questo lei mi accarezza la guancia, intingendo le dita nelle mie lacrime come in un'acquasantiera.

«Lasciami stare.»

«*Shhht*» fa lei.

«Non piango per quei ragazzi. Quello che ho fatto in quella scuola, e poi nella caserma, per quello ho pagato. Piango per Ute, e per le altre donne che ho fatto piangere, che ho lasciato senza un motivo, da quando avevo quindici anni. Piango perché le ho completamente dimenticate. Le ho amate, erano tutto per me, e ora non sono più niente. E non me ne importa più nulla...»

Lei rimane in silenzio. La sua mano, umida delle mie lacrime, scivola in basso, nello spazio fra i nostri corpi. Ora sono entrambe le sue mani a stringermi, a muoversi su e giù, prima con delicatezza e poi trovando il ritmo giusto, e io sto zitto, e rimango fermo, con gli occhi chiusi, felice di quelle carezze, sordo a ogni altra cosa, finché il piacere è troppo, e vengo nella sua mano.

Mi bacia sulla guancia. Un bacio innocente, fraterno. «*È tutto passato, tutto passato...*» ripete più volte, finché finalmente le credo, e mi addormento.

42

Il mattino dopo, un tintinnio di posate e un suono di risate sommesse mi sveglia, a metà di un sogno tranquillo.

Guardo l'orologio.

Le nove passate.

Davvero ho dormito così a lungo?

Miriam non è nel mio letto, e nemmeno nel suo. Lo vedo attraverso la luce che filtra dalle commessure delle finestre.

Mi tocco laggiù, scoprendo che non ho i calzoni del pigiama, ma che non sono sporco, o appiccicoso. Qualcuno mi ha pulito. Già. *Qualcuno.* E chi? Gli elfi di Colonia?

Arrossisco. Scuoto la testa, sorridendo.

Mi lavo e mi vesto, ed esco.

Miriam e Francesca sono sedute a un tavolo d'angolo nella sala delle colazioni. Un carrello con torte e pasticceria fresca è in mezzo alla stanza. Su un lungo tavolo accanto brillano caraffe di cristallo con dentro succhi dorati, vassoi di frutta fresca, vasetti di marmellata.

«Eccolo qui, il nostro dormiglione» scherza Miriam. Indossa un abito corto, primaverile, che esalta la sua abbronzatura precoce. La luce illumina da dietro la chioma ariosa di capelli rossi, rendendola simile a un'aureola.

«Dio, che sguardo adorante» ride Francesca. «Sei una donna fortunata. Abbiamo cominciato senza di lei. Ci scusi. Miriam ha detto che aveva bisogno di dormire...»

Ha un sorriso sincero, pulito. Contagioso.

Mi siedo fra loro due, rivolto alla finestra. Il cielo fuori è azzurro, l'aria tersa.

«Caffè o tè?»

«Caffè, grazie. Se è possibile, prima un americano e poi un espresso.»

«Certamente.»

La padrona di casa versa il caffè da un bricco d'argento massiccio. Il liquido nero come la notte fuma dentro la tazza.

«Devi provare la marmellata di fichi» fa Miriam, mordendo un angolo della sua fetta di pane tostato. «È straordinaria.»

«Come la sua collezione di libri» faccio.

«L'ha notata?» sorride Francesca. «D'altra parte lei è uno scrittore.»

«Come ha fatto a trovarli? Alcuni devono essere molto rari.»

«È stato un po' per caso, a dire il vero. Volevo dei libri che sembrassero antichi, per riempire quella parete. E su eBay ho trovato che ne vendevano in blocco, cento dollari ogni sei. Mi piacevano e li ho presi. Mi è costato quaranta dollari di spese di spedizione. Un giorno hanno suonato il campanello e da basso, davanti al portone, c'era il postino con un sacco di tela plastificata che pesava come una carriola di mattoni. Lo so perché quando ho ristrutturato questo ambiente ho spinto la mia parte di carriole... "Salga" gli ho detto. E lui: "Manco per scherzo, signora. Scende lei a prenderselo, il suo pacco. Non faccio tutte quelle rampe di scale."»

Francesca posa una mano su quella di Miriam, leggera come una farfalla.

Un gesto inatteso.

«Quando ho aperto il sacco non credevo ai miei occhi. I libri erano bellissimi. Ed erano tutti firmati. Autografati.

E sa chi li aveva venduti? L'ho scoperto solo dopo. Erano gli eredi di un attore di film western, come si chiama, quello che faceva sempre il cattivo?...»

Scuoto la testa. «Non ne ho idea.»

Francesca si batte la mano sulla fronte. Sorride. «*Jack Palance.* Ecco come si chiamava, l'attore. Comunque, fatto sta che lui li aveva comprati al metro, per arredare la sua biblioteca. E gli eredi me li hanno venduti praticamente a peso. Che affare che ho fatto! Ne avrei comprati ancora, ma li avevano già venduti tutti. Ne ho trovati altri uguali, dopo, ma venivano più di cento dollari l'uno.»

«Valgono molto di più, secondo me. Se volesse vendermene uno o due...»

«No, mi dispiace. Ho finito per affezionarmi, a quei libri.»

«Okay. Be', io ci ho provato.»

Mi guardo intorno. Tutti i tavoli sono apparecchiati con cura, ma non c'è seduto nessuno.

«I miei ospiti di questi giorni non sono mattinieri. Sono rientrati dopo le tre. Non so neanche se faranno colazione. Voi che impegni avete, per pranzo?»

«Al momento non ne abbiamo.»

«Allora vi scrivo un paio di posti dove potete pranzare bene. Alcuni ristoranti hanno cambiato gestione, purtroppo, e non sono più quelli di una volta.»

Francesca posa una busta sul tavolo e si alza. Io e Miriam rimaniamo soli. Mangiamo in silenzio, senza guardarci negli occhi. Anche se ho la sensazione, di tanto in tanto, che lei mi osservi di sottecchi.

Faccio onore alla colazione. Il caffè è ottimo e la marmellata di fichi è davvero incredibile.

Quando apriamo la bocca per parlare lo facciamo all'unisono, e la cosa ci fa scoppiare a ridere.

«Prima tu» faccio.

«No, tu.»

«Penso che siamo due pazzi.»

«Non eravamo due navi nella notte?»

«Siamo andati a letto assieme.»

«Tecnicamente sì. Ma ti ricordo che per Bill Clinton neanche un pompino poteva essere considerato sesso. E comunque tu non hai fatto nulla. Anche se sarebbe stato carino da parte tua ricambiare.»

«Qual è il programma della giornata?» le chiedo, per sviarla dall'argomento.

«Ho sentito Amos. Era molto nervoso. Non mi ha detto perché.» Alza il braccio, consulta lo smartwatch. «Dobbiamo sbrigarci. Devo anche fare degli acquisti.»

«Che acquisti?»

«Be', se voglio passare per un'addetta alla sicurezza dovrò procurarmi un completo scuro, una camicia e una cravatta.»

«E gli occhiali e il cappello da Blues Brothers?»

«Spiritoso.»

«Hai lo smartwatch proprio uguale al mio. Abbiamo persino lo stesso sfondo.»

«Ma dai» fa lei, del tutto indifferente alla notizia.

Apre la busta.

Dentro c'è un badge plastificato con il logo di una compagnia di vigilanza, il cane Cerbero dentro un triangolo. La foto sul tesserino è quella di Miriam. Il nome che c'è scritto sotto però non è il suo.

«Non ti si addice, *Dolores*.»

«Con quello che ho passato, ci potrebbe anche stare. Però hai ragione, non è adatto alla mia personalità solare.»

«Vuoi dire che non è un nome da pazza...»

«Stupido.»

Miriam rimette il tesserino nella busta, che poi infila nella borsetta appesa alla spalliera della sedia.

Francesca torna nella sala con un foglietto.

«Vi ho scritto tre indirizzi strategici. Uno è un po' fuori mano ma ha una vista mozzafiato. Vedo che ha finito il caffè americano. Le porto l'espresso?»

«Grazie.»

«Non c'è di che. Miriam mi ha detto che avete dormito bene.»

Arrossisco. «Sì, benissimo.»

Quando Francesca esce di nuovo, Miriam si china verso di me, sussurrandomi all'orecchio: «Anche se la parte migliore è stata prima del sonno.»

Il suo alito è fresco, sa di tè e di menta.

«Stupida.»

«Stupido tu.»

43

La cosa più strana di questa città è come tutto sembri normale, e al tempo stesso non lo sia. C'è tanta gente per strada, e sono quasi tutti giovani. Un tempo Trieste era una città di anziani. Oggi non se ne vede uno, in giro. Il Programma di Protezione prevede un'ora d'uscita al mattino, fra le dieci e le undici, e due il pomeriggio, dalle tre alle cinque. Il resto del giorno appartiene agli Immuni. Della Situazione sono rimasti i tavolini separati, i divisori in plexiglas alla cassa, la distanza tra le coppie. Né baci né abbracci. Non perché non siano sicuri, ma perché ci siamo disabituati al contatto. Gli abbracci, almeno per strada, sono riservati ai bambini piccoli.

Attraversiamo una piazza gigantesca aperta sul mare. È bellissima, bianca del marmo di monumenti e palazzi antichi, fra l'azzurro del cielo e quello del golfo.

«Vedi?» fa Miriam. «Quello è il balcone da cui Mussolini proclamò le leggi razziali nel 1938.»

È come se una scheggia di ghiaccio penetrasse la luce calda del mattino.

Come se fossimo passati di colpo dal sole all'ombra. Sul lato oscuro della luna.

«Questa, sotto l'impero austroungarico, era stata una città cosmopolita, in cui le diverse etnie convivevano in pace. O almeno così sembrava. Con il fascismo è diventata un inferno per le minoranze. Non solo per gli ebrei, ma anche per gli slavi. Il fascismo è una cicatrice che fa male anche oggi, più di ottant'anni dopo. Questa città è una ferita aperta, sempre pronta a infettarsi di nuovo.»

Entriamo in un negozio di abbigliamento affacciato su piazza della Borsa. Miriam aggancia al volo una commessa e le elenca una fitta serie di richieste precise, che la ragazza accoglie con un sorriso, prima d'infilarsi lesta fra gli scaffali.

«Faccio in un attimo» promette Miriam, con un sorriso da bambina furbetta.

Io aspetto fra le due porte del negozio. In questa città finestre e porte sono quasi sempre doppie, per tener fuori la bora, un vento assurdo che rende impossibile uscire per strada. Ma oggi è una giornata tranquilla, quasi estiva. Non un filo di vento. Le barche a vela sono ferme in porto.

Rimango a guardare i passanti, soprattutto le belle ragazze per cui questa città è famosa. Camminano svelte, i corpi snelli, capelli e occhi chiari. Sembrano cerbiatte giovani, ancora incerte nel passo. Morbide e al tempo stesso spigolose.

Il trillo imprevisto del cellulare mi fa quasi sobbalzare.

Ci metto un po' a tirarlo fuori dalla tasca interna della giacca.

«Bernd?»

«Sì. Come stai, Marco?»

«Bene. Piuttosto, come sta Magda?»

«Ti chiamo proprio per questo. Per dirti che sta bene. Nessun problema, a parte che non può telefonare. Però se hai modo di prendere nota ti lascio un numero che puoi chiamare tu. Ti risponderà una segreteria telefonica in ungherese...»

«Lingua che solo gli ungheresi capiscono.»

«Lasciami finire, per favore. Ti risponderà la segreteria telefonica di un dentista. Non importa quello che dirà. Tu lascia un messaggio...»

«In *ungherese*?»

«In tedesco. Lascia detto che sei l'ingegner Thalmann e che vuoi annullare l'appuntamento delle quattro.»

«L'ingegnere Telemann?»

«*Thalmann.* Ti, acca, a, elle. Lascia detto solo così, e qualcuno ti richiamerà.»

«Non Magda?»

«No. Non Magda.»

Sospiro. «Vedi, Bernd, queste sono esattamente le cose che mi fanno capire perché voi tedeschi non riuscite mai a vincere una guerra.»

Perdiamo altri due minuti a duellare di fioretto verbale, prima che lui capitoli e chiuda la conversazione. E ne passano altri venti prima che Miriam mi raggiunga.

«Fatto.»

«Fatto?»

«Sì. Devono solo fare qualche modifica alle maniche della giacca e accorciare l'orlo dei pantaloni. Sarà pronto per oggi pomeriggio. Me lo consegnano direttamente al bed & breakfast.»

«Fantastico.»

«Mi sembri contrariato.»

«No, è per via di una telefonata che ho ricevuto.»

«Qualche problema?»

«Lascia stare.»

Miriam mi squadra per bene, prima di sorridere.

«Andiamo. Amos ci aspetta.»

44

Miriam mi guida nel dedalo di viuzze dietro il municipio. Lungo la strada ci sono un sacco di bancarelle e stand di libri e di vecchi arredi. Poster pubblicitari di vermouth e di portentosi elisir ricostituenti sorvegliano dall'alto grammofoni e sedie spaiate, casseruole in rame ed elmetti arrugginiti. Per quanto fra una bancarella e l'altra ci siano i due metri regolamentari, marcati da strisce bianche tracciate per terra, l'impressione è comunque quella di essere finiti in un suk levantino. Le voci dei venditori si mescolano alla musica di vecchi dischi.

A un certo punto Miriam mi prende la mano, eccitata come una bambina. Mi mostra una bambola vestita da principessa a un ballo imperiale, dietro uno stand.

Il bel volto di porcellana ha una fissità inquietante.

Nel nuovo mondo dopo la Situazione non tocchiamo più gli oggetti in mostra. Li indichiamo al venditore, ed è lui che li solleva e ce li presenta nelle sue mani infilate in guanti di plastica.

«Sua moglie ha l'occhio fine. Questa è una Heubach di fine Ottocento. In condizioni perfette, come nuova. Un piccolo restauro all'orecchio, ma per il resto è come se la bambina che l'amava l'avesse riposta con cura per l'eternità.»

Quelle parole mi procurano un brivido.

«Quanto viene?» s'informa Miriam.

«Cinquecento euro.»

«Scherza?»

«Questa bambola è un gioiello. Se la vendessi per meno di cinquecento euro farei un torto alla signora che me l'ha data.»

«Una signora? Potrebbe essere la bambina che giocava con questa bambola?» gli chiede Miriam.

«Oh, non credo proprio. A meno che non abbia centocinquant'anni. Forse sua nipote, semmai. Allora, cosa ne dice?»

«Dico che è troppo.»

«Guardi che un pezzo come questo non lo trova da nessun'altra parte, glielo posso assicurare.»

«Lasci. Non fa nulla.»

L'uomo mi guarda, chiedendo silenziosamente il mio appoggio. Io alzo le spalle.

Quando ci siamo allontanati dalla bancarella, chiedo a Miriam perché ha rinunciato. «Cinquecento euro non mi sembravano tanti.»

«Non è per quello» risponde. «È quando ha tirato in ballo la donna che gliel'ha data in vendita. Ho pensato che quella bambola deve aver avuto un grande valore per la bambina che l'ha tenuta con così tanta cura. E poi ho pensato che magari quella bambina era ebrea, ed è morta in uno di quei campi orribili. Insomma, ho pensato a tante di quelle cose che mi è passata la voglia di comprarla.» Sorride. «A parte il fatto che cinquecento euro sono davvero troppi per un giocattolo. Andiamo, dai.»

Fatti pochi passi, però, si ferma. Mi posa le mani sul petto, spingendomi contro il muro. Per un momento, stupidamente, penso che voglia baciarmi. Invece mi avvicina la bocca all'orecchio. Il suo alito è caldo, la voce morbida mentre sussurra: «Stanotte ho fatto un sogno. Ho sognato che mi succedeva una cosa brutta. Anzi, una cosa proprio orribile. Era un incubo. C'erano due uomini vestiti di nero, con delle maschere da lupo. Mi tiravano via dalla strada, era una strada buia. Mi trascinavano in una carrozza che volava via.»

«Era solo un sogno.»

«Se dovesse succedermi qualcosa...»

«Non ti succederà niente.»

«Ascoltami un attimo. Se dovesse succedermi qualcosa, ricordati...»

Poi non dice più nulla.

«Cosa dovrei ricordare, Miriam?»

«Ricordati di quella canzone di De André.»

«Che canzone?»

Lei si stacca da me, stringe i pugni e si allontana di due passi camminando all'indietro. Ha gli occhi ruvidi, duri. Incerta tra il pianto e la rabbia. «*Dai diamanti non nasce niente. Dal letame nascono i fior.*»

«Non capisco» faccio, interdetto.

«Oh, se sarà il caso capirai. Quando sarà il momento.»

E poi si allontana, ridendo. Tutta la preoccupazione è svanita dai suoi occhi come le nubi passato il temporale.

Imbocchiamo la strada in fondo alla quale c'è il negozio di Amos. Lui ci vede arrivare, ci saluta da dietro la vetrina impolverata e ingombra di oggetti.

In quel momento un uomo con la bocca nascosta da una mascherina chirurgica corre verso il negozio, tira indietro il braccio e scaglia un oggetto voluminoso. La vetrina si schianta. L'uomo fugge via, verso un'auto sulla quale sale al volo. La vettura riparte sgommando.

Mi volto verso il negozio.

Amos ha la bocca spalancata in una "O" di stupore.

Poi lui e tutto quello che ha intorno vengono inghiottiti da un fiore di fiamma.

L'esplosione mi toglie il fiato, mi assorda, mi scaglia all'indietro facendomi volare. La mano di Miriam lascia di colpo la mia. La guardo volar via come al rallentatore, una farfalla bianca strappata da un vento rabbioso e rovente.

Poi cado a terra di schiena, con una violenza che mi toglie i sensi.

Da qualche parte, nella Bibbia o nei Vangeli, ma credo sia nella Bibbia, c'è scritto che per l'uomo sarebbe meglio non nascere piuttosto che affrontare i mali della vita.

Potrei controllare su internet, se solo il mio braccio destro non sembrasse un nido di vespe pesante come un blocco di cemento.

Tutto è così lontano.

La tasca con il cellulare è dall'altra parte del mondo. Mi pare di essere nello spazio, come in quel film con George Clooney, dove per raggiungere la salvezza devi mollare l'appiglio e lanciarti, ma se sbagli ti perdi nel vuoto. Non riesco a muovermi. Nelle orecchie ho un ronzio che esclude ogni altro suono.

Giro a fatica la testa.

Sono disteso a terra, scomposto, un mucchio di stracci, una Pigotta dell'Unicef scagliata a terra da una bambina infuriata, e la bambina è il fuoco che ruggisce attraverso la bocca spalancata della vetrina, e quel fumo nero e grasso puzza di carne e petrolio, e le faville che si alzano e volano via sono pagine di libri e vecchie foto color seppia tramutate in fantasmi di fiamma, e poi in bianche farfalle.

Cade una neve grigia.

Cenere.

Si posa soffice sul mio polso.

Mi strina i peli sul dorso della mano.

Quel dolore pungente mi riporta alla vita.

Sotto il ronzio assordante sento una voce chiamare il mio nome.

«*Marco... Marco...*»

Se potessi voltarmi vedrei la donna che mi sta chiamando, una voce flebile anche se sta urlando, immersa nel doloroso frastuono che ho nelle orecchie.

Ma non ce la faccio a voltarmi. Il mio sguardo fissa ciò che resta del negozio di Amos. Le fiamme lambiscono la scritta in eleganti caratteri ottocenteschi sopra la vetrina. La vernice antica verde e oro si deforma in un fiorire di bolle e poi brucia, disegnando lettere di un alfabeto di fuoco.

Cerco di ricordare gli oggetti della bottega. Le mappe delle città, le carte navali, i ninnoli esposti nelle vetrine. I cucchiaini d'argento, le tazzine decorate, i bicchieri del *sēder*. I lampadari. E i libri – antichi o semplicemente vecchi –, le riviste, le foto che ritraggono famiglie sconosciute, i dischi a 78 giri nelle loro buste di carta velina.

Per la fiamma, ogni cosa è soltanto un combustibile.

Compreso Amos.

È lui, quell'odore di carne nel fumo di cui finora avevo solo letto e sentito parlare.

È Amos.

Brucia come settantacinque anni fa bruciava la sua gente nei forni di Birkenau e Treblinka.

Guardando quelle fiamme e quel fumo sento la sua voce tranquilla e ironica mentre mi traduce il *Chad Gadya*, la canzone del capretto che i bambini ebrei cantano durante la *Pesach*.

Lo ascolto parlarmi delle ombre che gravano su questa città allungando, come Nosferatu su un vecchio manifesto di un film, unghie decrepite e affilate come coltelli. Unghie intinte in veleni antichi, ancora mortali.

Amos è fumo nell'aria.

Un male terribile è tornato.

Le sirene lacerano il vuoto, risuonando attutite attraverso il ronzio che mi infesta le orecchie. Il rombo delle fiamme che ruggiscono a pochi passi da me mi arriva come un fruscio di pagine sfogliate.

Appoggiandomi di peso su un gomito riesco a mettermi seduto.

Una donna giovane è china su di me; i capelli scompigliati, lo sguardo sbarrato, ma apparentemente illesa.

Ricordo il suo nome.

Ricordo come sono arrivato qui.

Poi di colpo Miriam viene strappata via, vedo mani grosse e guantate che la tirano, e una di quelle mani le preme sulla bocca un fazzoletto, e vedo i suoi occhi rovesciarsi all'indietro, la guardo senza potermi muovere mentre la trascinano verso un'auto nera dai finestrini oscurati.

Qualcosa di enorme e rosso mi passa accanto. Un camion dei pompieri.

I suoni e le voci cominciano a riprendere senso. Aiutato da mani sconosciute mi rialzo. Barcollo come un pugile prima del gong di fine incontro.

Le stesse mani gentili ma ferme mi trascinano via, allontanandomi dal negozio in fiamme. Qualcuno in divisa mi chiede come sto, se riesco a sentirlo.

Faccio segno di sì con la testa.

«Si ricorda come si chiama, signore?» chiede la voce.

Che domanda assurda.

Ma ci metto del tempo, per reagire. Come se dovessi collegare due fili per attivare un contatto elettrico nel mio cervello.

«Marco Ferrari» rispondo.

«Sa com'è arrivato qui?»

«Sì» sussurro.

E di colpo il ricordo degli ultimi giorni si riversa dentro di me con un ruggito.

E poi l'asfalto sembra salire verso di me, la testa mi si svuota.

Cado come una marionetta dai fili recisi.

45

Il cellulare vibra nella tasca, facendomi sussultare.

Devo essermi addormentato.

Svegliandomi, per un attimo provo la sensazione assurda di essere finito fuori dal mio mondo. Poi mi guardo intorno e riconosco l'astanteria della questura.

Mi sposto sulla scomoda panca in legno. Il telefono continua a vibrare. Me l'hanno fatto mettere in silenzioso quando mi hanno portato qui: stando all'orologio sulla parete, più di sei ore fa.

Lo tiro fuori dalla tasca. Premo il tasto di risposta.

«Chi è?»

La mia voce è rauca, debole. Faccio fatica io stesso a riconoscerla.

Il bianco di questa stanza è insopportabile. O forse lo è il mio mal di testa.

«Sono Anneliese. È da un po' che non ti fai sentire. Come stai? Tutto bene? Il lavoro come procede?»

La risata nasce lentamente, dentro di me. È come quando da bambino scavavo una buca nella sabbia, sotto l'ombrellone, e dopo un po' sentivo che la sabbia era umida, e poi lentamente appariva l'acqua. La mia risata nasce così. Prima sembra un brontolio, poi un balbettare isterico. Alla fine esplode, richiamando nella stanza un poliziotto.

Gli faccio segno che non è niente, simulo un attacco di tosse.

Poi rispondo alla voce al telefono.

«*Come sto*, mi chiedi. Come sto... Be', non benissimo, considerato che ho appena passato due ore al pronto soccorso di un ospedale, e adesso sto aspettando che qualcuno mi sposti dall'astanteria della questura a una stanza per gli interrogatori. Uno che conoscevo è saltato in aria e una mia amica è stata rapita. Se adesso mi chiedi a che punto sono con la revisione delle bozze ti mando a fanculo.»

Dopo un attimo di silenzio, Anneliese mi chiede: «Stai scherzando?»

«No. Non sto scherzando. E non sono ubriaco. È successo davvero.»

Sto per spiegarle, o almeno per cercare di spiegarle, cosa mi è successo dall'ultima volta che ci siamo sentiti, quando due uomini entrano nella stanza, piazzandosi in silenzio di fronte a me. Un poliziotto italiano e un cinese, vestito con un completo elegante.

«Scusa, Anneliese, ma devo lasciarti. Fammi un favore, e fallo anche a te. Non chiamarmi, per un po'. Gianni Venier è passato decisamente in coda alle mie priorità. Ti spiego tutto quando ho sistemato un po' di cose. Ciao.»

Mi alzo.

Il cinese annuisce, accennando un leggerissimo inchino.

«Sono l'ispettore Feng.»

«Marco Ferrari.»

«Mi spiace che abbia dovuto attendere così a lungo, signor Ferrari, ma c'erano delle questioni da verificare. Venga, mi segua.»

Usciamo dal locale claustrofobico che dai tempi della Situazione è diventato l'ingresso standard di ogni ufficio pubblico, compresi i posti di polizia. Anche se nessuno più ti prende la temperatura e ti misura il tasso di ossigeno nel sangue, la stanza di accesso adibita al controllo sommario dei parametri medici, quella che in burocratese viene chiamata astanteria, è rimasta. Forse in caso dovesse servire ancora, in futuro. L'Apocalisse è stata solo rinviata. I manifesti della Situazione, comunque, sono rimasti. Buoni per la prossima volta.

Percorriamo un lungo corridoio immacolato. Il programma di sanificazione e imbiancatura di tutti gli edifici pubblici sembra essere stato applicato con zelo, qui. L'architettura di questo vecchio edificio è chiaramente fascista: spazi razionali, che poco o nulla concedono all'estetica. Un edificio alieno, uscito da qualche datato film di fantascienza degli anni Cinquanta. Triste come una profezia mancata. Su un lato del corridoio si aprono stanze e cubicoli in cui uomini e donne in divisa lavorano davanti agli schermi dei loro computer Xiaomi e Huawei nuovi di zecca.

L'ispettore si ferma di fronte alla porta di un ufficio, mi fa segno di entrare. «Prego.»

L'uomo che ci accompagna entra dopo di noi, restando in piedi accanto alla porta. Feng si siede dietro la scrivania, e io di fronte a lui, dato che quella sedia è l'unica scelta possibile.

La scrivania è perfettamente vuota. Sono certo che se ci passassi sopra un guanto bianco non raccoglierebbe nemmeno un granello di polvere.

«La ringrazio per la sua pazienza, signor Ferrari. Lei è sicuramente un uomo molto occupato.»

Si toglie dalla tasca interna della giacca il mio passaporto. Me lo consegna.

«Prima che me lo domandi, lei è un cittadino tedesco. Per questo mi occupo io del suo caso.» Feng incrocia le dita. «Ora mi racconti tutto.» Il suo italiano è perfetto, quasi privo di inflessioni.

Alzo le spalle. «Cosa dovrei raccontarle?»

«È uno scrittore. Raccontare è il suo mestiere. È stato

anche un poliziotto, quindi penso sappia già cosa m'interessa sentire.»

«Io e una mia amica stavamo facendo un giro per il mercatino dell'antiquariato dietro il municipio. A un certo punto un negozio è esploso, e lei è stata portata via su un'auto. Io mi sono svegliato nel pronto soccorso di un ospedale.»

«Come va la testa?»

Mi tocco la benda sulla tempia. «Tutto sommato bene.»

«Quindi ricorda quello che è successo.»

«Più o meno.»

«*Più o meno...*» Feng sorride. «Sa, ho dato un'occhiata a uno dei suoi libri. È stato tradotto anche in cinese. Lei è uno scrittore attento ai dettagli. Molto preciso. A giudicare da come mi ha appena riferito quello che le è successo, posso fare solo due ipotesi: o lei ha un *ghost writer*, oppure non si sta impegnando abbastanza nel raccontarmi l'accaduto.»

Tira fuori dalla tasca un pacchetto marroncino con sopra il disegno di due panda. Con un colpetto del pollice fa saltare fuori una sigaretta, che s'infila fra le labbra. Il poliziotto italiano si stacca dal muro e gli porge un accendino.

L'ispettore Feng, con tutta la calma del mondo, si accende la sua sigaretta. Poi mi allunga il pacchetto.

«No, grazie.»

Indico il cartello sul muro. «Sarebbe vietato fumare.»

Il cinese aspira una boccata soddisfatta. Poi apre il cassetto della scrivania e tira fuori un posacenere metallico. «Ho raccolto abbastanza informazioni per poterle raccontare *io* le cose in modo un po' più soddisfacente, signor Ferrari. Lei è arrivato in città ieri. Ha parcheggiato la sua Tesla Model X con targa di Friburgo, prima sulle rive e poi nel garage sotterraneo sotto San Giusto. Lei e la sua amica Miriam Milani avete preso alloggio da un'affittacamere sulle rive, e avete cenato con Amos Pasian, rigattiere e commerciante di antichità. Potrei dirle anche cosa avete mangiato. Dopo la cena siete stati visti entrare a Palazzo Choukhadarian, dove vi siete trattenuti per quasi un'ora. Mi può dire cosa avete fatto, lì dentro, voi tre?»

Vorrei togliergli quel sorrisino dalla faccia.

Vorrei spegnergli la sua sigaretta in un occhio.

Vorrei...

«Amos Pasian era sottoposto a sorveglianza per le sue opinioni politiche non ortodosse» sussurra Feng. «La prossimità di un certo... *evento...* ci ha indotto a rafforzare la sorveglianza su di lui. La sua amica invece risulta incensurata. Due storie comunque interessanti, le loro, che si incrociano durante gli studi superiori e universitari. Hanno in comune anche un lungo soggiorno in Israele, per la precisione a Tel Aviv.»

Non apro bocca. Del resto cosa potrei dire, a parte che ho sempre più l'impressione di essere finito in un intrigo troppo complicato per me.

«Tel Aviv...» ripete l'ispettore, soffiando uno sbuffo di fumo che sale lentamente verso il soffitto, disperdendosi. Fumare è una pratica tornata in voga fra i burocrati cinesi, dopo la caduta del vecchio premier, che invano aveva cercato di contrastarla. L'ho letto da qualche parte.

«Lei sa che Israele è rimasta la principale avversaria, al di fuori dell'Europa, della nuova Sfera di Solidarietà e di Amicizia tra i Popoli? In Europa, invece, è la Germania. Buffo, il binomio.»

«Non mi occupo di politica.»

«Stiamo parlando di *economia*, non di politica. Stiamo parlando dell'immane sforzo che il mio paese, contro il proprio interesse, sta compiendo per risollevare le sorti economiche dell'Europa, signor Ferrari. Uno sforzo che alcuni stati europei, purtroppo, non vedono con la dovuta gratitudine. Anzi, l'avversano. E Israele li appoggia. Per questo m'interessa non poco la strana coincidenza per cui un cittadino tedesco, venendo nella mia città, si associa a due persone che hanno avuto legami con Israele...»

«La *sua* città?...»

«Certo. L'economia, e quindi la vita, di questa città dipende dal porto, e il porto è cinese. Per questo l'ordine pubblico è cogestito.»

«Capisco.»

«No. Non credo che capisca. Come trova il mio italiano?»

«Perfetto. Anche troppo. Nessun italiano parla più così, nella realtà.»

«Lei riesce a trasformare un complimento in un insulto.»

«Forse è il contrario. Comunque, parlando della generosità con cui ci state aiutando a sollevarci dal baratro, le faccio presente che in quel baratro ci siamo finiti per colpa di un virus uscito dalla Cina. Quello che un certo ex presidente americano chiamava *Kung Flu*.»

Feng sorride. Spegne il mozzicone di sigaretta nel posacenere. «Ho cominciato a studiare italiano a dodici anni e non ho mai smesso. Mi facevano leggere solo libri e riviste italiani, guardare programmi registrati nella vostra lingua. Mi piaceva molto *Drive In*. E Giacomo Leopardi. Ho continuato a perfezionarmi nella vostra lingua e nella vostra cultura per altri ventidue anni. Il tutto senza aver mai messo piede in Italia. Questo per dirle che ci stiamo preparando da molto, moltissimo tempo. Il virus non c'entra nulla. La penetrazione nei vostri mercati è cominciata molto prima. Il virus non ha fatto altro che accelerare i tempi.»

«Quindi lei si prepara da molto prima della Situazione alla conquista di quello che un tempo era il mio paese. Okay. La ringrazio per la sua lezione di geopolitica, ispettore. Ora vogliamo parlare della mia amica? È stata rapita e potrebbe essere in pericolo di morte.»

Feng tira fuori dal pacchetto un'altra sigaretta. E ancora una volta fa il gesto di offrirmela.

Dopo il mio nuovo rifiuto, se l'accende.

«Stiamo indagando. Stia tranquillo.»

Nel silenzio che cade, si sente solo il *clic* dell'antiquato orologio Solari sulla parete alle sue spalle, quando i numeri cambiano. Se non avessi ancora l'udito ridotto dai postumi dell'esplosione, forse riuscirei anche a sentirlo inalare ed espirare il fumo della sigaretta.

«Tutto qui?» faccio, basito.

«Certo. Può andare.»

«Immagino che dovrò restare qui in città.»

«No. Come ho detto, può andare. Quando vuole. Dove vuole. È libero.»

Non riesco a crederci. «Mi ha fatto aspettare qui così a lungo solo per dirmi questo?»

Lo sguardo di Feng muta di colpo. Non l'espressione, che rimane la stessa. Ma è come se gli occhi fossero diventati metallici.

Gli occhi di un robot.

«No, *Herr* Ferrari. L'ho fatta aspettare per darle il tempo di riflettere sulle risposte da dare alle domande che le avrei fatto.»

«Ma lei non mi ha fatto nessuna domanda.»

«Perché non mi servono, le sue risposte. Lei è un romanziere. Bravo a costruire trame, forse, ma non ha la mente logica che serve a un investigatore. Lei, come si dice, moltiplica inutilmente le ipotesi. Strano che fosse un poliziotto.»

«Lo sono stato per poco. E comunque ero un operativo, non facevo parte della sezione investigativa. E in effetti ha ragione: non sono mai stato un seguace di Occam.»

Se Feng ha colto l'allusione, non lo dà a vedere.

Schiaccia la sigaretta appena accesa nel posacenere, con molta più forza del necessario.

«Io con lei ho finito, signor Ferrari. Può andare. Comunque è interessante che abbia usato quel termine.»

«Quale termine?»

«*La Situazione.*»

«Per dire la pandemia? Lo usano tutti.»

Feng sorride. «Ma non è sempre stato così. Non l'avete sempre chiamata così. Ottimo. Vuol dire che abbiamo lavorato bene.»

Si alza. Mi alzo anch'io. Restiamo in piedi, l'uno di fronte all'altro.

«Cosa vuol dire?» faccio, sentendomi offeso per quell'osservazione inutile senza una spiegazione.

«Esattamente quello che ho detto» replica lui, impassibile.

Poi, dopo aver fatto un altro inchino quasi impercettibile, Feng esce dalla stanza.

«Hai sentito cos'ha detto l'ispettore?» mi fa il poliziotto italiano in divisa. «Vattene via.»

46

Francesca è sconvolta.

«Ho sentito l'esplosione. Sono andata a vedere, conosco la coppia che gestisce il caffè davanti al negozio di Amos, e loro mi hanno detto che una donna era stata rapita. L'hanno descritta, e ho capito subito che doveva essere Miriam. Ho provato a chiamarla al cellulare, ma è spento, non risponde.»

«Resti fuori da questa storia.»

«Ma la polizia cosa dice?»

«Di stare tranquilli. Che indagheranno.»

La donna scuote la testa. «Ma in che pasticci si è messa, Miriam? La cosa che mi ha chiesto di fare, il tesserino della ditta di sorveglianza associata al catering... Le ho chiesto se era una cosa pericolosa e lei mi ha risposto di no, che era solo curiosa di andare al ballo di quei matti e di vedere se riusciva a fare qualche foto...»

«Chi sapeva di quel tesserino falso?»

«Nessuno.»

«Il suo amico? Quello del catering, voglio dire.»

«Ma sì. A parte Enrico, voglio dire. Certo. È lui che me l'ha dato.»

«Come mai?»

Francesca scuote la testa. «Per colpa del Museo di Auschwitz.»

«Cosa vuol dire?»

«Be', durante la Situazione lui, come me, aveva trovato questi tweet dell'Auschwitz Memorial, che ogni giorno pubblicava le foto di persone nate in quella stessa data e morte ad Auschwitz. Uomini, donne, bambini, di ogni paese e razza. Alcuni di quei volti ti scavavano un vuoto nell'anima. Finiti nelle camere a gas poco dopo il loro arrivo nel campo. Selezionati da persone... da *mostri*, che dal di fuori sembravano persone normali e invece erano mostri di crudeltà. Gli stessi che in questi giorni si riuniscono qui per celebrare la loro festa, dopo che tanti che conoscevamo sono morti a causa del virus. Il nazismo è un virus ancora più potente. Ancora più mortale. Non crede?»

Non le rispondo.

Sono sconvolto.

Sentirla parlare di quei tweet mi ha gelato il sangue.

Troppe coincidenze, in questa storia.

Troppe.

È come se ogni cosa che ci è successa fosse il pezzo di un puzzle scombinato dalla mano di un dio capriccioso, un dio bambino, di feroce innocenza.

E come se un dio adulto, nascosto nell'ombra, stesse cercando di rimettere assieme il disegno, mostrandoci come ricomporlo.

Mi sembra che il buio invada la stanza.

Le luci basse delle piantane non riusciranno mai a vincerlo, mi dico.

Mi lascio cadere sulla poltrona, stanchissimo. Francesca si siede sul divano di fronte a me, le mani in grembo.

Non le dico che anch'io guardavo quei tweet.

«Lei non crede sia giusto fare qualcosa? *Qualsiasi* cosa, perché tutto quell'orrore non si ripeta?» sospira la donna.

Ci guardiamo a lungo.

«Devo scoprire chi ha rapito Miriam» dico. «E dove la tengono. Devo cercare di liberarla.»

«Ha detto che la polizia sta indagando.»

«Può darsi. Ma non mi sembra abbastanza.»

«Quindi indagherà anche lei.»

«Qualcosa farò.»

Lei scuote la testa.

«Qualcosa *faremo*.»

47

Enrico Malvani sembra l'archetipo del manager arrivato. Tutto in lui è impeccabilmente impeccabile: dall'elegante completo di sartoria alla sobria cravatta regimental, dalle scarpe inglesi al Vacheron Constantin che sfoggia al polso.

Ci diamo la mano e la sua stretta, come lo sguardo, trasmette sicurezza e attenzione.

Gli invisibili ospiti stranieri di Francesca sono rientrati, perciò lei ci fa accomodare in un salottino appartato, un rifugio insospettabile dietro la piccola cucina. La stanza non ha finestre. Francesca chiude a chiave.

«Ho saputo della sua amica.» La voce di Malvani è armoniosa come il suo aspetto. Suona sincera, partecipe. «Avevo detto a Francesca che era pericoloso. Ma lei mi ha detto che la sua amica era decisa ad andare fino in fondo.»

«Se dobbiamo parlare di lei, preferirei che la chiamassimo col suo nome. Miriam.»

«Certo. *Miriam.* Certamente. Non penso che Miriam si rendesse conto di *quanto* fosse pericolosa questa faccenda.»

Francesca scuote la testa. «Lo sapeva. Non è stupida. Ma da quando Ada è morta, la vita ha acquistato tutto un altro ordine di priorità, per Miriam. E per lei entrare al ballo di stasera era la cosa più importante al mondo.»

«Avete idea di chi possa averla rapita?» chiede Malvani.

«Di certo non gli extraterrestri» rispondo, arrabbiato.

Francesca posa una mano su quella del suo amico. «Marco pensa che l'abbiano rapita gli stessi che hanno organizzato il convegno, e il ballo di stasera. Un ballo a cui non possiamo più mancare.»

«Ma il tesserino falso che ti avevo procurato non serve più a nulla. Miriam non può più andarci, al ballo.»

«No. *Lei* no» dico.

«E chi, allora?»

Lo fisso.

Ci mette un po', prima di capire.

Poi sgrana gli occhi.

«No. Non esiste. Non posso...»

«La sua presenza è sicuramente già prevista.»

«Sì, certo, per supervisionare le cose, ma...»

«Le chiedo solo di tenere gli occhi aperti. Se riuscisse anche a scattare qualche foto...»

«Sta scherzando...»

«Non devono vincere nessun premio, le foto. Basta che si riesca a capire chi c'è, a quel ballo. Non m'interessano le debuttanti nazi o i loro cavalieri. Voglio capire chi siede alla tavola dei pezzi da novanta. È chiaro che se si sono spinti a uccidere una persona e a rapirne un'altra dev'esserci sotto qualcosa di grosso.»

«Non posso farlo.»

«Ha procurato un tesserino falso a Miriam. Direi che ormai c'è già dentro fino al collo.»

Malvani mi fissa con stupore. «Non starà pensando di ricattarmi?»

«No. Accidenti, no. Solo di fare appello al suo spirito di collaborazione.»

«Ho già fatto abbastanza, non crede?»

«Quello che ha fatto non sarà servito a nulla, se non ci aiuta ancora.»

Malvani sembra un albero schiantato da un fulmine. «Quella è gente con cui non si scherza.»

«Questo lo sapeva già.»
«Sì, ma arrivare a rapire la sua amica...»
«Hanno fatto di peggio. Loro e quelli come loro.»
«Ho una famiglia.»
«Quello che farà, lo farà anche per loro.»
Come posso aver detto una cosa del genere senza vomitare?
Però il colpo va a segno.
«Okay» sussurra Malvani.
«*Okay?* Vuol dire che lo farà?»
«Sì. Certo che lo farò. Sulle foto non prendo impegni, ma per buttare un occhio attorno, quello posso farlo.»
«Grazie.»
«Devo proprio essere impazzito.»
«No. È il mondo che sta impazzendo, e alle poche persone ancora sane di mente tocca fare qualcosa. Qualsiasi cosa, pur di fermarli in tempo.»
«Perché? Davvero pensa che siamo ancora in tempo?»
Lo fisso. «Non voglio neanche pensare che non siamo più in tempo» rispondo.
Enrico Malvani sorride. Un sorriso a denti stretti. «Se proprio tocca, facciamolo, allora.»

48

Mia madre mi diceva sempre che ho la testa dura.

Tipo quando un mattino, a colazione, le ho detto che mollavo gli studi e mi arruolavo in polizia. Anzi, che avevo già fatto domanda, e che volevo che con tutte le sue conoscenze lei facesse in modo che la domanda venisse accolta.

Aveva smesso di imburrare la sua fetta di toast, ma solo per un paio di secondi. Poi mi aveva chiesto di passarle il vasetto della marmellata.

«Sei sicuro della tua scelta?» mi aveva domandato, senza alzare la voce.

«Sì.»

«Posso sapere cos'è che ti spinge a fare una cosa del genere?»

«Voglio crescere.»

«Trovati un lavoro, allora.»

«È quello che sto facendo.»

«Intendo un *altro* lavoro. Tuo zio insiste da tempo perché tu prenda il posto di papà in azienda.»

«Non ho interesse per quel settore.»

«E hai interesse per quello del, come lo chiamano, dell'ordine pubblico?»

«Sì.»

«Sai che avrai a che fare con gente davvero brutta? E

non mi riferisco solo ai delinquenti. Sarai in mezzo a dei meridionali ignoranti.»

«Correrò il rischio, mamma.»

Lei aveva finito di spalmare la marmellata di fragole sul toast imburrato. Ogni gesto era impeccabile come il suo vestito, la collana di perle, la pettinatura curata. A cinquant'anni, aveva ancora il fisico di una ragazza. E non era mai riuscita a entrare davvero nel ruolo della vedova inconsolabile.

Si era portata il toast alla bocca e ne aveva mordicchiato l'angolo. Un boccone piccolo, che aveva masticato con cura, lentamente, prima di proferire di nuovo parola. «Pensavo che l'unica a darmi dei problemi sarebbe stata tua sorella.»

Io non avevo risposto.

Avevamo continuato a fare colazione. Tutto, apparentemente, era lusso, calma e tranquillità, ma sopra il tavolo apparecchiato, come tutti i giorni, a festa, si accumulavano nere nubi di tempesta.

«Se fai questa scelta, io farò la mia. Tuo zio mi chiede da anni di cedergli la quota di società di tuo padre.»

«Sei tu l'erede della ditta. Papà l'ha lasciata a te.»

«Sì. Si vede che aveva avuto un presagio, su voi due. Solo che da Elena mi aspettavo di tutto. Da te no. Comunque pensavo che fossi di sinistra.»

«È una parola che forse aveva senso ai tuoi tempi, mamma. E sottolineo *forse*.»

«La polizia è di destra. Almeno su questo possiamo dirci d'accordo?»

«I poliziotti vengono mandati sulle strade con i cinturoni di cartone pressato. Non hanno benzina per le loro auto. Sono vecchi. Sembrano attori bolsi chiamati a interpretare il ruolo di poliziotti. E forse hai ragione tu, forse sono di destra, o lo diventano. E allora anche uno come me in mezzo a loro può fare la differenza.»

«Sei un idiota romantico. In questo somigli a tuo padre, in effetti.»

«Stai dicendo che papà era un idiota?»

«No. Che era un romantico. Ma non ho avuto esitazioni a sposarlo, perché sentivo che nonostante il suo idealismo era una persona capace di fare il proprio dovere, di prendersi le sue responsabilità. Prima fra tutte quella dell'azienda di famiglia.»

«Cioè, in pratica, di rinunciare a essere quello che era.»

Mi ero alzato da tavola, lasciando la tazzina del caffè intatta.

Mamma si era forbita le labbra con il tovagliolo.

«Immagino che discutere non serva a nulla. Hai la testa dura come il cemento. Fa' come credi. Da me non avrai più né un appoggio né una lira. Tua sorella almeno ha avuto la decenza di lasciare questa casa, quando ha fatto certe scelte discutibili.»

«Me ne vado anch'io, mamma.»

«Benissimo. Quella è la porta.»

Ero in corridoio, quando il rumore della tazzina scagliata contro il muro mi ha raggiunto, e poi la voce di mamma che urlava per chiamare la cameriera.

Quella mattina segna per me il momento in cui la mia famiglia passò da un dramma borghese, tipo Ibsen, Strindberg o Čechov, a una becera commedia all'italiana, in cui non ci facemmo mancare nulla. La scena clou fu comunque la rivelazione, arrivata mentre ero a metà del corso d'addestramento, che il mio zietto aveva fatto fallire l'azienda di famiglia. Di tutte le nostre proprietà, si salvò solo il diritto di abitazione per mia madre nella casa di Udine, spogliata di quadri e complementi d'arredo pregiati, e la casa al mare, che per motivi fiscali, immagino, era stata intestata a mia sorella e a me.

E poi venne l'epidemia, a pareggiare le erbe del prato.

Mio zio.

Mia madre.

Come finiva quel film di Kubrick, *Barry Lyndon*? Cosa c'era scritto, nella scena finale?

Ora sono tutti uguali.

«Ma alla fin fine, davvero, perché ti eri arruolato in polizia?» mi aveva chiesto una volta Magda, nella quiete postcoitale di un pomeriggio trascorso a letto.

«Non ne ho idea» era stata la mia risposta, del tutto sincera.

Allo stesso modo, se qualcuno mi chiedesse cosa ci faccio qui, vestito di nero da capo a piedi, nascosto dietro un riparo sicuro, farei fatica a rispondergli. La Canon di Francesca mi pesa fra le mani come un macigno. È quasi mezz'ora che sto in questa posizione scomoda e pericolosa. La siepe è talemente fitta da fornire la stessa protezione di un muretto.

Avvicinarmi più di così è fuori discussione. La soffitta di Palazzo Choukhadarian non mi è sembrata un'opzione praticabile. A parte il fatto che non ne ho le chiavi, se Amos era sorvegliato lo è pure quel posto.

Anche se sicuramente sarebbe stato meno scomodo di questo.

Personaggi in completo nero pattugliano avanti e indietro un perimetro di cento metri intorno all'edificio illuminato. Il resto delle rive intorno a noi è buio. Il Salone degli Incanti brilla come un'isola di luce in un mare scuro. È strano, perché solo ieri notte le luci erano accese dappertutto, sul lungomare.

Monto il cavalletto e regolo l'obiettivo della macchina fotografica, mettendo a fuoco il palazzo. Ogni minimo rumore che faccio mi fa imprecare mentalmente. Scatto decine di foto in rapida sequenza, cercando di inquadrare i volti delle persone che hanno cominciato a scendere dalle auto mezz'ora fa. Sono soprattutto volti anziani. Corpi ancora asciutti o grassi, sfatti. Tutti con la stessa aria allegra da scolari in gita. Quando il flusso delle berline nere si è ridotto a uno sgocciolio di ritardatari, arriva un pullman da cui scendono decine di ragazze in abito lungo, giovanissime, mentre una corriera che sopraggiunge di lì a poco scarica altrettanti maschi giovani vestiti in smoking. Fotografo anche quelli.

Sto zoomando su un personaggio in piedi all'ingresso, il cui aspetto mi è in qualche modo noto, quando sento uno strano ronzio dietro il cespuglio alle mie spalle.

Scatto una serie di foto a raffica. Poi mi sposto, con ogni cautela, e quando riesco a vedere oltre le foglie di bosso rimango impietrito.

Uno strano robot a quattro zampe mi fronteggia, bilanciandosi come se stesse per spiccare un balzo.

La cosa più assurda è che, pur non avendo una faccia, ho la sensazione che mi stia fissando. Che in qualche modo mi stia ringhiando contro.

«Lanciagli un bastoncino» ride una voce alle mie spalle.

Poi sento un sibilo e quello che sembra un colpo di tosse. Il cane robot freme ed emette un fiotto di scintille, prima di stramazzare al suolo, il ventre bruciato.

«Muoviti, coglione!» sibila Herbert Giordani, trascinandomi via di peso. Infila il taser in uno zainetto e impugna una pistola con un enorme silenziatore montato sulla canna.

Riesco appena a tirare via la macchina fotografica con il suo treppiede. Il corpo del cane meccanico si agita ancora con degli spasmi, emettendo un fumo grasso di plastica e lubrificante bruciati. Dietro di lui vedo che dal buio avanzano a rapide falcate altre due bestie meccaniche identiche a quella, i corpi guizzanti dipinti di un nero bluastro luccicante come petrolio.

Herbert mi strattona per il braccio, procedendo rannicchiato. Dalle parti del salone arriva un rumore d'auto messe rapidamente in moto. E i cani, gli stramaledetti cani, ci stanno alle costole. Li sento correre, le loro zampe metalliche battono a ritmo l'asfalto come le bacchette di uno xilofono.

«Corri, corri, corri, coglione» continua a ripetere Herbert, ansimando. Finché un'Audi nera non ci taglia la strada, bloccandosi davanti a noi con uno stridore di freni. Alle nostre spalle, dietro la muta di cani robot, arrivano veloci come caccia tre auto con gli abbaglianti accesi.

Siamo spacciati.

Poi le portiere posteriori dell'Audi si spalancano, e dal finestrino dell'autista una mano guantata ci fa segno di sbrigarci a salire. Herbert non si fa pregare. Io m'infilo al volo dietro di lui.

L'autista scende con un'agilità da ballerino. I due cani metallici, due pallottole d'acciaio brunito, balzano in avanti. L'uomo incappucciato punta un'arma. Un lampo azzurro sfrigolante squarcia l'aria. I due animali meccanici stramazzano al suolo ai lati dell'autista, che risale rapido al posto di guida.

Prima ancora che la portiera si richiuda del tutto, l'auto riparte sgommando e sfreccia via sulla strada deserta. Il guaio è che anche i nostri inseguitori accelerano, riducendo a vista d'occhio la distanza.

«Rilassati» fa Herbert, ridendo. «E allaccia la cintura.»

Il finestrino del posto di guida si abbassa.

Il guidatore attiva una sirena lampeggiante e la piazza sul tetto.

Da una strada laterale balzano fuori due auto della polizia, anch'esse con sirena e lampeggianti accesi, e si infilano tra noi e i nostri inseguitori, spostandosi di corsia per rallentarli. Con una sterzata che mi manda a sbattere contro il finestrino l'autista svolta di colpo a destra, infilandosi contromano in una strada a senso unico. La Canon mi vola via dalle mani, atterrando sul sedile fra me e Giordani, che scoppia ancora una volta a ridere. Mi chiedo per un attimo se sia pazzo. Poi ricordo com'era all'accademia e mi rispondo da solo.

Attraversiamo a una velocità assurda la città addormentata, infilandoci per strade che scorrono come una cascata orizzontale, completamente deserte. Il motore dell'Audi urla come una *banshee* fra i palazzi del centro.

Quando mi accorgo che si sta lanciando verso il muro di un edificio spalanco gli occhi terrorizzato.

Ma l'auto s'infila sulla rampa d'accesso di un garage sotterraneo.

I cancelli si chiudono dietro di noi.

L'autista si abbassa il cappuccio della felpa nera.

Si volta a guardarmi, con un sorriso.

«Quante cose avrà da scrivere, vero, *Herr* Ferrari? Un sacco di materiale.»

L'ispettore Feng si slaccia la cintura. Si toglie la felpa e indossa la giacca che teneva sul sedile del passeggero.

«Cose del genere al suo Gianni Venier non capitano.» Scende e mi apre la portiera. «Venga. Facciamo quattro chiacchiere.»

49

È uno strano posto, quello in cui Feng ci fa entrare. Un incrocio tra la biglietteria di una stazione da film western e il salotto di Sherlock Holmes. Per arrivarci abbiamo attraversato un'enorme stanza, grande quanto la sala di un museo, con larghe gradinate di marmo e statue allegoriche. Mi ha ricordato, per proporzioni e per gusto, il Palacio de Cibeles, il municipio di Madrid.

La stessa monumentalità tronfia e arrogante, la volontà di potenza fattasi pietra e acciaio e grandi vetrate luminose.

Il salone era illuminato solo dalla luce lunare che entrava dall'alto. I nostri passi risuonavano sui pavimenti lucidi, riecheggiando sotto le altissime volte.

Quel posto mi è sembrato un monumento al maschilismo imperiale. Un luogo che incuteva soggezione, uno sfoggio di potenza privo di concreta utilità.

Poi siamo entrati in un corridoio dal soffitto altrettanto alto, illuminato da qualche lampada a basso voltaggio, che emanava una luce dorata. E infine la porta si è aperta su questo strano ufficio in penombra.

I mobili in legno scuro, di foggia antica, odorano di cera d'api. L'illuminazione è data da lampade a gas tremolanti.

«Sono elettriche, in realtà» spiega Feng, cogliendo il mio sguardo. «Imitano soltanto delle luci a gas. Si sieda.»

La poltrona d'angolo indicata dal suo gesto è confortevole, malgrado la struttura sia rigida. Obbliga a stare seduti con la schiena ben dritta. Mi mancano solo una bombetta e un bastone da passeggio da posarmi sulle ginocchia.

Feng si siede dietro una scrivania da burocrate asburgico, con il piano rivestito in cuoio e una lampada verde ministeriale.

«Puoi andare ora, Herbert. Grazie.»

Giordani, che si era già appollaiato su una sedia dallo schienale alto, si alza di scatto ed esce, con un breve cenno di saluto.

Quando la porta si chiude alle sue spalle, Feng intreccia le dita, come se stesse per pregare. «Quello che ha fatto stasera è stato molto stupido, *Herr* Ferrari.»

«Può evitare di chiamarmi così? Non sono tedesco.»

«Tecnicamente lo è. Ed è una fortuna, per lei. Se fosse italiano...»

«Se fossi italiano?...»

«Diciamo che avrei meno riguardi per lei.»

«Capisco. Mi scusi, ma lei tecnicamente pensa di avere l'autorità per trattenermi, o interrogarmi?»

«Mah. È una questione complessa. Intanto non la sto né trattenendo né interrogando. Diciamo che, dopo averla salvata, rischiando un incidente diplomatico, ora sto chiacchierando amichevolmente con lei.»

«Quindi, se volessi, sarei libero di andarmene?»

Feng allarga le mani, ma non risponde. Quando l'ho visto la prima volta gli avrei dato una quarantina d'anni. Ora che posso osservarlo con calma gliene do almeno dieci in più. A ingannare è il suo fisico atletico, e l'agilità che ha mostrato durante la nostra fuga dai nazi.

«Preferirei che lei si trattenesse per qualche minuto con me. Nel reciproco interesse. Glielo chiedo con cortesia. Non è un ordine. Nessuna costrizione.»

Senza girarsi, apre uno sportello del mobile alle sue spalle e tira fuori una bottiglia blu scuro con una scritta in ideogrammi dorati. Con la sinistra invece apre un cassetto della scrivania e deposita sul piano in cuoio due bicchierini.

«Questo le piacerà» sorride, versando un liquido dorato quasi fino all'orlo.

«Cos'è?»

«Whisky giapponese. Togouchi.»

«La domanda sulla sua autorità però è rimasta in sospeso.»

«Prima beviamo.»

Alza il bicchierino.

Io faccio lo stesso con il mio.

«*Gombe.*»

«*Gombe*» brindo a mia volta, attento a tenere il bicchiere leggermente più in basso rispetto al suo quando si toccano.

L'ispettore Feng nota quel segno di rispetto, con un sorriso soddisfatto. «Le piace?»

«Davvero molto buono.»

«Un blend di whisky scozzesi e canadesi, stagionati in botti di quercia per quindici anni in un vecchio tunnel ferroviario in Giappone. Ovviamente è un regalo. Col mio stipendio non potrei permettermelo.»

«Il governo italiano non la paga abbastanza?»

«Bella domanda. Obliqua e al tempo stesso diretta. Lei gioca a scacchi, signor Ferrari?»

«Non ci gioco da anni.»

«Peccato. Non prendo lo stipendio dal governo italiano. Appartengo alla polizia cinese. Quindi vengo pagato in yuan. Non è uno stipendio molto alto. Certo, poi ci sono le indennità di trasferta e di sede disagiata.» Sorride. «Senza voler mancare di rispetto al suo paese» aggiunge.

«Come mi ha ricordato poco fa, questo non è più il mio paese.»

«Oh, non so. Vede, io sono stato educato fin da piccolo a parlare la sua lingua e a conoscere le vostre abitudini. Per certi aspetti sono più italiano di tanti italiani che ho conosciuto. Ma resto sempre un cinese. Posso essere lontano dalla mia patria, ma la Cina è sempre in me.»

«Capisco. Devo dire che è stato strano, vedere che lei e Herbert lavorate insieme.»

«Il signor Giordani è più che altro un collaboratore occasionale. La crisi economica ha liberato molte energie sul mercato. Possiamo permetterci di assumere a contratto della mano d'opera qualificata che altrimenti rimarrebbe inutilizzata. Sarebbe uno spreco esecrabile, non trova?»

Bevo un sorso dell'ottimo whisky giapponese.

«Sa cos'è che non va, del suo italiano?» faccio.

Feng inarca il sopracciglio. «Pensavo fosse buono.»

«È perfetto. Vede, è proprio quello il problema. Lei parla un italiano così perfetto che non esiste più al di fuori dei testi di grammatica o di qualche manuale di conversazione di cinquant'anni fa. Nessun italiano parla più così. Nessuno usa più parole come "esecrabile".»

«È un peccato, non crede?»

«Sicuramente. Assolutamente *esecrabile*. Sicché Herbert al momento lavora per lei.»

«Al momento, sì. Ho trovato interessante la sua segnalazione circa la scomparsa del professore russo. E ancora più interessante il collegamento con il ritorno in Italia di un personaggio come lei. Quindi gli ho proposto un contratto a tempo.»

«Le due cose non sono collegate.» Faccio un gesto stanco con la mano. «La scomparsa del russo, voglio dire, e la mia presenza qui. Puro caso.»

«Il caso non esiste.»

«Questo lo dice lei.»

Feng ride. «La cosa che ha appena detto, la frase "questo lo dice lei"... È da lì che è cominciata la fine del vostro paese. Qualsiasi competenza, qualsiasi certezza, veniva azzerata dalla protervia dei vostri nuovi governanti. La stupidità della classe manageriale si è estesa alla politica. Solo che i vostri nuovi politici non avevano nemmeno affrontato quel sia pur minimo processo di selezione che toccava ai vostri manager. Un pugno di voti sul web poteva proiettare una nullità assoluta, un fallito, o una fallita, ai vertici dell'apparato statale. Come se al comando di una nave, o di un aereo, potesse andare uno steward di bordo, o un passeggero qualunque. A questo vi ha portato un eccesso di democrazia.»

«Be', per fortuna tutto si è risolto. Ora grazie a voi abbiamo un governo di competenti.»

Feng allarga ancora le mani. Uno strano gesto, come se reggesse un pallone invisibile. O imitasse una colomba che spicca il volo. «Non è colpa della Cina se vi siete ritrovati in questa situazione. Noi ci siamo limitati a portarvi soccorso. A consentirvi di risollevare la vostra economia. Di avere da mangiare, e un tetto, e i servizi essenziali. Non siamo certo responsabili per gli amministratori che vi siete scelti.»

«Vedo che adesso mi considera italiano. Ha finito di chiamarmi *Herr* Ferrari.»

«Qualunque cosa dica il suo passaporto, lei rimane italiano. Ha solo avuto la fortuna di trovarsi in un altro paese quando si sono spalancate le porte dell'abisso.»

«Bella immagine. Poetica.»

«La Germania ha ritenuto di poter affrontare la ricostruzione da sola, senza bisogno di aiuti. Stanno giocando una pessima partita. Non sanno vedere più in là di una, al massimo due mosse. Noi abbiamo già scelto le mosse sino alla fine di questa partita. Ora stiamo programmando le prossime partite, da qui al 2050. Sa come si chiama, il ministero da cui dipendo? Ministero degli Affari futuri. Crede che non saremmo stati in grado di darvi amministratori più capaci? Più competenti? Meno inclini ad assecondare gli umori della folla e più attenti ai reali bisogni di questo paese, o anche della Germania, se è per questo? Ma il partito ha deciso di lasciarvi la democrazia che tanto vi sta a cuore. E queste sono le conseguenze della vostra libertà: un governo populista di incapaci.»

«Col quale peraltro fate ottimi affari.»

«Con gli stupidi si fanno spesso ottimi affari. E la cosa più bella è che lo stupido che vende i gioielli di famiglia per un pugno di riso crede che lo stupido sia chi li compra.»

L'ispettore sorride. «Un altro bicchiere?»

«Meglio di no.»

Feng si versa due dita di liquore. Poi ne versa ancora.

«Non mi piace, il whisky. E non mi piace ubriacarmi. Ma a volte è necessario. Quando senti urlare, di notte, e lo senti solo tu, perché le urla sono dentro di te. Quando eviti di guardarti allo specchio, al risveglio. *Gombe.*»

Manda giù il liquore d'un fiato.

Poi rimane in silenzio a fissare il muro di fronte a sé.

Passa almeno mezzo minuto, prima che si riscuota.

«Le piace, il mio ufficio?»

Quella domanda è così incongrua che mi sbilancia.

«Come ha detto?» faccio.

«Ho chiesto se le piace il mio ufficio.»

«Be', certo è inconsueto.»

«*Inconsueto*, esatto. *In contrasto con la normalità quotidiana*. O anche *di cui non si possiede una diretta esperienza*.»

Non riesco a trattenere un sorriso.

«Perché sorride? Ho detto qualcosa di buffo?»

«No. È solo che mi chiedevo se il dizionario di italiano gliel'hanno fatto mangiare tutto intero o pagina per pagina, come un'insalata. Comunque sì, il suo ufficio è decisamente fuori dalla normalità quotidiana.»

Feng mi fissa con un'espressione indecifrabile. «Prima questo palazzo era un museo. E prima ancora era l'ufficio centrale delle poste imperiali austriache, quando questa era una città asburgica. Fra qualche mese diventerà la sede del nostro nuovo consolato. Questo sarà l'ufficio del viceconsole con funzioni di addetto al commercio. Ovviamente l'arredamento sarà del tutto diverso. Ho voluto che lo vedesse com'è ora, prima dei lavori.»

«È stato molto gentile, ma non ho un grande interesse per la storia dell'arredamento. O per quella asburgica.»

Il volto del poliziotto cinese ora è freddo, come inciso nel marmo.

«Ci tenevo che sapesse che non siamo qui di passaggio.»

«E ora che mi ha fornito questa preziosa informazione, ha qualcos'altro da dirmi? Magari cosa si aspetta da me?»

«Da lei mi aspetto che sia prudente. Stiamo cercando la sua amica, e le assicuro che prima o poi la troveremo. Lei nel frattempo torni a casa. Mentre era impegnato a giocare alle spie, il suo annuncio di vendita ha avuto due risposte.»

«E questo lei come lo sa? Legge le mie mail?»

Feng alza le spalle. «So molte cose. Anche se purtroppo non tutte. Per esempio continua a sfuggirmi il collegamento tra lei, la dottoressa Milani e il professor Suvorin.»

«Gliel'ho già detto: puro caso.»

«E io le ho già spiegato che non credo al caso. Stia pur sicuro che se un collegamento c'è io lo troverò, e provvederò di conseguenza. Nel frattempo lei torni pure alla sua casa al mare e faccia quello che deve fare.»

«Herbert mi ha dato un termine per sloggiare dal paese.»

«Il signor Giordani non può imporle nulla. Nessuno la obbliga a limitare il suo soggiorno in Italia ovvero a fare alcunché.»

Dietro quel suo tono da libro stampato, intuisco che l'ispettore cinese è nervoso. Molto nervoso. Arrabbiato. Probabilmente *molto* arrabbiato, con me. Ma soprattutto nervoso. I suoi occhi continuano impercettibilmente ad andare allo specchio appeso alle mie spalle, che a mia volta vedo riflesso nel vetro di una cornice dietro la sua schiena.

«Posso andare, quindi.»

«Certo.»

«Mi farete sapere se trovate Miriam?»

«Perché dovremmo? Non è una sua parente.»
«È un'amica.»
Feng alza le spalle. «Va bene. Penso che non ci siano problemi ad avvertirla, quando la troveremo.»
«*Se* la troverete.»
«Ripeto: *quando* la troveremo.»

Mi riaccompagna al garage sotterraneo, spegnendo le luci dietro di sé.
Herbert ci aspetta appoggiato alla portiera dell'Audi. Fuma una sigaretta. Quando ci avviciniamo all'auto, la spegne sotto il tacco della scarpa.
Feng gli lancia le chiavi dell'auto. «Riaccompagna il signor Ferrari al suo appartamento.» Tira fuori dalla tasca un telecomando. Le luci di un suv compatto cinese poco distante ammiccano. L'ispettore s'incammina in quella direzione.
«Buonanotte a entrambi.»
Herbert annuisce rispettoso.
Mi guarda a lungo.
Poi, quando è sicuro che Feng non possa vederlo, fa con la bocca l'imitazione di un topo che rosicchia una crosta di formaggio.

50

È quasi mezzanotte, quando finalmente infilo la chiave nella porta del bed & breakfast. Il whisky giapponese che ho bevuto mi impaccia leggermente.

Herbert Giordani ha mantenuto un silenzio ostinato, mentre la vettura, uscita dal garage sotterraneo, mi trasportava lungo le strade poco illuminate di una Trieste deserta.

È sceso, mi ha aperto la portiera ed è risalito in auto senza una parola. L'ho visto parlare al cellulare, e poi l'Audi è ripartita con un fruscio di foglie cadute dagli alberi della piazza.

Il corridoio è buio, ma c'è luce in salotto. Sbircio attraverso la porta aperta. Francesca è seduta su una poltrona. La vedo di spalle. Di fronte a lei, sul divano, c'è una coppia anziana. L'uomo sorride gioviale vedendomi, mi fa cenno di entrare. Lo faccio, e la porta si chiude alle mie spalle. Solo allora mi accorgo che c'è una quinta persona, nella stanza. Un uomo alto e robusto, con un lungo volto equino e triste che ricorda quello di H.P. Lovecraft. Si piazza sulla porta, sbarrandola con il suo corpo. La coppia anziana seduta sul divano è vestita in modo elegante, rispettivamente in smoking e con un abito lungo. Gioielli dall'aria costosa decorano il collo rugoso della donna, che ha un sorriso falso come quello della strega di Hänsel e Gretel.

«*Bitte, setzen Sie sich*» fa l'uomo in smoking, con voce troppo cortese.

Obbedisco e mi siedo sulla poltrona a fianco di quella di Francesca. La donna si volta. Ha il viso rigato di lacrime, e il livido e il rossore di un violento schiaffo sulla guancia destra.

Scatto per alzarmi, ma la mano dell'uomo alle mie spalle mi spinge giù sulla poltrona.

«Rimanga seduto, per favore» fa il tedesco. Ha un sorriso garbato, ma gli occhi dietro le piccole lenti tonde ora sono freddi. Anzi, gelidi.

Francesca mi guarda, le labbra tremanti. Sembra cercare conforto nella mia presenza. Purtroppo non lo trova, e scoppia a singhiozzare. Il gentiluomo tedesco si toglie il fazzoletto dal taschino e glielo porge. Francesca lo lascia cadere sul tappeto. L'uomo lo raccoglie e lo posa sul tavolino alla sua destra.

«Buffo pensare che siamo stati vicini di stanza, ieri notte» fa. «D'altra parte è buffo anche che un ex poliziotto, quando Francesca gli ha detto che gli altri ospiti di queste camere erano tedeschi, non si sia chiesto, per esempio, se potevano essere per caso fra gli invitati del ballo che è appena finito proprio qui accanto, nel vostro splendido Salone degli Incanti. Forse l'avevo sopravvalutata, signor Ferrari.»

L'accento dell'uomo è berlinese.

«Chi siete?» gli chiedo.

«Quando penserò che sia il momento di lasciarle fare una domanda glielo dirò. Sino ad allora stia zitto, nel suo interesse. Lei non sa niente di me, mentre io so tutto di lei, tranne una cosa che mi interessa. Dove ha nascosto la lettera?»

«Che lettera?»

Il Berlinese mi guarda. La sua bocca si muove, come se si stesse mordicchiando l'interno della guancia. «La lettera rubata da Suvorin.»

«Non ho idea di cosa stia...»

La mano dell'uomo alle mie spalle scatta. La testa di Francesca rimbalza violentemente sotto lo schiaffo. Vorrei alzarmi, ma ancora una volta l'individuo dietro di me mi spinge giù sulla poltrona.

«La nostra padrona di casa starà molto meglio se lei vorrà essere un po' più sincero con me, signor Ferrari.»

«Ma io non so davvero di cosa stia parlando.»

L'uomo mi studia a lungo. «Lei ha parlato con Amos Pasian. L'ha incontrato due volte. Non le ha detto nulla della lettera?»

«Non so niente, di nessuna lettera.»

L'uomo fa un cenno con il capo. L'energumeno alle mie spalle afferra la testa di Francesca fra le mani grosse come ceppi e la stringe forte. Lei apre la bocca per gridare, ma il Berlinese gliela tappa con il fazzoletto raccolto da terra.

«Basta!» urlo, scattando in piedi.

La donna seduta accanto al Berlinese allora estrae dalla borsetta una piccola pistola e me la punta contro. «Stia seduto» mi ordina, in tedesco.

L'energumeno allenta la presa sulle tempie di Francesca. Il Berlinese le toglie il fazzoletto dalla bocca.

«Ora è più disposto a dirmi quello che sa?» sussurra, calmo.

«Non so niente.»

«Oh, sì che sa.»

Le mani del gigante che assomiglia a Lovecraft afferrano di nuovo le tempie di Francesca.

«No. Fermo. *Fermi.* Vi dirò quello che so.»

«Faccia pure con calma.»

Con calma, certo...

Le mani grosse e muscolose continuano a stringere il cranio dell'affittacamere, e con il cuore in gola racconto tutto quello che posso. Mentre riferisco ciò che ha detto Amos sull'ultimo drammatico incontro con il giovane seminarista ucraino, realizzo che l'uomo e la donna che avevano spaventato il ragazzo sono la coppia seduta di fronte a me, composta e sorridente.

«Sicché al diario mancavano tre pagine. Quelle cruciali» fa il Berlinese, sottovoce. «Tutto qui, quello che le ha detto.»

«Esatto.»

«E non le ha parlato della lettera.»

«No.»

L'uomo si alza, sgranchendosi le gambe con una smorfia. «Brutta cosa, l'età. Lasciala, Dieter.»

L'accento berlinese è sparito. L'uomo si toglie gli occhiali e li pulisce con un altro fazzoletto che si è tolto di tasca, stirato e immacolato come quello che aveva nel taschino dello smoking.

«Mi scuso per la brutalità dell'approccio, ma era necessaria, date le circostanze. Io non sono tedesco, nessuno di noi tre lo è, e di certo non eravamo invitati al ballo di stanotte. I nostri nomi non contano, quindi eviteremo di farli. Di lei so già tutto, signor Ferrari, e la mia collega, Olga, ha anche letto un paio di suoi libri.»

«Gianni Venier è il mio protagonista di gialli preferito» sorride la donna, arrossendo leggermente. «Assieme a Robert Langdon.»

Bofonchio un «grazie» a denti stretti. «Se non siete nazisti, allora chi siete?»

L'uomo scuote leggermente la testa. «È una domanda alla quale è meglio che io non risponda. Meglio per lei, intendo. Meno sa, meglio sta. Quello che deve sapere è che non siamo suoi nemici.»

«Ma nemmeno amici.»

«Come scrisse Dickens, "le avversità fanno accettare all'uomo strani compagni di letto".»

«Pensavo fosse un proverbio.»

«No. È il titolo di un capitolo del *Circolo Pickwick*. Il capitolo quarantadue.»

«Non si finisce mai di imparare.»

«Vero. Per esempio lei, grazie ad Amos, ha avuto una lezione di storia che in pochi hanno il privilegio di poter ascoltare.»

«Uno strano incontro su una nave al largo del Canada. Una cosa chiamata Patto di Terranova. Nel febbraio del 1939.»

«Esatto.»

«Non si può definire esattamente una lezione. È più un rebus lasciato a metà.»

«Già. E la soluzione del rebus...»

«È nelle tre pagine mancanti del diario di Ribbentrop.»

L'uomo si rimette gli occhiali. «No. Quelle le abbiamo già. Suvorin ha avuto la gentilezza di lasciarle nella sua cassaforte a Mosca, dove le abbiamo trovate. Assieme alle fotocopie del resto del diario. E al memoriale di un certo giurista russo assegnato al processo di Norimberga. Un memoriale che ci ha permesso di ricostruire l'incontro al largo di Terranova. Abbiamo quasi tutte le tessere del puzzle. Quello che ci manca è la lettera.»

«Ancora questa lettera. La lettera *di chi*?»

«La lettera del re d'Inghilterra e dei Cavalieri della Tavola Rotonda.»

51

La donna anziana si prende cura di Francesca.

L'affittacamere, dopo un moto di ripulsa, accetta docilmente di lasciarsi accompagnare in bagno.

Non posso fare a meno di pensare alla mansuetudine di un capretto che viene portato al macello.

Chad Gadya, Chad Gadya...

Siamo rimasti in tre, nel salotto.

«Puoi lasciarci soli» ordina l'uomo seduto di fronte a me.

Il sosia di Lovecraft annuisce ed esce in silenzio dalla stanza, chiudendo la porta dietro di sé.

«Le proporrei di bere qualcosa, ma dal suo alito e dal modo in cui si muove sento che ha bevuto abbastanza per stasera.»

«Sa dirmi anche la marca del whisky?»

«No, però posso dirle con chi l'ha bevuto. L'ispettore Feng, dipendente del ministero degli Affari futuri e ufficiale di collegamento con l'Autorità portuale.»

«Lei è meglio di Sherlock Holmes. Anzi, no, perché non sa dirmi la marca del whisky.»

«In realtà sì. Togouchi. Invecchiato quindici anni. Mentivo. Mentivo a metà, voglio dire. Nel senso che questo dettaglio non l'ho dedotto dal suo alito, ma lo sapevo già. No, non sono un investigatore vittoriano da romanzo. Diciamo che so che lei ha incontrato, in circostanze rocambolesche, l'ispettore Feng, e che lui l'ha portata nella sua tana. E conosco i gusti del cinese in fatto di liquori, e non solo. Il Togouchi è uno dei suoi vizi meno costosi.»

«Mi ha detto che il whisky era un regalo.»

«No. Lo compra al duty free cinese del Porto Vecchio. Con una frequenza imbarazzante. Non dev'essere un uomo felice. Vuole che le facciamo vedere le ricevute?»

Lo fisso, allibito. «Ma voi chi diavolo siete?»

«La curiosità uccide il gatto, signor Ferrari.»

Rimaniamo a guardarci l'un l'altro in silenzio come due giocatori di poker. E ho già capito che lui è un giocatore maledettamente migliore di me.

«Mi dica almeno cosa c'entra re Giorgio VI. Perché è a lui che si riferiva parlando del re d'Inghilterra, no? Era lui il re, nel 1939.»

«Sicché vuole sapere. Vuole fare delle domande. Bene, non ho nulla in contrario. Ovviamente niente di quello che le dirò è documentato, se non nel diario di un uomo per il quale la menzogna era una seconda pelle, e la storia che le racconterò è stata a sua volta raccontata da altre persone, che potrebbero averla a loro volta travisata, o volutamente alterata. Comunque ora le dirò cosa c'era scritto, nelle tre pagine mancanti del diario di Ribbentrop. Cosa c'entra re Giorgio VI, lei mi chiede. Nulla, in effetti. Il re a cui mi riferivo è re Edoardo VIII.»

Il Berlinese comincia a raccontare, e le sue parole mi riportano a una nave argentina al largo di Terranova, nel febbraio del 1939.

52

«Vada avanti, una buona volta!» esclamò Sobchak.

L'ex ministro degli Esteri del Reich sobbalzò, a quel secco tono di comando.

Il tenente Denisov tradusse l'ordine del suo superiore.

Ribbentrop deglutì.

Poi fece nervosamente cenno di sì con il capo.

«Sapevo che ci sarebbe stato un rappresentante dell'Impero britannico, all'incontro, ma non mi aspettavo certo d'incontrare quella persona...»

Il piccolo uomo che entrò nella cabina dell'incrociatore senza nome, un tempo non lontano era conosciuto dai suoi sudditi e dal mondo come Edoardo VIII, per grazia di Dio re del Regno Unito di Gran Bretagna e Irlanda del Nord, dello stato libero d'Irlanda e degli altri dominion britannici, imperatore d'India.

Aveva regnato per meno di un anno, dal 20 gennaio all'11 dicembre del 1936, giorno in cui aveva rinunciato alla corona. Dopo l'abdicazione, suo fratello, salito al trono con il nome di re Giorgio VI, gli aveva concesso il titolo di duca di Windsor.

Ribbentrop l'aveva già incontrato più volte, dopo quel giorno, perché il duca aveva visitato con entusiasmo la Germania nazista, ma vederlo in quel frangente e in quel luogo lo riempì di autentico stupore.

«Stia comodo, stia comodo, signor ministro. Non occorre che si alzi. Stia comodo.»

Lo stile inimitabile del duca era proverbiale. Non era solo l'eleganza dell'abito di Savile Row, o dei dettagli; era la cortesia innata, la studiata parsimonia dei gesti, che facevano sembrare anche un semplice sorriso qualcosa di elargito dal cielo. Ribbentrop, che prima della sua ascesa al rango di ministro era stato un commerciante di vini di alterne fortune, era affascinato dall'Inghilterra e dallo stile inglese, che cercava senza troppo successo d'imitare, e che l'uomo di fronte a lui incarnava invece alla perfezione.

Dopo un breve scambio di convenevoli, sui quali Ribbentrop glissò, cogliendo l'espressione infastidita e impaziente del giurista militare di primo grado Arkadij Sobchak, il duca di Windsor aveva depositato sul tavolo una busta color avorio. Vi aveva posato sopra una mano, in modo quasi possessivo.

Gli altri uomini si erano ritirati dalla stanza, chiudendo la pesante porta d'acciaio.

Ribbentrop e il duca erano rimasti soli nella cabina. Fuori dall'oblò i venti dell'Artico ululavano, colpendo il vetro con sferzate di ghiaccio.

«Sappiamo entrambi di essere arrivati a un punto di svolta della Storia» aveva esordito, con la sua voce morbida e al tempo stesso incisiva. «I nostri due paesi potrebbero presto trovarsi sull'orlo di una guerra fratricida, a causa di interessi stranieri.»

Ribbentrop non poté che annuire, umettandosi inconsapevolmente le labbra con la lingua, come una lucertola che vede avvicinarsi un succulento insetto.

«Inghilterra e Germania sono nazioni gemelle, legate per sangue e razza, e per tante alleanze forgiate nel crogiolo della storia.»

Ribbentrop non se la sentì di contraddirlo. O forse semplicemente non era in grado di cogliere quell'eresia storica.

Come molti dei personaggi portati ai vertici del partito e del paese dall'ala del destino, non brillava certo per cultura o per titoli accademici.

Si limitò ancora una volta ad annuire, lasciando che a parlare fosse il suo altolocato interlocutore.

«Sarebbe un crimine, se ancora una volta il sangue ariano venisse versato sull'altare di ideologie semitiche. Abbiamo invece il dovere storico di stroncare quell'idra dalle mille teste, che si è ramificata in tutto l'orbe terracqueo, dalla Borsa di New York al Cremlino. Inghilterra e Germania devono unirsi in una crociata comune contro il bolscevismo e il giudaismo. Le forze sane degli Stati Uniti e dell'America Latina si schiereranno al nostro fianco. Per questo io e lei siamo qui. Per questo le ho portato qualcosa di straordinario. Un dono per il suo popolo e per il partito che lei rappresenta. Un dono per il Führer.»

Le dita magre e curate del duca avevano sospinto sul piano del tavolo la busta color avorio. Per un attimo a Ribbentrop sembrò che fosse quella busta a muoversi di propria volontà, trascinandosi dietro le dita del gentiluomo inglese, come in una seduta spiritica.

«L'apra» fece il duca, sorridendo.

Ribbentrop obbedì.

Le sue dita non tremarono nell'aprire la busta. Secondo alcuni gerarchi, il ministro degli Esteri aveva il cervello di una gallina. Secondo altri era invece un astuto opportunista. Quale che fosse il giudizio corretto, i suoi gesti furono precisi e la sua espressione inalterata, quando ebbe finito di leggere il documento. Non ci mise molto: erano poche righe. Più di tre quarti del foglio erano coperti dalle firme dei sottoscrittori di quelle righe, il cui contenuto era molto simile a un giuramento sacro.

«Ha letto?» chiese sottovoce il duca.

«Sì.»

«Cosa ne dice?»

«Dico che sono sinceramente impressionato. Ora capisco il perché di questo viaggio periglioso.»

«Periglioso per entrambi, e sotto diversi aspetti. Se mio fratello sapesse di questo nostro incontro, il mio prossimo indirizzo inglese sarebbe una cella nella Torre di Londra. Per non parlare di cosa accadrebbe ai coraggiosi americani che l'hanno firmata. Immagino che quel gangster di Franklin Delano Roosevelt non esiterebbe un istante a farli eliminare.»

Lo sguardo di Ribbentrop scorse le ventiquattro firme in calce alla lettera. Sotto ogni firma era stato battuto a macchina il nome e il cognome del firmatario. Oltre al nome del principe di Galles c'erano quelli del Gotha dell'industria americana, e poi le firme di una serie di alti ufficiali di esercito e marina e di un noto magnate della stampa.

Avevano tutti firmato l'impegno a battersi in difesa degli ideali di libertà e dei valori del cristianesimo contro il nemico giudaico-massonico e il loro alleato bolscevico. L'ultima firma, non certo in ordine d'importanza, era quella di un pioniere dell'aviazione, uno degli eroi d'America. Non era certo un mistero che quell'uomo nutrisse ambizioni politiche, oltre che una grande simpatia verso il nazionalsocialismo.

«Questi uomini, questi americani che assieme a me rischiano la loro reputazione e forse la loro stessa vita per offrire al Führer e al mondo non solo una promessa di pace, ma una sacra alleanza, si sono dati un nome che esprime bene la natura e la grandezza dei loro ideali.»

«E quale sarebbe, questo nome?» chiese Ribbentrop, con una voce piatta che camuffava una gioia che avrebbe voluto esplodere.

«Knights of the Round Table. *I Cavalieri della Tavola Rotonda.»*

Arkadij Sobchak sputò una raffica di parole russe.

«Fanfaluche capitaliste. Sciocchezze romantiche. Venga al

punto. Mi dica chi erano quei traditori del loro paese» tradusse il tenente Denisov.

Ribbentrop fissò sui suoi due interlocutori uno sguardo freddo e inespressivo come quello di un'aringa sotto sale. «Ma... Dobbiamo prima raggiungere un accordo. Dovete darmi qualcosa, in cambio della lettera. O dei nomi. Che poi sono la stessa cosa.»

Quando il giovane tenente Denisov ebbe tradotto queste parole, Sobchak scoppiò a ridere. «Non penso che siano la stessa cosa. Voglio il suo diario. E soprattutto voglio quella stramaledetta lettera del cazzo. I nomi potrei tirarglieli fuori da quella zucca vuota usando i metodi giusti, ma la lettera no. È quella, la prova che cerco. La sua parola è troppo screditata, signor ministro imbroglione.»

«E in cambio io cosa otterrò?»

Sobchak fece dei segni in aria, con l'indice. Dei cerchi. «Potrebbe, diciamo così, allungare la vita dei suoi cari. Sua moglie, i suoi figli. Adolf, Ursula. E Rudolf. Il suo amato Rudi. Il suo eroe ariano. Era pilota di carrarmati, vero? Ufficiale in una SS Panzer Division...»

«È prigioniero degli americani.»

«Oh, sì. Lo so. Ma sa come si dice, nessun luogo è davvero irraggiungibile. E nessuna persona. Sua moglie Anneliese. I suoi figli. Soprattutto Rudi.»

«Gli americani non ve lo consegneranno...»

Sobchak ridacchiò.

Pronunciò una frase secca in russo. La porta della cella si aprì e due guardie sovietiche fecero entrare, spingendolo senza troppi riguardi, un ragazzo di poco più di vent'anni, vestito con un'uniforme dismessa della Wehrmacht, priva di contrassegni e bottoni e trasformata in tenuta carceraria da grandi X bianche dipinte sulla schiena e sul petto.

«Che commozione, questa rimpatriata» commentò sarcastico il giurista militare.

Ribbentrop si alzò in piedi per abbracciare il figlio, ma le due stolide guardie glielo impedirono.

Sobchak si accese una Belomorkanal. Il fumo della scadente papirosa *impestò la cella.*

L'ufficiale socchiuse gli occhi.

«Ecco l'affare che le propongo, signor mercante di vini. Lei mi dà i nomi e la lettera, e la sua famiglia vivrà.»

«Non mi sembra un affare.»

«L'alternativa è peggiore. Quello che le offro in cambio di poche pagine di carta è la salvezza della sua famiglia. Inoltre, quale segno tangibile della mia generosità, un bonus per lei è rappresentato dal fatto che suo figlio verrà per ora alloggiato in una cella accanto alla sua. Potrete comunicare attraverso la parete.»

Ribbentrop fece un commento sottovoce, che il tenente Denisov diligentemente tradusse.

Sobchak si infuriò. «Continua a dire che non è un affare? Cosa pensava che le offrissi? La salvezza dal cappio? La sua condanna è già scritta. Lei verrà giustiziato. Morirà sul patibolo. Quelle che le sembrano, com'è che le ha definite...?»

«Briciole di poco conto» lesse Denisov, dal verbale che stava stenografando.

«... Quelle che ha definito "briciole di poco conto" sono doni inestimabili, considerato che cadono dalla tavola del popolo che lei e il regime che rappresentava avete aggredito, affamato e cercato di annientare.»

Sobchak spense rabbioso la sigaretta sul piano del tavolo. «Conto fino a tre. Questo è il tempo che le lascio per accettare la mia proposta. O per rifiutarla, assumendosene la responsabilità.»

Ribbentrop scosse la testa.

«Uno...» contò Sobchak.

Gli occhi dell'ex ministro degli Esteri di Hitler rimasero vacui.

«Due...»

Ribbentrop alzò la mano. «Si fermi. Accetto.»

Sobchak annuì.

Il tedesco chinò il capo. «Se non vi avessi detto del diario... e della lettera... Parlandovene ho messo in pericolo la mia famiglia...»

«Sì. È stata una cosa davvero stupida. D'altra parte lei non ha mai avuto fama di essere un'aquila.»

«Io ci credevo davvero, nel patto che firmai con Molotov. Nel patto che univa le nostre due grandi nazioni...»

«Allora delle due l'una: o è un bugiardo spudorato oppure è davvero un idiota.»

«Anche Stalin credeva in quel patto.»

Sobchak scattò in piedi, improvvisamente pallido. «Non osi mai più pronunciare il nome del nostro grande leader!»

Poi rivolse un ordine secco alle due guardie, che trascinarono fuori dalla cella il giovane Rudolf von Ribbentrop.

Sobchak sorrise, vedendo l'espressione terrorizzata sul volto del padre del ragazzo. Era un sorriso a fior di labbra, che non scaldava gli occhi.

«Stia tranquillo. Se lei terrà fede alla sua parte del patto, io manterrò la mia promessa. La salvezza della sua famiglia e la compagnia di suo figlio negli ultimi giorni che lei passerà su questa terra. È molto più di quanto sia stato offerto da voi fascisti alla mia famiglia.» Gli occhi dell'ufficiale sovietico si fecero di fuoco, al ricordo. «Ha mai sentito parlare di Babij Jar?» chiese a Ribbentrop. A quell'uomo un tempo potente e ora ridotto a una pallida larva in attesa d'essere schiacciata dallo stivale della Storia.

«No.»

Sobchak scosse la testa. «Lei mente. Non importa. Ora mi dica subito dove si trovano il suo diario e la lettera.»

53

«*Babij Yar?*» chiedo, quando il Berlinese ha finito di raccontare. «Vuol dire che Sobchak era ebreo?»

«No. Solo che sua moglie e suo figlio vennero fucilati dall'Einsatzgruppen 101 in quel burrone alla periferia di Kiev, nel settembre del 1941. A Babij Yar non morirono solo ebrei. 33.771 ebrei, per la precisione... Furono uccisi anche molti slavi, fra cui la moglie e il figlio dodicenne del giurista militare di primo grado Arkadij Sobchak: l'uomo a cui Andriy Petrenko rubò il diario di von Ribbentrop. E la lettera.»

«*Andriy Petrenko?...*»

«Quello che prima, nel suo resoconto, lei ha chiamato "il giovane seminarista ucraino". Lo sventurato ragazzo che ha commesso l'errore di immischiarsi in cose troppo più grandi di lui.»

Mi coglie una vertigine, a quelle parole. «Ma stiamo parlando di cose vecchie di ottant'anni...»

«"Non è morto ciò che può attendere in eterno", signor Ferrari. Riconosce queste parole?»

«La Bibbia?...»

L'uomo scoppia a ridere. «No. Lovecraft. Un verso da lui attribuito al poeta pazzo Abdul Alhazred, l'immaginario autore del *Necronomicon*.»

Si alza dal divano, con un movimento agile che ci si

aspetterebbe da un uomo molto più giovane. Si avvicina all'armadietto dei liquori. Tira fuori un *tumbler* e una bottiglia piena per tre quarti.

«Tullamore Dew... Non il mio preferito. Ma facciamocelo bastare. Il bicchiere della staffa. Ancora un paio di domande e poi ci congediamo come due vecchi amici che hanno fatto quattro chiacchiere davanti a un camino. Anche se il camino non c'è e le quattro chiacchiere non ci hanno portato ancora a nulla. Pazienza.»

L'uomo dall'accento berlinese si versa un dito di whisky nel *tumbler*, che poi agita sotto la luce dorata della lampada. Il liquore ambrato sembra muoversi lentamente nel bicchiere, come sfidando la gravità.

«Riassunto delle puntate precedenti. Il seminarista trova il diario di Ribbentrop in casa di Sobchak e cerca di venderlo a Suvorin. Abbiamo controllato il traffico internet del ragazzo. Era un frequentatore assiduo del blog di Suvorin e di altri gruppi dell'estremismo di destra ucraino e russo. Entrare nella posta di quel poveraccio è stato facile come rubare in un pollaio, anche se molto meno gratificante. Sguazzava come un'anatra nella melma delle teorie del complotto. Immagino che la pandemia l'abbia fatto andare del tutto fuori di testa. Comunque abbiamo le sue mail a Suvorin, anche se non le risposte. Non rispondeva via mail. Immagino usasse il telefono, o qualche chat. Sappiamo comunque che il professore ha ottenuto di poter esaminare il diario, per verificarne l'autenticità. Per qualche motivo però la vendita è andata a vuoto. Dalle mail che il ragazzo mandava ai suoi amici ritengo si sia ingolosito e abbia pensato di poter tirare sul prezzo. Fatto sta che il diario, privo di tre pagine, torna in mano al seminarista, che per quanto infuriato accetta i soldi che Suvorin gli dà per compensarlo della mutilazione del documento e poi, per qualche motivo, arriva a Trieste e cerca di venderlo lì. Non conoscendo nessuno, finisce per proporre l'acquisto al suo amico Amos Pasian.»

«Non era mio amico.»

Il vecchio non mi si fila nemmeno di striscio, come dicevamo da ragazzi.

«Quel che è certo è che il povero ragazzo è partito da Kiev in fretta e furia, come se avesse il diavolo alle calcagna» dice.

Va a sedersi di nuovo sul divano. Il *tumbler* nella mano sembra una bomba pronta per essere scagliata.

Lo fisso, immagino con troppa insistenza, perché sussurra: «Che c'è? Cosa vorrebbe chiedermi?»

Il suo sorriso è amichevole, disponibile, ma gli occhi cerulei sono freddi come quelli di un coccodrillo che studia la preda.

«Avete rapito voi Suvorin?»

Il Berlinese beve un sorso di whisky. O forse finge solo di farlo, perché quando posa il bicchiere sul bracciolo del divano sembra intatto. «No.» Mi fissa. «Quando dice "voi", lei che idea si è fatto, di chi potremmo essere, *noi*?»

«Sbaglio se dico che siete israeliani?»

Non vorrei mai trovarmi a giocare a poker con quest'uomo. Niente, ma proprio niente, permette di capire cosa gli passi per la mente. Freddo e immobile come una statua.

«Può almeno dirmi chi pensa sia stato a rapire Suvorin? E Miriam?» insisto.

L'uomo si stropiccia la radice del naso. Sorride. «Qualcuno ha rapito Suvorin e qualcun altro la sua amica. Due... chiamiamoli *gruppi*... diversi.»

«Sicché voi non avete rapito nessuno.»

«Non ancora.»

«E Feng, allora?»

«Nemmeno lui.»

«Quindi ci sono non due ma *quattro... gruppi*, per usare la sua definizione, che ruotano intorno a quel diario.»

«Al diario no. Il diario è storia vecchia. Il santo Graal, al momento, è la lettera.»

«Ma perché è così importante?»

L'uomo alza le spalle. «Non c'è un solo motivo. Per qualcuno è importante per quello che dice, per altri invece conta chi l'ha firmata, perché i grandi capitali, le grandi fortune, non spariscono. Sono fiumi che a volte si nascondono nella roccia per riemergere a valle con un altro nome, in un altro paese... Vede, signor Ferrari, i politici passano, i militari vanno in pensione e muoiono, ma le grandi fortune sopravvivono, e magari non si vuole che qualcuno possa ricollegarle al passato. C'era un gioco che mi piaceva, da bambino, sulle riviste di enigmistica. Dovevi trovare il percorso per uscire da un labirinto. Non era mai facile. La storia di quella lettera è un labirinto. Qualcuno avrebbe interesse a pubblicarla e qualcun altro a distruggerla. L'unica cosa che tutti questi *qualcuno* hanno in comune è un interesse vorace, spasmodico, per quella lettera. Sarebbero disposti a tutto, ma proprio a tutto, pur di entrarne in possesso.»

«Ma chi ce l'ha, al momento?»

«Bella domanda. Stando agli indizi che abbiamo sottomano, l'ultima persona ad averla è stato Suvorin. Ma nella sua cassaforte a Mosca non c'era. C'erano le tre pagine mancanti del diario di Ribbentrop, le fotocopie del resto e il memoriale di Sobchak, ma la lettera no. Per questo siamo qui. Per questo *lei* è qui. E la sua amica e Suvorin non ci sono più.»

«Ma perché Sobchak avrebbe tenuto per sé il diario e la lettera? Non avrebbe dovuto consegnarli ai suoi superiori?»

L'uomo sorride. «Erano tempi bui. A volte conoscere un segreto ti salvava la vita. A volte invece... Mettiamola così, facciamo un'ipotesi sul tipo di quella che chiamano *storia alternativa*. Un genere che va di moda, ultimamente. Torniamo indietro nel tempo, al 1945. Immaginiamo che l'onesto e integerrimo Arkadij Sobchak consegni ai suoi superiori la lettera e il diario che documentano una pagina oscura del capitalismo occidentale. Siamo già agli inizi della Guerra fredda. Sobchak, il nostro piccolo burocrate in uniforme, consegna insomma nelle mani del Cremlino un'arma potentissima. Un'arma segreta. E lei sa come Stalin e i suoi uomini mantenevano i segreti.»

«Mettendo a tacere i testimoni.»

Il Berlinese annuisce. «Esattamente. Quei documenti erano un'autentica condanna a morte, se il Cremlino ne fosse venuto a conoscenza. La cosa più saggia che Sobchak avrebbe potuto fare era distruggere diario e lettera. E, a voler essere perfezionisti, sopprimere l'ufficiale che gli faceva da traduttore.»

«Denisov.»

«Già. Ma immagino che Arkadij fosse un brav'uomo. So per certo che si era rifatto una vita, dopo Babij Yar. Aveva una donna, a Kiev. Una figlia in arrivo. Cose da perdere.»

Beve un sorso di whisky. Stavolta non finge.

«Così il povero Sobchak confida nel silenzio di Denisov, che al termine del processo di Norimberga ha lasciato l'esercito, e tiene per sé i documenti che ha avuto da Ribbentrop. In attesa di tempi migliori. Forse li considerava un capitale in banca, anche se di non facile realizzo. O un'assicurazione sulla vita, sua e delle due donne che amava. La moglie e la figlia. Fatto sta che non nascose né il diario né la lettera. Anzi, li tenne in bella vista, fra gli altri suoi libri. Viene da chiedersi se avesse letto quel racconto di Poe...»

Il Berlinese posa il *tumbler* vuoto sul tavolino davanti a sé.

«Il mio consiglio è questo: lasci la città. Non è sicura, per lei. Brulica di spie più che durante la Guerra fredda. Lei sa che Richard Nixon era qui nel 1947? Ha lasciato nel suo diario una cronaca quantomeno improbabile di fatti che in realtà forse non sono mai avvenuti. Tenevano tutti un diario, una volta. Prima dei social. Il tasso di affidabilità era più o meno lo stesso. Soprattutto nel caso di Tricky Dick.»

«Non sapevo di Nixon a Trieste.»

«E nemmeno le interessa, suppongo.»

«Non molto. E nemmeno di Ribbentrop, dei suoi diari e della sua lettera stramaledetta. M'interessa di più Miriam.»

«Immagino. Ma *loro* credono che lei abbia quella *stramaledetta lettera*. Nel migliore degli scenari, qualcuno la contatterà per proporle uno scambio.»

«Ma io non ce l'ho.»

«Ne sono sicuro. Ci fidiamo di lei. Le crediamo. Comunque non lo ammetta mai. So che non dovrei dirglielo, ma quella lettera è l'esile filo che tiene in vita la sua amica.»

«E nel peggiore degli scenari?» chiedo.

«Come dice?»

«È lei che ha detto che nel migliore degli scenari mi proporranno uno scambio. E nel peggiore?»

L'uomo finisce di bere il suo whisky. Posa il bicchiere sul tavolino davanti a sé, prima di alzarsi. Si spolvera le ginocchia dei pantaloni, un gesto decisamente d'altri tempi. «Ci sono infinite possibilità, infinite... *gradazioni*... tra lo scenario migliore e quello peggiore, signor Ferrari. Probabilmente quello che accadrà si collocherà nel mezzo. Lei ora torni alla sua base di partenza e tenga sempre acceso il cellulare. Anzi, a proposito...»

Alza appena la voce per chiamare «Olga», ma la donna che ama Gianni Venier entra subito nel salottino, come se fosse stata appena oltre la porta.

«Sia cortese, Olga, dia al suo scrittore preferito uno dei nostri telefoni speciali.»

La donna arrossisce. Infila la mano nella borsetta e tira fuori uno smartphone ancora con la pellicola protettiva. Me lo porge, sorridendo.

«Ce l'ho già, un cellulare.»

«Questo è speciale. Non se ne separi mai. Ci consente di sapere sempre dov'è. E ha anche qualche altra funzionalità che la stupirebbe.»

Guardo il retro. Non c'è marca. Non c'è scritto assolutamente nulla. Potrebbe essere un qualsiasi telefono cinese, solo che pesa almeno il doppio.

«Anche se non lo accende... voglio dire, anche se lo schermo è spento, basta che pronunci a voce alta il nome in codice che le darò, e il microfono si attiverà. Così potremo sentire quello che si dice intorno a lei. Anche se lo tiene in tasca, o in una borsa. Basta che la borsa non sia foderata di piombo.»

«Non uso borse. Tantomeno foderate di piombo. Ma chi mi dice che voi non mi sentiate sempre? Voglio dire, anche quando non pronuncio la vostra parola magica?»

I due sorridono.

«Glielo dico io» fa l'uomo.

Li guardo.

Ho un'ultima domanda da fare.

Cioè, in realtà ne avrei un migliaio, ma questa è la più importante.

«Spari. Su, non sia timido. Faccia la sua domanda» fa l'uomo, leggendomi nella mente.

«Amos ha detto che c'erano un uomo e una donna nel suo negozio, quando il giovane seminarista ucraino andò da lui...»

«E quindi...?»

«Siete voi? Eravate voi due?»

La donna abbassa gli occhi.

«Sì» conferma l'uomo. «Non avrebbe senso negare. Abbiamo cercato di fermarlo. Ma lui, quando ci ha visti, è scappato.» Scuote la testa. «È corso in strada, e quel suv l'ha travolto.»

«Chi lo guidava?»

«Possiamo solo fare delle ipotesi. Non siamo stati noi, comunque. Noi non c'entriamo, con la morte di quel povero ragazzo. Anche se, devo ammetterlo, ho provato una certa acredine per tutti i fastidi che ci ha procurato, con la sua gestione assurda di quanto aveva sottratto in casa di Sobchak.» Consulta il suo orologio da polso, un modello semplice ma senza dubbio costoso. «Mi spiace, ma si è fatto tardi. Dobbiamo lasciarci. Se fossi in lei, me ne andrei da Trieste stanotte. Inutile rischiare che qualcuno venga a farle visita nel sonno.»

«Perché, lontano da Trieste sarò più al sicuro?»

«Certo che lo è. La sua casa è l'unica abitata nel raggio di un chilometro. Saremo decisamente in grado di proteggerla meglio. Feng le ha detto che può andarsene da qui, dunque cosa la preoccupa?»

Lo fisso negli occhi. «Come fa a sapere cosa mi ha detto l'ispettore Feng?»

Lui scrolla le spalle. «La stupirebbe, sapere quante cose so. Vada, signor Ferrari. Non indugi. Se avremo novità la contatteremo noi. Vada e torni a fare quello che stava facendo. La sua casa da vendere. Le bozze del suo libro. E ora memorizzi bene il codice per chiamarci. È 4321.»

«Mi prende in giro?»

«Assolutamente no.»

Accenna un leggero inchino con la testa. La donna, Olga, fa lo stesso. Escono dalla stanza come due fantasmi. Dopo mezzo minuto li sento confabulare con l'altro membro del terzetto, il truce clone di Lovecraft. Poi la serratura della porta d'ingresso scatta, con un suono che sembra rimbombare, nel silenzio.

Francesca è in cucina. Ha davanti una tazza di qualche infuso già freddo. Piange.

«Tutto bene?» faccio.

Lei solleva la testa e mi fissa, incredula. «*Tutto bene?...* In che guaio mi hai trascinata?»

«Io non...»

«E dov'è Miriam? Cosa le è successo?»

Decido per una versione intermedia dei fatti. Intermedia tra verità e bugia, intendo. «Miriam è al sicuro. Non preoccuparti per lei. Andrà tutto bene.»

Francesca scoppia a ridere. Le sue spalle tremano. «Dov'è che l'ho già sentita, questa stronzata dell'*andrà tutto bene*?»

«Te lo prometto. Nessuno farà del male alla tua amica.»

Francesca mi guarda stupita. «*Amica?...* Ma come... Miriam non te l'ha detto?»

«Detto cosa?»

«Non è un'amica. Miriam è *mia sorella*.»

54

A un'amica puoi mentire.

Quante volte l'ho fatto, nella mia vita?

Ma a una sorella no. A una sorella devi dirla, la verità. Dirle che hai messo tuo malgrado Miriam in una situazione di merda, e che quelli che dicono di essere tuoi alleati sono gente di cui non puoi fidarti.

Ma ci sono casi in cui anche a una sorella va bene mentire. Soprattutto quando sai che conoscere la verità non la farebbe stare meglio per niente.

Così cerco di convincerla che tutto è sotto controllo.

«Miriam è molto fragile» mormora, mentre metto a scaldare l'acqua nel bollitore. Lei se ne sta seduta al tavolo della cucina, lo sguardo perso nel vuoto come se davvero stesse guardando il passato.

«Non mi ha dato per niente l'impressione di essere fragile» dico, cercando fra i vasetti del pensile quello con la scritta CAMOMILLA, come mi ha istruito Francesca. Avrebbe voluto far lei, ma le tremavano le mani, così le ho detto di restare seduta.

«L'hai trovata?»

«Sì.» Le mostro il contenitore di latta segnato dal tempo con sopra un disegno di Holly Hobbie e la scritta CHAMOMILE. Un oggetto così in contrasto con il buongusto di questa casa da stupirmi.

Ascolto il rumore dell'acqua che comincia a bollire, con in sottofondo le parole di Francesca.

«Da quando è morta Ada non l'ho più sentita parlare di un'altra donna. Di un uomo meno ancora. Mi sono stupita, quando mi ha detto che ti avrebbe portato.»

«Non è come sembra.»

«Comunque state bene insieme. Si vede che c'è intesa, tra voi due. E quando è così, il sesso è l'ultimo dei problemi.»

«Non l'ho mai visto come un problema.»

«Per Miriam lo è. Ti ha detto cosa le è successo a Tel Aviv?»

«No.»

«Aveva ventitré anni. Le piaceva ballare. Una sera era andata da sola in discoteca, perché la sua compagna di stanza le aveva dato buca, e in discoteca qualcuno l'ha fatta bere. E le ha sciolto qualcosa nel bicchiere.»

Verso l'acqua bollente nelle due tazze di porcellana. Poi non so cos'altro fare.

Francesca scuote il capo. Mi prende dalle mani il vasetto della camomilla e riempie due colini d'argento a forma d'uovo che ha tirato fuori da un cassetto. Con gesti precisi che fermano il tremito delle sue dita li mette in infusione dentro le tazze.

«L'hanno violentata in tre. Per tutta la notte. All'alba si è trascinata piena di lividi fino a un parcheggio di taxi.»

Chino la testa sulla tazza. «Li hanno presi?»

«Che cosa importa? Sì, certo che li hanno presi. Ma quello che loro si erano presi da Miriam, quello nessuno potrà ridarglielo. Uno dei tre pensava fosse un suo amico, continuava a ripetere mia sorella. Gliel'ha gridato in faccia anche al processo: "Credevo fossi mio amico! Credevo fossi mio amico..."»

«Mi dispiace.»

Lo smartphone di Francesca comincia a emettere suoni.

Lei fissa l'apparecchio come se fosse un insetto velenoso.

«Non rispondi?» le chiedo.

«Sono messaggi.» Apre la cover del cellulare. «È Enrico. Sono foto» sospira.

«Fammi vedere.»

Le foto mandate da Malvani continuano ad arrivare sul telefono di Francesca. Man mano le immagini cominciano ad apparire, in numero sempre crescente, finché i suoni di notifica non sembrano la raffica di un mitra.

Guardo le foto di una sala sontuosamente addobbata, con decorazioni bianche, rosse e nere. Persone vestite in modo elegante si muovono fra i tavoli di un ricco buffet. Purtroppo i volti non si distinguono mai. D'altra parte mi rendo conto che Malvani deve aver fatto quelle foto di nascosto, in condizioni proibitive.

Anche le scene di ballo non sono venute chiare. Impossibile identificare i ragazzi e le ragazze che danzano al centro del salone, o le persone che li guardano battendo le mani al ritmo di qualche marcia viennese. Le foto che si succedono rapide sullo schermo mostrano dettagli inutili: cristalleria antica, vassoi colmi di tartine, camerieri che si muovono fra i tavoli. Le più irritanti sono quelle venute bene, ma in cui i volti delle persone sono tagliati dall'inquadratura. Sto per fare un commento acido, quando appare l'ultima foto.

Enrico Malvani ha gli occhi sbarrati.

È legato a una sedia, la testa piegata con un'angolatura innaturale.

La gola tagliata da un orecchio all'altro.

Francesca lancia un urlo.

55

La Tesla scivola silenziosa nella notte, sull'autostrada deserta. Anche se vorrei che urlasse.

La porto con un tocco minimo del piede sull'acceleratore a centottanta, e poi a duecento all'ora. La traccia di luce di un treno-pallottola mi affianca per pochi minuti sulla sinistra, sul tracciato dell'alta velocità. Poi sfreccia via e scompare nel buio, puntando verso la pianura.

Ho lasciato Francesca in una tenuta vinicola sulle colline sopra Monfalcone, da amici. Sconvolta com'era, avrei anche potuto abbandonarla sul ciglio della strada e non avrebbe protestato. Era catatonica. La coppia di amici che si è offerta di ospitarla si è presa subito cura di lei, senza fare domande.

Mentre viaggio su queste corsie assurdamente larghe e vuote, dove per lunghi tratti la sola luce è quella dei fari della mia auto, adotto l'unica tecnica di sopravvivenza distillata dal tempo e dalle mie esperienze: non pensare. Non chiedersi niente, non prospettarsi nulla che vada oltre l'immediato, oltre l'*hic et nunc* frastornante, l'incubo in cui sono precipitato. Due giorni fa il mio problema più grosso era vendere la casa. Ora la gente mi muore intorno, o viene rapita, minacciata. Astenendomi dal pensare, mi concentro sull'accelerazione della Tesla lungo quest'autostrada che è un sogno non realizzato, un ponte fra mondi che non esistono più. O non esistono ancora. Le batterie sono cariche, il fruscio aerodinamico è un canto ipnotico, che allontana paure e dubbi.

A tratti il pensiero di Miriam si affaccia, come il muso di un daino nella trama verde di una boscaglia. Ne vedemmo tre, un giorno, io e Magda, nei boschi prossimi alla *Hütte* di Heidegger. Ci muovevamo veloci sul percorso di fondo, le lame dei nostri sci facevano un suono simile a quello di un duello sulla pista gelata. E poi d'un tratto, dietro una curva, ci eravamo fermati di colpo. Davanti a noi, tre daini attraversavano in diagonale i binari del tracciato. Il maschio, con un palco di corna maestoso, sorvegliava la sua compagna e un cucciolo ancora incerto sulle zampe. Uscivano dal riparo della foresta con una prudenza diffidente, tesa. Ci eravamo bloccati a guardarci, separati da una decina di metri, una prossimità sufficiente a cogliere ogni dettaglio dei tre magnifici animali. Il fiato usciva dai loro musi formando nuvole leggere. Sullo sfondo bianco e nero della pista e degli alberi i loro manti rossicci sembravano dipinti. Provavo la stessa sensazione, immagino, dei primi umani che dipinsero quei dorsi e quelle zampe vibranti, pronte a scattare, sulle pareti delle grotte di Lascaux e Altamira.

Per pochi attimi preziosi il tempo si era congelato, capovolgendosi, e il mondo era tornato quello in cui animali grandi e nobili come quelli avevano dominato la terra, e l'uomo era solo un estraneo arrivato da poco, dai destini ancora incerti. In quella bolla magica e sospesa il tempo si era dilatato. Percepivo ogni singolo battito del mio cuore, e mi sembrava di poter cogliere persino il suono del respiro che passava attraverso le froge del maschio.

In quel momento non c'era più niente, nient'altro esisteva se non il nostro incontro.

E poi un ramo si era spezzato, nel folto della foresta, il rumore secco e nitido come uno sparo, e i tre animali erano scattati al galoppo, sparendo tra gli alberi, e sulla pista era rimasto solo un mucchietto delle loro feci fumanti.

Il posto di blocco è subito dopo l'uscita dell'autostrada.

Il casello era ingorgato di traffico proveniente da sud. Se la mia corsia era deserta, quella che arriva dalla direzione opposta, da Venezia, sembrava un serpente di fari, una colonna continua di auto che s'incanalava verso l'uscita.

C'è voluto un quarto d'ora per arrivare al gabbiotto dove un ragazzo annoiato ha preso i soldi e mi ha dato il resto.

«Come mai tutto questo traffico?» gli ho chiesto.

Di lui vedevo solo gli occhi chiari, sopra la mascherina.

Ha alzato le spalle, senza rispondere subito. Poi ha fatto un sorriso stanco. «Gente che ha soldi e tempo da perdere.»

Il posto di blocco è duecento metri più avanti. Fermano tutti. La fila si muove a passo d'uomo. Ci sono due auto della polizia messe di traverso, che riducono il flusso a una sola corsia. Davanti a me c'è un camper da cui esce una musica martellante, con bassi così potenti da far vibrare i finestrini della Tesla.

Un carabiniere in tuta bianca prende con un termoscanner che sembra una pistola la temperatura degli occupanti delle auto attraverso i finestrini aperti, appiccicando poi un bollino verde sul parabrezza.

Un altro carabiniere, armato di mitraglietta, controlla e fotografa le targhe. Vedendo la mia chiama qualcuno.

La divisa del poliziotto che viene verso di me è tedesca. Anzi, bavarese. L'uomo lascia che il carabiniere mi prenda la temperatura e attacchi il bollino prima di rivolgermi la parola.

«Anche lei è qui per il ponte di Pentecoste? Mi sembra un po' maturo, per questo genere di divertimenti.»

«Non so di cosa stia parlando, agente. Io abito qui. Cioè, ho una casa qui. Sono andato a Trieste per due giorni e ora sto tornando.»

Mi guarda perplesso. «Torna *qui* per Pentecoste? Ma lo sa cosa l'aspetta?»

«Non ne ho idea» mento. In realtà lo so benissimo. Ora ricordo. Tra i giovani tedeschi e austriaci si era creato da anni il rituale di scendere qui durante quel ponte, per abbandonarsi a eccessi barbarici che riducevano la città a un campo di battaglia. Bere, drogarsi e scopare, più o meno in quest'ordine, erano i motivi per cui migliaia di giovani calavano per festeggiare a modo loro il ritorno imminente dell'estate. Il Covid-19 aveva interrotto per qualche anno il rituale, che ora, a quanto pare, riprendeva.

Il poliziotto sospira. Sembra lui stesso poco più di un ragazzo. Fa una smorfia. «Se fossi in lei metterei in un garage custodito la sua bella auto, questo fine settimana. E non uscirei dopo il tramonto.»

«Sembra la battuta di un film di vampiri.»

«Può darsi. Mi fa vedere i suoi documenti?»

«Certo.»

Il poliziotto tira fuori una torcia stilo ed esamina con scrupolo la mia carta d'identità.

Poi la sua bocca si apre in un sorriso da Joker. Ha denti incredibilmente bianchi e sani. «Ecco perché la sua faccia mi diceva qualcosa! La mia ragazza è una sua fan. C'è la sua foto, sul dietro della copertina dei suoi libri. Anche se nella foto sembra più giovane.»

«È di qualche anno fa. Per la verità si dice *quarta di copertina*.»

«Ah sì? Lo terrò a mente, grazie. Quando racconterò a Kerstin che l'ho incontrata non ci crederà. Siamo di Monaco, sa?»

Aspetto che mi restituisca il documento. Invece lui continua a tenerlo in mano, assorto. Alla fine si decide a chiedermelo. «Se non la disturba, possiamo farci un selfie assieme?»

Faccio un sorriso tirato. «Devo scendere?»

«No. Scherza? Non serve. Stia comodo. Stia seduto.» Si china, mettendosi al mio livello. Poi tira fuori il cellulare e lo tiene alla distanza giusta per scattare la foto. Il flash mi abbaglia. «Scusi. Ecco, possiamo farne un'altra? Per sicurezza.»

«Certo.»

«Fatto. Vediamo. Sì, fantastica. Grazie. Se mi dà il suo numero di cellulare gliela mando.»

«Non occorre che si disturbi.»

«La prego. È un piacere per me.»

Sì, okay, ma non per me, dovrei dirgli, se fossi onesto. Per un attimo mi chiedo se non potrei dargli un numero a caso, ma non vorrei rischiare di fare brutte figure. O, peggio, di ritrovarmelo di nuovo davanti quando lascerò la città.

«Va bene.» Gli detto il numero, che lui digita sulla tastiera.

Un attimo dopo mi arrivano due messaggi. Li apro.

Le due foto sono tremende. Il poliziotto, in primo piano, sembra enorme come la maschera di un carro allegorico, e io, dietro il volante, illuminato dal flash imprevisto, ho una faccia da zombi.

«Kerstin impazzirà. Grazie» fa il poliziotto, rendendomi la carta d'identità. «Allora mi raccomando: sia prudente. E se ha bisogno di qualcosa mi chiami. Adesso ha il mio numero. Ah, scusi, non le ho detto come mi chiamo: Karl Brunner.»

«Piacere di averla conosciuta, agente Brunner. E i miei omaggi alla sua ragazza.»

«*Arrivedercela.*»

«Come dice, scusi?»

«*Arrivedercela.* Non è così che saluta sempre Gianni Venier? Kerstin mi saluta sempre così.»

Sforzandomi riesco a impedirmi di ridere. «Sì. Certo. *Arrivedercela*, agente. E buon lavoro.»

«Stia *attendo*, in questi giorni.»

«Starò *attendo*. Grazie.»

56

Il traffico per entrare in città è assurdo, per quest'ora ormai prossima all'alba. È come se la più grande svendita del prodotto più desiderato al mondo stesse per cominciare nel giro di poche ore. Le auto, le moto e i camper in coda sono pieni di ragazzi e ragazze. Una di loro, le tette nude dipinte d'azzurro, si sporge fuori dal finestrino di una vecchia Polo, sventolando una bandiera arcobaleno.

Dato che le agenzie immobiliari non apriranno fino alle nove di domani mi chiedo dove passerà la notte, tutta questa gente.

La risposta ce l'ho cinque minuti dopo, quando trovo due camper con targa tedesca parcheggiati di fronte a casa mia. Resta appena lo spazio per infilare la Tesla nel mio posto auto. Sto scaricando la borsa dal bagagliaio, quando un ragazzo nudo e magro come una volpe esce dal mio giardino e mi passa accanto di corsa sul vialetto, senza degnarmi di uno sguardo. Come se fossi diventato invisibile.

«Ehi, cazzo! Dove vai?»

Si blocca. Si guarda intorno, come un animale che fiuta l'aria.

«Cosa ci facevi, nel mio giardino?»

Lui scappa via. Mi aspettavo andasse verso i camper, invece trotterella in direzione del mare.

Che cosa ci facesse nel giardino lo scopro subito, appena dietro l'angolo della casa in ristrutturazione. Un mucchio di merda fumante blocca il passaggio sul vialetto. Mi fermo appena in tempo per non pestarla.

«Merda» impreco, appunto.

Salto il cumulo maleodorante e apro il cancelletto. Il patio sembra in ordine. Il sensore crepuscolare ha fatto il suo dovere. La serratura è intatta.

Poso la borsa sul pavimento. Mi chiudo dentro a chiave.

Per un attimo mi confondo, cercando dov'è il gatto.

Poi mi ricordo che è nell'ambulatorio di Miriam.

Ha detto che c'era un distributore di cibo automatizzato. Anche se non so se aveva preventivato un'assenza di più giorni. Spero proprio di sì.

Fra lei e il gatto, è in ogni caso la bestia a correre meno pericoli.

Anche in casa tutto sembra in ordine. Apro il rubinetto della cucina e bevo a canna almeno un litro d'acqua. Di colpo tutta la stanchezza di una giornata assurda mi cala addosso. La gola tagliata di Enrico Malvani, la bottega di Amos che esplode in un fiore di fiamma, le schegge di vetro che volano come una neve orizzontale, crudele, il corpo nudo e snello di Miriam. Tutto si affolla nella memoria chiedendo di entrare, assieme alla paura per Magda persa al confine più pericoloso d'Europa. Stringo i pugni e li picchio contro il muro, facendomi male. Il dolore mi calma, mi costringe a distrarmi dai pensieri.

Mi lascio cadere sul letto, e senza nemmeno accorgermene scivolo in un sonno senza sogni.

57

Mi sveglio un po' prima delle sei del mattino con tutti quelli che sembrano i postumi di una brutta sbronza. Emicrania, nausea, bocca impastata. Controllo il mio smartphone sul comodino, ma non ci sono messaggi.

Lo strano cellulare datomi dal Berlinese è spento, ma non so se posso fidarmi. Lo vedo quasi come qualcosa di vivente, un insetto mortale, dal carapace nero di vetro e metallo.

La prima cosa che faccio, prima ancora di prepararmi il caffè, è installare gli allarmi sulla porta e alle finestre. Sono estremamente semplici, direi rudimentali: due elementi che formano un contatto elettrico. Se uno apre la finestra o la porta, il contatto s'interrompe e parte una sirena piuttosto rumorosa.

Vorrei avere qualcosa di meglio con cui difendermi, in caso di bisogno. La mazza da baseball mi sembra francamente patetica, con gente che ti fa saltare in aria e ti taglia la gola.

Nei film d'azione, Steven Seagal o Bruce Willis riescono sempre a farsi un'arma con le cose che hanno a portata di mano. Un lanciafiamme con una bomboletta spray. Una spada con un manico di scopa.

Jackie Chan si arrangia anche solo con le mani e i piedi.

Ma questo non è un film.

Decisamente no, cazzo.

Apro la porta in legno. I due camper sono spariti, il mucchio di merda no.

Ci penserò più tardi.

Mi preparo un caffè nero, nella caffettiera più grande. Nell'attesa che salga indosso i pantaloncini, una maglietta e un paio di scarpe da corsa Brooks nuove di zecca, regalo di Magda per il mio compleanno. Le inauguro oggi, soprattutto perché potrei non avere altre occasioni di usarle...

Lo so, una corsa è l'ultima cosa che verrebbe in mente di fare a un uomo normale, nella mia situazione.

D'altra parte non ho mai detto di essere un uomo normale.

Bevo al volo il caffè.

Infilo nel marsupio il cellulare spento ma inquietante del Berlinese e compongo sul mio il numero dell'uomo che in questo momento mi sta più in culo al mondo.

Mentre esco dal vialetto di casa una voce assonnata mi risponde al telefono.

«Chi è?»

«Sono io, Bernd.»

«Marco...»

«Mi dici dove cazzo è Magda?»

Silenzio.

«Ti ho fatto una domanda.»

«Sì, be', io... Non so come dirtelo...»

«Prova.»

«Abbiamo, come dire, insomma, abbiamo perso i contatti con il posto che sai.»

«*Perso i contatti...*»

«Già. Penso che la cosa sia temporanea, e non vedo il motivo di preoccuparci troppo se...»

«Stavi dormendo, Bernd?»

«Come dici?»

«Quando ti ho chiamato, ti ho svegliato? Stavi forse dormendo?»

«Be', sai, sono... Fammi vedere... Sono le sei e venti...»

«Bene. Allora, adesso che siamo sincronizzati, voglio che tu faccia una cosa per me. Voglio che ti dia da fare e che non dorma più finché non mi avrai messo in contatto con Magda o non mi avrai rassicurato che non le è successo niente.»

«Ma...»

«Sto uccidendo il tuo sonno, Bernd. Non dormirai più. A costo di chiamarti a tutte le ore del giorno e della notte. Marco ha ucciso il tuo sonno, altro che Macbeth.»

«Marco, adesso non sei razionale...»

Penso sia quell'aggettivo così elegante, a farmi sbroccare. A tirar fuori, come direbbe Bernd, il fascista che c'è in me.

«*Razionale?* Non sono *razionale*? Che cazzo dici? Se avessi una minima idea di quello che mi sta succedendo, mi faresti i complimenti per il mio sangue freddo! Vedi di muovere il culo e di farmi avere notizie di Magda, o quanto è vero Dio vengo a prenderti a calci.»

«Senti, Marco, sono io il primo a essere dispiaciuto...»

«Lo sarai molto di più se succede qualcosa a Magda. Possibile che non sai più niente di lei?»

Il mio tedesco diventa sempre più sgrammaticato. Può darsi che in fondo Bernd abbia ragione. Che dalle profondità della mia anima, sotto le bombe che mi cadono addosso da ogni parte, stia riemergendo il picchiatore fascista, come direbbe lui.

«*L'hai mandata tu laggiù!*»

«Senti, ci siamo già detti...»

«Cazzo! Stammi a sentire senza interrompermi! Puoi anche dirmi che è stata lei a insistere, che ti ha ricattato pur di andare là, ma resta il fatto che la responsabilità di Magda è tua! Ed è a te che farò il culo se le succede qualcosa! E adesso datti da fare e mettimi in contatto con lei, capito? Datti da fare *adesso*!»

Chiudo senza saluti o cerimonie la conversazione. Scatto lungo la strada, le gambe che pompano come pistoni, come se volessi sfondare l'asfalto, il sangue che pulsa nelle tempie azzerando i pensieri.

Le strade verso il mare, che solo tre giorni fa erano deserte, sono intasate di auto e furgoncini parcheggiati. Ci sono tende canadesi sparse nella pineta e corpi distesi ovunque. Sembra un paesaggio dopo una battaglia.

Infilo le cuffie e faccio partire dal telefono *See You on Mars*, il nuovo album dei Wolf Alice. La voce di Ellie Rowsell graffia l'attacco della prima track, *Bezos*, come una puntina fuori dal solco, sparandomi in orbita come un booster di adrenalina. I giorni di inattività pesano un po' per il primo chilometro, ma poi le gambe si fanno prendere dal ritmo di *Elon's Mask*, la terza traccia, con i suoi bassi pompati, ed esco dal sentiero sulla spiaggia come in una partita di *Call of Duty*, correndo sparato sulla sabbia che i miei piedi quasi non toccano. Il mio cervello è in perfetta sintonia con il corpo, e poi si stacca, vola via, segue dall'alto la mia corsa come un drone, come se fossi uscito da me stesso per puntare in avanti, una freccia scagliata da un arco invisibile. La corsa è pura gioia animale, lo sgroppare di un cavallo sulla sabbia, parallelo alle onde, indovinando l'attimo in cui la risacca indietreggia, e il mio piede si posa sull'asciutto un secondo prima che l'acqua ritorni. È una danza con il mare, un assecondarne il ritmo, questo slalom fra le onde e i corpi distesi sulla battigia, che salto come se non esistessero, che schivo, deviando all'ultimo momento, anche quando si alzano a metà, stupiti dalla mia corsa, le bocche spalancate dallo stupore.

Correre così è meglio di qualsiasi droga, è meglio di qualsiasi cosa. L'orologio vibra a ogni chilometro fatto, e quando arrivo a quattro chilometri, alla foce del fiume, mi volto senza fermarmi e torno indietro, e la spiaggia ora si apre davanti a me da un capo all'altro, ed è desolante vederla cosparsa di corpi come relitti umani. Sono centinaia, caduti in coma ieri notte, o all'alba. Zombi dai corpi tonici, lo stadio finale del consumatore. Con buona pace di quelli che speravano che dall'epidemia saremmo usciti migliori. È stata solo una crisi d'astinenza, e ora la droga della nostra società è tornata abbondante.

Musica, sballo, figa, cazzo, SBALLO!

Sto per saltare uno di questi balordi, quando lo stronzo si alza e lo schivo al millimetro, e lui mi grida contro, rompendomi il ritmo della corsa. Muovo sei passi d'abbrivio, poi mi fermo e mi giro. Lo stronzo e due suoi compagni si sbracciano gridando insulti verso di me in una lingua gutturale del cazzo.

Non so cosa mi ferma. Cosa mi blocca e non mi fa colmare quella breve distanza, tornare sui miei passi e prendere a calci in faccia i tre vichinghi.

Ma qualcosa mi ferma.

Faccio un gesto con il braccio, chiedo scusa in tedesco.

Il nordico sorride. Risponde al mio gesto con un saluto. «*Peace!*» fa.

Annuisco, saluto e riprendo la corsa. Un drone blu e bianco della polizia sorvola la mia testa e passa oltre. Non l'avevo sentito. Sono così diffusi che non ci facciamo nemmeno più caso. Gli ultimi modelli fanno poco più rumore di una farfalla.

Passo per il punto esatto dove Suvorin è stato rapito.

Sembra un milione di anni fa.

Un milione di anni P.d.M.

Prima di Miriam.

Il pensiero mi fa ripiombare a terra, dopo l'assenza di gravità della corsa. È come precipitare nelle profondità del cuore, delle paure, dell'ansia. La sensazione d'impotenza mi prende alla gola.

Mi fermo. Di colpo la stanchezza mi scende dentro, drenandomi di ogni energia.

E in quel momento il telefono vibra nella tasca del marsupio.

Il mio, non quello del Berlinese.

Lo tiro fuori con tanta fretta che mi cade per terra. Lo raccolgo, soffiando via la sabbia e premendo il tasto di risposta.

«Pronto?»

La voce di Elena mi arriva mista a un suono infernale, come se un milione di pagine venissero strappate contemporaneamente.

Capisco solo a tratti. Forse una parola su tre.

«*Ciao... chiamato... adesso... venduta...?*»

«Elena, puoi ripetere?»

«*Venduta...?*»

«Elena, cos'è questo rumore?»

«*Vento... Io...?*»

«Elena, togliti da quel cazzo di vento. Va' a ripararti dietro un muro, o in una cabina telefonica. Non ti sento.»

«*Lascia... richiamo...*»

La telefonata s'interrompe. Mia sorella ci mette cinque minuti, prima di richiamare. Nel frattempo, risalendo la spiaggia, mi sono portato anch'io a ridosso del muretto che la divide dalla pineta.

«Ciao. Adesso mi senti?»

«Sì. Adesso sì.»

«Sai che qui c'è sempre un gran vento.»

«Potevi chiamarmi da casa.»

«Già. Stupida che non ci ho pensato. Allora dimmi, l'abbiamo venduta?»

Conto fino a dieci prima di risponderle. «Un "ciao Marco, come stai?" prima di parlare della casa sarebbe stato bello.»

«Sì, okay. Scusa. Certo. Come stai?»

«Vediamo. Considerato che una mia amica è stata rapita, un altro l'hanno fatto saltare in aria e a un altro ancora hanno tagliato la gola, per il resto non c'è male.»

«Hai sempre voglia di scherzare, tu. Beato te.»

«Guarda che non stavo scherzando.»

«Sì, okay. Certo. Come no. La casa comunque l'hai venduta?»

«No.»

«Ma l'annuncio l'hai messo?»

«Sì. È anche venuta una a vederla, ma ha detto che non era abbastanza grande, non è fronte strada e ha un solo bagno.»

«Ma scusa, tu nell'annuncio non l'avevi scritto, che c'era un solo bagno?»

«Sì, ma sai che la media delle persone non va oltre la prima riga di quello che legge.»

«Eh già, perché immagino che nell'annuncio tu abbia scritto un poema.»

«Se vuoi accomodarti a scriverlo tu...»

«Eh no, bello. Sei tu lo scrittore in famiglia. A proposito, un mio amico ha visto il tuo libro a casa mia e mi ha chiesto se il titolo l'hai preso da *Aguas de Março*. Pare sia una canzone famosa da queste parti.»

«Sì, no. Cioè, la canzone è famosa, ma il titolo non l'ho preso da quella.»

«Ma l'annuncio c'è ancora? Insomma, voglio dire, pensi che la venderemo, prima o poi?»

«Be', sai, la Situazione ha un filino complicato le cose. Non solo per noi.»

«È che quei soldi mi farebbero proprio comodo.»

«Sai che novità.»

«Come hai detto?»

«Niente.»

«No, guarda che ho sentito. Guarda che io sono un'imprenditrice, caro. Ho degli incassi ma ho anche delle spese.»

«Diciamo che finora, storicamente, hai avuto più spese che incassi.»

«*Storicamente* mi sono sempre mantenuta da sola.»

«Conosco un paio di banche che non sarebbero d'accordo.»

Elena sbuffa. «Ancora con questa storia! È roba vecchia, okay? Mi hanno, come si dice, mi hanno sfalciata.»

«*Stralciata.*»

«Quello che è. Sono a posto, io, non devo più niente a nessuno.»

Non ritengo saggio replicare. I conti aperti che Elena dissemina in giro per il mondo vengono sempre provvidenzialmente ripianati da qualche amico del momento, che firma garanzie o si accolla questo o quel debito. Se poi lei ritiene di non dover nulla ai suoi benefattori, è un punto di vista discutibile, ma Elena la vede così.

«Senti, Marco, rimetti mano all'annuncio. Tira giù il prezzo, scrivi "trattabile". Fa' qualcosa, insomma. Non abbiamo mica tutta la vita davanti.»

«Tecnicamente sì.»

«Dai che hai capito benissimo. Datti da fare, cazzo.»

«Il *chiringuito* come va?» le chiedo, brutalmente.

Lei rimane zitta per un po'. A tratti sento il vento far vibrare le finestre della stanza di Lanzarote da cui mi sta parlando.

«Be', se vuoi sfottere...»

«Ti ho solo chiesto come va.»

«Come vuoi che vada?»

«Non lo so.»

«Il turismo non si è mai ripreso del tutto. Però è un business con un grande futuro davanti. Bisogna solo che il mercato si risollevi. Tutto qui.»

«*Tutto qui.*»

«Ma sì.»

Ora tocca a me prendermi il mio spazio di silenzio.

«Sei ancora lì?» fa mia sorella, alla fine.
«Sì, sono qui.»
«Ho *bisogno*, di quei soldi. Un momentaneo calo di liquidità, niente di preoccupante, però ne ho davvero bisogno, e subito.»
«Di quanto hai bisogno, esattamente?»
«Ma cosa ti importa...»
«Diecimila?»
«Un po' di più.»
«Ventimila?»
«Meno.»
Sospiro. «Quanti soldi ti servono, Elena?»
«Diciottomila. Però la settimana prossima diventano venti.»
«Ti sei messa in mano a un cravattaro?»
«Pensavo fosse un amico. Quei cinquemila mi servivano. Dovevo saldare i fornitori, sennò non mi facevano più credito.»
«Aspetta: mi stai dicendo che *cinquemila* euro sono diventati *diciottomila*?»
«Non mi aveva detto che c'era l'interesse.»
«E magari ci hai anche scopato.»
Mi pento subito di averlo detto. Ma Elena non sembra farci caso. «Ma sì, quello però non c'entra. L'amore e gli affari vanno tenuti distinti.»
«Perché non hai il video?» le chiedo.
«Come?...»
«Di solito mi fai una videochiamata.»
«Be', mi sarò dimenticata.»
«Accendi il video, Elena.»
«Ma senti...»
«Attiva il video. Subito. Per favore. Sennò chiudo la conversazione.»
Quando appare sullo schermo, il volto di mia sorella è bello come sempre.

«Come mai di profilo?» faccio.
«Ma così...»
«Voglio vederti di fronte.»
Lei scuote la testa. Ma alla fine mi asseconda, sbuffando. L'occhio destro è gonfio. Il trucco non basta a nasconderlo.
«Chi te l'ha fatto?» chiedo, rendendomi subito conto di quanto è stupida la mia domanda.
«Chi vuoi che me l'abbia fatto?»
«Va' dalla polizia, Elena. Denuncialo.»
«Sì, come no.»
«Fallo. Vacci subito.»
«Non posso.»
«Perché no?»
«Perché mi ha detto che se lo denuncio mi infila in una valigia e mi spedisce in fondo all'oceano. Ma prima mi fa a pezzi con le sue mani.»
«Cazzo...»
«Voi uomini siete delle tali merde.»
«Diciamo che sei brava a cercarteli. Senti, non fermarti a fare i bagagli. Sali sul primo volo in partenza dall'isola e...»
«Mi ha preso tutti i documenti, Marco. E non parlarmi di bagagli, che mi dà i brividi. Poi penso che abbia un accordo con la polizia di qui. Altrimenti non si capisce.»
Mi sembra di essere tornato ragazzo. A quella volta in cui un tipo stronzo con cui usciva l'aveva chiamata "Elena la Troia". Se non ci avessero separato in tempo gli avrei ridotto il muso a una poltiglia come lui aveva appena fatto con il mio.
«Vengo lì appena posso. Ora non riesco, ma appena posso vengo lì e sistemo le cose.»
«Non serve. Marco, non serve. Sul serio. Non venire qui. Basta che vendi la casa e mi fai avere quegli stramaledetti soldi del cazzo.»
Guardo le lacrime scorrere sul viso di mia sorella. Quando eravamo bambini credo di aver avuto una cotta per lei.

«Come si chiama, lui?»
«Lascia perdere.»
«Come si chiama?»
«Tiago Souza. Detto *Tubarão*...»
«Il soprannome. Cosa vuol dire?»
«*Lo squalo*.»
«Cazzo, Elena...»
«Lo so.»

Dietro di lei, sulla parete, c'è un listino prezzi, forse di un bar. Una mosca ronza intorno a una macchia in fondo al foglio.

«Ora devo andare, Marco.»
«No, aspetta.»
«Devo proprio andare» sussurra con la voce spezzata, chiudendo la conversazione.

Quando cerco di richiamarla il suo cellulare è spento.

58

Sulla strada verso casa, ancora scosso per la telefonata di mia sorella, passo davanti all'ambulatorio di Miriam.

Cerco di sbirciare attraverso la vetrina, ma la zona delle gabbie è preclusa alla vista.

Quando appoggio la mano sulla porta per vedere meglio, per poco non cado dentro, perché la serratura è rotta. La porta si muove libera sui cardini.

Entrare in una stanza forzata è una cosa che ho già fatto, nella mia vita da poliziotto, ma sempre quando i ladri se n'erano andati. *Ladri*, non assassini. E, *last but not least*, ero armato.

Ho il cuore in gola mentre mi muovo, cercando di non fare rumore, nell'anticamera, e poi, aperta la porta interna, nell'ambulatorio. Qui non far rumore è decisamente meno facile, perché il pavimento è cosparso di pezzi di vetro. Le lauree sono state staccate dal muro e strappate, i cassetti rovesciati. I classificatori giacciono per terra, svuotati, il loro contenuto sparso sul linoleum verde. Dal computer è stato rimosso l'hard disk. Tutto è stato frugato con metodo, da professionisti. Non è stato un atto vandalico, ma una perquisizione in piena regola.

Nessun rumore dalle altre stanze. Ma proprio il fatto che sono alle prese con dei professionisti non mi consente di rilassarmi. Mi guardo intorno, cercando qualcosa da usare come arma. Alla fine tiro su dal pavimento una lunga scheggia di vetro e l'avvolgo per metà in un asciugamano. Quello che ottengo è un primitivo coltello dalla lama lunga una trentina di centimetri. Pericoloso più per le mie dita che per un eventuale avversario, ma dovrò farmelo bastare. La mia ombra sul muro sembra quella di un sacerdote azteco con una lama sacrificale stretta in pugno. Anche se date le circostanze mi sembra più probabile che il mio ruolo sia quello della vittima. Sarà per questo che il mio cuore batte così forte.

L'uggiolare di un cane mi guida lungo il corridoio in penombra, e poi verso una porta chiusa.

Ci sono due metodi per irrompere in una stanza senza sapere cosa o chi contiene.

Entrambi potenzialmente suicidi.

Scelgo quello più discreto. Sospingo con la lama improvvisata il battente, che si apre senza rumore verso l'interno.

Nessuno mi spara.

Niente mi balza addosso dal buio.

Conto fino a venti, con le orecchie tese, prima di alzarmi ed entrare nella stanza. Non accendo subito la luce. Il fetore è tremendo.

Quando i miei occhi, alla luce che entra dal corridoio, mi confermano che sono l'unico essere umano lì dentro, mi decido finalmente ad accendere la luce.

La plafoniera al neon sul soffitto tremola, scoppietta e poi s'illumina con un ronzio.

Da dietro le sbarre, occhi felini e canini mi fissano terrorizzati. Gli animali abbandonati a se stessi hanno orinato e defecato nelle loro gabbie. L'odore nauseante viene da lì, ma non solo. Un furetto in una delle gabbie più in alto è morto stecchito.

Tunìn invece è vivo. Le gabbie non hanno serrature, ma solo un chiavistello. Libero il gatto, che scappa subito via dalla stanza come se avesse il diavolo alle calcagna. La cagna del russo mi fissa, quando apro la sua gabbia. La benda sulla gamba è relativamente pulita. Raccatto una bottiglia di disinfettante e un rotolo di garza pulita e li infilo nel marsupio. Un tempo, per rilassarmi nelle pause della scrittura, facevo un gioco sul pc, dove dovevi sopravvivere su un'isola deserta, minacciato da orde di zombi. Ogni oggetto che trovavi lo infilavi nello zaino, finché non era pieno. Mi sa che l'imprinting mi è rimasto. Prendo su anche un paio di forbici e una confezione di sulfamidici, assieme ad alcune siringhe. La femmina di borzoi sembra camminare senza grossi problemi, anche se zoppica un po'. Trovo il suo collare in cima a una gabbia. Non l'avrei notato, se non fosse stato per la luce fortissima che emana. Pesa davvero un sacco. Il guinzaglio è appeso a un gancio sul muro.

La cagna è docile, remissiva. Torniamo insieme di là, dove per terra c'è il delirio e devo stare attento affinché lei non metta la zampa su un pezzo di vetro.

Usciamo.

La strada è deserta. Non sembra possibile che a poche centinaia di metri da lì sia in corso un'invasione barbarica.

Tunìn è seduto immobile su un muretto. Mi guarda.

Gli faccio cenno di seguirci, ma lui, quando mi avvicino, si scansa soffiandomi contro.

«Okay, gatto. Capisco che hai passato i tuoi brutti momenti, lì dentro. E ti chiedo scusa. Ma anche per me questi giorni non sono stati tutti rose e fiori. Se vuoi seguirmi mi segui, altrimenti te ne resti qui da solo ad aspettare i carabinieri.»

Mi giro e m'incammino verso casa, tirandomi dietro il levriero russo.

Dopo qualche passo mi volto. Il gatto è dietro di noi. Fa finta di niente, cammina a quattro o cinque metri di distanza da me e dal cane, che sembra del tutto indifferente alla libertà ritrovata e zampetta tranquillo.

Mi chiedo cosa sia rimasto nella sua memoria, di quello che gli è successo: il rapimento del suo padrone, la ferita da arma da fuoco, la prigionia in una gabbia in mezzo ad altri animali che soffrono e muoiono.

Apparentemente nulla.

L'invidio.

Questa bestia sa vivere.

Forse *tutte* le bestie sanno vivere.

Entra senza problemi in casa, nonostante l'allarme si metta a urlare perché mi sono dimenticato di disattivarlo con il telecomando.

Spengo la sirena.

Non è male il rumore assordante che riesce a fare un aggeggio tanto piccolo.

Riempio d'acqua fresca un piatto fondo e lo poso sul pavimento della cucina. La cagna lappa tutto come se non ci fosse un domani.

Sento grattare alla porta. Vedo chi è, preparo un altro piatto d'acqua e faccio entrare il gatto. Intanto una parte del mio cervello tenta di elaborare un'informazione più importante: *qualcuno ha forzato e perquisito l'ambulatorio di Miriam.*

Perché?

Cosa cercavano?

C'è qualcosa che non torna, in questa tessera del puzzle.

Qualcosa che mi inquieta.

Maledizione.

La mia vita è rovinata dalle donne che ho attorno.

Mia sorella e il suo pessimo gusto per gli uomini e per gli affari.

Anneliese e il suo rifiuto di lasciarmi uccidere Gianni Venier.

Magda sparita non si sa dove.

E Miriam...

Be', Miriam è quella che mi ha fatto più male. Quella più in pericolo, e per la quale non posso fare nulla.

Quando suona il cellulare faccio un balzo sulla sedia.

Mi affretto a rispondere, senza nemmeno guardare chi è.

«Buongiorno.»

«Buongiorno» rispondo.

NUMERO PRIVATO, leggo sul display. Voce maschile, anziana.

«Chiamo per l'annuncio.»

«Ah.»

«Quando posso vedere l'appartamento?»

«Mai» rispondo. E tronco la conversazione.

Passano neanche trenta secondi e il telefono torna a squillare.

«Pronto.»

«Senta, lo sa che lei è un bel maleducato? Non si risponde mica così. È lei che vuole vendere la sua casa. Ma se si comporta così, come pensa di riuscirci?»

«In effetti non fa una piega.»

«Senta, 'sta cosa dell'epidemia ha fatto sclerare un po' tutti, non siamo più mica tanto normali. Così un minimo di *rasca* di matto posso mandarla anche giù. Basta che non si esageri e non si facciano le cose *a biga di coppo*. Allora, ricominciamo dall'inizio. Buongiorno.»

«Buongiorno.»

«Ho visto l'annuncio, e telefono per sapere quando posso venire a vedere la casa.»

«È una bifamiliare. Glielo dico subito, per non farla muovere per niente.»

«Grazie. Perché l'annuncio non è mica tanto chiaro.»

«Lo so. Me l'hanno già detto.»

«Il tetto l'avete rifatto di recente?»

«Sì. Cioè, no.»

«Sì o no?»

«So che dovrei dirle di sì, perché è una cosa importante. Ma no, non l'abbiamo rifatto da un bel po'. Tipo dalla guerra in Iraq.»

«Bene. Mi piacciono le persone oneste. Basta che non siano il mio commercialista.»

La voce è tonda e paciosa. Ricorda un po' quella di mio padre. Comunque di una generazione che solo due anni fa era parecchio più rappresentata sulla Terra.

L'uomo sbuffa. «Senta, dato che il tempo è denaro e non è che in giro ce ne sia tanto, di questi tempi, voglio dire il denaro, veniamo al dunque e fissiamo un appuntamento, vuole?»

«Mi scusi, ma in questo momento non...»

«Sarà mica già in parola con qualcuno? L'avrà mica già venduta?»

«Ma no.»

«Guardi che a me la posizione della sua casa interessa, indipendentemente dal suo stato. Comunque sono già qui in città, perché ci ho in piedi un cantiere. Per me costa niente passare a vedere. Se poi lei c'è, meglio. Sennò intanto butto un occhio alla casa. Le secca mica?»

«Ma...»

«Guardi che la pubblicità è l'anima del commercio, come si dice. Non vengo mica a farle perdere tempo.»

«No, è che davvero ho la testa da un'altra parte...»

«Allora faccio da solo. Vengo, vedo e poi se l'affare m'interessa ancora la chiamo, va bene? Non mi dica che non sono un tipo disponibile.»

«No, è che...»

«Allora d'accordo. Buona giornata.»

Avete mai infilato la testa in un frullatore che gira al massimo? No, immagino di no. Comunque l'effetto della telefonata su di me è stato più o meno questo. Mi rendo conto che non ho il suo numero. Anzi, non so nemmeno come si chiama. L'ha detto? Non mi sembra. Confuso come sono, ho dei dubbi anche su questo.

Ricambio lo sguardo triste del borzoi ferito. Poi quello

di Tunìn. Solo allora mi rendo conto che non ho dato loro da mangiare, ma solo da bere.

«Tonno per te, gatto, in ricordo dei bei vecchi tempi. Anche se dovrai accontentarti di una marca meno pregiata. E alla signorina cosa possiamo offrire? Temo proprio che il caviale sia finito. Anzi, che non ci sia mai stato.»

Scopro però che anche ai cani dei Romanov piace la salsiccia.

Scopro anche che compiere gesti così, e persino parlare con gli animali, allenta un po' la tensione. Il fatto è che non so cosa fare. E non fare nulla non mi sembra una grande idea.

Tolgo al cane il guinzaglio.

È mentre lo sgancio dal collare che noto un particolare.

Del collare, non del guinzaglio.

Che fosse pesante l'aveva già sottolineato Miriam, quando aveva fatto il suo commento sugli Swarovski.

Ma il peso non può essere dato dai brillanti. Né dal cuoio di cui il collare è fatto.

Lo tasto attentamente, finché non trovo il trucco.

Se infili le dita sotto la finta cucitura, scopri la cerniera. E se trovi il cursore...

Fatto...

E se lo fai scivolare...

Il collare si apre e ti trovi in mano un contenitore impermeabile, foderato di un metallo morbido e caldo al tatto che potrebbe essere piombo.

E dentro il contenitore...

59

Dentro non c'è assolutamente nulla.

Annuso, per una vecchia deformazione professionale. Niente. Solo un buon odore di cuoio e un vago sentore canino.

Chiudo il collare e lo rimetto al borzoi.

Se solo tu potessi parlare.

Potresti dirmi tutto. Cosa c'era nascosto nel tuo collare. Chi ti ha sparato e ha rapito il tuo padrone. Chi è entrato con la forza nell'ambulatorio di Miriam.

Ma ovviamente sarebbe troppo facile.

La cagna abbandona la sua salsiccia dopo averla rosicchiata per metà e si avvicina alla porta della veranda. Immagino sia troppo ben educata per grattare, ma è come se lo facesse con lo sguardo.

Le apro.

Lei punta al trotto verso il libro antico. Ci struscia sopra il naso come se avesse ritrovato un parente.

«Lascia perdere. Non è un coniglio siberiano morto e frollato. Non è roba da mangiare. *Vy sidite*» le faccio, ricorrendo al mio scarso russo imparato con un'app del cellulare.

Lei obbedisce.

Sorrido.

«Dovrò darti un nome. Provvisorio, s'intende. Che ne

dici di Anastasia? Chiamarti cagna mi sembra brutto. Si vede subito che sei una signora.»

Sembra incredibile, ma *lady* borzoi risponde positivamente alle mie parole. Torna scodinzolando da me e mi lappa la mano.

«Quindi ti piace? *Anastasia* allora, d'accordo. Anastasia. Te l'ha trovato Miriam, questo nome. Ti ricordi Miriam? È quella che ti ha curato. È brava, Miriam. Vieni. *Idi so mnoy*. Vieni con me.»

I romanzi di Gianni Venier vanno forte in Russia. Tre anni fa ci ho fatto una piccola tournée, toccando Mosca, Odessa e San Pietroburgo. Per questo avevo cominciato a studiare il russo, come poi ho fatto con il cinese e il giapponese. Ma sono troppo pigro per portare a termine l'impresa di imparare davvero una qualsiasi altra lingua. Manco di concentrazione.

«Sicché eccoci qui. Soli e alla deriva, noi tre. Dieci gambe e nessun cervello. Io non ci capisco più un cazzo, sono circondato da problemi. Tanti problemi. Tanti quanti gli indiani attorno al fortino in un film western. No, non mi aspetto che tu mi capisca. Tranquilla. Mettiti comoda, principessa Anastasia. Poi ti faccio fare il giro della casa.»

Quella di parlare con gli animali è una cosa normale per me.

Secondo Magda, il problema serio è quando gli animali ti rispondono.

«Non so che cazzo fare, principessa.»

«Quando non sai che cazzo fare, butta giù uno schema» mi ha detto una volta uno scrittore americano famoso. Era ubriaco fradicio, così sul momento non gli ho badato più di tanto. Però è un consiglio che a volte ho seguito, e mi ha detto bene.

Così prendo carta e penna e mi siedo al tavolo della sala da pranzo.

Comincio a segnare le cose. Poi verranno i cerchi e le freccette.

Ma prima le cose.

I nomi.

Cominciando dall'inizio. Dal mio arrivo qui.

Segnando solo quelli che in un libro sarebbero i protagonisti. Non le comparse.

Herbert Giordani
Miriam
Il professor Suvorin
Amos Pasian
Francesca
Enrico Malvani
L'ispettore Feng

Traccio una croce accanto ai nomi dei morti.

Di quelli certi, almeno.

Herbert Giordani
Miriam
Il professor Suvorin
Amos Pasian †
Francesca
Enrico Malvani †
L'ispettore Feng

Poi continuo a elencare i personaggi dell'intrigo in cui sono stato coinvolto sin dal mio arrivo in questa città.

La lista è breve.

Feng
Il Berlinese e i suoi due soci (Olga e "Lovecraft"): Mossad?
I nazisti (???)

Mi accorgo di parlare ad alta voce, ma lo faccio spesso quando scrivo, e in questo momento sto scrivendo, anche se non un romanzo.

«I nazisti non li ho mai visti. Però so che ci sono, e quasi sicuramente sono stati loro a rapire Miriam. Feng lavora per il governo cinese. Il Berlinese e gli altri due... Mah. Stando al racconto di Amos, il Berlinese e Olga hanno spaventato il seminarista ucraino nel negozio d'antiquariato, il giorno in cui il ragazzo è stato travolto e ucciso dal suv... Ma il giovane doveva aver paura anche della propria ombra...»

Scuoto la testa.

«No, così non arrivo da nessuna parte. Proviamo con i fatti.»

Scrivo a destra dei nomi, su un'altra colonna, i fatti noti.

Febbraio 1939, "patto di Terranova". Ribbentrop. Diario. Lettera firmata dal Pr. di Galles e dai "Cavalieri della Tavola Rotonda".

1945: i russi (Sobchak e Denisov) si fanno consegnare da Ribbentrop il diario e la lettera. Sobchak ha paura e non li consegna ai suoi superiori.

2021: il seminarista ucraino ruba il diario e la lettera in casa di Sobchak morente, a Kiev. Il seminarista cerca di vendere i due oggetti a Suvorin, che strappa tre pagine del diario e paga il seminarista per quelle.

Il giovane torna a Trieste (paura: di chi? perché?) e cerca di vendere il diario ad Amos Pasian.

Ma la lettera che fine ha fatto? Il seminarista ha detto che l'ha rubata assieme al libro. Che fine ha fatto???

Suvorin viene in Italia per un convegno di revisionisti a Trieste. Ma qui a Sabbie Dorate viene rapito. Io trovo il suo cane e lo porto da Miriam.

Miriam mi porta a Trieste e mi fa conoscere Amos Pasian. Amos ha il diario, meno tre pagine, e non la lettera.

Amos salta in aria con il suo negozio.

Malvani (amico di Francesca ⇨ sorella Miriam!!!) collabora per farci entrare alla festa nazi e poi accetta di fotografare l'evento ma viene ucciso, gola tagliata. Assassini: sicuramente i nazi.

Il Berlinese + 2 soci, "Lovecraft" e Olga (Mossad??? Esiste ancora, il Mossad? Verificare) mi danno uno strano cellulare pesante (localizzatore?).

Qualcuno (nazi?) perquisisce l'ambulatorio di Miriam.

Poi smetto di colpo di scrivere.
C'è qualcosa che non torna, in questo schema. Qualcosa che stride.
Ci penso su a lungo, lo sguardo perso nel vuoto. Magda dice che quando penso sembro uno scemo: il labbro pendulo, gli occhi fissi.
«A volte ti scende un filo di saliva dalla bocca.»
«Ma non è vero.»
«Oh sì che è vero.»

Può darsi che sia così anche adesso, perché quando mi riscuoto dai miei pensieri (quando scendo dalla Fortezza della Solitudine, come direbbe Magda...) ho davvero un filo di bava all'angolo delle labbra, e la parte bassa del foglio è coperta da scarabocchi e disegni minuscoli – stelle e ragni. Miriadi di stelle a cinque punte, decine di minuscoli ragni.
E in testa, adesso, nitide come se fossero incise sul frontone di un tempio, ho due cose dette da Feng, in quel suo strano ufficio da burocrate della Belle Époque.

«Lei sa che Israele è rimasta la principale avversaria, al di fuori dell'Europa, della nuova Sfera di Solidarietà e di Amicizia tra i Popoli?»

E soprattutto questa: *«Lei moltiplica inutilmente le ipotesi.»*

Ma c'è un'altra cosa che mi ronza per la testa come un insetto inafferrabile e fastidioso, un pensiero che ha cominciato a volarmi intorno dalla mia visita all'ambulatorio. Una cosa che ha detto Miriam.

«Dai diamanti non nasce niente, dal letame nascono i fior.»

L'ha citata non una ma due volte, quella canzone di De André. L'ultima volta poco prima di essere rapita.

«*Dai diamanti non nasce niente...*» ripeto ad alta voce, guardando il collare luccicante sul tavolo, aperto come la pancia di un pesce. «*Dal letame...*» Ripeto quelle due parole: «*Dal letame...*»

E di colpo mi viene in mente un'altra cosa.

I salmoni.

Gli orsi.

E subito mi batto la mano sulla fronte, dandomi dell'idiota.

Perché ho finalmente capito dov'è, la lettera.

«Aspettatemi qui, voi due» faccio al gatto e alla cagna. «Non ci metterò molto. Voi intanto fate amicizia.»

60

È quasi mezzogiorno, quando finalmente ho tratteggiato una possibile linea d'azione.

Una volta fatto quello che dovevo fare, mi sono ritrovato per le mani più cose di quante la mia immaginazione potesse maneggiare. Tante strade davanti, una sola delle quali porta alla salvezza. Solo che finché non l'hai presa non puoi sapere se è la strada giusta.

In questi casi cos'avrebbe detto mio padre?

Non avrebbe detto niente.

Avrebbe *fatto*.

Lui lo sapeva sempre, qual era la strada da prendere.

Non mi avrebbe aiutato.

Perché devo farlo da solo.

E lo faccio, scegliendo una strada. Se sia quella giusta o meno, lo scoprirò anche troppo presto.

Passo un bel po' di tempo prezioso, di tempo che non ho, a soppesare i pro e i contro, ad analizzare gli elementi che ho in mano. A valutare le possibili alternative.

Alla fine, quando tutto è stato pensato, non rimane che agire.

La prima cosa che faccio è dar da mangiare alle mie due bestie adottive e scrivere qualche riga d'addio per Magda, nel caso in cui fossi più in pericolo di lei. Poi seguo il mio improvvisato piano d'azione, salendo in macchina e raggiungendo la parte vecchia della città, quella con il porto e le casette dei pescatori dipinte a colori vivaci. Naturalmente non ci sono più pescatori, in quelle case. Sono state comprate, nel corso degli anni, da benestanti di fuori – avvocati, notai, commercialisti – che le hanno restaurate con una cura eccessiva, tanto che adesso il vecchio porto sembra lo scenario di cartapesta di un film.

Per strada ho visto come la città si è riempita di giovani, che sciamano oziosamente per le vie del centro impugnando bottiglie di birra e di superalcolici. Molti di loro si trascinano come zombi, incespicando nel sole a picco, pestando chiazze di vomito o di gelato con i piedi spesso nudi. Alcune ragazze sono molto belle, e giovanissime. Le loro risate però sono sguaiate, i gesti volgari. Eloi maleducati, che i negozianti guardano dall'entrata dei loro negozi con un misto di riprovazione e di avidità.

La moda di quest'anno, tra i ragazzi, sembra quella di indossare mascherine con il disegno di un teschio. Una cosa presa dalle bandane degli Hells Angels. Niente di strano, o di nuovo. Durante la Rivoluzione francese i giovani aristocratici si disegnavano sul collo un segno rosso per indicare dove sarebbe calata la ghigliottina. Esibivano quel segno macabro per strada e alle feste, come una sfida al Terrore. Allo stesso modo, nella quarta fase della Situazione, quando il virus aveva cominciato a colpire i giovani più dei vecchi, era nata la moda delle mascherine con il ghigno da teschio.

Parcheggio l'auto e raggiungo la banchina del porticciolo. I pescherecci sono ancora qui, ma come attrazione turistica. Non lasciano mai il molo.

Le barche dei turisti sì.

Compro un biglietto per l'Isola dei Delfini. È un'attrazione dura a morire, un giro che occupa mezza giornata, con una sosta di due ore su un isolotto dal nome suggestivo quanto falso, perché di delfini non se ne sono mai visti, e l'unico posto in cui ripararsi dall'ombra è un emporio che vende bibite fresche e souvenir.

Salgo a bordo del motoscafo, assieme a una sparuta pattuglia di ragazzi che devono essere rimasti a secco di posti in cui bere e vomitare, e a qualche persona più anziana che si guarda intorno con lo sguardo attonito di chi si chiede cosa ci faccia lì.

Chiedo a un marinaio dov'è il bagno e ci resto per qualche minuto, il tempo di sentire gli altoparlanti annunciare la partenza imminente. Allora scatto fuori e, scusandomi al volo con gli inservienti che stanno già mollando gli ormeggi, dico che devo scendere perché ho il mal di mare.

«Guardi che non le diamo il rimborso» mi grida dietro il capitano.

«Non fa niente» rispondo, saltando sul molo e alzando le spalle in un gesto di rassegnazione.

Dopo essermi accertato che nessun altro sia sceso dalla barca torno alla Tesla e, mentre il motoscafo si allontana dal molo e fa rotta verso l'Isola dei Delfini, punto il muso dell'auto verso casa.

61

Più si avvicina la sera e più la città si popola di ragazzi e ragazze ubriachi e vocianti. I chioschi di birra e hot dog sparano musica a milioni di decibel, facendo vibrare i muri. Ogni tanto parte l'allarme di un'auto, unendo le sue note a quella cacofonia infernale. Sembra Carnevale, anche per come i ragazzi sono vestiti, un caleidoscopio di colori vivaci, un arcobaleno umano.

Non ci sono più abituato.

Ricordo la prima manifestazione politica che ho visto, appena arrivato in Germania: centinaia di giovani che sfilavano in silenzio, gli slogan solo sugli striscioni. Possibile che gli stessi ragazzi, solo per aver attraversato un confine, siano diventati così casinari?

"Casinaro" è una delle parole che nei gialli con Gianni Venier rimangono scritte in italiano. Come "vongole" o "sugo alla marinara".

Mi muovo in mezzo alla folla perché so che fra la gente sono al sicuro. Che per quanto pazzi siano i miei nemici, non oseranno attaccarmi in mezzo a questa calca. Soprattutto perché ci sono poliziotti praticamente a ogni angolo.

In un negozio di biker ho comprato anch'io una bandana con il teschio, un casco da motociclista con il logo della Harley-Davidson e un coltello da lancio. Quella è stata una mossa un po' azzardata, perché portarlo in giro sarebbe vietato, come mi ha spiegato sorridendo la commessa battendo lo scontrino. Anche il casco non sarebbe permesso, ma di cose non permesse ne vedo tante, intorno a me. Come i due che fanno sesso in una camera con le finestre aperte, o il ragazzo che si masturba all'aperto ammirando lo spettacolo.

Ho già visto cose del genere durante l'Oktoberfest.

Non sono scandalizzato.

Semmai deluso.

Pensavamo che tutto sarebbe cambiato. Invece è stata solo una breve sosta, nel viaggio della nostra società verso il disastro, il *fracaso final*, come lo definì uno scrittore messicano amico mio.

Con il casco e la bandana, e la mia giacca militare, nessuno potrebbe riconoscermi. O almeno lo spero. Anche se non ne sono troppo sicuro. In certi momenti ho la sensazione di essere osservato. Allora metto in atto gli accorgimenti del caso. Mi fermo a fingere di allacciarmi una scarpa, o guardo nelle vetrine il riflesso delle persone alle mie spalle. Oppure mi volto all'improvviso, per cogliere qualche reazione nella folla. Ma se qualcuno mi sta seguendo è un professionista, perché non riesco mai a coglierlo in fallo. Potrei persino convincermi che le mie paure sono infondate, se non avessi la precisa sensazione che non lo sono. Che qualcuno mi sta pedinando.

Due ore fa ho telefonato a Francesca.

Mi ha detto che l'ha chiamata la polizia sul cellulare, per dirle che qualcuno era entrato nel suo bed & breakfast mettendolo a soqquadro.

Piangeva, descrivendomi lo scempio che aveva trovato.

«Non avresti dovuto tornare a Trieste» le ho detto, preoccupato.

«Tanto chi ha ucciso Enrico mi troverebbe comunque» ha risposto lei. Mi è parsa molto decisa. La rabbia sembra darle forza e lucidità.

«Se hai problemi, chiama l'ispettore Feng. Fagli il mio nome» le dico, fidandomi del mio istinto. Scegliendo il meno probabile, fra i probabili nemici che abbiamo.

Il centro della città è rimasto lo stesso di quand'ero bambino. Gli stessi edifici, la stessa fontana con le luci colorate. Anzi, i restauri che il comune ha promosso hanno riportato in gran parte il posto a com'era trent'anni fa. Solo il tipo di negozi e di merce in vendita è cambiato. Laboratori di tatuaggi, bigiotterie, sale giochi, take-away cinesi e giapponesi hanno preso il posto dei panifici, degli alimentari e degli empori di «robe da mare», come li chiamavano i miei: materassini, palloni, sandali, secchielli e palette.

Trovo il negozio che cerco proprio in fondo al corso.

È pieno, come speravo.

La giovane commessa sorride, perché sul viso ha una bandana con il teschio uguale alla mia. Dietro di lei c'è una mostra di coltelli, pistole ad aria compressa e fionde bilanciate che hanno l'aria di poter abbattere Golia.

«Scusi se glielo chiedo, ma quanto l'ha pagata, quella?» mi fa, indicando con l'indice la mia faccia.

«La bandana? Quindici euro.»

«Sa che è un tarocco, vero? Scusi se glielo faccio notare. Per venti euro le vendevo l'originale.»

«Accidenti.»

«Pazienza. Cosa cercava?»

«Una pistola ad aria compressa.»

«Per farne cosa? Voglio dire, che uso pensa di farne?»

«Tiro al bersaglio?...»

«Tiro al bersaglio. Okay. Be', c'è una vasta scelta. La faccio consigliare dal mio collega, che è più esperto.»

Della ragazza posso ammirare il fisico snello, quasi efebico, con i capezzoli eretti sotto la R e la E della scritta a rilievo IRON MAIDEN, e gli occhi chiari da gatta. Occhi del genere, così vivi e ridenti, sono una rarità.

Il suo collega è un trentenne con l'acne da adolescente, i capelli rossi e una t-shirt con il disegno in 3D di una *calavera*, un teschio messicano dai colori sgargianti.

«Dica» fa.

«Vorrei una pistola ad aria compressa.»

«Allora è nel posto giusto.»

«Bene.»

«A cosa vuole sparare? Uomini? Elefanti?»

«Be'...»

«Scherzavo. Più o meno quanto lontano sarà il bersaglio? Cinque metri? Dieci?»

Ci vuole meno di un minuto d'intervista perché riesca a intercettare i miei reali bisogni, come si dice nei manuali di marketing, e mi chieda sottovoce di seguirlo nel retrobottega.

Tutte le pareti della stanzetta larga due metri per tre sono occupate da scaffalature alte da terra al soffitto, piene di scatole di cartone con scritte cinesi. Il commesso ne sposta un paio e da dietro tira fuori un contenitore di metallo chiuso a chiave.

«*Only for discerning customers*» mi fa, chissà perché in inglese.

La chiave ce l'ha appesa a una collana etnica che porta al collo. Si china e apre il contenitore.

«*Et voila*» annuncia, mostrandomi un revolver nuovo di zecca, con il logo della Smith & Wesson.

Decisamente non è ad aria compressa.

Accanto alla pistola c'è una scatola di proiettili.

«Normalmente dovrei dirle di andare al negozio di armi e articoli da pesca in fondo al porto, ma dato che è di mio fratello posso venderle direttamente io l'articolo, e poi lui le manda la fattura. Basta che mi dia un indirizzo valido, se capisce cosa intendo. Altrimenti, se mi dà un indirizzo falso, o sbagliato, la fattura non le arriva. Ha capito?»

«Credo di sì. Quanto viene?»
«La pistola?»
«Sì.»
«Trecento euro.»
«E i proiettili?»
«Omaggio. E le do anche una fondina. Vero cuoio.»
«Non pensavo fosse così facile.»
«Comprare un'arma? Be', ma è il secondo emendamento.»
«Quello vale negli Stati Uniti. È il secondo emendamento della costituzione *americana*.»
Il commesso alza le spalle. «Allora, la prende o no?»
«Sicuro che non avrò problemi? Pensavo a un'arma ad aria compressa proprio per evitare problemi.»
«Scherza? È più complicato detenere una di quelle che avere una pistola vera. Ma dove vive, scusi?»
«In Germania.»
«Ah, be', ho capito. Mi sa che allora dovrà lasciarla qui, quando torna a casa. I crucchi fanno ancora casino, per queste cose. Sono così *staryy stil'*.» Mi guarda. «È russo, sa? Vuol dire *old style*, vecchio stile.»
«Quante lingue parla?»
«Un sacco. Uso un nuovo metodo cinese che è una figata assoluta. Impari le lingue dormendo.»
«E funziona?»
Si gratta la testa. «Be', ci vogliono anche gli esercizi da sveglio, ovvio.»
«Ovvio.»
«Dove ha comprato quella bandana? Le sta bene, ma sa che è un tarocco?»
«Me l'ha già detto la sua collega.»
«Immagino. Sa che in certe regioni rischia di più a girare con quella che con la pistola?»
«Addirittura.»
«Certo. Le ordinanze regionali, e a volte anche quelle comunali, si sovrappongono a quelle nazionali, che però

non sono mai state abolite, tecnicamente. Ci sono stati casi interessanti, in tribunale. Diciamo che qui in regione si può ancora girare armati e mascherati.»

«Non mi dica.»

«Giuro. È anche vero che se giri armato nella proprietà di qualcuno lui può spararti a bruciapelo senza intimarti l'alt, e nessun tribunale lo condannerà. Non aprirebbero nemmeno il fascicolo penale, mi pare sia questo il termine corretto. Non lo dico perché penso che lei potrebbe fare una cosa del genere, chiaro. Lo dico solo per sua informazione.»

«Grazie. Comunque mi sembra assurdo che comprare un'arma sia così facile.»

Mi guarda. «In effetti non lo sarebbe» sussurra. «Io la sto, come dire, *agevolando*. Per questo il prezzo è un po' più alto.»

Lo guardo.

«Meglio se regoliamo la transazione qui dietro, fra di noi» sorride. «Le faccio una ricevuta per "materiale ricreativo". Lo scontrino le vale comunque come garanzia. La fattura le arriverà più avanti, come le ho detto. Le assicuro che fiscalmente è tutto regolare.»

Mi allunga il suo smartphone. Sullo schermo digita l'importo. Avvicino la mia Mi Band allo schermo per autorizzare la transazione.

E non succede niente.

Nessun segnale neanche dal mio smartphone.

Il commesso sorride. Un sorriso a metà fra il comprensivo e lo scettico. Da un lato quel sorriso vorrebbe dire che si sa che cose del genere possono accadere, con la tecnologia di oggigiorno. Dall'altro dice tutt'altra cosa: credito esaurito, fiducia revocata, bancarotta imminente. La rivincita dello sfigato, in un mondo in cui avere e non avere sono le nuove separazioni di casta.

Riprovo. Niente. *La transazione non è stata autorizzata*, dice lo schermo del Pos.

«Queste tecnologie moderne» sospira il commesso. Ma ora è decisamente chiaro che sta pensando tutt'altro.
«Lasci stare. Ho anche la carta di credito.»
«Sì, certo.»
Tiro fuori la mia Amex gialla. Lui sfiora con quella il sensore *contactless*, ma lo fa con un gesto che implica una certa sfiducia nel risultato dell'operazione.
Invece il pagamento viene autorizzato all'istante.
«Perfetto» sorride il commesso, ma con una smorfietta delusa.
Infila la pistola e la scatola delle cartucce in una busta di plastica anonima e mi consegna il tutto con un inchino.
«*Domo arigato*.»
Lo fisso, con un cipiglio severo. «Non allargarti troppo, amico. Senti, in omaggio mi prendo una di queste, okay?» faccio, quando passiamo accanto alla cassa.
Prendo da un espositore una spilletta dei Rage Against the Machine e me la metto sul bavero della giacca militare.

Fuori dal negozio mi sfilo dal polso la Mi Band e cerco di capire quale sia il problema.
Apparentemente è tutto a posto.
Poi provo ad aprire l'app dallo smartphone, leggo la sua risposta e capisco cos'è successo.
E ho un'idea di cui con il senno di poi mi pentirò.
Torno nel negozio.
Il commesso, quando mi vede, fa una smorfia preoccupata.
Alzo la mano. «Tranquillo. Tutto okay.»
«Ah. Bene.»
«Senti, scommetto che tu ti intendi di tecnologia.»
«In che senso?»
Mi chino verso di lui, per sussurrargli all'orecchio. Anche se non sarebbe necessario, perché *Loch Down* degli Spenglers rimbomba con i suoi bassi omicidi dagli altoparlanti.

Quando gli ho spiegato cosa mi serve, lui annuisce, sorridendo.

«Okay. Facciamolo, allora» sospiro. «Ma prima dimmi una cosa: quel telefono a muro funziona? È una vita che non ne vedo.»

«Certo che funziona.»

«Allora diamo il via alle danze.»

62

Ditemi quello che volete, ma una pistola fa la sua bella differenza.

Mentre cammino in mezzo alla folla sento una sicurezza nuova. Anzi, una sicurezza *ritrovata*. È quella che provavo portando la divisa e l'arma d'ordinanza. Non è tanto l'idea di *usarla*, quanto quella di *poterla usare*, di averla al fianco.

Nel mio caso, in realtà, dietro la schiena, infilata nella cintura. Non ho accettato la fondina in regalo. Troppo ingombrante.

Appena uscito dal negozio mi sono imbucato in un vicolo che puzzava di piscio e vomito e ho tolto pistola e munizioni dalla busta, che ho gettato per terra, nel mucchio di guanti e mascherine chirurgiche e imballi alimentari che erano debordanti dal cestino. Poi ho infilato la pistola nella cintura e le munizioni nella tasca sul petto della giacca verde oliva. Ne ho viste altre, di giacche così, fra i ragazzi in giro con il loro passo strascicato per queste strade. Alcune hanno addirittura gradi e insegne naziste.

Penso ai ragazzi russi a torso nudo che scavavano attorno al rottame dell'He 177. Discendenti di uomini e donne che i tedeschi volevano sterminare adorano i simboli e le reliquie dei loro nemici, dei loro potenziali assassini; dissotterrano e seppelliscono con gli onori militari persone che giudicavano la loro razza inferiore persino ai cani.

La pistola mi fa sentire davvero bene. E anche la giacca da marine americano. In qualche modo stabilisce un contatto, un ponte con realtà lontane, con fedi ormai estinte. Viviamo in un mondo che ha dimenticato la Storia, il progresso, ogni minima utopia sfuggita al crollo delle ideologie. Eppure certi oggetti, contro ogni speranza, ristabiliscono un contatto, ci riconnettono a un flusso di idee, di ideali, che credevamo scomparsi per sempre.

Penso che anche gli idioti che hanno messo in piedi il ballo delle debuttanti nazi forse non stanno facendo altro che tentare di riprendere contatto con la storia, con un tempo in cui ancora c'erano utopie, e nemici, e futuro.

Okay, mi dico.

Si fottano.

Io mi accontenterò di salvare Miriam, e di tornare a vivere a Friburgo, in una città che crede più nel futuro che nel passato, e che pensa che il futuro, nonostante tutto, possa essere un posto migliore. La Germania non è certo il paradiso. Al massimo un purgatorio. Ma è il purgatorio migliore che potesse capitarmi. È la scialuppa di salvataggio del Titanic. Abbiamo lanciato i nostri segnali di soccorso, e la Germania è il posto più sicuro in cui stare in attesa che qualcuno risponda. O venga in nostro aiuto.

Quello che ho appena scoperto nel negozio mi ha confermato diverse cose.

«Conoscerete la verità, e la verità vi renderà liberi» dice il Vangelo.

Però vi renderà anche tanto tristi.

Ora che tutto mi è chiaro, ora che conosco, o penso di conoscere, la verità, ora che il mondo mi si è aperto davanti come un paesaggio quando la nebbia si è dissolta, mi sento triste e solo. Ripensare agli ultimi giorni alla luce di quello che ho scoperto, o meglio, che mi è stato appena confermato, mi fa rivedere tutto in una versione beffarda, bugiarda, brutta. Mi sento offeso e umiliato.

E soprattutto tanto, tanto ma *tanto* incazzato.

Ho in mente così tante cose, tutte insieme, che l'attacco mi coglie totalmente di sorpresa.

L'auto nera, grossa e brutta come un camioncino, frena di colpo, le portiere posteriori si spalancano.

È una cosa che ho già visto succedere.

Sono pronto.

Può funzionare in una strada deserta di Trieste, vorrei gridargli.

Può funzionare dopo che una bomba è esplosa.

Ma non è detto che funzioni in una strada affollata come questa.

Una coppia giovane mi passa accanto.

Afferro per le spalle la ragazza e la scaglio con violenza verso il primo degli aggressori scesi dall'auto. Poi faccio lo sgambetto al ragazzo e lo faccio volare verso l'altro avversario, che mi è quasi addosso.

I due nemici barcollano; uno dei due cade, cercando di smarcarsi dal giovane biondo che gli è piombato sopra. L'altro si libera della ragazza e si lancia al mio inseguimento, quando scatto verso il lungomare. Il tutto sotto gli occhi di una folla in cui lo stupore prevale sulla paura. È come se assistessero alle riprese di un film. I più fissano inebetiti l'inseguimento, e l'auto che cerca di raggiungerci arrancando tra i pedoni. Un paio addirittura applaudono godendosi lo spettacolo, come se stessimo recitando. Io temo che da un momento all'altro l'auto possa accelerare e, mietendo la folla assiepata, piombarmi addosso. Ma non sono così pazzi da provarci. Mi giro un paio di volte, per una frazione di secondo, a controllare le distanze. Il mio unico inseguitore è più vecchio di me, e sembra tutt'altro che un atleta. Venti metri buoni ci separano. La gente è sempre più numerosa sulla strada. Non tutti si scansano al mio passaggio, e a volte devo farmi strada con una spallata, o una spinta.

La terza volta che mi giro, l'auto non si vede più.

Non è una buona cosa.

E infatti *eccola*. Deve aver preso la parallela, contromano. Mi appare di fronte, bloccandomi la strada. Le portiere si aprono.

L'energumeno che somiglia a Lovecraft e uno che non ho mai visto, il gorilla tarchiato con i capelli biondi a spazzola che guidava l'auto, mi si fanno incontro leggermente piegati in una postura da lotta greco-romana. Alle mie spalle sento i passi di corsa del mio inseguitore.

A questo punto faccio una cosa che alla scuola di polizia mi hanno insegnato essere l'ultima risorsa.

Sfilo dalla cintura la pistola, tolgo la sicura e la punto sul volto di Lovecraft. Intanto arretro verso la saracinesca chiusa di un negozio, in modo da avere le spalle coperte. Ora li ho tutti e tre di fronte. Alle loro spalle la folla si ritrae come le acque del Mar Rosso. Mi rendo conto che, con il casco e la bandana con il teschio, la giacca da veterano del Vietnam e una pistola puntata, il cattivo della situazione devo sembrare io. Ma non mi fermo a rifletterci più di tanto. In situazioni come questa, pensare è un lusso che non puoi permetterti.

Sposto la mira da Lovecraft agli altri due stronzi che ho davanti, in modo da trasmettere chiaro e forte il concetto della minaccia *urbi et orbi*.

Quando Lovecraft tira fuori dalla fondina la sua pistola, capisco che siamo di fronte al classico stallo messicano.

In quel momento la portiera posteriore destra dell'auto si apre, e ne scende il Berlinese.

In confronto all'enorme Mercedes sembra quasi un nano. Scende con grande tranquillità, indifferente agli spettatori che ha intorno. Realizzo solo adesso che anche lui, come i suoi scherani, indossa un completo nero. Mi chiedo se in tasca abbia anche un aggeggio come quello dei Men in Black, per cancellare la memoria dei presenti.

Ma temo che intenda usare strumenti molto meno sofisticati.

Non c'è più traccia di accento, nel suo tedesco.

«È tornato presto dall'Isola dei Delfini, signor Ferrari. Si è goduto la minicrociera?»

«Ai suoi uomini è piaciuta?»

L'uomo sorride. «Non tanto. Soprattutto quando a metà del viaggio verso l'isola i miei incaricati hanno trovato lo smartphone infilato dietro lo scarico del cesso di bordo. Eppure le avevamo raccomandato di tenerlo sempre con sé.»

«Lo so.»

«Non ha nient'altro da dirci?»

«Io no. E voi?»

«Lei fa troppo lo spavaldo, signor Ferrari.»

«Con gente come voi mi viene naturale.»

L'altro scuote la testa. «Senta, qui stiamo dando spettacolo. Cosa ne dice se andiamo a discutere in un posto un po' più tranquillo?»

«L'aggettivo "tranquillo" si può associare a posti molto spiacevoli. Tipo un cimitero.»

«Suvvia, signor Ferrari. Siamo professionisti. Lei ha una cosa che a noi interessa, e noi abbiamo come gradito ospite una persona che interessa a lei.»

«Se ci riferiamo alla stessa persona, pensavo che fosse stata presa dai cattivi. Così mi era stato detto.»

L'uomo alza le spalle. «I giudizi sono soggettivi.»

«Non credo proprio.»

«Salga in macchina, signor Ferrari.»

«Neanche morto.»

«E allora scelga lei un posto. Quello che ritiene più sicuro.»

«Sapendo chi siete, mi sa che il più vicino è su Marte...»

«Decisamente fuori mano.»

Per un attimo devo resistere alla tentazione di sparare in faccia allo stronzo. Così, solo per cancellare quel suo sorrisetto supponente.

Poi mi viene in mente un modo per fargli ancora più male.

«Okay, vengo con voi» faccio.

La sorpresa è tale che non riesce a nasconderla. «Dice sul serio?»

«Be', non con tutti voi. Staremmo stretti. Diciamo che ora lei si siede al posto di guida. Immagino che abbia la patente... E io mi metto dietro di lei, e parliamo.»

«Non è proprio quello che avevo in mente.»

«Immagino. Ma io le propongo questo. Prendere o lasciare.»

L'uomo sembra indossare una maschera di marmo. Ma una goccia di sudore gli scende lungo la fronte.

«Conto fino a tre. Poi me ne vado» dico.

Mi sono chiesto a lungo se questa fosse la minaccia giusta. C'erano alcune alternative. Tipo: *conto fino a tre e poi ti sparo*. Ma la reazione del Berlinese mi conferma che ho colto nel segno.

«Va bene. Salga.»

63

«Quand'è che ha cominciato a sospettare di noi?»

Il Berlinese parla senza distogliere lo sguardo dalla strada. Non è facile muoversi in mezzo alla calca del lungomare. La folla deborda dalle aree pedonali, invadendo la carreggiata come in una sfilata del Martedì Grasso. E in effetti i volti e i corpi dei ragazzi sono coperti di polvere colorata, sparata in aria da due archi posti all'entrata e alla fine del corso.

«Sembrano pappagalli tropicali, vero?» faccio, evitando di rispondere alla domanda. Intanto con la coda dell'occhio controllo ancora una volta lo schermo del mio cellulare, ricevendo l'ennesima conferma.

E dandomi per l'ennesima volta dello stupido.

«Vero. Le ho chiesto...»

«Da subito.»

Non aggiungo altro. Restiamo in silenzio mentre l'auto si sposta di qualche decina di centimetri nella calca. Ci stiamo avvicinando alla Terrazza Mare, e la densità della gente è quella di una melassa di corpi dipinti.

«Quanto ci tenete a quella lettera?» chiedo.

«E lei quanto ci tiene alla sua amica?»

«Risponda prima lei.»

L'uomo sospira. Il viso riflesso nello specchietto retrovisore ora dimostra tutta la sua età. Quando prima di salire in auto l'ho perquisito, togliendogli la pistola, è stato come se di colpo fosse invecchiato di dieci anni.

«È da quando ero bambino che sento parlare di quella lettera. Per la mia famiglia era una specie di Santo Graal.»

«Addirittura.»

«Sono cresciuto in esilio. Fra stranieri, senza poter parlare la mia lingua. In una diaspora, se mi consente il termine, durata settantacinque anni.»

«Io posso anche consentirglielo, di usare quel termine, ma penso che molte persone in giro per il mondo potrebbero sentirsi offese.»

«Quindi ha capito chi siamo.»

«Così pare. Dov'era, di preciso, quel suo luogo di esilio? Argentina? Paraguay?»

«Venezuela. C'è una comunità chiamata Colonia Tovar, dove dal 1843 vive la principale comunità germanica del paese.»

«Ma lei non viene da lì.»

«Sa come si dice, non bisogna tenere tutte le uova nello stesso cappello. Io vengo da un posto molto meno appariscente. Tanto da non avere nemmeno un nome sulle carte geografiche del Venezuela.»

«Saggia scelta. Non rientrate esattamente nella top ten dei soggetti politici più amati.»

Il Berlinese ridacchia. «Non *rientravamo*, vuol dire. La classifica è cambiata.»

Un gruppo di ragazze e ragazzi biondi seminudi danza in mezzo alla strada.

«Dicevo che sembrano dei pappagalli» faccio.

L'uomo alza le spalle.

«Eppure in gran parte sono dei vostri» insisto. «Ariani purosangue. Anche gli ariani sono cambiati?»

Il tedesco non risponde.

Uno dei ragazzi si arrampica sul cofano dell'auto, e ridendo con la bocca spalancata batte le mani sul parabrezza, appiccicandoci la faccia sudata. Un'impronta multicolore resta sul vetro. Il giovane ridendo salta via come una scimmia, facendo poi una capriola.

Il tedesco che chiamavo Berlinese aziona il getto d'acqua dei tergicristalli. I colori, mischiandosi, diventano un rivolo grigioverde che cola giù sul cofano.

«Il materiale umano è buono» commenta. «Va solo forgiato nel fuoco, fino a fargli perdere le sue scorie.»

«Certo che in più di ottant'anni non avete aggiornato il vostro parco cazzate.»

Lui non raccoglie.

La folla sciama verso il mare, in una cacofonia di urla e musica dissonante. Sembra una tela infernale di Bosch. È più il tempo che l'auto sta ferma che quello in cui si muove. In dieci minuti percorriamo a malapena mezzo isolato.

«Ma quanti sono...» brontola il tedesco.

È la prima volta, da quando l'ho incontrato, che si lascia andare a un commento spontaneo.

«Spero che abbiate rivisto i vostri obiettivi, alla luce del materiale umano di scarsa qualità che vi troverete a usare.»

«Oh, non si preoccupi per questo, signor Ferrari. La *Herrenrasse* c'è ancora. Non ci servono esecutori brillanti, ma solo obbedienti. *Volonterosi.* Il giudeo Goldhagen ha colto nel segno, quando ha parlato dei "volonterosi carnefici" di Hitler. E l'Europa e l'America sono piene di ariani pronti a scrollarsi di dosso il giogo ingiusto del meticciato e della multiculturalità. Guardi cosa sta succedendo negli Stati Uniti. E in Russia. Il futuro è ancora una volta nostro.»

«Sì, be', la volta precedente non è che vi sia andata benissimo. Progettavate un impero millenario e siete falliti nel giro di una decina d'anni...»

«Questa volta non sarà così. Stavolta tutto è stato pianificato. Gli errori del passato sono stati analizzati e verranno agevolmente evitati. Presto il mondo civile tornerà a marciare sotto le nostre bandiere. Questo è certo. Ma adesso ho la gola secca. Finora ho parlato solo io. Vorrei sentire lei. Cominciando dalla domanda a cui non ha ancora risposto del tutto. Mi ha detto che ha iniziato a sospettare di noi da subito. Ma non mi ha detto perché.»

Mi concedo un sorriso.

Tanto per farlo incazzare.

«Vedendo i vostri metodi. Okay, la brutalità ormai è un tratto tipico di qualsiasi forza di polizia, di qualunque paese e credo politico. Ma c'era qualcosa, nel modo in cui avete torturato la povera Francesca...»

«*Torturato?...* Sta scherzando? Lei non ha idea di cosa sia, la tortura...»

«Mentre voi immagino abbiate una notevole pratica della materia. Comunque ha ragione: di questi tempi, la violenza non è un tratto identificativo affidabile. Diciamo che mi ha fatto riflettere una frase dell'ispettore Feng. Una cosa sul fatto che non si dovrebbero moltiplicare le ipotesi. Lei e i suoi soci avete cercato di vendermi la bugia che eravate i buoni, e che i vostri nemici erano i cattivi nazisti. E io ho abboccato. Mi sono chiesto a che agenzia apparteneste. Se magari poteste essere del Mossad...»

«Buon Dio, no...» ridacchia il nazista.

«Ho avuto in mente per un po'... no, *per troppo tempo*, l'idea che oltre ai nazisti e ai cinesi ci fosse una terza forza in campo, la vostra. Che la caccia alla lettera fosse una partita a tre. Mentre non è così.»

«Oh, questo non lo darei per certo. Ci sono molti soggetti e agenzie interessati alla lettera, in realtà. Diciamo che per il momento in campo ci sono due forze. Che lei ha correttamente identificato. La seconda domanda che devo farle è più che altro un pro forma. Ha lei la lettera?»

«Sì.»

«Bene. Noi abbiamo la sua amica. Ci sono tutte le premesse per chiudere un ottimo affare. A proposito, come ha fatto a trovarla?»

«Ah, be'. Immagino che a questo punto posso anche dirglielo. Ci siete passati a pochi centimetri, quando avete messo a soqquadro l'ambulatorio veterinario di Miriam.»

L'uomo tradisce un moto di disappunto. «Impossibile che fosse lì. Non ci sarebbe sfuggita. Abbiamo capito subito che doveva essere stata nascosta nel collare, ma l'abbiamo aperto ed era vuoto. E dopo abbiamo perquisito l'ambulatorio da cima a fondo.»

«Non come avreste dovuto. Altrimenti l'avreste trovata, e Miriam e io saremmo già stati eliminati.»

«Sta mettendo in dubbio la professionalità dei miei uomini?»

«Sono i fatti, a dire che sono dei pasticcioni. Troppi *margaritas* e *tortillas*, mi sa. Comunque, vede, il problema è che non mi sentirei comunque tranquillo, se facessimo lo scambio. Cosa v'impedirebbe di ucciderci, una volta che avrete la lettera? Che garanzie avremmo?»

A questa domanda il nazista non risponde. Chiede invece: «Dove stiamo andando?»

«Lei continui a guidare. Le dico io quando svoltare, o fermarsi. Per ora prosegua dritto.»

«Avrebbe la nostra parola.»

«Questa l'ho già sentita. E ora che ci penso, anche Molotov l'aveva sentita dal buon vecchio Ribbentrop. *Amigos para siempre*... Come no...»

«Ma allora non c'è soluzione. Se non si fida di noi...»

«Ho avuto poco tempo per pensare.»

«Possiamo trovare un accordo. La cosa migliore, ovviamente, sarebbe che lei si unisse a noi...»

«*Io?* E Miriam?»

«Suvvia, sappiamo che tra voi due non può esserci nulla. Sappiamo tutto, del passato di quella ragazza.»

Non ho voglia di contraddirlo. Parlare con questo pezzo di merda mi dà il voltastomaco.

«L'accordo che posso proporle vale per lei, signor Ferrari. Siamo disposti a chiudere un occhio sui suoi poco onorevoli trascorsi. Tradire i camerati...»

«Erano loro ad aver tradito la divisa che indossavano. Anch'io, cioè. Eravamo *noi*, ad aver tradito. Io ho fatto solo il mio dovere. Troppo tardi, ma l'ho fatto.»

«La veda come vuole. Comunque la veterinaria non fa parte del pacchetto.»

«Si fermi» gli ordino allora.

Il *tum tum* delle percussioni è al massimo, diffuso dalle casse di decine di auto. Centinaia di canzoni diverse suonate contemporaneamente provocano uno shock sonoro, in cui solo a tratti appare una traccia d'armonia. Per il resto l'incrocio di tanti ritmi e note contrastanti è solo rumore bianco. Un frastuono che ti trapana la testa, che fa sobbalzare il cuore.

«Fa impressione, vero?» chiede il nazista. «Una volta, qualche anno fa, ho portato mia nipote al concerto di uno dei vostri gruppi di adesso, i Coldplay. Lo stadio era pieno. Più di cinquantamila persone. C'era un'energia, una potenza trattenuta, che sembrava elettrica. Per un attimo ho avuto la visione di quella folla compatta di giovani che scattavano in piedi facendo il nostro saluto.»

«Ha avuto un'erezione, immagino. Comunque i Coldplay sono merda.»

Mentre lo dico chiedo mentalmente scusa a Chris e agli altri del gruppo, perché ricordo ancora, e mi sentirò in debito per sempre con loro, l'emozione provata togliendo il cellophane dal cd di *Viva la Vida*. Ero sul volo da Manchester a Londra, indaffarato con il mio terzo Gin and tonic. C'ero andato a trovare un amico, a Manchester. Era il 2008, non ricordo il mese. Mi sembra che fosse l'inizio dell'estate. So solo che il disco era uscito proprio quel giorno e io, innamorato di *Parachutes* e di *A Rush of Blood to the Head*, mi ero sparato quel cd comprato al duty free dell'aeroporto in cuffia, perché all'epoca usavo ancora il mio Walkman della Sony; chissà dov'è finito adesso.

Chissà che fine ha fatto, Sergio.

Chissà se ce l'ha fatta, a sopravvivere alla vita.

Viva la Vida, la canzone che dava il titolo all'album, è l'inno del Prima. Prima del Dopo che ci ha assorbiti tutti. Prima della merda che chiamiamo Oggi, o Presente.

Il mondo per me si divide in anni PVLV e anni DVLV.

Prima e Dopo *Viva la Vida*.

Prima e dopo quello stramaledetto 2008 che con la Crisi ha fatto da spartiacque tra un mondo che credeva ancora nel futuro e il nuovo mondo del rancore e del segno meno che manda in visibilio queste merde nazi, perché preannuncia e saluta il loro ritorno in auge.

«Naturalmente anche tu sei una stramaledetta merda» faccio, passando a dargli del tu. Non per confidenza, ma per disprezzo. Avrei voglia di usare una pallottola per mettere un punto alla mia frase. «E se vuoi proprio saperlo, non che siano cazzi tuoi ma te lo dico lo stesso, io i Coldplay li ho visti tre volte dal vivo, e la terza ho deciso che sarebbe stata l'ultima perché al posto di una band immaginavo il martirio di un gruppo di cristiani, una crocefissione, proprio al centro dello stadio, fra le acclamazioni del pubblico in delirio. Le masse che vi mandano in orgasmo, a me fanno paura. Anzi, mi fanno proprio schifo.»

«Eppure lei – per formazione, per i suoi sforzi e per il meritato successo che quegli sforzi hanno ottenuto – è in qualche modo un aristocratico, signor Ferrari. Lei appartiene di diritto alla minoranza che deve dominare il mondo. Accetti con gioia il fardello di appartenere all'élite che dovrà guidare il pianeta verso il futuro.»

Scoppio a ridere. «E sareste voi, questa élite? *Voi?* Ma per favore...» Guardo la strada. «Svolta a destra.»

Il nazista obbedisce.

D'altra parte è la loro specialità.

Lungo le vie laterali l'affollamento è decisamente minore. Riusciamo a muoverci quasi a passo d'uomo e poi, arrivati sulle strade esterne, il mio lurido autista può accelerare. Ammesso che andare a trenta all'ora possa definirsi accelerare.

La climatizzazione interna della Mercedes è perfetta da far schifo. Nessuno degli odori da luna park che permeano le strade della città in questo momento filtrano nell'abitacolo.

Mi chiedo se quest'auto sia nuova, o se il profumo di nuovo si venda in bomboletta.

«Alza l'aria condizionata» ordino.

«Fa già abbastanza fresco.»

«Alza la fottuta aria condizionata. Mettila al massimo. Ho caldo.»

Il nazista si schiarisce la gola. «Come crede. Se volessimo tornare a parlare di affari...»

«Aspetta, ho io una domanda per te. Questa devo proprio fartela. Non capita tutti i giorni di avere un nazista competente a portata di mano.»

«Credo sarebbe più produttivo...»

«Zitto e rispondi a questa: perché cazzo mettete in piedi delle cose sceme come questa? Che senso ha organizzare quei balli delle debuttanti valchirie?»

L'uomo sorride, suo malgrado. «Bella definizione. Devo tenerla a mente. Perché lo facciamo, mi chiede. Be', potrei parafrasarle un vecchio libro giudeo, dicendole che c'è un tempo per lavorare nell'ombra e uno per mostrarci in tutta la nostra ritrovata potenza, al cospetto dei nostri nemici. Un tempo per nasconderci e un tempo per proclamare con orgoglio al mondo la nostra identità.»

«Svolta a destra.»

Esegue, diligentemente. Poi riprende a parlare. «Quest'anno alla nostra convention c'erano rappresentanti di ventiquattro nazioni. *Ventiquattro.* Da posti lontani come la Nuova Zelanda. Buona parte dei nostri invitati veniva non dalla Germania o dall'Austria, ma dagli Stati Uniti d'America e dalla Russia. Dai paesi che credevano di averci sconfitto. Perché vede, signor Ferrari, *noi abbiamo vinto*. I governi delle superpotenze mondiali guardano a noi come a un modello da imitare. La condanna ha lasciato il posto all'ammirazione per quello che abbiamo realizzato, prima, durante e anche dopo la guerra. Che in realtà non è mai finita.»

«Questo lo dite voi.»

«Questo lo dicono i fatti.»

«Perché è così importante, per voi, quella lettera?»

I suoi occhi cercano i miei, nel retrovisore.

Poi il nazista scoppia a ridere. «Ma non è affatto importante. È storia antica. Tutti i firmatari, quel re mancato, e poi tutti quegli idioti che si facevano chiamare Cavalieri della Tavola Rotonda, sono morti. Le aziende che si erano lasciati dietro in certi casi sono solo nomi del passato, in altri hanno nuovi proprietari che non hanno niente a che vedere con i fondatori. Un documento del genere può interessare solo agli storici.»

«E allora perché siete disposti a uccidere per averla?»

Scuote la testa.

Mi fissa incredulo.

«Ma allora *non ha proprio capito*. A noi non interessa *averla*. Ci interessa che *nessun altro ne entri in possesso*. Perché se diventasse di pubblico dominio susciterebbe nei media e in quel che resta dell'opinione pubblica un interesse, per quanto minimo e del tutto transitorio, su aspetti storici che per il momento vorremmo non venissero messi in risalto. Non vogliamo disturbare, sia pur minimamente, il processo di oblio in corso.»

«Mi stai dicendo che per voi quella lettera è solo una seccatura da poco?»

«Potremmo anche sintetizzarlo così, sì. Solo Suvorin era convinto del contrario.»

«E avete ucciso due persone per una seccatura da niente?»

«Nell'Unione Sovietica di Stalin si veniva liquidati per aver riso a una barzelletta. Va bene, glielo concedo: anche nel Terzo Reich. Non siamo ipocriti.»

«No. Siete delle gran merde.»

«Siamo un'impresa di successo.»

«Cosa ne è stato, del russo?»

«Faccio mio il termine che lei ha appena usato. Quella gran merda di Suvorin, sottoposto a una convincente intervista, ci ha detto subito dove aveva nascosto la lettera. Nel collare della sua cagna. Peccato non averlo saputo prima. Non ce la saremmo lasciata scappare. Ci abbiamo messo un po' a risalire a lei e alla dottoressa Milani. Abbiamo dovuto visionare ore di filmati delle telecamere di questa città, dalla spiaggia fino quasi a casa sua, ma qui l'abbiamo persa, per ritrovarla davanti allo studio della sua amica. C'è voluto più di un giorno. Nel frattempo voi eravate andati a Trieste, complicando i nostri piani e suscitando il fastidioso interessamento dei cinesi, che dalla divulgazione di quella maledetta lettera sono gli unici in grado di trarre un sia pur minimo vantaggio...»

«Ti ho chiesto cosa ne è stato di Suvorin.»

Imperterrito, il nazista che chiamavo Berlinese continua il suo monologo.

«Nel giro di poche ore lei è riuscito a rovinare una linea d'azione perfettamente studiata per sistemare tutto con il minimo di danni e di perdite umane. Lei e la sua amica siete la causa della morte di quell'antiquario ebreo. L'unico lato positivo è che la bella veterinaria lesbica ci ha detto dove potevamo trovare il collare con la lettera. Peccato che nel collare la lettera non ci fosse. Il che ci ha costretto, come dire, a un supplemento di attività.»

Esasperato, gli punto alla nuca la pistola, attraverso il vuoto tra il poggiatesta e lo schienale.

«Dov'è Suvorin? Te lo chiedo per l'ultima volta.»

«È dove andrà anche la sua amica, se la lettera non salta fuori!»

Vorrei premere il grilletto. Invece gli ordino, freddamente: «Svolta a sinistra.»

«Non c'è nessuna strada.»

«Entra nella pineta.»

64

Il sentiero è praticamente invisibile dalla strada. È questo che lo rendeva così caro a noi ragazzi, quando non avevamo a disposizione una stanza per appartarci con la nostra amica del cuore. In tanti anni è rimasto lo stesso. La Mercedes sussulta sullo sterrato, passando a tratti in mezzo a una vegetazione talmente fitta che i rami graffiano il tetto e le fiancate. Gli ammortizzatori tengono testa a fatica alle buche.

Questo tratto di spiaggia lungo quasi due chilometri è rimasto libero. La speculazione non ha potuto metterci le mani solo perché è proprietà della chiesa cattolica. Un tempo c'era una colonia, abbandonata agli inizi degli anni Duemila.

«Svolta da quella parte.»

Il nazista obbedisce.

Il sentiero finisce tra le dune. Sulla sinistra, gli edifici bui dell'ex colonia fanno da sfondo cupo, isolando la spiaggia dai rumori della festa che si svolge qualche chilometro più in là.

Ordino al Berlinese di parcheggiare e spegnere il motore.

«Scendi» faccio, la voce fredda più del ghiaccio.

Lo costringo a mettere le mani sulla testa e lo spingo con la canna della pistola verso la spiaggia. A tratti incespica sulla sabbia, ma la luce della luna mostra la strada.

«Non so cos'abbia in mente...»
«Zitto e cammina.»
«Lei non è saggio, comportandosi così. Potremmo accordarci...»
«Fermati lì.»
Mi metto a due metri di distanza dietro di lui, il braccio teso, la pistola puntata contro la sua schiena.
«Te lo chiedo per l'ultima volta: dov'è Suvorin?»
«È morto!» esclama, finalmente con il giusto tono allarmato della voce. «Era una mina vagante. Non potevamo più permettergli...»
«Cosa ne avete fatto del corpo?»
«L'abbiamo sepolto.»
«Dove?»
«Cosa le importa?»
Tiro indietro il cane della pistola. La sua pistola. Una SIG Sauer P320 compatta. Lo so perché Gianni Venier ne ha avuta per le mani una, nel mio secondo romanzo.
Il rumore secco e cattivo si ode nitidamente nel buio.
A tratti, portati dal vento, i suoni della festa in corso in città giungono attutiti, deformati. Si avverte più che altro il *tum tum tum* delle percussioni, come l'eco di un enorme cuore lontano.
«Le dirò dov'è! Non mi spari!»
«Mandami un messaggio con le coordinate esatte per trovarlo» gli ordino, restituendogli il suo iPhone.
«Devo abbassare le mani per scriverlo.»
«Fai pure. Ma con molta attenzione.»
Scrive a lungo. Poi mi riconsegna il suo telefono.
Il cellulare nella mia tasca vibra. Lo tiro fuori con la sinistra, controllo il messaggio.
«Ah. Quando si dice la precisione.»
Dicendogli di scrivere le coordinate non intendevo che dovesse farlo alla lettera. Invece il messaggio è una schermata di Yandex.Maps con un punto marcato in rosso.

«Qui nella pineta...» faccio. «Praticamente a meno di un chilometro da dove l'avete rapito. Siete degli assassini a chilometro zero.»

«Non mi sembra il caso di scherzare.»

«In effetti no» annuisco, rimettendomi in tasca il cellulare.

«Le ricordo che abbiamo la sua amica. Se non mi lascia libero non la rivedrà mai più. I miei uomini la uccideranno.»

È allora che scoppio a ridere.

Una risata lunga, liberatoria.

Il Berlinese si volta, sconcertato. «Sta... *ridendo*?...»

«Già. E sai perché rido?»

Mi avvicino a lui. Prima che possa accennare a una qualsiasi reazione lo colpisco in fronte, e poi, mentre cade, alla nuca, con il calcio della pistola. Due colpi assestati forse con troppa forza, ma va bene così. Il nazista stramazza sulla sabbia.

«Perché non avete in mano un cazzo di niente.»

Torno all'auto.

Apro il bagagliaio.

Miriam, imbavagliata, ha gli occhi dilatati dalla paura.

Le sorrido, le accarezzo la fronte. Poi la sollevo, abbracciandola, stringendola a me.

65

Seduta al posto del passeggero, Miriam ha il capo chino sulle ginocchia sollevate. Se non fosse per la cintura, starebbe in posizione fetale.

Distolgo lo sguardo dalla strada in continuazione, per vedere come sta.

«Guarda dove vai» mi fa dopo un po', con la voce roca e quello che sembra un abbozzo di sorriso.

Recupero l'assetto dell'auto. La Tesla, con i suoi sistemi di guida assistita, mi ha viziato troppo. Guidando quest'auto mi sembra di aver fatto un salto all'indietro nel tempo.

«Sono contento di vederti.»

«Anch'io. Vi sentivo, mentre parlavate. Dal bagagliaio.»

«Ah sì?»

«Be', soprattutto te, perché eri più vicino. Come facevi a essere così sicuro?»

«Per via di questa.» Le tocco la Mi Band che ha al polso. «Quando ho visto che non riuscivo a pagare, ho controllato e mi sono reso conto che ce le eravamo scambiate.»

«Com'è possibile?»

«Al bed & breakfast di Francesca. Stavano tutt'e due sul comodino. E sono identiche. Senza accorgercene, io ho preso su la tua e tu la mia. Così quando mi sono reso conto dello scambio ho verificato i dati del gps della mia

Mi Band sul mio cellulare, al quale era associata, e ho saputo dov'eri stata, e soprattutto dov'eri.»

«Quindi eri tranquillo...»

«Non proprio. Fino a un'ora fa non potevo sapere... Cioè, ero sicuro che eri viva, perché potevo controllare il tuo battito cardiaco. Ma non potevo sapere...»

«Se ero una prigioniera o una complice.»

«Già.»

«Ovviamente, conoscendomi, ti sei detto che non potevo essere dalla loro parte.»

«Ovviamente» rispondo, sperando di suonare sincero.

«E quando sei salito su quest'auto e hai visto che il segnale...»

«... si muoveva con noi, be', sì, anche un idiota avrebbe capito...»

«... che ero viva, e nel bagagliaio.»

«Già. È per questo che ho detto al Berlinese di alzare a manetta l'aria condizionata. Per te.»

«A *chi*?»

«È così che lo chiamo, il nostro nazista. Dai documenti che ha in tasca sembra si chiami Karlheinz Hauser, cittadino del Belize. Ma chissà se è vero.»

«Magari sì. A proposito, è per questo che adesso tieni acceso il riscaldamento?»

«Già.»

Lei ride come una bambina. «Cosa pensi di fare, ora che mi hai salvata?»

Bella domanda.

Sapevo che prima o poi me l'avrebbe fatta.

«Non lo so. Sono un pessimo giocatore di scacchi. La prima cosa che mi viene in mente è di andare a casa mia, recuperare il mio passaporto e scappare a Friburgo.»

«Bel gentiluomo.»

«Ovvio che ti darei un passaggio. La Germania è ancora un paese civile. Lì i nazi li tengono nascosti, o sottochiave.»

«Non credi che dovremmo passare da un'altra parte, prima?»

«No. Non mi viene in mente nessun posto.»

«Allora non avevi decifrato il mio messaggio? Assurdo. Sei troppo intelligente per non aver capito.»

«Oh, per averlo capito l'ho capito. *Dal letame non nasce niente...*»

«Dai *diamanti.*»

La guardo. Autopilota o no, la guardo. Ha i capelli sporchi, graffi e lividi sul viso, niente trucco. Ma anche così è bellissima, di una bellezza selvaggia. Come se i tanti animali di cui si è presa cura negli anni le avessero lasciato in cambio qualcosa di sé.

«No. Né dai diamanti del collare né dal letame di una gabbia. Certo che avevo capito. Quando sono tornato nel tuo ambulatorio c'era un furetto morto, in una delle gabbie, e puzzava orribilmente. Ma tu, prima di sparire, mi avevi detto che avevi curato un solo furetto in vita tua, che era morto e dovevi seppellirlo nella pineta. Mi hai fatto tutto quel discorso sugli orsi e sui salmoni, e sul letame dei nostri corpi da cui nasce la vita. L'hai messo tu, quel furetto, nella gabbia, l'hai tolto dalla cella frigorifera o da dovunque lo avessi tenuto sino a quel momento e l'hai rimesso in una gabbia, sperando che il puzzo tenesse alla larga i malintenzionati, nel caso in cui avessero cercato la stramaledetta lettera di Ribbentrop nel tuo ambulatorio.»

«Non era di Ribbentrop» fa. E subito si morde le labbra.

La guardo. «Lo so che lo sai» sorrido. «L'hai trovata subito. Quando hai tolto il collare alla cagna di Suvorin ti sei accorta che poteva esserci dentro qualcosa. Hai scoperto la lettera, l'hai letta, e ti sei resa subito conto del suo valore.»

Lei non risponde.

«Allora ti sei messa in contatto con quelli che secondo te potevano essere interessati a comprarla. Amos era stata la tua prima scelta, ma l'hai scartato quando hai visto che gli interessavano più i nazisti vivi che quelli passati alla storia. Restava un'unica scelta possibile. E io che mi chiedevo come potevano essere arrivati a noi due. Dentro di me avevo dato la colpa al maresciallo dei carabinieri, o a Herbert...»

«A chi?»

«Fa' silenzio. Non interrompermi. Hai preso la lettera e prima di portarmi a Trieste, dove dovevi incontrare il potenziale compratore che avevi contattato... Era per quello che eri così interessata al ballo delle debuttanti nazi, vero? Prima l'hai nascosta in una gabbia, mettendoci sopra la carcassa del furetto. Peccato ti sia andata male. Perché qualcuno l'ha trovata lo stesso.»

«I nazisti.»

«No. Loro no. A quest'ora, se l'avessero trovata, saremmo tutti e due morti. Qualcun altro.»

«Chi?»

La guardo, duro. «A questo punto direi che non sono affari tuoi.»

Stavolta, strada o non strada, continuo a tenere gli occhi fissi su di lei.

«Guarda la strada» sussurra. «Ti prego.»

«Preferisco guardare te. Preferisco guardare la persona che se fosse stata onesta sin dall'inizio avrebbe evitato di essere rapita.»

«Ma sono viva. È andato tutto bene.»

«Vallo a dire ad Amos. Dillo a Enrico Malvani.»

Trattengo le parole, per timore che mi escano troppo in fretta, come un urlo.

«*Dillo a Francesca.*»

Riporto gli occhi sul volante, e sulla strada.

«E dillo a me» sussurro, infine.

66

Controllo il vialetto di casa con la pistola spianata. Niente.

I sigilli improvvisati che ho messo – un capello fissato con lo scotch ai due battenti, e un foglietto di carta che sarebbe caduto se qualcuno avesse aperto la porta – sono intatti.

Apro e faccio entrare Miriam.

Lei mi chiede, quasi timidamente, il permesso di usare il bagno.

«Sai dov'è» le rispondo, secco. Poi comincio a raccogliere le mie cose e a infilarle in un borsone. Non riuscirò a portare via tutto, ma l'importante è andarsene. E in fretta.

Sto ancora riflettendo su cosa farne del Berlinese, quando dei rumori sul vialetto mi fanno rimettere mano alla pistola.

Spengo la luce con un pugno.

«Non accendere» sussurro a Miriam.

E poi esco, ma dalla porta laterale. Aprendo il chiavistello mi sembra di fare troppo rumore, ma meglio di così non so fare.

Fuori il giardino è buio. Ma chiunque abbia fatto rumore ha avuto il tempo di adattare la vista alla mancanza di luce. Io no. Così mi accoccolo dietro un cespuglio, tentando di restare immobile. In attesa.

Non devo attendere a lungo.

Sono in due. È troppo buio per riuscire a distinguerne i volti, ma la statura e le spalle larghe di uno di loro l'identificano chiaramente: è l'uomo che chiamo Lovecraft. Si muove con il braccio teso davanti a sé. Immagino che in mano non stia tenendo una torta di compleanno.

In un film, mi alzerei intimando l'alt, a pistola spianata. Oppure sparerei senza preavviso contro le due sagome.

Ma non siamo in un film. La possibilità di farli fuori tutti e due è incerta. Quella di prendersi qualche pallottola in pancia altrettanto. E le pallottole fanno male. Non l'ho provato di persona, ma ne ho visto l'effetto su qualche collega, e non voglio correre rischi inutili.

Così, muovendomi all'indietro e tenendomi basso, rientro in casa.

Se almeno avessi avuto l'accortezza di portarmi dietro la pistola del Berlinese, avrei un'arma da dare a Miriam, nel caso in cui la prima linea rappresentata dal sottoscritto dovesse cedere. Ma l'ho lasciata nel cruscotto dell'auto. Se è per questo, anche non aver trascinato in casa il Berlinese è stato un errore. Ora avremmo un ostaggio.

Okay, inutile pensarci.

Mi guardo intorno, chiedendomi che altre armi ho a disposizione. Dove cazzo sono Bruce e Steven quando hai bisogno di un loro consiglio?

Poi mi viene in mente una cosa. Apro la rubrica del telefono, cerco un numero. Provo a chiamarlo, ma non risponde nessuno. Allora scrivo un messaggio, sbagliando a digitare almeno tre parole. È comunque un messaggio molto breve.

Tanto non servirà a nulla. È troppo tardi.

Un tocco sulla gamba mi fa sobbalzare di paura.

«Sono io» sussurra Miriam. Si è avvicinata a me senza fare rumore, camminando carponi. «Cosa c'è?»

«Sono venuti a prenderci. Stai calma. Sono armato. Possiamo difenderci.»

«Chi sono?»

«I tuoi soci mancati. Quelli rimasti.»

Anche se alla conta, in effetti, ne manca qualcuno. Mi chiedo chi altro si aggiri intorno a casa mia, nel buio, oltre ai due sul vialetto.

La luce della luna, e quella delle case vicine, fa scintillare qualcosa, sul ripiano della cucina.

E di colpo Bruce e Steven, e magari anche Jean-Claude Van Damme, mi danno l'ispirazione.

Non è facile lavorare al buio.

I gesti sono impacciati. Inoltre è la prima volta che preparo una cosa del genere. Ho il *know how* ma non la pratica. Per fortuna ho tutto quello che mi serve a portata di mano.

Ho appena finito il lavoro quando una voce in tedesco risuona alta, in giardino.

«Esca fuori, signor Ferrari. Sappiamo che è lì. Faccia uscire *Herr* Hauser e ce ne andiamo. Non abbiamo niente contro di lei. E si ricordi che abbiamo la sua amica in ostaggio.»

Ecco.

A volte è l'inferiorità numerica, o in fatto di armamenti, a fotterti.

Ma più spesso è il gap informativo.

«Non fatele del male» grido. «D'accordo. Ora faccio uscire il vostro uomo.»

Immagino che stiano ridacchiando, nel buio.

Okay, ragazzacci di Adolf.

Ride bene chi ride ultimo.

Non posso certo abbassarmi di statura, ma uscendo dalla porta cammino chino.

Ora anche i miei occhi si sono abituati al buio. Perciò li chiudo, quando faccio scattare l'accendino.

La miccia improvvisata con un canovaccio prende fuoco subito. Lancio la molotov contro la coppia di sagome a dieci metri da me. Una luce bluastra si spande sulle pietre del vialetto, avvolgendo i due nemici. Nell'aria si diffonde un odore penetrante di grappa, e subito dopo quello della carne bruciata.

Dalle pistole impugnate dai nazisti partono spari a caso, mentre i loro corpi vengono avvolti dalle fiamme. Tre dei miei colpi invece vanno a segno. Centro due volte al petto Lovecraft, mentre per puro caso becco l'altro in testa.

La testa non esplode.

Niente schizzi di sangue.

Con una pistola di piccolo calibro come questa i fori sono netti. Niente effetti speciali.

I due cadono a terra. Le fiamme continuano a danzare sui corpi immobili.

Alla loro luce vedo avanzare dal fondo della strada una sagoma curva.

Non ho il tempo di decidere cosa fare.

Resto incerto lì in piedi, un bersaglio in piena luce.

Non so se ho ancora un colpo da sparare. Mi sa di no.

E poi la sagoma scura avanza e si rivela per quello che è.

Olga, l'unica mia lettrice nazista che conosco, impugna una pistola grossa come un cannone. Ma non la punta contro di me.

Alla luce delle fiamme vedo che ha gli occhi colmi di lacrime.

«Come può uno scrittore bravo come lei essere così stupido? Lei mi ha delusa, signor Ferrari. Ha ucciso Dieter, e Wolf, e per cosa? Guardi cos'ha fatto! *Per cosa?* Per quella stupida lesbica ebrea! Maledetta! Maledetta!»

Prende la mira e scarica cinque colpi della .357 Magnum nel bagagliaio della Mercedes parcheggiata lungo il vialetto, accanto alla Tesla.

«*Puttana! Puttana!*» urla, isterica.

L'ultimo colpo fa saltare la serratura del bagagliaio, che si apre.

Olga guarda dentro e sbianca.

Ma proprio *sbianca*. Letteralmente. Come se tutto il sangue le fosse scivolato via dal corpo. Diventa una specie di fantasma in bianco e nero.

La bocca si apre.

L'urlo di Munch.

Con passi inceppati la donna si muove, raggiunge il corpo maciullato nel bagagliaio. Uno strano verso le sale alla gola, un verso simile a quello che le donne di certe tribù africane fanno in segno di lutto. Un verso che lentamente si trasforma in un ululato animale.

«*Maledetto...*» rantola, voltandosi verso di me, il volto deformato da un ringhio.

La Magnum si alza, puntando il mio petto.

Chiudo gli occhi.

Magda, penso.

Il mio ultimo pensiero.

E poi succede di tutto. E tutto assieme.

L'auto verde chiaro della polizia bavarese piomba sul vialetto come se uscisse da un telefilm dell'ispettore Derrick, o del commissario Rex.

Sul vialetto e su Olga.

La donna viene scaraventata violentemente in alto e in avanti, rovinandomi addosso come una carriola colma di grasso e muscoli morti.

Mani goffe mi liberano del peso della nazista. La testa della donna ciondola come quella di una bambola di pezza.

Un volto si china su di me, delle dita mi picchiettano la guancia, cercando una reazione.

«Agente Brunner...» sussurro. E vorrei dire: *non sa quanto sono contento di vedere la sua stupida faccia.*

Ma lui non me ne lascia il tempo. «Scusi se non ho risposto alla sua chiamata. Ero alla guida. Per fortuna ho letto in tempo il messaggio. Chi è questa donna? Perché voleva spararle?» Annusa l'aria. Si guarda intorno. «Cristo santo misericordioso, ma cos'è successo, qui? Una battaglia?»

«Posso spiegarglielo io» fa una voce, in un tedesco dall'accento esotico.

L'ispettore Feng, nonostante la stagione, indossa un impermeabile lungo fino ai piedi e un cappello di feltro. Herbert Giordani lo segue a due rispettosi passi di distanza, imbracciando un fucile a canne mozze.

L'agente Brunner si volta, con l'aria bellicosa. «E lei chi sarebbe?»

Feng fa appena un cenno con il capo. Il fucile imbracciato da Giordani sussulta. Il corpo del giovane agente tedesco si spezza quasi in due all'altezza della vita. Si piega come un coltellino svizzero, altrettanto rosso dalla cintola in giù, prima di cadere scomposto accanto a me.

Feng sorride, chinandosi e tendendomi la mano.

Io sono senza parole. Agghiacciato.

Ma prendo la sua mano. Lui la stringe e, senza fatica apparente, mi tira in piedi.

«Tutto a posto? Non è ferito?»

«*L'avete ucciso...* Mi aveva appena salvato la vita e voi l'avete ucciso...»

«È ferito? Sta bene? C'è un proverbio tedesco. Non cinese: tedesco. Dice: *quando si pialla, cadono i trucioli.*»

«Non l'ho mai sentito.»

«Meglio per lei. Vuol dire che il nostro incontro le ha insegnato qualcosa.»

«Quel ragazzo... Quel poliziotto...»

Feng alza il braccio. Un furgone con il logo di un panificio si ferma a ridosso del vialetto, bloccandone la vista all'esterno. Scendono quattro uomini in tuta bianca e visiera in plexiglas. Per un attimo mi sembra di tornare ai tempi della Situazione.

Lo dico a Feng.

«*La Situazione...* Come le ho detto, mi fa piacere che

anche lei la chiami così. Vuol dire che i nostri uffici di comunicazione fanno bene il loro lavoro. All'inizio erano davvero in pochi a usarla, questa parola.» Si guarda intorno, con aria disgustata. Poi fa: «Venga con me.»

«Non vengo da nessuna parte. Miriam...»

«La sua amica sta bene. I miei uomini si occuperanno di lei. La vedrà presto. Ora è tempo di fare le pulizie, e non sarà uno spettacolo gradevole. Venga con me.»

Mio padre diceva che la frase "non avevo alternative" è solo un comodo alibi, una scusa. Diceva che c'è sempre un'alternativa, una scelta giusta da fare.

Cerco dentro di me un'alternativa. Qualcosa di diverso da dire, da fare.

Ma alla fine seguo l'ispettore Feng.

67

«Ha mai sentito parlare del massacro di Nanchino, signor Ferrari?»

«No.»

«L'hanno chiamato anche *stupro di Nanchino*. Il 13 dicembre del 1937 le truppe giapponesi entrarono nella città cinese di Nanjing, che voi chiamate Nanchino. Nelle prime sei settimane di occupazione vennero uccise fra le centomila e le trecentomila vittime, a seconda delle stime. Fonti governative statunitensi attestano che i morti sarebbero stati addirittura cinquecentomila. Non solo militari. Anche civili. Vennero ammazzati nei modi più disparati. Alcuni furono sepolti vivi. Altri distesi in fila lungo la strada, in modo che le loro teste venissero fatte saltare da una falciatrice. I bambini e le madri incinte venivano usati per l'addestramento delle reclute all'uso della baionetta. Vennero violentate e poi uccise almeno ventimila donne. Alcune non avevano più di dodici anni.»

Raggiungiamo un'auto parcheggiata al buio sotto un lampione rotto, a poche decine di metri da casa mia. È una berlina cinese, così anonima che non saprei dire di che marca, e neppure di che colore sia. Feng mi fa segno di salire dietro. Lui prende posto accanto a me. Chiusa la portiera, fa cenno all'autista di partire.

Senza chiedermi il permesso, o scusarsi, si accende una sigaretta.

«L'occidentale che si diede più da fare per salvare i cinesi dai massacri era un nazista. Si chiamava John Rabe. Era il rappresentante della Siemens a Nanchino. Filmò le violenze. Scrisse persino un rapporto che inviò a Hitler. Al suo rientro in Germania venne arrestato dalla Gestapo, e i suoi filmati vennero bruciati.»

Feng tira una boccata a occhi chiusi.

«Dopo la fine della guerra venne denunciato per essere stato iscritto al partito nazista. Perse il lavoro. Morì povero, di stenti, nel 1950.»

Mi fissa.

Non riesco a sostenere il suo sguardo.

«Due sottufficiali giapponesi cominciarono una gara, a Nanchino, per vedere chi sarebbe stato il primo di loro a uccidere cento prigionieri cinesi con la spada da samurai. Erano amici. Si chiamavano Toshiaki Mukai e Tsuyoshi Noda. Due quotidiani nipponici seguivano e davano aggiornamenti su quella gara, come se fosse una competizione sportiva. Dato che alla fine della loro impresa c'era stata incertezza su chi avesse raggiunto per primo la quota di cento decapitazioni, i due sottotenenti si accordarono sportivamente per portare l'obiettivo a centocinquanta persone. Noti che non si trattava di uccisioni in combattimento, ma di esecuzioni di prigionieri di guerra.»

«Perché mi sta raccontando questa storia?»

Feng guarda a lungo fuori dal finestrino. Anche se apparentemente non c'è nulla da vedere. «Perché mi andava di raccontargliela» sorride.

Fa segno all'autista di fermarsi.

«Facciamo quattro passi» mi dice.

E a me non resta che obbedirgli.

68

L'ambulatorio è esattamente come l'avevo lasciato.

Sembra che ci sia passato uno tsunami.

«Poi metteremo a posto anche questo» annuisce Feng, facendomi strada. Estrae di tasca due mascherine avvolte nel cellophane e una boccetta azzurra.

Toglie una maschera dall'involucro e ci versa sopra cinque gocce dalla boccetta, prima d'indossarla.

«Faccia lo stesso. È un consiglio, non un ordine.»

Imito i suoi gesti.

Come indosso la maschera chirurgica, il lezzo di morte sparisce. Nessun profumo lo sostituisce: semplicemente non c'è più.

Entriamo nella stanza delle gabbie.

«È tempo di verificare che lei sia stato ai patti» fa il poliziotto cinese.

A fianco delle gabbie c'è un dispenser di guanti in plastica. Ne indosso un paio e mi avvicino al furetto morto.

«Ingegnoso» commenta Feng.

«Miriam deve aver pensato che a nessuno poteva venir voglia di frugare nella gabbia di un animale morto. Ovviamente si sbagliava.»

Sollevo la carcassa. La poso sul tavolino in un angolo della stanza.

Poi sposto i trucioli e la merda dal fondo della gabbia.

Tiro fuori una busta di plastica sigillata con lo scotch. Sollevo il lembo adesivo e la metto davanti a Feng. L'ispettore infila indice e pollice nella busta aperta ed estrae un foglio ingiallito, piegato su se stesso così tante volte da sembrare un ventaglio.

«Perché ha detto alla sua amica che qualcun altro aveva preso questa lettera?»

«Avete buoni orecchi.»

«Direi piuttosto buoni strumenti di intercettazione ambientale. Il suo cellulare è cinese. Non aggiungo altro. Penso non ce ne sia bisogno.»

Mi fissa. «Ripeto la domanda: perché ha mentito alla sua amica? Voi due eravate gli unici a sapere dov'era nascosta la lettera.»

«Non volevo pensasse che ce l'avevo io. Oggi dobbiamo tagliare tutti i fili scuciti. Non devono restare zone d'ombra. Nessun dubbio, nessun rimpianto. Oggi sistemiamo tutto, per il presente e soprattutto per il futuro. Lei ora ha la lettera. Mantenga i suoi impegni.»

Il cinese infila la busta di plastica nella tasca interna della giacca. «Mi sembra impossibile che un uomo curioso come lei... uno scrittore e un poliziotto... non abbia provato la curiosità di sapere cosa c'è scritto, in questa lettera... Chi l'ha firmata...»

«Non mi è sembrato sicuro. Ho preferito non correre il rischio.»

Feng per la prima volta ha un'espressione perplessa. «In questa lunga storia di bugie e tradimenti, lei ha deciso di fidarsi di me. Perché?»

Sorrido. «Perché in questa, come ha detto lei, "lunga storia di bugie e tradimenti", l'ultima bugia potrei avergliela raccontata io. Magari l'ho tolta dal suo nascondiglio, la lettera. Magari ne ho fatto una copia. Non con il mio cellulare cinese, ovviamente.»

Indico con il mento la fotocopiatrice in un angolo

dell'ufficio di Miriam. Da qui si vede perfettamente. Feng segue il mio sguardo e fissa a lungo la macchina spenta.

Alla fine sospira, scuotendo la testa. «Siete proprio il paese di Machiavelli.»

«Diciamo che non bisogna fidarsi troppo della propria fiducia. Soprattutto verso persone appena incontrate.»

«Sicché questo dubbio che mi ha appena instillato costituirebbe la sua assicurazione sulla vita? Sua e della dottoressa Milani?»

Lo guardo dritto negli occhi. «No. La nostra assicurazione è *lei*. La sua onestà. Oltre al fatto che, a quanto ho capito, la lettera è d'importanza assolutamente marginale, per il suo paese.»

Feng annuisce. Una sola volta. «È così.»

«C'era un accordo, fra noi. Io le davo la lettera e lei ci proteggeva.»

Trattengo il fiato, in attesa della sua risposta. Come l'avevo trattenuto mentre gli facevo la mia proposta, dal telefono del negozio in cui avevo comprato la pistola.

«L'accordo è ancora valido» annuisce Feng.

«Quindi cosa succede, adesso?»

«Succede che io la riaccompagno a casa. Lei fa quello che è venuto a fare e poi torna in Germania. Magari in uno dei suoi prossimi romanzi il suo investigatore, come si chiama...?»

«Gianni Venier.»

«Magari il suo Gianni Venier incontrerà un ispettore cinese bello e simpatico che parla un ottimo italiano.»

«È un personaggio un po' improbabile da inserire in una storia veneziana.»

«Chissà perché. In fondo Marco Polo veniva da lì.»

Mi massaggio il mento, imbarazzato.

«Lo so cosa sta per dirmi» sorride Feng. «La seconda parte dell'accordo. Il signor Tiago Souza. Detto *Tubarão*...»

«Se poteste accreditare quanto prima quei ventimila euro sulle coordinate bancarie che le ho dato...»

«È già stato fatto. Con un giro un po' lungo e tortuoso, perché i veri benefattori preferiscono restare anonimi. Ma è stato fatto. E già che c'eravamo, ho fatto in modo che sua sorella, quei soldi, non li debba a nessuno. Può tenerseli.»

«Ma...»

«Il signor *Tubarão*... Il signor Squalo... Ora nuota in acque profonde. Il suo habitat, in fondo.»

«Ma non dovevate... Non era necessario...»

«Oh, è stato un disturbo da poco.»

«Non intendevo questo. Dio, ma che gente siete?»

Ogni espressione di divertimento e di amabilità sparisce dallo sguardo di Feng.

Mi valuta a lungo, come se mi soppesasse con lo sguardo. «Siamo un popolo che ha subito lo stupro di Nanchino.»

Facciamo un giro lungo, prima che l'auto mi lasci di nuovo davanti a casa mia.

«Posso chiederle cosa ne farete, di quella lettera?»

Feng scrolla le spalle. «Non lo so. Non dipende certo da me. Domattina partirà per Beijing con una valigia diplomatica. È tutto quello che ho bisogno di sapere.»

«Ma come sa, sono un romanziere. La mia curiosità è grande.»

Il cinese guarda fuori dal finestrino, la notte agitata del centro città, i ragazzi e le ragazze che vomitano e urlano e stramazzano sui prati, al ritmo degli altoparlanti di mille auto.

«Penso che alcune delle firme su quella lettera abbiano ancora valore. Non sono reputazioni fuori corso. Le imprese che hanno fondato o diretto esistono ancora, sono quotate in Borsa. Nel mondo di oggi non si combatte più per l'espansione territoriale. Si combatte per le risorse. E anche la reputazione è una risorsa. A volte la più preziosa. Quella lettera, per quanto possa essere marginale per i nostri interessi, saprà ripagare gli sforzi, il denaro e, be', sì, anche le vite umane costate per ottenerla.»

«Sicché io e Miriam possiamo vivere tranquilli...»

«Per quanto si può essere tranquilli nel mondo d'oggi. Ogni traccia di collegamento tra voi e la lettera verrà cancellata.»

«Ma i nazisti come la prenderanno?»

«Non potranno risalire a lei. Faremo in modo che pensino che la lettera è stata presa dal signor Karlheinz Hauser, dopo aver eliminato la sua squadra. Se conoscesse la storia di quel bastardo, stapperebbe lo champagne per la sua morte. Lasciamo che i suoi amici lo ritengano l'artefice anche del furto della lettera. Le assicuro che ha fatto cose ben peggiori. Lo cercheranno per un po', troveranno qualche indizio, che noi avremo l'accortezza di seminare qui e là. Insomma, Hauser, quello che lei chiamava il Berlinese, continuerà a vivere e fare cose. E a lasciare dietro di sé una pista che terrà i segugi lontani da lei e dai suoi amici.»

«Avete pensato a ogni singolo dettaglio... E tutto quello che è successo stanotte? I morti?»

Feng fa segno all'autista di accostare davanti al vialetto di casa mia. «Non so di cosa stia parlando. Buonanotte, signor Ferrari. Con un po' di fortuna, non ci rivedremo più.»

69

Scendo dall'auto.

Il vialetto è sgombro.

La Mercedes con il bagagliaio crivellato di proiettili è sparita. Come l'odore di bruciato. C'è un tappeto d'erba nuova.

E non c'è traccia di cadaveri, né qui né davanti alla porta di casa mia.

L'unica cosa che non tornerà è la bottiglia di grappa vecchia di secoli, ma non viviamo in un mondo perfetto. E c'è un limite anche alla quantità di miracoli che possono accadere in una giornata.

Affretto il passo. Entro in casa.

Miriam non è in salotto, e neppure in cucina.

A mano a mano che percorro il corridoio il mio cuore accelera il battito.

Finché non apro la porta della camera matrimoniale e Miriam è lì, addormentata nel letto, avvolta in una coperta nuova che non ho mai visto, dall'aria morbida e calda.

La fisso a lungo, per accertarmi che sia solo addormentata.

Ma poi rimarrei lì in piedi per sempre, a guardare il suo petto sollevarsi e abbassarsi nel respiro tranquillo.

70

Non c'è stato imbarazzo, in Miriam, quando si è svegliata tremando e si è trovata accanto a me, nel mio letto. A metà della notte l'ha svegliata un tuono, forte e vicino.

Pasolini definiva il suo Friuli «un paese di temporali e di primule».

Lei ha sgranato un attimo gli occhi, vedendomi, alla luce della lampada che avevo lasciato accesa sul comodino. Poi li ha richiusi, mi ha abbracciato e si è riaddormentata, rabbrividendo per il suono della pioggia che lavava la terra.

È così che abbiamo fatto pace.

E ora camminiamo nella pineta, indossando due cerate e gli stivali di gomma gialla che Miriam mi ha comprato.

«Consideralo il mio regalo d'addio» mi ha detto. «Ti serviranno di sicuro, lassù a Friburgo.»

Io porto una pala, di quelle metalliche, pieghevoli, lei una borsa da palestra.

«Qui va bene?» le chiedo.

«No. Più in là.»

Un vento umido arriva dal mare. Oltre le dune i cavalloni mugghiano, il vento fischia e fa cantare le drizze delle barche a vela tirate in secca. In questo tratto di pineta vicino alla foce del fiume non c'è nessuno. Attraversando la città sulla mia auto silenziosa come un sogno abbiamo visto i fantasmi della festa. Si aggiravano smarriti nella pioggia, gli sguardi ebeti, personaggi di un film senza sceneggiatura, senza copione. Le gocce lavavano via il colore dai loro corpi, la vita dai loro sguardi.

Dopo la guerra, forse, i prigionieri liberati dai campi si muovevano così, senza scopo, senza una destinazione.

La pioggia picchietta sulle cerate con un suono secco, come di piccoli baci.

Camminiamo nel verde, in un buon odore di foglie e di resina.

«Qui andrà bene» annuisce infine Miriam, in un punto che ai miei occhi non ha assolutamente nulla di speciale.

Monto la pala.

Lei apre la borsa, depone il sacco di plastica su un mucchio di aghi di pino.

«Perché proprio vicino a un formicaio?» le chiedo.

«Perché così la natura farà prima.»

Scavo una fossa della profondità che Miriam reputa giusta. Il rumore della terra sabbiosa che si rompe e si divide sotto la pala dà ritmo e piacere al mio lavoro.

Lei apre il sacchetto.

L'odore è terribile. Vorrei aver tenuto la mascherina di Feng.

Il furetto è avvolto nelle bende, come una piccola mummia. Miriam lo depone con delicatezza in fondo alla buca. Poi con dolcezza stacca alcuni fiori viola da una pianta che cresce lì accanto e li sparge sul corpo dell'animale. Nessuna preghiera: la preghiera sono i gesti che stiamo facendo.

Quando lei mi fa segno, riempio la fossa. A ogni palata che verso, il corpo del furetto sembra muoversi, come se riacquistasse vita.

Poi non si vede più.

E alla fine, quando ho rimesso sulla fossa le prime zolle

rimosse, che Miriam mi ha fatto tenere da parte, è come se la terra non fosse stata nemmeno disturbata.

«Sicché se, magari fra un anno, passo da queste parti e mangio una bacca che cresce sulla tomba del furetto...» le faccio, mentre ripercorriamo il sentiero nella pineta, verso la mia auto.

«Sarà come se mangiassi furetto.»

«Ah. Pensavo *salmone...*»

«Stupido.»

L'uomo interessato a comprare la casa poi non è passato. Quando ha richiamato, gli ho detto che non era più in vendita.

«Cos'è che le ha fatto cambiare idea?» mi ha chiesto, senza malanimo. «Proprio solo per curiosità.»

Ma io non ho saputo rispondergli. Immagino che dovrò scoprirlo da me, passandoci del tempo, cosa mi lega a questo posto, a questa casa.

Pianificando il viaggio di ritorno ho calcolato una sosta al cimitero di Chiusaforte.

Ho un amico da salutare, lassù.

Miriam ha accettato di tenere Anastasia e Tunìn.

So già che staranno bene, con lei.

«Guarda che li tengo solo per un po', in attesa che tu ritorni» mi ha detto con aria spavalda, sperando che io non mi accorgessi che era commossa.

L'ambulatorio è tornato nuovo, proprio come il vialetto di casa mia. Come se quella notte di violenza e di morte fosse stata solo un sogno, un incubo.

Anche il bed & breakfast di Francesca è stato rimesso in ordine, proprio come in una favola. Immagino che presto si riempirà di turisti cinesi, attirati dalla vicinanza di EUtaly.

O magari dal passaparola.

Né la cagna né il gatto hanno accettato la mia proposta di una carezza d'addio.

«Non c'è bisogno che ci inventiamo chissà cosa, per salutarci» mi ha detto Miriam, ruvida, sulla porta dell'ambulatorio.

«Vero.»

«In fondo non è un addio. È solo un arrivederci, no?»

«Certo.»

Tenendo le mani infilate nelle tasche del camice ha accarezzato il mio maglioncino di cachemire. «È venuto come nuovo, vero? Sono brava. Okay, basta così. Vai, adesso. Ci vediamo presto. Devi farmi conoscere tua moglie.»

«La mia *compagna*. Ti piacerà.»

«Occhio, che stai parlando a una che le donne...»

«Ma smettila...»

Ci guardiamo a lungo, abbastanza da poterlo considerare quasi come un abbraccio.

«Allora okay» dico, voltandomi e facendo un cenno di saluto con la mano.

Cammino verso la Tesla.

Tre passi, quattro, e sento gridare il mio nome, e mi volto, e lei vola verso di me e mi affonda il viso nel petto, e ci abbracciamo, e ci accarezziamo i capelli, e ci stringiamo forte, fino a farci male, incuranti della pioggia che ci scivola addosso.

71

Per molto tempo, mentre guido verso la Carnia in mezzo alla pioggia battente, il movimento ritmico dei tergicristalli è l'unico suono che arriva dentro l'abitacolo, assieme al fruscio delle ruote sull'autostrada deserta, in questo paesaggio primordiale.

Inserisco l'autopilota.

Non si dovrebbe, ma di cose che non si dovrebbero fare ne ho fatte così tante, in questi giorni. Le nuvole grigie incombono sul tetto trasparente dell'auto, e per un lungo momento, guardandole, ho l'impressione di volare sospeso su un continente di nubi.

Mancano venti chilometri a Chiusaforte, al mio appuntamento con la tomba di un poeta, quando il mio cellulare squilla.

Il bluetooth trasferisce automaticamente la chiamata agli altoparlanti dell'auto.

La voce di Magda è nitida, come se fosse accanto a me.

«Marco, non posso parlare a lungo. Ascolta. Non dire niente. Ascolta, ti prego.»

«Magda, dove sei? Stai bene?»

Un rumore metallico, come un colpo di gong, si mangia tre delle sue parole.

«Puoi ripetere?»

«Bernd non risponde al telefono» fa lei.
«Magda, ma tu come stai?»
«Devi dire a Bernd...»
Altri rumori metallici.
«... mi serve aiuto. Il punto...»
Fermo l'auto sul ciglio della strada.
Magda continua a parlare, ma le sue parole vengono a tratti deformate da un rumore che sembra un sonar subacqueo, e a volte si riducono a un brusio.
«Digli che c'è stato un problema. Istvàn ci ha fregati. Lui...»
La sua voce sparisce del tutto.
Quando ritorna è per dire: «Ho paura. Marco, ho paura.»
«Vengo a prenderti. Dove sei?»
Lei non risponde. I suoni arrivano attutiti, come se avesse avvolto il telefono nella stoffa.
E poi sento un rumore forte, incredibilmente forte, e vicino.
Il ruggito di una tigre.
«Magda!» grido, prima che la chiamata s'interrompa.

Stampato da
Grafica Veneta S.p.A., Trebaseleghe (PD)
per conto di Marsilio Editori® in Venezia

«Farfalle Marsilio»
Periodico mensile n. 345/2021
Direttore responsabile Giuseppe Lupo
Registrazione n. 1334 del 15.06.1999
Tribunale di Venezia
Registro degli operatori di comunicazione-ROC n. 6388

EDIZIONE
10 9 8 7 6 5 4 3 2 1

ANNO
2021 2022 2023 2024 2025